Bernhard Kegel

Wenzels Pilz

Roman

Ammann Verlag

Für Sheeba, Meier, Einstein
und alle anderen Lebewesen

Satz: Gaby Michel, Gießen
Druck und Bindung: Wiener Verlag, Himberg bei Wien
ISBN 3-250-10336-5

»She blinded me with science.«
Thomas Dolby, *The Golden Age of Wireless*

»Wir leben in einer postnatürlichen Welt.«
Bill McKibben, *Das Ende der Natur*

»Es kann keinen öderen Ort geben als eine biotechnisch verplante Welt. Bliebe in einer Welt, die besetzt wäre von biologischen Faksimiles, nur ein einziges Lebewesen in seinem Urzustand, wir würden uns darauf stürzen, es in die Arme schließen, es berühren, es bestaunen und ein Maß an Rührung empfinden, das wohl alle Replikate nicht in uns hervorrufen könnten.«
Jeremy Rifkin, *Genesis Zwei*

I

A M A N I T A

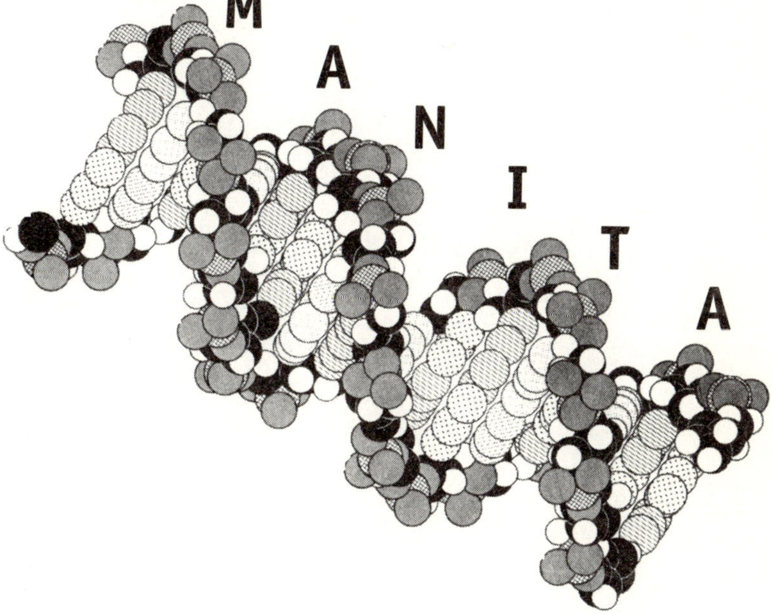

1

Als das Telefon klingelte, träumte Kurt Wenzel gerade seinen Lieblingstraum. Er hatte mit einer schwungvollen Bewegung die Kennkarte aus der Brusttasche seines Laborkittels gezogen und war dabei, sie langsam in den Schlitz der Türsicherung zu stecken.

Wenzel schreckte augenblicklich hoch. Dieses Geräusch versetzte ihn zu jeder Tages- und Nachtzeit in Alarmstimmung. Das leuchtende Ziffernblatt seines Weckers zeigte ein Uhr zwanzig.

Wer, um Himmels willen, konnte das sein?

In dem Moment, als er die Bettdecke zurückschlagen wollte, verstummte das Telefon. Seufzend ließ er sich in das Kopfkissen zurückfallen und trauerte seinem Traum nach.

Er liebte es, die Kennkarte in den Schlitz zu stecken, genoß die Geräusche, die das Gerät von sich gab, während es die Identität überprüfte, und er freute sich jedesmal, wenn die grüne Lampe aufleuchtete und die Tür mit einem Schnaufen in die Wand zurückwich.

Manchmal, wenn er überarbeitet war, hatte er Alpträume, in denen sich die Tür hartnäckig sträubte, den Weg freizugeben, und diese Befehlsverweigerung mit einem unerträglichen Geheul unterstützte. Die Lampe blinkte mit wahnwitziger Geschwindigkeit, versprühte stroboskopartige Lichtblitze. Meistens wachte er dann schweißgebadet auf und konnte nur mit Hilfe eines Beruhigungsmittels wieder einschlafen.

Hinter dieser Tür, die ihm soviel bedeutete, weil er einer der wenigen war, der sie öffnen konnte und eintreten durfte, befand sich der Eingang zu seinem gentechnischen Labor in der GENTEL (GENetik & INTELligenz), einem der führenden Unternehmen der blühenden biotechnischen Industrie.

Er war wieder eingeschlafen, als das Telefon erneut klingelte, und diesmal war die Panik, die das unvermittelte Geräusch in Wenzel hervorrief, so groß, daß er beim Aufspringen den kalten Pfefferminztee umstieß und über die rings um sein Bett verstreuten Zeitschriften verteilte. Das nächste Läuten ließ ihn wieder zusammenzucken, und während er mit der rechten auf dem Nachttisch nach seiner Brille suchte, versuchte er mit dem Kopfkissen in der linken Hand die wertvollen Fachzeitschriften abzutupfen. Endlich fand er seine Brille, ließ das Kissen auf den Boden fallen und tastete nach dem Schalter der Nachttischlampe. Mit dem nächsten Klingeln hatte er das Telefon erreicht und preßte mit gehetzter, rauher Stimme »Ja, hier Wenzel?« hervor.

»Da sind Sie ja endlich! Wo, zum Teufel, haben Sie gesteckt?«

Die Stimme traf ihn wie ein Schlag in die Magengrube. Es war Eckstein, ausgerechnet Eckstein! Vor Schreck brachte er kein Wort heraus.

»Wenzel? Sind Sie noch dran? Hat's Ihnen die Sprache verschlagen, Mann? Sie müssen sofort ins Labor kommen! Wir haben ein Problem!« sagte Eckstein mit barscher Stimme.

»Ins Labor? Jetzt? Ja, aber... es ist... es ist mitten in der Nacht. Ich muß morgen früh raus, ich meine, ich...«

»Ach! Glauben Sie vielleicht, ich wüßte nichts Besseres, als mir hier die Nacht um die Ohren zu schlagen?« brüllte Eckstein. »Machen Sie sich sofort auf den Weg! Ihr beschissener Pilz flippt aus!«

»Welcher Pilz, ich kenne keinen Pilz, ich meine... ich habe doch gar nichts mit Pilzen zu tun!« Wenzel war schockiert. Mit weit aufgerissenen Augen stierte er auf seine Promotionsurkunde, die neben dem Schreibtisch an der Wand hing.

»Wenn Sie nicht sofort kommen, sorge ich dafür, daß Sie nie wieder ein Reagenzglas in der Hand halten! Ich wußte ja, daß Sie unfähig sind, aber daß Sie uns so etwas einbrocken würden, hätte ich Ihnen nicht zugetraut. Wenn Sie in dreißig Minuten nicht hier sind, erleben Sie Ihr blaues Wunder.«

Wenzel war einiges gewöhnt, was Ecksteins Umgangston anging, aber nun sackte er hilflos in sich zusammen.

»Ja, natürlich, ich ..., ich komme sofort«, stammelte er. »Ich ... ich verstehe nur nicht. Welcher Pilz? Was meinen Sie denn um Himmels willen?«

»Ihren *Amanita* natürlich, Sie Trottel! Können Sie sich an Ihre eigene Arbeit nicht mehr erinnern? In dreißig Minuten also!«

Ein lautes Krachen folgte. Wenzel ließ langsam den Hörer sinken.

Eckstein!

Wenn Wenzel überhaupt irgendeinen Menschen haßte, dann den Direktor der GENTEL-Forschungsabteilung. Dr. Eckstein, fast zwanzig Jahre jünger als er, war vom Leiter eines kleinen Entwicklungsteams zum Chef aller Forschungsgruppen innerhalb der GENTEL aufgestiegen, nur weil ihm zum rechten Zeitpunkt die Übertragung eines Häutungsgens der Mehlmotte auf das Schaf gelungen war. Dessen Zellen produzierten daraufhin Ecdyson, das Häutungshormon der Insekten, sinnloserweise.

Stammesgeschichtlich betrachtet waren Schaf und Schmetterling sehr weit voneinander entfernt, und solche scheinbaren Grenzen zu überschreiten galt eine Zeitlang als schick in Kreisen junger, aufstrebender Gentechnologen. Die Hormonrezeptoren von Säugetieren konnten rein gar nichts mit Ecdyson anfangen. Im Blut der Schafe schwamm jetzt neben Dutzenden von eigenen Botenstoffen auch ein Insektenhormon herum, was im Schafsorganismus weder nachweisbare Schäden anrichtete noch den ahnungslosen Tieren zu sensationellen neuen

Fertigkeiten verhalf. Es war nur da, das war alles. Genau darin bestand der Erfolg. Das Gen kümmerte sich nicht um die ungewohnte Umgebung, in die man es versetzt hatte, sondern tat das, was es immer tat: Es produzierte Ecdyson.

Die Fachwelt hatte kopfgestanden: der erste gelungene Versuch, ein Insektengen in Säugetierzellen zu überführen. Was heute jedes zweitklassige Labor zustande brachte, war damals eine mittlere Sensation. Es gab einen riesigen Presserummel, und bei den unverbesserlichen Pessimisten brach der übliche Entrüstungssturm los.

Das alles war nur viel Lärm um nichts. Die Übertragung menschlicher Gene in Bakterienzellen hatte schließlich ganz am Anfang der Gentechnologie gestanden, und *Escherichia coli* und *Homo sapiens* waren nun wirklich die unterschiedlichsten Wesen, die man sich vorstellen konnte. Daß der genetische Code, von sehr wenigen Ausnahmen abgesehen, universell war, wußte man seit den Kindertagen der Molekularbiologie. Eines erneuten Beweises hätte es kaum bedurft.

Eine große australische Boulevardzeitung mußte die Sache damals falsch verstanden haben, denn sie berichtete in großer Aufmachung über die sensationelle Entwicklung einer neuen Schafrasse, die regelmäßig von selbst ihre Wolle abwarf. Es entstand erhebliche Unruhe unter den Schafzüchtern in Neuseeland und Australien. Die Menschen waren sehr verunsichert angesichts der sich überschlagenden Entwicklungen in der Biotechnologie. Innerhalb weniger Jahre gab es plötzlich frostresistente Kartoffeln, Mais, der sich seinen Stickstoffdünger aus der Luft holte, Orangensaft, zu dessen Herstellung keine Orangen mehr benötigt wurden, und bald sollte es sogar Steaks geben, die in einer Nährmaschine im eigenen Kühlschrank heranwuchsen statt an den Schenkeln und Rückenpartien lebender Rinder. Warum sollte es also keine Schafe geben, die sich von selbst häuteten?

Als das Mißverständnis schließlich aufgeklärt wurde, entwickelte sich die Angelegenheit zu einem riesigen PR-Gag für die GENTEL, über den sich die halbe Welt erleichtert totlachte. Wieder einmal hatte sich gezeigt, daß die Vorurteile gegenüber der Gentechnik lediglich auf irrationalen Ängsten beruhten und nichts mit der Realität zu tun hatten. Diese Welle nutzte Eckstein wie ein erfahrener Surfer, um sich an die damals vakante Spitze der GENTEL-Forschungsabteilung spülen zu lassen.

Heute krähte natürlich kein Hahn mehr danach. Aber seitdem waltete dieser Schnösel in der Entwicklungsabteilung, wie er wollte. Wenzels zurückhaltendes, ängstliches Auftreten provozierte Eckstein. Immerhin war es ihm bisher nicht gelungen, Wenzel aus der GENTEL herauszugraulen. Dazu hatte er für das Unternehmen zuviel geleistet.

»*Amanita*…«, murmelte er vor sich hin.

Es war darum gegangen, einen Pilz zu züchten, der im versauerten Waldboden wachsen konnte. Die Sache war ewig her, alles war problemlos verlaufen, wie immer. Der Pilz war sicherlich einige Zeit getestet worden, um dann irgendwo freigesetzt zu werden oder, im ungünstigsten Fall, als digitalisierte Genkarte in einem Computerspeicher zu enden.

Er konnte sich nicht erinnern, jemals etwas über das weitere Schicksal seines *Amanita* gehört zu haben. Die weitere Verwertung seiner Entwicklungen interessierte ihn nicht besonders. Diese von übervorsichtigen Gesetzen geforderten Tests und Untersuchungen, diese mühseligen praktischen Probleme, die eine Arbeit unter den chaotischen Bedingungen der Natur unweigerlich mit sich brachte, waren sehr zeitaufwendig und wurden Gott sei Dank von einer anderen Abteilung der GENTEL durchgeführt.

Langweilige Routine, eine Schande, Verschwendung geistiger Ressourcen. Wenzel war ein Konstrukteur, ein Künstler, ein Ingenieur des Lebendigen. Diese kleinlichen Absicherungen, dieses ewige Geprüfe hielten nur auf. Er übergab seine Ergebnisse an die nächste Abteilung des GENTEL-Imperiums, klappte die Akte zu, und die Sache war für ihn erledigt. Meistens hatte er schon eine neue Idee im Kopf, mit der er sich beschäftigte und die er endlich in Angriff nehmen wollte.

Amanita war zudem eine dieser Auftragskreationen gewesen. Seine Begeisterung hielt sich damals sehr in Grenzen, und jetzt, gut zehn Jahre später, empfand er sogar Bitterkeit, wenn er daran dachte, daß ausgerechnet dieser Pilz von der Nomenklaturkommission der World Gene Data Base dazu ausgewählt wurde, seinen Namen zu tragen: *Amanita wenzeli.*

Er haßte solche Zwangsschöpfungen, aber Gentechniker wie er verkamen allzuoft zu Notärzten auf einer ökologischen Unfallstation. Irgend jemand hatte schlampig gearbeitet, und er mußte dann Umweltdoktor spielen.

Ihm lag es mehr, dem freien Spiel seiner kreativen Kräfte zu folgen. Unter Druck war er ein solider Wissenschaftler, wenn er aber frei von Vorgaben und Terminen arbeitete, wenn er seiner Imagination freien Lauf ließ, war er genial. Die Nördliche Stadtpalme, sein momentanes Projekt, würde das wieder unter Beweis stellen.

Leise vor sich hinfluchend ging er ins Bad, wusch sich das Gesicht mit kaltem Wasser und schaute voller Selbstmitleid in sein Spiegelbild.

»Amanita wenzeli«, murmelte er vor sich. »So was! Alte Kamellen.« Er schaltete das Licht im Bad aus und ging zum Telefon, um sich ein Taxi zu rufen.

Als sein Blick auf den Nachttisch und die Pfefferminzteelache fiel, weiteten sich seine Augen, und er stürzte mit einem Aufschrei in Richtung Bett, riß das schon fleckige Kopfkissen an sich und begann hektisch auf einem alten Buch herumzutupfen, das zwischen den Zeitschriften gelegen hatte. Das Papier hatte sich an einer Seite schon bedenklich verfärbt und begann, sich zu wellen.

»Der Darwin, der schöne Darwin!« Er untersuchte das

Buch von allen Seiten und beruhigte sich erst, als er erkannte, daß der Schaden sich in Grenzen hielt.

Ausgerechnet sein Darwin, der kostbarste Schatz seiner Bibliothek. Zärtlich strich er mit der Hand über die feuchten Buchseiten. Er hatte das Werk in einem Londoner Antiquariat entdeckt und ganz entgegen seinen Prinzipien einen horrenden Betrag dafür bezahlt. Es war die englische Originalausgabe von Charles Darwins *Über die Entstehung der Arten durch natürliche Zuchtwahl oder die Erhaltung der begünstigten Rassen im Kampfe ums Dasein* von 1859.

Die Zeiten hatten sich geändert.

Er bewunderte den großen Naturforscher, liebte es, in dem alten Buch zu blättern und sich vorzustellen, wie rätselhaft doch den Menschen damals die Welt vorgekommen sein mußte. Seine Vorliebe für Darwins Schriften hatte aber noch einen anderen Grund. Wenn er seine Beschreibungen der Natur und ihrer Geschöpfe las und die Schlußfolgerungen dieses großen Gelehrten nachvollzog, wurden ihm jedesmal von neuem die ungeheuren Veränderungen vor Augen geführt, die das Leben auf der Erde in den letzten Jahrzehnten buchstäblich neu gestaltet hatten.

Wenzel lebte im Zeitalter des Postdarwinismus. Das neue Jahrtausend war angebrochen und mit ihm die Biotechnologie.

2

Während er auf den Aufzug wartete, grübelte er über seinen Pilz nach, über *Amanita wenzeli.* Es war eine seiner ersten Schöpfungen gewesen. Damals hatte er unter Prof. Schall gearbeitet, dem Virenspezialisten, der noch Zeuge der ersten, legendären Freilandtests mit transgenen Organismen war. Stundenlang mußte sich das Team Schalls Schilderungen aus der Steinzeit ihrer Spezialdisziplin anhören. Mit Spaten und Schaufeln, so Schall, hätten sie die sogenannten Umweltschützer von ihren Versuchsfeldern fernhalten müssen. Pioniere seien sie gewesen, mutige Vorreiter einer besseren Zukunft, die wir, eine verwöhnte und undankbare Jugend, heute genießen würden. Dabei pflegte er lauernd um sich zu blicken, um etwaige Heiterkeitsausbrüche im Keim zu ersticken und die Schuldigen zu identifizieren.

Mit einem leisen Ding-Dong hielt der Aufzug, die Tür öffnete sich, und Wenzel trat in die leere Kabine.

Was war nach so langer Zeit mit *Amanita* passiert, daß Eckstein ihn mitten in der Nacht aus dem Bett holte?

Wahrscheinlich war es reine Schikane. Ecksteins Methoden, ihn unter Druck zu setzen, wurden immer massiver, seit Wenzel ihm mitgeteilt hatte, daß die Arbeit an den Stadtpalmen zügig und vielversprechend voranging. Eckstein neidete ihm seinen Erfolg. Vielleicht war es nur eine billige Retourkutsche.

Mit einem sanften Ruck hielt der Fahrstuhl im Erdgeschoß, und Wenzel trat durch die Tür in den Hausflur. Das Taxi wartete schon. Das Gelände der GENTEL lag am anderen Ende der

Stadt, und er hatte wenig Lust verspürt, sich in seinem verschlafenen und durch Ecksteins Geschrei erregten Zustand hinter ein Lenkrad zu setzen.

Die Taxikosten hole ich mir zurück, dachte Wenzel grimmig, als er die Wagentür öffnete.

»Zur GENTEL!« sagte er und ließ sich in die weichen Sitze der Limousine fallen.

»Da wüßte ich um die Zeit aber was Besseres«, nuschelte der Taxifahrer und grinste ihn kumpelhaft an, ein kleiner dicker Mann mit Speckrollen unter dem Kinn.

Wenzel war nicht nach Scherzen zumute. Er würdigte den Mann keines Blickes, sondern schaute durch das Wagenfenster auf die nächtliche Stadt. »Nun fahren Sie schon. Ich hab's eilig!«

Mit einem beleidigten Gesicht drehte der Taxifahrer sich um. Wenzel starrte finster aus dem Seitenfenster und wurde immer wütender.

Jetzt ist es genug, jetzt hat er den Bogen überspannt, dachte er. Dieser bornierte Jüngling wird sich wundern, der wird mich noch kennenlernen. Er stellte sich vor, wie er Eckstein in aller Öffentlichkeit blamieren, ihn zum Gespött der Kollegen machen, wie er ihm brüllend die Meinung sagen würde. Aber letzten Endes waren diese Phantasien nur hilflose Versuche, sich Mut zu machen. Wenzel wußte sehr genau, daß er Eckstein nicht gewachsen war. Er selbst war es, der schließlich als lächerliche Figur dastehen würde.

Schlimmstenfalls mußte er mit der Nördlichen Stadtpalme drohen. Das Projekt war weit gediehen, und die GENTEL wäre bestimmt nicht begeistert, wenn er so kurz vor dem Ziel alles hinwerfen würde.

Allerdings – auch darüber sollte er sich besser keine Illusionen machen – war der Löwenanteil der Arbeit getan. Die Idee war großartig gewesen, aber den Rest konnte auch ein anderer zu Ende führen. Außerdem war sein Projekt im Rahmen der

Aktivitäten der GENTEL nur ein winziges Detail – werbe- und öffentlichkeitswirksam vielleicht, aber vom Standpunkt eines Weltkonzerns aus betrachtet auf jeden Fall verzichtbar.

War er am Ende austauschbar geworden, zehrte er nur noch von seinen früheren Erfolgen? Knabberte er schon an seinem kargen Gnadenbrot? Niemals! dachte er voller Wut und Enttäuschung.

Als ob er seine Gedanken gehört hätte, zuckte der Taxifahrer zusammen, und Wenzel spürte, wie ihn der Mann im Rückspiegel skeptisch musterte.

Das Taxi befuhr nun die Umgehungsstraße, die in einem weiten Bogen um die historische Altstadt herum zum GENTEL-Gelände führte.

Wenzel hatte sich mit Absicht eine Wohnung am anderen Ende der Stadt gekauft. Er mußte sich zwar zweimal am Tag durch den zähflüssigen Verkehr quälen, dafür konnte er aber von seiner Wohnung aus die ganze Gegend überblicken und, was noch wichtiger war, er konnte die Gebäude der GENTEL sehen.

Die Stadt lag in einem flachen Kessel, der von zwei Höhenzügen begrenzt wurde. Auf dem südlichen hatte die GENTEL vor zehn Jahren ihre neuen Forschungslaboratorien errichtet. Links und rechts von High-Tech-Unternehmen der Computerbranche flankiert, war dort unter anderem ein markanter Hochhausturm entstanden, der alles überragte und rings um sein oberstes Stockwerk wie eine Girlande eine nachts hell neongelb leuchtende, stilisierte DNS-Doppelhelix trug, die in den Schriftzug GENTEL überging.

Wenzel war damals zum Leiter eines eigenen kleinen Stabes aufgestiegen, und er hatte die Hauptstadt verlassen müssen, um in den neuen Labors zu arbeiten. Als dann die Wohnungen in diesem neuen Apartmenthaus angeboten wurden, hatte er zugegriffen. Nun konnte er vom Balkon aus seinen Arbeitsplatz sehen – allerdings, wie sich später herausstellte, nur bei klarem

Wetter. Tagsüber sah man den je nach Sonneneinfall blinkenden und leuchtenden Glas- und Metallquader des Laborhaupthauses, und nachts schien die an dessen Spitze leuchtende Neonspirale schwerelos über der Stadt zu schweben. Wenn ihm danach war, konnte er sich der beruhigenden Gegenwart seiner Arbeit versichern, und war doch innerhalb des Stadtgebiets die größtmögliche Strecke von ihr entfernt.

Amanita wenzeli...

Es hatte noch nie ernsthafte Probleme mit seiner Arbeit gegeben. Was sollten auch für Probleme auftreten?

Die Welt war heute voll von gentechnisch manipulierten Geschöpfen, ob Pflanzen oder Tiere, ob Pilze oder Viren. Alle hatten sich daran gewöhnt, und nie war etwas passiert. Eine schwerwiegende Katastrophe, vergleichbar mit Seveso, Bhopal oder Tschernobyl in den achtziger Jahren oder der Explosion des Reaktors in Südfrankreich Ende der neunziger, hatte es bei gentechnischen Experimenten oder Industrieanlagen nie gegeben. Ja, bei vernünftigen Menschen hatte sich allgemein die Ansicht durchgesetzt, daß die Menschheit ohne die Erfolge der Gentechnik weitaus schlechter dastünde.

Womit hatte man denn das Waldsterben Ende des zwanzigsten Jahrhunderts in den Griff bekommen, und wie hatte man wohl die Fluorkohlenwasserstoffe wieder aus der Stratosphäre entfernt, die dort im Begriff waren, die Erde in ein tödliches Solarium zu verwandeln? Wer hatte denn unermüdlich an der Lösung der Welternährungsprobleme gearbeitet? Wenn wir auf eine göttliche Fügung, eine glückliche Mutation zur rechten Zeit, einen Geniestreich der Evolution gehofft hätten, wo wären wir denn jetzt?

»Stört es Sie, wenn ich das Radio anmache?«

Offenbar war der Fahrer zu der Einsicht gelangt, daß er einen Fahrgast in heikler Stimmung beförderte. Er spähte vorsichtig über die Schulter, und erst als Wenzel den Kopf schüttelte, schaltete er das Radio ein. Es liefen gerade die Zwei-Uhr-

Nachrichten, und der Sprecher zählte mit monotoner Stimme die täglichen Terroranschläge auf, streng geordnet nach der Zahl der zu beklagenden Todesopfer. Heutzutage hatten nur Anschläge mit mehr als zehn Toten Chancen, in den Nachrichten erwähnt zu werden, es sei denn, die Opfer waren Bürger der Vereinigten Europäischen Staaten.

»Wird immer schlimmer mit dem Terrorismus!«

Der Taxifahrer schaute mit einem aufmunternden Lächeln in den Rückspiegel, und als sein Fahrgast mit einem Achselzucken reagierte, fügte er schnell hinzu: »Na, Hauptsache ist, hier bei uns bleibt es ruhig. Das hätte uns gerade noch gefehlt.«

Wenzel quälte sich ein Lächeln ab und schaute wieder aus dem Fenster. Der Wagen hatte schon die ersten Gebäude des Wissenschafts- und Industriereviers am anderen Ende der Stadt erreicht. Alles war menschenleer und wirkte wie ausgestorben, nur von hellen, weißen Lampen angestrahlt, um die Wolken von Insekten schwirrten.

Plötzlich zerplatzte etwas mit lautem Klatschen auf der Windschutzscheibe. Eine zähflüssige Masse, die aussah wie geschmolzenes Fürst-Pückler-Eis mit Schokoladenüberzug, rutschte langsam an der Scheibe herab und hinterließ eine schmierige Schleimspur.

»Bäh, widerlich, diese Viecher! Bestimmt wieder so 'n Scheißschokokäfer«, fluchte der Taxifahrer und versuchte mit der Scheibenwaschanlage für klare Sichtverhältnisse zu sorgen.

Natürlich verschmierte er damit die zerschmetterten Überreste des Käfers erst recht und verbrauchte einen großen Teil seines Waschwasservorrats. Unter lautem Fluchen betätigte er die leise summende Pumpe wieder und wieder. Alle Autofahrer kannten dieses Problem zur Genüge.

»Ich möcht mal wissen, wo die Viecher plötzlich hergekommen sind. Die gab's doch früher nicht«, sagte der Fahrer und rutschte unruhig auf seinem Sitz hin und her. Er drehte sich wieder zu Wenzel um. »Sagt meine Mutter auch. Widerliches Viehzeug!«

Wenzel hütete sich, die Bemerkung zu kommentieren. Zufällig wußte er sehr genau, woher diese Tiere gekommen waren, und er verspürte momentan nicht das geringste Bedürfnis, sich mit diesem geistigen Tiefflieger über Sinn und Unsinn gentechnologischer Forschung auseinanderzusetzen.

Die Schokokäfer, die jedes Kind kannte und die ihren Namen auf Grund der schokoladenbraunen Färbung ihrer Flügeldecken erhalten hatten, waren das Ergebnis einer mißglückten Freisetzung durch die Pflanzenschutzabteilung der GENTEL. Das war zwar kein Geheimnis – es war in einigen Fachpublikationen ausführlich diskutiert worden –, hatte sich aber nicht bis zu jedem Mitbürger herumgesprochen.

Die Leute der Gruppe »Biologischer Pflanzenschutz« hatten nach pflanzenfressenden Insekten gesucht, die selektiv die Unkräuter auffraßen und die Getreidehalme, Kartoffeln oder andere Nutzpflanzen unbehelligt ließen. Herausgekommen waren die Schokokäfer.

Wenzel mußte unwillkürlich auflachen, als er daran dachte. Der Taxifahrer schielte im Rückspiegel nach hinten, um herauszubekommen, was seinen bisher humorlosen Fahrgast so belustigt hatte.

Kinderkrankheiten! dachte Wenzel, dem es guttat, sich mit den Fehlern anderer zu beschäftigen. Das biologische Containment, der biologische Behälter, in den man die Käfer gesetzt hatte, war undicht gewesen. Seine GENTEL-Kollegen – er kannte Dr. Sauer flüchtig, der daran mitgearbeitet hatte – hatten ihren Schützlingen einen Stoffwechseldefekt mit auf den Weg gegeben. Eigentlich hätten die Tiere nur überleben dürfen, wenn sie von einem speziellen Unkraut fraßen, das ihren Mangel ausgleichen konnte und aus demselben Labor stammte, das die Käfer konstruiert hatte.

Schließlich säte man auf einem Versuchsfeld neben Getreide das spezielle Unkraut aus, setzte einige hundert der neuen Käfer auf die keimenden Pflanzen und beobachtete, was sich tat. Die Käfer fraßen das Unkraut so lange, bis nur noch Weizenpflanzen auf dem Feld standen. Soweit lief alles wie geplant. Aber anstatt zu verhungern, fanden einige Tiere unvorhergesehenerweise auch an anderen Wildkräutern Gefallen, waren ganz verrückt nach Hirtentäschelkraut und Knöterichgewächsen und brachen aus ihrem unsichtbaren biologischen Gefängnis aus. Seitdem waren sie ein fester Bestandteil der einheimischen Fauna, sehr zur Freude vieler Kinder übrigens, die die großen Käfer in Schuhkartons sammelten. Sie spielten mit ihnen wie frühere Generationen mit den längst ausgestorbenen Maikäfern.

Das Taxi fuhr weiter durch das Industriegebiet. Sie passierten das Institut für Immunologie und das Primatenzentrum. Hier befanden sich einige moderne Unternehmen sowie zahlreiche, mit ihnen kooperierende Institute der Universität, tagsüber eine Gegend, in der reges Kommen und Gehen herrschte, in der Hunderte von Menschen sehr anspruchsvollen und aufregenden Tätigkeiten nachgingen. Jetzt wirkte sie trostlos und verlassen.

Passend zur Umgebung verlas der Nachrichtensprecher hohle Politikerstellungnahmen zu aktuellen Problemen, das Für und Wider der alltäglichen Politik; genauso langweilig wie die Gegend, durch die sie gerade fuhren. Wenzel wurde schläfrig.

Doch dann kam eine Meldung, die ihn sofort hellhörig werden ließ.

»Aus Nordnorwegen sind Fälle von großflächigen Waldschäden gemeldet worden. Unbestätigten Berichten zufolge sollen auf mehreren hundert Hektar rätselhafte Veränderungen des Waldbodens aufgetreten sein.«

»Machen Sie lauter, Mann!« rief Wenzel erregt, ohne zu wissen warum. Solche Meldungen waren keine Seltenheit, und er beachtete sie normalerweise gar nicht. Der Fahrer zuckte zusammen und drehte so heftig am Radio herum, daß die folgenden Worte in brüllender Lautstärke aus den Türlautsprechern drangen:

»... abgestorben oder stark geschädigt.«

»Sind Sie wahnsinnig?« schrie Wenzel gegen den Nachrichtensprecher an, und nachdem der Fahrer die Lautstärke reduziert und entschuldigend die Hand gehoben hatte, hörte Wenzel mit wachsendem Entsetzen den Rest der Meldung.

»... hat diese Berichte weder dementiert noch bestätigt. Das Landwirtschaftsministerium ließ verlauten, daß den zuständigen Stellen davon nichts bekannt sei. Man werde aber sofort tätig werden, falls dies erforderlich sein sollte. Ein norwegischer Forstexperte machte einen Pilz für die beobachteten Schäden verantwortlich. Und nun zum Abschluß der Wetterbericht. Heute nacht...«

»Ein Pilz? Is ja mal was ganz Neues«, kommentierte der Taxifahrer. »Ich wußte gar nicht, daß die in Norwegen überhaupt noch Wald haben. Bei uns...«

»Halten Sie doch den Mund!«

Wenzel stand der Schweiß auf der Stirn. Er suchte in seinem Mantel nach einem Taschentuch. Der Taxifahrer machte ein gekränktes Gesicht und resignierte nun endgültig in seinem Bemühen, sich mit einem Schwätzchen die Zeit zu vertreiben.

Ein Pilz? Doch nicht mein *Amanita!* Niemals! Das ist unmöglich, hämmerte es in Wenzels Gedanken. Ein Zufall, nichts weiter!

Er kämpfte gegen die in ihm aufsteigende Panik an.

Ein Alptraum, es mußte ein Alptraum sein. Er versuchte, sich zu beruhigen. Seine Selbstbeherrschung hing an einem seidenen Faden. Die Hände zitterten, sein Gesicht schien zu glühen, und in seinen Beinen begann sich ein unangenehmes Kribbeln auszubreiten. Vielleicht war alles nur ein Irrtum, eine von gewissenlosen Presseleuten ausgegrabene Story, um das

Sommerloch zu füllen. Bestimmt war es das. Die saugten sich doch alles mögliche aus den Fingern.

In diesem Augenblick bog das Taxi rechts ab und fuhr nun genau auf das GENTEL-Hauptgebäude zu. Er sah, daß im dritten Stock Licht brannte. Dort befand sich Ecksteins Büro.

3

Vermutlich wäre Kurt Wenzel die nächtliche Störung, dem Taxifahrer der mißgelaunte Fahrgast, einem Schokokäfer das plötzliche Ende und überhaupt einer Menge Leute viel Ärger erspart geblieben, wenn nicht zwei junge Deutsche, Christina Ploog und Martin Herzberg, ausgerechnet in der Gegend von Bronnoysund in Norwegen einen kurzen Urlaub verbracht hätten.

Die beiden hatten sich Mitte September auf einem Campingplatz an der Küste niedergelassen. In ihrem Rücken erhoben sich die oft dicht verhangenen Berge, vor ihnen lag das graublaue Meer, der Nordatlantik – leider meist eher grau als blau.

Mehrere Versuche, eine größere Wanderung anzutreten, waren gescheitert, weil entweder Martin oder Christina partout nicht aus dem Schlafsack finden wollte oder weil der Regen derart laut auf das dünne Zeltdach prasselte, daß man kaum sein eigenes Wort verstand.

Dann endlich hatte einmal alles zusammengepaßt: Der Morgen begrüßte sie mit Vogelgezwitscher und einem makellosen blauen Himmel. Beide waren sehr früh aufgewacht und stellten übereinstimmend fest, daß es nun keine Ausrede mehr gab. Sie brachen zu einer Bergtour in weitgehend menschenleeres Gebiet auf, das Martin Herzberg von einem früheren Aufenthalt her kannte und stets in den höchsten Tönen angepriesen hatte.

Tagelang hatte er Christina mit dieser Wanderung in den Ohren gelegen, ohne dabei allzuviel konkrete Initiative zu zeigen. Doch nun war er nicht mehr zu halten. Er schwärmte ununterbrochen von damals, von wunderbaren Ausblicken über die norwegischen Hochländer, verzauberten Urwäldern, traumhaften Seen und rauschenden Wasserfällen, von Orchideen und Rundblättrigem Sonnentau, von riesigen Pilzen und üppigen Flechten. Kurz: Er versprach alles, was sich eingefleischte Großstädter nur wünschen konnten, wenn sie sich davon überzeugen wollten, daß alles doch nicht so schlimm und die Bäume noch schön grün waren. Aller Unkenrufe zum Trotz: Die Natur existierte noch immer.

Aber der Ausflug der beiden Wanderer nahm einen gänzlich unerwarteten Verlauf. Es fing damit an, daß der Tag von Stunde zu Stunde heißer wurde. Gegen Mittag nahmen sie über glitschige, morastige Wege den eigentlichen Gipfelsturm in Angriff, in einer schweißtreibenden Backofenhitze, die eher zu einer Besteigung des Kilimandscharo gepaßt hätte. Über dem Tal lag eine drückende Schwüle, und die Luft war so feucht, daß man die einzelnen Wassertröpfchen fast sehen konnte.

Als Martin die letzten Meter bis zum Gipfel emporstapfte, wurde ihm endgültig klar, daß aus dem Panoramarundblick nichts wurde. Es war diesig, und der grandiose Blick auf den See und die schneebedeckten Hochländer, den er Christina versprochen hatte, bot nur verschwommene Konturen in verschiedenen Grautönen.

»Hättest du dir nicht einen kühleren Tag für deine Gipfelstürmerei aussuchen können?« Christina quälte sich das letzte Stück des steilen Hanges hinauf und ließ sich auf einem Felsblock nieder. Sie war fertig. Der Schweiß lief in Strömen. Erst jetzt fiel auch ihr auf, daß sie um den Lohn für ihre Mühen betrogen waren. Sie zeigte in die Richtung, in der eigentlich ein dunkelblauer, geheimnisvoll glitzernder See liegen sollte, setzte an, ihrem Unmut freien Lauf zu lassen, und winkte dann nur erschöpft und resigniert ab.

Martin packte die Träger seines Rucksacks und hievte ihn mit einem erleichterten Stöhnen vom Rücken. Haare und T-Shirt klebten an seiner Haut, als käme er gerade aus der Dusche. »Die angenehmeren Temperaturen haben eben ihren Preis«, meinte er. »Oder wär's dir lieber, wenn es regnen würde wie früher?«

»Du weißt genau, daß ich diese Scherze nicht mag, Martin. Ich weiß wirklich nicht, was daran so komisch sein soll. Außerdem hat es solche Tage hier schon immer gegeben.« Sie warf ihm einen spöttischen Blick zu. »Aber von Statistik hast du ja keine Ahnung.«

Martin förderte aus seinem Rucksack eine Feldflasche zutage, trank mit tiefen Schlucken und grinste dann entschuldigend. Mehr oder weniger gelungene Anspielungen auf das, was man *Die Erwärmung* nannte, waren seine neue Leidenschaft geworden, seitdem sie der Inbetriebnahme des ersten norwegischen Assimilators beigewohnt hatten.

»Ich mein ja bloß. Wir sollten uns freuen, daß wenigstens ein paar Flecken auf der Erde von dieser Entwicklung profitieren und daß wir uns gerade mitten in einer solchen Gegend befinden.«

Er lehnte sich gegen seinen Rucksack und streckte unter wohligen Lauten die strapazierten Beine aus. Er war im Grunde kein großer Wanderer, und seine Kondition ließ auch zu wünschen übrig, aber wenn er in die Berge kam, dann zog es ihn nach oben. Hin und wieder packte den gestreßten Großstädter fast anfallartig das Verlangen nach dem ursprünglichen Leben, den primitiven Verhältnissen eines kleinen Hauses in den Bergen. Immer wenn er es einrichten konnte, zog er sich dann nach Skandinavien zurück. Leider war das nicht oft der Fall.

Ihm flog ein Pullover ins Gesicht, und kurz danach wurde er von zwei Händen auf den Boden gepreßt. »Noch so ein Spruch, und du kannst die Bergluft in Zukunft alleine genießen«, drohte Christina. »Wir haben jetzt Urlaub, und ich habe keine Lust, mir durch deinen Sarkasmus die Stimmung verderben zu lassen.«

Sie kniff ihn in die Seite, und nach seinem Aufschrei tollten beide laut lachend auf dem schmalen Gipfelplateau herum. Schließlich ließen sie sich wieder im feuchten Gras nieder, lehnten sich an einen großen, flechtenüberkrusteten Felsblock und starrten beide schweigend, abgekämpft, aber doch zufrieden in die diesige Landschaft. Christina legte ihren Kopf in Martins Schoß und spielte mit den Fingern seiner linken Hand.

Eine ganze Weile lagen sie so schweigend da und genossen die Ruhe.

»Die Leute hier können sich doch eigentlich nicht beklagen.« Martin wurde klar, daß er auf dem besten Wege war, einen Spruch wie »Hier liegt bald die Costa Brava der Zukunft« loszulassen, und konnte sich gerade noch bremsen. »Gemein, nicht? Es sind wieder die gleichen Länder, die profitieren. Als ob die nicht schon genug Privilegien genossen hätten. Na, wenigstens erwischt es diesmal auch die Amerikaner. Aber hier? Man merkt kaum etwas. Es ist eher angenehm. *Die Erwärmung.* Erinnert irgendwie an Frühling, an Erwachen, Erblühen, findest du nicht?«

»Glaubst du denn, daß diese Assimilatoren tatsächlich etwas bringen?« fragte Christina.

»Für die Stahl- und die Biotech-Industrie bestimmt!« sagte Martin bitter. »Nein, im Ernst. Rein rechnerisch müßte in ein paar Jahren ein Effekt zu erwarten sein. Du hast den Präsidenten bei der Einweihung doch gehört.« Er richtete sich auf und deklamierte: »Der mutigen und beispielhaften Initiative der europäischen Staatengemeinschaft und der Vereinigten Staaten von Amerika ist es zu verdanken, daß jetzt nach langen Jahren der Resignation endlich gehandelt wird. Die riesigen finanziellen und industriellen Anstrengungen, die wir auf uns genommen haben, werden zum Erfolg führen und die Erwärmung zum Stillstand bringen.« Er zündete sich eine Zigarette an und inhalierte ein paar tiefe Züge. »Mir ist fast schlecht geworden. Aber Kohlendioxid ist nur eines dieser teuflischen Klimagase, das wichtigste zwar, aber nur eines von vielen. Außerdem stoßen sich für meinen Geschmack viel zu viele Leute gesund an diesen Ungetümen.«

Einzelne Vogelstimmen aus dem tiefer gelegenen Wald kämpften sich durch die milchige, träge Luft bis zu den beiden Wanderern herauf, die mit geschlossenen Augen horchten. In der Ferne rauschte einer der zahllosen Wasserfälle dieser Gegend. Man konnte diesem Geräusch hier kaum entkommen.

»Ich will mich nicht an den Gedanken gewöhnen, daß alles unaufhaltsam in ein Chaos stürzt«, sagte Christina. »Aber es fällt mir schwer, meine ganze Hoffnung auf diese häßlichen Stahlmonstren zu setzen.«

»Hoffnung – worauf? Du meinst, daß alles wieder so wird wie früher, so wie unsere Eltern oder besser unsere Großeltern es gekannt haben? Nein, bestimmt nicht. Wenn du fragst, ob man es noch aufhalten kann, oder wenigstens verlangsamen, vielleicht, vielleicht geht es wirklich noch. Aber ich habe kein gutes Gefühl bei diesen postmodernen Industriekomplexen, diesen Assimilatoren. Ich fand sie beklemmend, trotz all der sauberen Hightech im Inneren. Das Schlimmste wäre, wenn man der Biotech-Industrie womöglich noch dankbar sein muß dafür, daß sie die Welt vor der Klimakatastrophe bewahrt hat. Das wäre das letzte. Stell dir vor, der Nobelpreis für Umweltforschung geht an die GENTEL oder irgend so ein Biotech-Unternehmen.«

Nach einem kurzen Zögern fuhr er fort: »Grundsätzlich scheinen mir die Assimilatoren aber doch wesentlich sinnvoller und erfolgversprechender zu sein als viele andere Projekte, die in diesem Zusammenhang vorgeschlagen wurden.«

»Du meinst die Typen, die die Erde von Satelliten aus mit riesigen Folien beschatten wollten?«

»Ja, und die, die mit Hilfe von Großtankern Unmengen kleiner, weißer Styroporkügelchen auf die Meere kippen wollten, um die Sonnenstrahlung zu reflektieren, oder zigtausend Tonnen von Eisenspänen, um damit das Algenwachstum anzuregen.«

»Schwachsinn!« sagte Christina.

Plötzlich mußte Martin lachen, verschluckte den Rauch seiner Zigarette und bekam einen heftigen Hustenanfall.

»Ich mußte gerade an diesen Irren mit den Jumbojets denken«, sagte er, immer noch hustend. Christina sah ihn fragend an und legte die Stirn in Falten.

»Wallace Broecker, von der University of Columbia. Den Namen habe ich mir gemerkt.« Er schüttelte den Kopf und stieß ein kurzes Lachen aus, das immer noch wie ein Husten klang. »Ich meine, wir sprechen hier nicht über die naiven Phantasien irgendwelcher Leute, sondern von ernsthaften Wissenschaftlern, die an noch ernsthafteren Universitäten arbeiten: Princeton, Columbia, Alabama. Dieser Wallace Broecker also geruhte kürzlich die Öffentlichkeit von seinem genialen Plan in Kenntnis zu setzen. Er schlug vor, einige Hundertschaften von Jumbojets aufsteigen, umherfliegen und jährlich 35 Millionen Tonnen Schwefeldioxid ausstoßen zu lassen, um mit diesem Dreckmantel die Erde vor der einfallenden Sonnenstrahlung zu schützen.«

»Unfaßbar!« Christina war baff.

»Ich kann dir sagen... ich hab's auch nicht glauben können. Aber es ist wahr. So gesehen sind wir mit den Assimilatoren gut bedient.«

Als Martin Herzberg zusammen mit einer Horde von Journalisten aus aller Welt vor dem Eingangstor dieses gigantischen Komplexes aus Stahl, Glas und Kunststoff stand, konnte er sich doch, trotz aller Skepsis, einer gewissen Ehrfurcht nicht erwehren. Die Assimilatoren waren die größten menschlichen Konstruktionen, die es bisher gegeben hatte. Dagegen nahmen sich die Ölförderinseln des zwanzigsten Jahrhunderts wie Dekorationen für eine Modelleisenbahn aus. Aber seine Angst, daß da – diesmal in bisher nie gekannter Größenordnung – der Teufel mit dem Beelzebub ausgetrieben werden sollte, hatte sich verstärkt, nachdem er mit eigenen Augen gesehen hatte, welche Monstren da in Welt gesetzt wurden, eins nach dem anderen, überall auf der Erde. Er hatte den Stolz, die leuchtenden Augen der Techniker und Ingenieure gesehen, er hatte die Lobeshymnen der Politiker, der Kirchen, der Medien mitangehört, und er hatte die Wunderalge gesehen, die die GENTEL zusammen mit drei anderen Firmen entwickelt hatte, um den menschengemachten Schlamassel aufzuhalten.

»Komm, laß uns wieder zurücklaufen, sonst kommen wir erst im Dunkeln an!« sagte Christina und boxte Martin an die Schulter.

»Okay, okay.«

Er trank noch einen Schluck aus der Feldflasche und verstaute sie wieder in seinem Rucksack.

»War ja ein voller Erfolg, unsere Gipfelbesteigung«, sagte Christina und versuchte in den verschwommenen Konturen der Landschaft irgendwelche markanten Berggipfel zu identifizieren. »Ich bestehe aber darauf, daß wir am See zurücklaufen. Ich hab keine Lust, den gleichen Weg noch mal zu gehen.« Voll Widerwillen dachte sie an den matschigen Abhang, den sie sich hier hochgequält hatten.

»Wie du willst, Schatz, ich kenne den Weg«, antwortete Martin. »Ich bin ihn vor ein paar Jahren schon einmal gelaufen. Damals regnete es übrigens. Wir müssen da drüben absteigen.« Er wies auf eine Gruppe kleinerer Felsen. Zwischen grauen, grünen und silbrigweißen Flechten war dort auch die rote Wegmarkierung zu erkennen.

Sie hatten die Hochebene verlassen und waren schon eine Weile durch einen Bergwald aus alten, krüppeligen Nadelbäumen gelaufen, als sich eine Lichtung auftat. Vor ihnen lag eine nasse Moorwiese. Überall sah man die Wattebäusche des Wollgrases. Der Weg schien links um das Moor herumzuführen.

»Früher gab es hier massenhaft Pilze«, sagte Martin. »Pfifferlinge, Maronen, Steinpilze, alles, was du wolltest. Wir haben sie eimerweise gesammelt, damals.«

»Ist vielleicht noch zu früh. Wir haben doch erst Anfang September. Außerdem habe ich auf dem Hinweg eine ganze Menge Pilze gesehen.«

»Das waren alles Giftpilze.« Er ließ sich stöhnend ins Gras fallen. »Komm, laß uns mal ein Päuschen machen.«

»Du bist mir ein Wanderer!« spottete sie, ließ sich aber nicht lange bitten und setzte sich zu ihm.

Die Sicht war jetzt besser. Der Wind hatte aufgefrischt und den Dunst weggeblasen. Hinter der Lichtung lag ein großes Waldgebiet, das sich weit hinab in eine flache Talmulde erstreckte, vor Tausenden von Jahren von Gletschern in die Landschaft gefräst. Zu beiden Seiten ragten Berge empor. Irgendwo da unten mußte auch der See liegen.

Sie saßen eine Weile still nebeneinander und betrachteten die Landschaft.

»Guck mal, dahinten sieht der Wald aber merkwürdig aus.« Christina wies mit dem Finger hinunter in das flache Tal.

»Was meinst du? Ich kann nichts sehen.«

»Na, dahinten!« Sie deutete energisch mit ihrer ausgestreckten Hand in die Richtung, in der eigentlich der See liegen mußte. »Siehst du nicht, daß der Wald da ganz anders aussieht? Nicht so dunkelgrün.«

»Ach da!« Martin beschirmte die Augen mit der rechten Hand und streckte seinen Oberkörper, um besser sehen zu können. »Sind wahrscheinlich mehr Laubbäume, deren Blätter sich schon gelb färben.« Er gähnte.

»Quatsch! Gib mir mal das Fernglas.« Sie streckte ihm auffordernd die rechte Hand entgegen.

»Muß das sein? Es ist ganz unten im Rucksack.«

»Nun gib schon her. Ich will mir das mal genauer anschauen. Wozu hast du es denn sonst mitgeschleppt?«

Leise vor sich hinfluchend, kramte er in seinem Rucksack herum und zog schließlich ein kleines Lederetui hervor. Er wollte es sich gerade um den Hals hängen, als Christina lautstark protestierte.

»Das ist ja wohl das Letzte. Wer wollte durch das Fernglas schauen, du oder ich? Typisch! Gib sofort her!«

Sie entriß ihm das Glas mit einem Ruck, und während er sich grinsend ins Gras zurücklehnte, mühte sie sich damit ab, das Gerät scharfzustellen. Hektisch drehte sie an dem Fokussierrädchen, um schließlich innezuhalten und mit aufgerichtetem Oberkörper in die Ferne zu starren.

»Du, das mußt du dir angucken!« stieß sie hervor. »Das sieht schrecklich aus. Als ob der Wald dort abstirbt. Lauter tote Bäume, und die anderen sind ganz gelb.«

Martin warf Christina einen skeptischen Blick zu. Er suchte das ungewöhnliche Waldgebiet mit bloßem Auge und benutzte schließlich ebenfalls das kleine Fernglas, das sie ihm vor die Nase hielt. Deutlich konnte er einige tote Baumgerippe erkennen, die wie grotesk geformte Strommasten aus dem restlichen Wald hervorragten. Die meisten Baumkronen waren gelblich verfärbt, nur wenige zeigten das typische, satte Grün, das den Wald hier sonst auszeichnete.

»Du hast recht«, murmelte er. »Der Wald da unten sieht nicht sehr gesund aus.« Er gab ihr das Fernglas zurück und erhob sich. »Komm, wir schaun uns das mal aus der Nähe an. Liegt ja ungefähr in unserer Richtung.«

»Schrecklich!« Christina hatte wieder das Glas vor den Augen und konnte sich gar nicht losreißen. »Richtig unheimlich!«

»Vielleicht gibt es eine ganz natürliche Erklärung. Ein Brand, oder eine Überschwemmung.«

Der Weg, der am anderen Ende der Wiese zwischen den Bäumen verschwand, schien in die richtige Richtung zu führen. Sie liefen etwa eine halbe Stunde, ohne ein Wort zu reden. Der Wald wirkte völlig normal, der Boden von Farnen und Kräutern bedeckt, auf den Steinbrocken dicke Moospolster, die Stämme knorrig und bewachsen, von den Ästen hingen lange Flechtenbärte. Vögel zwitscherten. Es war jetzt im Schatten der Bäume eher kühl, und so schritten sie zügig aus, auch um dem frostigen Gefühl Paroli zu bieten, das der Anblick des sterbenden Waldes in ihnen hinterlassen hatte.

Plötzlich standen sie vor einem etwa zwei Meter hohen Maschendrahtzaun, der sich nach rechts und links endlos zwischen den Bäumen fortzusetzen schien.

»Was soll das denn jetzt?« Martin blieb verblüfft stehen und warf seiner Freundin, die ein paar Schritte hinter ihm ging, einen ratlosen Blick zu.

»Der war damals noch nicht da!« Er zeigte auf den Zaun.

»Damals! Damals!« äffte sie ihn nach. »Du gehst mir langsam auf die Nerven mit deinem *damals!*« Sie machte eine hilflose Geste in Richtung auf das unerwartete Hindernis. »Was machen wir denn jetzt? Unser Weg geht auf der anderen Seite weiter.«

»Ich sage ja, den gab es hier früher nicht. Der muß erst vor kurzem aufgestellt worden sein.«

Er trat näher an den Zaun. Das Metallgeflecht machte einen sehr stabilen Eindruck und war oben mit Stacheldraht versehen.

»Ein solcher Zaun, noch dazu mit Stacheldraht, mitten im Wald? Merkwürdig. Vielleicht ein Militärgelände. Laß uns noch mal auf die Karte gucken. Vielleicht haben wir was übersehen.«

Wieder wuchtete er sich den Rucksack von der Schulter,

fand schnell, was er suchte, schüttelte dann aber den Kopf. Auch der Wanderkarte war nichts zu entnehmen.

Etwas stimmte hier nicht!

»So langsam beginnt mich dieser Wald zu interessieren. Da besteht doch ein Zusammenhang, das ist doch kein Zufall.«

Er schaute zu seiner Freundin, die nur mit den Schultern zuckte.

»Weißt du, was ich glaube? Hier ist irgendeine Schweinerei passiert, und man will verhindern, daß das bekannt wird.«

»Aber hier ist doch weit und breit nichts, keine Stadt, kein Dorf, keine Fabrik. Was soll denn hier passiert sein?«

»Vielleicht Giftmüll oder so etwas. Wäre ja nicht das erste Mal!« Martin suchte mit dem Fernglas den Wald auf der anderen Seite des Zaunes ab. Auch Christina starrte durch das Drahtgeflecht.

»Ich kann absolut nichts erkennen. Es kann doch eigentlich nicht mehr weit sein.« Er zündete sich eine Zigarette an, inhalierte tief und blies den Rauch geräuschvoll in die klare Waldluft.

Es war schon später Nachmittag. Wenn sie den Weg verließen und dem Zaun folgten, bestand die Gefahr, daß sie sich verirrten. Die Gegend hier war nicht gerade dicht bevölkert, und für eine Nacht im Freien waren sie nicht ausgerüstet. Auch ohne Umweg war die Strecke lang genug. Martin verfluchte seine Karte. Vielleicht hätte er sich doch eine neuere Auflage leisten sollen.

»Ich bin dafür, daß wir versuchen, über den Zaun zu klettern«, verkündete er und sah sich nach Christina um. Sie war nirgends zu sehen.

»Tina, wo bist du?«

Rechts und links verlor man den Zaun im Wirrwarr der Bäume und anderer Pflanzen bald aus den Augen. Er war mitten durch den Wald gezogen worden. In der Nähe des Maschendrahtes sah man einige Baumstümpfe.

Aus dem Wald waren unvermittelt das Knacken von Zweigen und ein lauter Fluch zu hören.

»Christina?«

Wieder knackten Zweige im Wald.

»Komm mal hierher, Martin! Ich glaube, hier kommen wir rüber.« Christinas Stimme klang aufgeregt, so, als hätte sie das Jagdfieber gepackt.

In etwa zehn Metern Entfernung war ein Baumriese umgestürzt und lag nun wie eine Rampe schräg auf dem Zaun. Sein aus dem Boden gerissener Wurzelteller ragte senkrecht in die Luft und sah aus wie ein mitten in der Bewegung erstarrtes Waldwesen, das mit Hunderten von dürren, knorrigen Armen nach harmlosen Wanderern zu greifen versuchte. Durch den Aufprall war der Stacheldraht gerissen. Die obere Hälfte des Zaunes war unter der Last des Stammes umgebogen worden.

Sie warfen sich fragende Blicke zu und traten dann näher an den umgestürzten Baum.

»Sieht wie eine Aufforderung aus, weißt du, wie in den alten Horrorfilmen. Dunkle Mächte, die harmlose Wanderer in ihr Verderben locken.«

Er ignorierte ihren strafenden Blick – sie konnte Horrorfilme nicht ausstehen –, trat an den eingedrückten Zaun und versuchte das Drahtgeflecht noch weiter umzubiegen.

»Na los, lange kann ich das hier nicht festhalten!« Mit ganzer Kraft drückte er die Maschen nach unten.

Kurz darauf standen sie auf der anderen Seite. Sie liefen ein Stück am Zaun zurück, bis sie wieder auf den Weg trafen, und setzten ihren Marsch fort. Nichts deutete auf irgendwelche ungewöhnlichen Vorgänge hin, die eine solch massive Absperrung mitten im Nirgendwo hätten erklären können.

»Wir müßten doch eigentlich längst da sein.« Christinas Gesicht wirkte angespannt. Im Grunde verspürte sie keine große Lust, genau zu erfahren, wie Baumleichen aus der Nähe aussahen.

»Die Richtung stimmt jedenfalls, es kann nicht mehr weit sein. Guck mal da!« Martin zeigte auf einen wunderschönen Fliegenpilz, der in der Nähe des Weges wuchs und dessen rote Kappe im grünen Moos leuchtete. »Vielleicht haben wir uns etwas in der Entfernung verschätzt.«

»Hm... wie ein militärisches Übungsgelände sieht das hier jedenfalls nicht aus. Man sieht keinerlei Spuren, keine Zerstörungen.«

Sie liefen weiter. Einige Pilze sorgten für Farbtupfer im satten Grün. Hin und wieder pflückten sie ein paar Blaubeeren.

Ganz in der Nähe hörten sie jetzt ein Rauschen. Sie näherten sich einem Fluß, dessen von Stromschnellen aufgewühltes Wasser sie zwischen den Bäumen hindurchschimmern sahen. Der Fluß würde sie zum See führen, und von dort waren es vielleicht noch zwei Stunden, bis sie den Platz erreichten, an dem sie den Wagen abgestellt hatten.

Martin schaute auf die Uhr. Es war kurz vor fünf, höchste Zeit.

Christina blieb plötzlich stehen und atmete ein paarmal tief durch.

»Findest du nicht, daß es hier unheimlich nach Pilzen riecht?«

»Du und dein Geruchssinn! Ich finde, es riecht ganz normal. So riecht es eben im Herbst. Wurde wirklich höchste Zeit, daß du mal wieder einen richtigen Wald erlebst.«

»Es riecht nach Pilzen, da kannst du mir erzählen, was du willst.« Sie saugte noch einmal mit geschlossenen Augen und geweiteten Nasenflügeln die Waldluft ein, und vor ihrem inneren Auge entstand sofort ein dampfender Topf voller gedünsteter Champignons oder Pfifferlinge. Sie hatte Hunger.

»Was ist denn das?« Martin starrte mit großen Augen auf etwas in Christinas Rücken.

Sie fuhr herum. In fünfzig Meter Entfernung schwebte ein Schatten durch den Wald. Es war kein Lebewesen, jedenfalls keines, das sie kannte. Wie eine riesige Amöbe tanzte eine undefinierbare graue Masse scheinbar schwerelos zwischen den Bäumen. Die Umrisse waren verschwommen und veränderten sich permanent. Dabei war es praktisch lautlos.

»Was zum Teufel...?«

Es war groß, sehr groß, hatte ungefähr die Ausmaße eines Lastwagens.

»Martin, laß uns von hier verschwinden!« Sie zerrte an seiner Jacke, wollte ihn wegziehen.

Der Schatten schien sich kaum von der Stelle zu rühren, schwankte hin und her, floß wie zäher Brei zwischen zwei Bäumen hindurch und bäumte sich gleich darauf zu einer riesigen Welle auf. Gerade als sich die Welle zu überschlagen schien, fiel die graue Masse wie künstlicher Nebel in sich zusammen und floß nach allen Seiten auseinander.

Martin stand wie angewurzelt und starrte gebannt auf die Nebelwolke. Christina zog an seinem Arm.

»Wir müssen es fotografieren! Der Fotoapparat!« rief er. »Laß doch mal los!«

Normalerweise trug er seine Kamera wie eine monströse Halskette ständig um den Hals, aber beim Wandern störte sie ihn, und deshalb hatte er sie im Rucksack verstaut. Hastig löste er die Schnallen und zog den Apparat heraus. Christina war einen Schritt zurückgetreten und blickte immer zwischen Martin und der Wolke hin und her.

»Bleib hier, Martin! Geh nicht näher, bitte! Ach, Scheiße!« Sie stampfte mit den Füßen.

Langsam bewegte er sich auf das Ding zu. Es hatte seine Position bisher kaum verändert, obwohl es immer in Bewegung war. Als er noch zwanzig Schritte entfernt war, hörte er deutlich ein feines, hohes Sirren. Er schoß schnell ein paar Fotos und winkte Christina beruhigend zu, die ihn mehr böse als ängstlich beobachtete.

Plötzlich wußte er, was er vor sich hatte.

»Weißt du, was das ist? Kaum zu glauben. Es sind Fliegen, winzige Fliegen, Milliarden von Fliegen. Unglaublich!« Seine Kamera surrte jetzt unaufhörlich. »Es sind wirklich Fliegen. Du, das mußt du dir ansehen!«

»Komm endlich wieder her, verdammt noch mal, ich will hier weg.« Es war kühl geworden, sie war erschöpft und hungrig und hatte nicht die geringste Lust, den Rest des Weges im Dunkeln durch den Wald zu stolpern. Und nun tauchte da auch noch diese mehr als merkwürdige, sehr unheimliche und womöglich gefährliche Erscheinung vor ihnen auf, der ihr sensationssüchtiger Freund natürlich nicht widerstehen konnte.

Sie war wütend.

Die Kamera surrte noch ein paar Mal, dann drehte Martin sich um und kehrte zu Christina zurück. Energisch nahm sie seine Hand und zog ihn von dem Fliegenschwarm weg. Als sie wieder auf den Weg trafen, blickten sich beide um und sahen den Schwarm noch immer an derselben Stelle tanzen.

Christina wandte sich ab und sagte flüsternd, als ob sie den Fliegenschwarm nicht auf sich aufmerksam machen wollte: »Ich habe so etwas noch nie gesehen. Ich meine, das ist doch nicht normal.«

»Entschuldige bitte! Es tut mir leid. Aber das mußte ich fotografieren. Das glaubt uns doch sonst keiner.«

»Ich will weg hier.«

»Ja, laß uns weitergehen. Umdrehen können wir jetzt nicht mehr. Das dauert zu lange. Es wird bald dunkel.«

Sie folgten weiter dem Weg. Hinter ihnen verblaßte der Fliegenschwarm zu einem gespenstischen Schleier. Ein paar Minuten später entdeckten sie einen zweiten Schwarm etwas weiter entfernt, kurz darauf einen dritten ganz in ihrer Nähe.

Einzelne der Fliegen kitzelten sie im Gesicht, so daß sie angewidert davonrannten. Der Boden war weich und federnd und dämpfte ihre Schritte. Überall standen jetzt Fliegenpilze, zum Teil ungewöhnlich groß, und nun fiel auch Martin der penetrante Pilzgeruch auf. Die ersten Bäume mit gelblich verfärbten Nadeln tauchten auf. Sie näherten sich dem Gebiet, das sie im Fernglas gesehen hatten.

Ein paar Minuten später standen sie inmitten einer Szenerie, die der Phantasie eines Lewis Caroll entsprungen zu sein schien. Der Pilzgestank war unerträglich geworden. Trotzdem standen beide mit offenen Mündern da und staunten. Martin hatte noch nie etwas Vergleichbares gesehen. Er begann, hektisch hin und her zu rennen und wie ein Besessener den ganzen Film abzuknipsen.

Es war unglaublich! Hier tobte ein stiller, dramatischer und absolut unnatürlicher Kampf. Alles sah danach aus, als ob ein Pilz einen Wald auffraß.

4

Als Wenzel Ecksteins Büro betrat, fiel sein Blick zuerst auf den flachen Tisch, der in der einen Ecke des Zimmers zwischen einer schwarzen Ledercouch und drei schweren Sesseln stand. Eine Thermoskanne, drei Kaffeetassen und eine Flasche Cognac standen inmitten eines heillosen Durcheinanders von Papieren.

»Da sind Sie ja endlich, Wenzel! Das hat ja eine Ewigkeit gedauert.«

Ecksteins Stimme kam aus der anderen Ecke des Zimmers und klang eher erschöpft als aggressiv. Neben ihm stand Uwe Vollmersen, braungebrannt wie immer. Vollmersen fungierte seit einiger Zeit als Pressesprecher der GENTEL und erschien in dieser Eigenschaft häufig in der Öffentlichkeit.

Als Wenzel die dritte Person erkannte, die mit dem Rükken zu ihm aus dem Fenster geschaut hatte, entspannte er sich etwas. Es war Charlotte Uhlich, eine große schlanke Frau Mitte Vierzig mit graumeliertem, kurzgeschnittenem Haar und einer markanten Brille, eine der wenigen Personen, mit der er freundschaftlichen Umgang pflegte. Ihre Anwesenheit beruhigte ihn sehr. Sie nickte ihm ernst, aber freundlich zu, und alle drei traten vom Fenster weg und gingen zu der Sitzgruppe.

»Dr. Uhlich und Vollmersen kennen Sie ja«, sagte Eckstein und ließ sich mit einem lauten Stöhnen auf das Sofa fallen. Er hatte seine Krawatte gelockert und den Kragenknopf geöffnet und rieb sich mit beiden Händen übers Gesicht. »Wissen Sie, Wenzel, wir sind jetzt alle sehr müde, und niemand der hier

Anwesenden, Sie wahrscheinlich eingeschlossen, hat großes Interesse an zeitraubenden Diskussionen.«

Er griff nach der Cognacflasche, füllte sein Glas und genoß die Unruhe, die diese Pause in Wenzel auslöste.

»Ich habe die Nachrichten gehört und...«

»Na großartig!« Eckstein lachte grimmig und blickte Wenzel an, zum erstenmal, seit dieser den Raum betreten hatte. »Dann wissen Sie ja schon bestens Bescheid, was? Um so besser. Er hat Nachrichten gehört«, sagte er mit höhnischer Stimme, streckte dabei die Arme in die Luft und schüttelte ungläubig den Kopf. »Wunderbar!«

Eckstein beugte sich zu Wenzel hinüber, dessen Oberkörper unwillkürlich zurückwich, griff aber nur nach seinem Glas, das zwischen ihnen auf dem Tisch stand. Die Reaktion seines Gegenübers entging ihm natürlich nicht. Er quittierte sie mit einem geringschätzigen Lächeln.

»Nun setzen Sie sich doch endlich hin, Mann! Sie werden bald wesentlich mehr Aktivität an den Tag legen müssen, das kann ich Ihnen versichern. Das Durcheinander, das Sie da angerichtet haben, werden Sie nämlich in Ordnung bringen.«

Uhlich trat an den Tisch und setzte sich neben Eckstein auf das Sofa. Sie warf Wenzel einen aufmunternden Blick zu.

Eckstein griff nach einem Flugticket, das zwischen den anderen Papieren auf dem Tisch lag.

»Morgen früh um 7 Uhr 30 werden Sie die Maschine nach Oslo nehmen und von dort nach Trondheim weiterfliegen.« Er fuchtelte mit dem Ticket vor dem blassen Gesicht des verwirrten Biochemikers herum. »Ich möchte, daß Sie sich diese... angeblichen Schäden einmal anschauen, und sollte an den Meldungen irgend etwas dran sein – woran ich nebenbei gesagt meine Zweifel habe –, dann erwarte ich, daß Sie mir sehr ernsthafte Vorschläge machen, wie Sie uns dieses..., äh, Problem schnellstens wieder vom Halse schaffen. Und wenn ich schnellstens sage, dann meine ich schnellstens. Habe ich mich klar ausgedrückt?«

Eckstein machte eine bedeutungsvolle Miene. »Damit wir uns nicht falsch verstehen: Ich halte diese Berichte für maßlos übertrieben, aber...«, er schaute Wenzel direkt in die Augen, »die GENTEL, Ihr Arbeitgeber, Dr. Wenzel, hat im Augenblick größtes Interesse daran, daß jegliche negative Publicity unterbleibt. Sie wissen selbst, wie sich die Presse auf solche vagen Meldungen stürzt. Die wollen gegen uns Stimmung machen. Es ist ausgesprochen unangenehm, daß die Medien schon davon erfahren haben.«

Vollmersen, der die ganze Zeit hinter der Lehne des zweiten Sessels gestanden hatte, gab ein zustimmendes Grunzen von sich. »Die GENTEL steht vor der Markteinführung eines umwälzenden neuen Produkts, ach, was rede ich, einer ganzen Palette von Produkten, Innovationen, die die Welt verändern werden!« Die Augen des jungen Mannes sprühten vor Begeisterung. »Sie werden verstehen, daß wir uns in einer solchen Situation keinerlei negative Presse leisten können.«

Wenzel hatte keine Ahnung, von welchen innovativen Produkten die Rede war, aber er beeilte sich, mit einem heftigen Nicken Zustimmung zu signalisieren.

»Ich verstehe Ihre Aufregung ja vollkommen« , sagte er, »aber ich kann mir beim besten Willen nicht vorstellen, was mein *Amanita* damit zu tun haben soll.« Wenzel war überrascht, wie flüssig ihm dieser Satz über die Lippen kam, und noch mehr verblüffte ihn, daß er ihn ungestört hatte beenden können. Ermutigt wollte er fortfahren, wurde dann aber doch unterbrochen. Diesmal war es Uhlich, die sich bemühte, Eckstein zuvorzukommen. In dem bulligen Forschungschef ballte sich ein erneuter Zornesausbruch zusammen.

»Schauen Sie sich einmal diese Unterlagen an, Herr Wenzel. Sie sind heute am späten Nachmittag bei uns eingetroffen. Dr. Kollek, der sie uns geschickt hat, ist ein hochqualifizierter

Forstökologe, der in der Fachwelt großes Ansehen genießt. Er schreibt hier...« Sie blätterte in einem Hefter herum. »...ah, hier ist es. Wir sind davon überzeugt, schreibt er, daß die beobachteten Baumschäden auf ein übermäßiges Wachstum von *Amanita wenzeli* zurückzuführen sind. Hier, lesen Sie selbst!« Sie reichte ihm den Hefter, und Wenzel lächelte ihr verkrampft, aber dankbar zu, weil sie die Initiative ergriffen hatte.

»Ich hatte ja keine Ahnung, daß *Amanita* überhaupt freigesetzt wurde. Ich meine, nicht daß ich irgendwelche Bedenken gehabt hätte. Das Projekt war ausgereift, vollkommen ausgereift. Nicht die geringsten Probleme. Und Sie wissen ja selbst, mit der Überprüfung und Anwendung unserer Entwicklungen haben wir doch gar nichts zu tun.«

Er überflog ein paar Seiten und sah nichts als endlose Listen lateinischer Namen, irgendwelche Pflanzen- oder Tierarten, mit denen er nichts anfangen konnte. Er war Biochemiker und kein Ökologe.

»Das ist doch eher eine Aufgabe für einen Botaniker oder einen Forstfachmann, wie diesen Tollek oder Kollek.« Er schaute zu seiner Kollegin, doch die legte die Stirn in Falten und signalisierte durch ein kurzes Kopfschütteln nur Ratlosigkeit.

Auf einer Seite war ein Foto zu sehen, das einen bräunlich verfärbten Nadelwald zeigte. Einige kahle Baumgerippe ragten heraus. Das unangenehme Kribbeln in seinen Füßen, das er schon im Taxi verspürt hatte, machte sich wieder bemerkbar.

Auf der nächsten Seite sah man die Aufnahme eines Fliegenpilzes. Darunter stand:

Amanita wenzeli
28. September,
südöstlich von Bronnoysund, 65. Breitengrad

Das Bild stammte aus dem vorigen Jahr. Der Pilz auf dem Foto schien ungewöhnlich groß zu sein. Er überragte einen Gummistiefel, der zum Größenvergleich neben den Pilzhut plaziert worden war, um einiges.

»Das ist ja unfaßbar!« entfuhr es Wenzel.

Eckstein, der sich zurückgelehnt hatte und eine Zigarette rauchte, wurde unruhig.

»Also, ich schlage vor, Sie lesen den Kram morgen im Flugzeug. Ich für meinen Teil bin todmüde und beabsichtige den spärlichen Rest dieser Nacht in meinem Bett zuzubringen. Ich hoffe, Ihnen ist klar, Wenzel, was wir von Ihnen erwarten, wie groß unser Interesse daran ist, daß diese Geschichte nicht weiter aufgebauscht wird. Ihre Tage in dieser Firma dürften im Falle eines Mißerfolges gezählt sein, mein Lieber.«

Eckstein konnte sich trotz seiner Müdigkeit ein Grinsen nicht verkneifen. Plötzlich versuchte er, seinem Gesicht einen Ausdruck tiefen Mitgefühls zu geben. »Und Sie wissen ja, wie ungern ich auf Ihre Mitarbeit verzichten würde.« Mit diesen Worten leerte er sein Cognacglas und erhob sich.

Wenzel sprang auf, schüttelte verzweifelt den Kopf und wagte einen letzten Versuch, gegen diese Zwangsverschickung zu protestieren. »Ich... ich glaube wirklich nicht, daß ich der richtige Mann für diese Aufgabe bin. Es ist schon so lange her. Ich kann mich kaum an Einzelheiten erinnern. Und außerdem wollten wir morgen ein entscheidendes Übertragungsexperiment durchführen.« Er sprach immer schneller. »Ich kann doch jetzt die Arbeit an der Stadtpalme nicht einfach ruhen lassen. Die laufenden Versuchsreihen müssen überwacht werden. Die Gewächshäuser...«

»Jetzt hören Sie mir mal gut zu, lieber Freund!« Eckstein war ganz dicht an Wenzel herangetreten. Er überragte den kleinen, sichtlich angeschlagenen Mann um mehr als einen Kopf. Wenzel schlug saurer Alkoholgeruch entgegen. »Es ist Ihre verdammte Kreatur, Sie haben diesen Pilz entworfen und zusammengesetzt, und Sie werden ihn wieder aus der Welt schaffen, und zwar ohne großes Aufsehen. Ist das klar?«

Vollmersen drängte sich zwischen die beiden. Mit betont sanfter Stimme redete er auf den kleinen Biochemiker ein.

»Sie dürfen die GENTEL nicht enttäuschen. Wir sitzen alle in einem Boot. Außerdem haben wir doch immer gut zusammengearbeitet. Warum wollen Sie uns denn jetzt Schwierigkeiten machen?«

Er legte Wenzel eine Hand auf die Schulter und führte ihn zur Tür, wo Eckstein schon auf ihn wartete. »Und Sie wollen die Nördliche Stadtpalme doch sicher vollenden, oder? Stellen Sie sich vor, wie dankbar Ihnen die Menschen in Oslo, in Glasgow und in Moskau sein werden, wenn Ihre Palme dort die Alleen ziert. Aber vorher müssen Sie für uns dieses kleine Problem lösen. Eine Hand wäscht die andere. Sie helfen uns, diesen Pilz unter Kontrolle zu bringen, Ihren Pilz, wohlgemerkt, wir ermöglichen Ihnen, Ihre Arbeit an der Nördlichen Stadtpalme zu vollenden und machen Ihren Namen damit unsterblich. Na, ist das ein Angebot?«

»Ja, natürlich, aber ich dachte immer, die GENTEL wäre auch an meiner Stadtpalme interessiert.«

»Ist sie ja auch, ist sie ja auch. Natürlich sind wir daran interessiert, daran hat sich nichts geändert. Es ist nur so, daß im Augenblick andere Projekte Vorrang haben. Das müssen Sie doch verstehen. Und schließlich haben Sie ja eine gewisse Verantwortung für das, was Sie in die Welt gesetzt haben.«

»Ich? Die GENTEL hat den Pilz in die Welt gesetzt, nicht ich!« rief Wenzel verzweifelt. »Ich habe Ihnen nur ein paar Zellen geliefert. Sie können mich doch jetzt nicht für alle Zeit dafür verantwortlich machen, was dieser Pilz macht...«

»Wen denn sonst?« fragte Vollmersen lakonisch.

Wenzel schüttelte Vollmersens Hand von der Schulter und blickte sich hilfesuchend um. Uhlich schlug die Augen nieder, als sich ihre Blicke trafen.

In seinem Kopf schrillte eine Alarmsirene.

Sie wollten ihn loswerden. Sie schickten ihn an den Nordpol, in diese norwegische Einöde, weg von seiner Arbeit, weg vom greifbaren Höhepunkt seiner bisherigen Karriere, und während er Tausende Kilometer entfernt, von Mücken zerstochen und vom Regen durchnäßt, durch den Urwald irrte und sich eine Lungenentzündung holte, würden Sie hier seine Arbeit vernichten oder, schlimmer noch, sich selbst unter den Nagel reißen.

Ja, Wenzel war sich ganz sicher, man wollte ihn abschieben, in irgendeinen Nebenkriegsschauplatz verwickeln, um ihn um die Früchte seiner Arbeit zu bringen. Eckstein holte zum entscheidenden Schlag aus. Nach monatelangem, jahrelangem Kleinkrieg, nach abgelehnten und verzögerten Materialbestellungen, nach der Streichung dreier Stellen für Biologisch-Technische Assistenten, nach dem Bombenanschlag gegen sein Labor, das die Arbeit am Bakterienspray gegen Hundekot vernichtet hatte, einem wunderbaren Projekt, das von der GENTEL nach dem Anschlag fallengelassen wurde, bis eine Konkurrenzfirma mit einem ähnlichen Produkt auf den Markt kam und einen phänomenalen Erfolg verbuchte, nach all diesen Quertreibereien und Schicksalsschlägen sollte dies hier das endgültige Aus werden, der Todesstoß.

Sein Puls beschleunigte sich. Schweißtropfen bildeten sich auf seiner Stirn.

Er würde kämpfen. Ja, er, Dr. rer. nat. Kurt Wenzel, würde sich mit aller Kraft gegen den Untergang stemmen, er würde sich nicht geschlagen geben. Nein, den Gefallen würde er ihnen nicht tun.

Doch während er versuchte, sich Mut zu machen, seine Kräfte zu sammeln, seinerseits die Entschlossenheit zu einem Gegenschlag zu finden, fühlte er, daß seine Kraft nicht reichte, daß seine Reserven aufgebraucht waren. Der Ausdruck von Aufbegehren und Entschlossenheit, der kurzzeitig in Wenzels

Gesicht zu erahnen war, machte nun totaler Resignation Platz. Die Spannung wich aus seinem Körper wie Luft aus einem durchlöcherten Gummitier. Langsam ließ er Schultern und Kopf sinken.

»Wir verlassen uns auf Sie, Wenzel!« sagte Eckstein und verließ, ohne ihn noch einmal anzuschauen, sein Büro. Vollmersen nickte bestätigend, und kurze Zeit später verschwanden beide in der Kabine des modernen Fahrstuhls.

Niedergeschlagen stand Wenzel mitten in dem endlosen Flur. Er fühlte sich völlig ausgelaugt, am Ende seiner Kräfte und fragte sich, ob er sich noch die Mühe machen und mit dem Taxi zurück in seine Wohnung fahren sollte. Am besten wäre es, wenn er sich gleich hier an Ort und Stelle aus dem Fenster stürzte. Das große Fenster in Ecksteins Büro erschien ihm dazu besonders geeignet. Damit wäre gleichzeitig dokumentiert, wer für diesen tragischen Selbstmord eines begnadeten Wissenschaftlers die Verantwortung trug.

Er fühlte eine Hand an seinem Arm.

»Machen Sie sich nichts draus, lieber Wenzel! Kommen Sie, Sie brauchen etwas zu trinken.«

Er hatte Uhlichs Gegenwart völlig vergessen. Als sie ihn wie einen alten Tattergreis an der Hand den Flur entlangführte, schämte er sich.

»Sie kennen doch Eckstein. Er meint es nicht so. Wir alle schätzen Sie als guten Kollegen und verdienstvollen Wissenschaftler, das wissen Sie doch. Kommen Sie, hier entlang.«

Sie öffnete eine der zahllosen Türen und schob Wenzel mit der Rechten in den dunklen Raum. Als das Licht anging, fühlte sich Wenzel augenblicklich besser. Er befand sich in einem Labor mit zahllosen Chemikalien, sauber aufgereiht auf einem steinernen Absatz in der weißgefliesten Wand. Er erkannte so vertraute Geräte wie einen Wärmeschrank, zwei große Kühlschränke und zahllose komplizierte Glasapparaturen, in denen sich bräunliche oder farblose Flüssigkeiten befanden.

Wenzel atmete tief ein, um die vertraute, von diversen Chemikaliengerüchen erfüllte Luft einzuatmen, doch der kurzen Erholung folgte unmittelbar ein um so tieferer Sturz in lähmende Ausweglosigkeit. Plötzlich war er sich absolut sicher, daß er Gerüche wie diese nie wieder riechen und einen Raum wie diesen nie wieder betreten würde.

Kraftlos ließ er sich auf einen harten Laborstuhl fallen und stützte den Kopf auf beide Hände. Er hörte, wie Uhlich einen Kühlschrank öffnete. Wenig später vernahm er ein glucksendes Geräusch, als sie zwei Schnapsgläser füllte.

»Hier, trinken Sie erst einmal, danach geht es Ihnen bestimmt besser.«

Dankbar nahm er das Glas entgegen und schüttete sich den Inhalt nach einem kurzen Zögern mit Schwung in den Mund. Eine wohlige Wärme breitete sich in seinem Magen aus. Er atmete tief durch.

»Die wollen mich loswerden. Das wollten sie schon immer«, sagte er und schüttelte den Kopf. »Eckstein haßt mich. Er hat nur nach einer Möglichkeit gesucht, mich für immer in die Wüste zu schicken.«

»Unsinn, was reden Sie denn da? Das bilden Sie sich nur ein. Wir werden die Sache schon wieder in Ordnung bringen.«

Wenzel blickte auf und schaute die Mikrobiologin fragend an.

»Wir? Heißt das...?«

»Ja, ich werde Sie begleiten! Zusammen werden wir das Kind schon schaukeln.« Sie lachte ihn an.

5

Wenzel zog den Kragen ins Gesicht und stemmte sich gegen den eisigen Wind. Die Schneeflocken stachen wie winzige Nadeln in sein Gesicht, und seine Augen begannen zu tränen. Durch das dichte Schneegestöber konnte er weitere schemenhafte Gestalten erkennen, die sich unter den windgepeitschten Palmen durch den Schneesturm quälten. In den Palmen saßen bunte Papageien, die immerzu »Es schnaheit! Es schnaheit!« kreischten. Ein paar Kinder versuchten mit Schneebällen nach den lautstarken Vögeln zu werfen, ernteten für ihre mißglückten Versuche jedoch nur höhnisches Gegacker. Hin und wieder rutschten größere Schneemassen von den überlasteten Palmwedeln und stürzten wie kleine Lawinen mit einem dumpfen Laut auf die Straße.

Ding-dong, ding-dong!

Wenzel schreckte aus dem Schlaf und bemerkte, daß er noch fest angeschnallt war.

»Hier spricht Ihr Kapitän! Wir haben soeben den Skagerrak und die ersten norwegischen Inseln überflogen. Rechts können Sie deutlich den kürzlich eingeweihten Assimilator erkennen. Die Wetterprognose ist günstig, so daß wir auch weiterhin einen ruhigen Flug erwarten und pünktlich in Oslo landen werden. Wir hoffen, Sie sind mit unserem Service zufrieden, und wünschen Ihnen weiterhin einen angenehmen Flug.«

Uhlich schaute angestrengt aus dem Fenster, während Wenzel sich streckte und den Gurt etwas lockerte. Ihm fehlte Schlaf, und seine Gliedmaßen schmerzten entsetzlich.

»Da ist er! Schaun Sie!«

Er löste den Gurt und beugte sich näher zum Fenster.

»Was meinen Sie?«

»Na, den Assimilator natürlich!«

Sie sah ihn mitfühlend an. Wahrscheinlich sah er fürchterlich aus. Obwohl seine Begleiterin auch nicht mehr geschlafen hatte, war ihr die Anstrengung kaum anzumerken. Sie wirkte ruhig und entspannt.

Sie tippte mit dem Fingernagel gegen das Plastik des kleinen Fensters. »Man kann ihn deutlich erkennen! Er sieht imposant aus, sogar von hier oben.« Ihre Stimme klang aufgeregt.

Wenzel wunderte sich über soviel Engagement, aber dann fiel ihm ein, warum sie als Mikrobiologin großes Interesse an diesen Konstruktionen hatte. Milliarden von einzelligen Algen sollten darin das drängendste Problem der Menschheit lösen: Die Erwärmung. Er selber war da eher leidenschaftslos. Ihn interessierte seine Nördliche Stadtpalme im Augenblick viel mehr.

Durch das Fenster konnte er ein paar kleine Inseln erkennen. Eine davon blitzte im Sonnenlicht, und mit etwas Phantasie konnte man einen großen Gebäudekomplex erahnen.

Er beugte sich noch näher an das kleine Fenster, und sein Kinn berührte fast Uhlichs Haar. Er roch ihr Parfüm. Einen kurzen Moment mußte er gegen den Impuls ankämpfen, seinen Kopf an ihre Schulter zu lehnen. Verwirrt zog er sich wieder in seinen Sitz zurück und sagte mit leiser Stimme: »Ich habe von meiner Stadtpalme geträumt.«

»Ach, nun seien Sie doch nicht so verstört! Sie werden Ihre Palme vollenden können, wenn...«

»Was heißt vollenden können?« Er unterbrach sie erregt. »Sie ist so gut wie fertig. Wir arbeiten nur noch an letzten Feinheiten.«

Am Anfang hatte nur die Idee gestanden, einen neuen Straßenbaum für die kälteren Klimazonen zu züchten, der robust war und das Stadtbild bereichern sollte. Wenzel war das allerdings nicht spektakulär genug. Er beabsichtigte, diesem neuen Stadtbaum auch die Fähigkeit zur Produktion süßer Früchte mit auf den Lebensweg zu geben. Ein ungemein sozialer Gedanke! Er stellte sich vor, in den Straßen der Städte ständen sommers und winters mit köstlichen Früchten behangene Bäume. Jeder könnte sich bedienen, auch die Ärmsten der Armen kämen zu ihren lebenswichtigen Vitaminen, und für Obstverächter konnte man noch eine herzhafte Variante der Früchte dazwischen mischen, so, wie in manchen Alleen abwechselnd rot- und weißblühende Kastanien standen.

Es ging in erster Linie um die nördlichen Großstädte, und da die Menschen dort eine besondere Vorliebe für Palmengewächse hatten, war sehr früh in der Planungsphase beschlossen worden, daß die zu erschaffenden Bäume wie Palmen aussehen sollten. Schließlich, nachdem er alle Gene beisammen hatte, die der neuen Schöpfung ihre einmaligen Eigenschaften verleihen sollten, gelang es sogar, einer südindischen Kokospalme ihre übertriebene Kälteempfindlichkeit auszutreiben. Damit waren sie fast am Ziel.

Einen fürchterlichen Rückschlag hatten sie zu verkraften, als das Verkehrsministerium von den Plänen erfuhr und Sicherheitsbedenken wegen der herabfallenden Kokosnüsse erhob. Beeindruckende Statistiken wurden angeführt, nach denen mit soundso viel Todesopfern im Jahr zu rechnen war. Die Früchte mußten kleiner werden, und man stieg notgedrungen auf eine Dattelpalme um. Die Arbeit begann wieder von vorn, aber nun hatten sie es bald geschafft. Die ersten Pflänzchen wuchsen in den Gewächshäusern der GENTEL heran und sahen prachtvoll aus.

Uhlich legte ihre gepflegte Hand auf seinen Arm. »Ich bin ganz sicher, daß Sie Ihre Arbeit bald wieder aufnehmen können, Dr. Wenzel!« Und mit einem Augenzwinkern fügte sie noch hinzu: »Ich glaube kaum, daß sich die GENTEL Ihre Stadtpalme durch die Lappen gehen läßt.«

Sie lachte, und auch auf Wenzels Gesicht schlich sich ein Lächeln. Er durfte gar nicht daran denken, wie er sich fühlen würde, wenn er jetzt hier alleine säße. Er nahm die Brille ab und rieb sich die Schläfen. Seit Stunden quälten ihn rasende Kopfschmerzen.

Warum stellten ihm die Verantwortlichen in der GENTEL eine Mikrobiologin zur Seite? So wie die Dinge lagen, waren Kenntnisse in Mikrobiologie nicht erforderlich. Ihn selbst hatten sie aus reiner Schikane geschickt, da bestand kein Zweifel. Er hatte noch nie etwas mit Ökosystemschäden zu tun gehabt, und er hatte keinen blassen Schimmer, wie sie die Probleme angehen sollten. Außer ein paar Zeilen und dem Fliegenpilzfoto verfügten sie über keinerlei Informationen. Einen Biochemiker und eine Mikrobiologin auszusenden, um einen Ökosystemschaden zu beheben, folgte derselben Logik, wie wenn man angesichts einer Massenkarambolage auf der Autobahn anstelle eines Krankenwagens die Designer und Ingenieure von Mercedes und VW alarmierte.

Wahrscheinlich sollte sie nur auf ihn aufpassen, ihn kontrollieren und das Geschehen dezent manipulieren. Sie waren seit Jahren Kollegen, und das war für Wenzel die einzige Kategorie menschlicher Beziehungen, in der er sich auskannte. Und sie war eine gute Kollegin, eine der besten. Sie respektierten sich und hatten nie irgendwelche Probleme miteinander gehabt. Ihr Eintreten für die Weiterführung seines Hundekotspray-Projekts, damals, nach dem Terroranschlag, hatte er ihr hoch angerechnet. Gesprochen hatten sie nie viel miteinander. Ihre Arbeitsgebiete waren zu weit voneinander entfernt, als daß sich viele Berührungspunkte ergeben hätten.

»Erzählen Sie mir von Ihrem Pilz! Worum ging es damals?« Sie schaute ihn durch ihre große Brille aufmerksam an. Sie ließ ihre braunen Augen noch größer erscheinen und verlieh ihr einen ernsten Gesichtsausdruck.

Wenzel hatte die Unterlagen, die Eckstein ihm gegeben

hatte, kurz überflogen und seine stark verblaßte Erinnerung wieder aufgefrischt.

»Ja, was soll ich Ihnen da erzählen? Es ist so lange her.« Er griff nach seiner Aktentasche und nahm die *Amanita*-Akte heraus. »Haben Sie die Unterlagen noch nicht gelesen?«

»Doch, zum Teil schon, aber ich würde es gerne von Ihnen hören. Sie sind in diesem Fall der beste Augenzeuge.«

»Na ja.« Er ließ die Blätter der Akte durch die Finger gleiten. »Es ging darum, einen weitgehend säureresistenten Mykorrhizapilz zu entwickeln. Der Druck der Öffentlichkeit war damals ungeheuer stark. Sie wissen ja, wie dramatisch die Situation um die Jahrtausendwende war, der saure Regen, die neuartigen Waldschäden und so weiter. Man wollte endlich wieder gesunde Waldbestände aufbauen. Nadelbäume, die die niedrigen pH-Werte im Boden tolerierten, standen ja schon zur Verfügung, aber sie entwickelten sich nicht recht. Den Bäumen fehlten offenbar die richtigen Symbiosepartner. Sie wuchsen zwar langsam heran, produzierten sogar eine Nadelstreu, die bei ihrem Abbau im Boden der weiteren Versauerung entgegenwirkte, aber die natürliche Verjüngung funktionierte nicht.«

»Sie meinen, die jungen Keimlinge konnten sich im Wald draußen nicht entwickeln?«

»Genau. Offensichtlich benötigen gerade die jungen Pflanzen die Unterstützung durch symbiontische Pilze. Sie wissen ja sicher, daß die meisten unserer Waldbäume in Symbiose mit Pilzen leben.«

Sie nickte. »Ja, ja natürlich, das ist mir bekannt. Dann überlebten die Bäume nur, wenn man sie im Gewächshaus heranzog und erst später in den Wald umsetzte.«

»Ja, aber es gab viele Ausfälle, und die Bäume wuchsen nur sehr langsam. Sie zeigten oft Verkrüppelungen und waren für die Holzindustrie uninteressant.«

»Wieso Holzindustrie?« Sie legte die Stirn in Falten. »Ich dachte, die Menschen wollten wieder einen intakten Wald.«

Wenzel nahm ihr ihre Naivität nicht ganz ab. Sie arbeitete schließlich bei der GENTEL.

»Natürlich wollten die Menschen gesunden Wald, aber für die GENTEL und die anderen beteiligten Firmen war viel wichtiger, was die Forstwirtschaft und die Holzindustrie dazu sagten. Tropische Hölzer waren praktisch unbezahlbar geworden. Außerdem war es wohl angesichts der drohenden Klimaprobleme kaum einzusehen, daß man einerseits weiterhin die letzten Urwaldreste abholzte und andererseits riesige Geldmengen in die Entwicklung dieser gigantischen Assimilatoren investierte.«

»Jetzt muß ich mich aber über Sie wundern. Die GENTEL hat meines Wissens an beidem verdient. Sie arbeitete intensiv an der Entwicklung der Assimilatoralgen und besaß in den Tropen gleichzeitig große Ländereien, auf denen Holzwirtschaft betrieben wurde.«

Wenzel mußte grinsen. Na bitte, er hatte sie richtig eingeschätzt. Sie wußte sehr gut Bescheid.

»Ja, Sie haben natürlich recht. Wir waren auch maßgeblich an der Entwicklung einiger schadstofftoleranter Baumarten beteiligt. Deshalb hatte es sich ja auch angeboten, daß die GENTEL sich an der Suche nach geeigneten Symbiosepartnern für ihre Bäume beteiligt.«

Die GENTEL hatte überall ihre Finger drin. Was die Zukunft auch bringen würde, die GENTEL würde daran verdienen, wenn nicht auf die eine, dann auf die andere Weise. Wenzel war allerdings der Letzte, der daran etwas auszusetzen hatte. Schließlich lebte er von dieser Arbeit. Außerdem, was war falsch daran, wenn man ein so kompliziertes Problem von verschiedenen Seiten her anging?

Das Flugzeug verlor jetzt deutlich an Höhe. Es konnte nicht mehr lange dauern, bis sie in Oslo landeten. In Wenzels Magengrube machte sich ein unangenehmes Kribbeln bemerkbar. Mit einem Ruck zog er seinen Sicherheitsgurt fest.

»Verlief die Entwicklung des Pilzes denn erfolgreich?«

»Natürlich! Es gab keinerlei Probleme. Es hat eine ganze Weile gedauert, es war nicht ganz einfach, das muß ich schon sagen, aber nach zwei, drei Jahren waren wir am Ziel. Damals war man ja noch nicht soweit.«

Ihm fiel ein, daß er die Untersuchungen nicht unwesentlich durch sein Beharren verzögert hatte, unbedingt *Amanita muscaria,* den einheimischen Fliegenpilz, als Empfänger für die neuen und veränderten Gene durchzusetzen. Der Grund dafür war einfach: Der Fliegenpilz gefiel ihm am besten. Er war der ideale Ausgangsorganismus. *Amanita muscaria* war eindeutig die schönste der Pilzarten, die in Frage kamen, und ästhetische Gesichtspunkte waren Wenzel immer sehr wichtig gewesen, auch wenn es um ganz profane Dinge ging. Wenn er schon solche von der Not diktierten Arbeiten durchführen mußte, dann sollte das Ergebnis etwas hermachen. Er wollte stolz sein auf seine Arbeit, und seine Kreationen sollten sich in ästhetischer Hinsicht mit denen von Mutter Natur messen können. Wo kämen wir denn da hin, wenn sich in der Gentechnik so etwas wie eine Neue Sachlichkeit durchsetzte! Organismen im Bauhausstil? Sein Geschmack war das jedenfalls nicht, obwohl sich solche Tendenzen im Bereich der Zierpflanzenforschung durchaus einiger Beliebtheit erfreuten.

Nein, wenn man der Natur etwas Positives nachsagen konnte, dann, daß sie bunte, phantasievolle, abwechslungsreiche und zeitlos schöne Gestalten hervorgebracht hatte. Mitunter übertrieb sie etwas, man brauchte bloß an Pfauen oder Paradiesvögel zu denken, manchmal lag sie auch völlig daneben – was hatte sie sich zum Beispiel bei der Gestalt der Warzenschweine gedacht? –, aber im großen und ganzen war ihr doch vieles gelungen. Wenn es also der Zweckmäßigkeit und der zu erfüllenden Funktion nicht im Wege stand, trat Wenzel stets vehement dafür ein, daß man bei ihrer Arbeit auch ästhetische Kriterien berücksichtigte.

Zuerst hatte er die Bedenken seiner Vorgesetzten zerstreuen müssen, die auf die Giftigkeit des Fliegenpilzes hinwiesen. Er konnte ihnen schließlich begreiflich machen, daß Fliegenpilze wegen ihrer auffallenden Farbe und der fröhlichen weißen Punkte trotz ihrer Giftigkeit ausgesprochen positiv besetzte Organismen waren und daß man sich dies doch im Hinblick auf die Akzeptanz in der Öffentlichkeit zunutze machen sollte. Außerdem war die Giftigkeit des Fliegenpilzes allgemein bekannt, und jedes Kind konnte ihn erkennen. Eine Verwechslungsgefahr mit Speisepilzen war nicht gegeben.

Dann war es *Amanita* selbst, der ihnen Schwierigkeiten machte. Anfangs wehrte sich der Pilz hartnäckig gegen jede genetische Manipulation. Mit anderen Arten hätten sie es wahrscheinlich leichter gehabt, aber schließlich fanden sie den Trick, mit dem sich der Widerstand des Pilzes brechen ließ. Wenzel hatte sich durchgesetzt. Er konnte stur sein, und Leute, die tagtäglich mit ihm auskommen mußten, gaben nach, um seine penetrante Nörgelei abzustellen. Damals gab es auch noch keinen Eckstein, der ihn tyrannisierte, und er war ein paar Jahre jünger gewesen.

Gegen Ende war es ihm sogar gelungen, eine besonders farbintensive Variante zu züchten, einen Bilderbuchfliegenpilz. Er schmunzelte, senkte den Blick und spielte versonnen an den Laschen seiner Aktentasche herum. Seine Nachbarin schaute ihn fragend an.

»Er war wirklich schön, unser *Amanita*«, sagte er.

»Amanita wenzeli!« verbesserte sie ihn.

»Ja, *Amanita wenzeli.*« Er lächelte ihr dankbar zu. »Ein Prachtexemplar.«

6

Als Wenzel einmal anläßlich einer Betriebsbesichtigung gefragt wurde, ob er die Natur, die Tiere und Pflanzen, liebte, war ihm zunächst vor lauter Verblüffung nichts Gescheites eingefallen. Unter diesem Gesichtspunkt hatte er die Sache nie betrachtet. Natur war etwas, von dem er lernen konnte, hatte er geantwortet, etwas, das man studierte und erforschte, um es dann besser und effektiver zu gestalten, aber, nein, *lieben* sei das falsche Wort.

Als sein Gegenüber daraufhin verblüfft und auch befremdet geguckt hatte – er erinnerte sich dunkel, daß die Frage von einer jungen Studentin gekommen war –, zog er sich aus der Affäre, indem er sich lobend über einige äußerst geglückte Kreationen ausließ, etwa den Regenwurm oder den Marienkäfer, an denen es nun wirklich nichts auszusetzen gäbe, bei denen Form und Funktion perfekt zusammenpaßten, für deren Existenz er der Natur – sozusagen unter Kollegen, haha, ja, er erinnerte sich genau an diesen Scherz – größte Bewunderung und Anerkennung zollte.

Was er damals tunlichst verschwiegen hatte, weil er in der jungen Fragestellerin eine dieser versponnenen Naturschwärmerinnen vermutete und keine Lust hatte, sich auf längere, fruchtlose Diskussionen einzulassen, war die Tatsache, daß sich ihm schnell eine ganz andere Sichtweise aufgedrängt hatte. Kurz nachdem sich seine erste Verblüffung über die Frage gelegt hatte, war ihm eine lange Liste von Plagegeistern, Parasiten, Krankheitserregern, Räubern und Schädlingen eingefallen.

Sein Respekt für diese ausgesprochen lästigen und aggressiven Kreaturen beschränkte sich auf die für ihren Daseinszweck perfekt ausgestalteten Körperfunktionen. Ansonsten sah er sich eher bedroht durch diese Millionen von Mücken, Bremsen, Zecken und Flöhen, Wespen und Hornissen, von Spinnen, Bandwürmern, Tausendfüßlern, Ameisen, Termiten, Giftschlangen, Bettwanzen und Quallen.

Ihm fielen die Horrorgestalten ein, denen die Menschen in den Tropen ausgesetzt waren. Würmer, die sich wie die Maden im Speck durch die menschliche Haut fraßen, die im Augapfel herumkrochen, die Leitungsbahnen im menschlichen Körper verstopften und groteske Anschwellungen von Armen und Beinen bewirkten, Fliegen, die ihre Eier in eiternde Wunden legten, und eine Armada von giftigen Spinnen, Skorpionen, Schlangen und Fröschen, deren Biß oder Berührung entsetzliche Qualen hervorrief. Was war daran, bitteschön, liebenswert?

Die biologische Kriegsführung war von der Natur quasi erfunden worden. Myriaden von Bakterien, Viren, Viroiden, von Coccidien, Trypanosomen und Amöben nutzten die Körper anderer Lebewesen mit ihrer perfekt funktionierenden biochemischen Fabrik zur eigenen Vermehrung und gingen dabei buchstäblich über Leichen. Ein führender Militär wäre wahrscheinlich hocherfreut gewesen, mit welcher Effektivität, mit welchem unbedingten Einsatzwillen seine Luftwaffe aus blutsaugenden und parasitenübertragenden Fliegern, seine Marine mit nesselnen Treibminen und blutgierigen Torpedos und sein unübersehbares Heer zu Werke gingen.

Die Natur, das Leben, vor allem die Tiere waren unendlich grausam, das wollten diese Naturidealisten mit ihren Jutetaschen und Gentechnik-nein-danke-Stickern nicht wahrhaben. Während sie sich Tränen der Rührung aus den Augenwinkeln wischten, warfen sie mit Begriffen wie Gleichgewicht und Harmonie um sich. Als ob es so etwas je gegeben hätte.

»Hart, aber gerecht« wäre eine viel zu beschönigende Umschreibung für die Erziehungsmethoden der Natur, das stand für Wenzel außer Frage. Viele Gefahren drohten gerade aus dem Hinterhalt. Jede lebende und tote Zelle war gleichzeitig Ressource, Treibstoff, Energie für andere Lebensformen, spätestens seit die Tiere auf der Bildfläche erschienen waren. Wenzel hatte sich damit nie abfinden können. Mit ihren fleischfressenden Varianten brachten sogar die Pflanzen einen mißratenen Seitenzweig hervor, der sich am allgemeinen Gemetzel beteiligte und die landläufige Vorstellung von der Pflanze als harmloses, nur von Wasser, Luft und Sonne lebendes Geschöpf ad absurdum führte. Der Kampf der Gewächse untereinander, um Licht, Wasser und Nährstoffe, war genauso tödlich wie die Gier der Tiere nach lebendem Gewebe, sie fand nur in einer anderen Zeitdimension statt und war so der direkten Beobachtung entzogen.

Gegen Menschen wie ihn gingen sie mit perfider chemischer Keule vor. Die Liste der Pflanzen, gegen deren Pollen, Samen, Früchte oder Inhaltsstoffe sein Körper aufbegehrte, las sich wie ein Bestimmungsbuch mitteleuropäischer Pflanzenarten. Asthmaanfälle, juckende Schleimhäute oder ein je nach Verursacher sehr variabler Hautausschlag quälten ihn, solange er denken konnte. Ein Großteil der von der Bio- und Agrarindustrie produzierten Lebensmittel war für ihn ungenießbar. Mit diesem Problem stand er zwar beileibe nicht allein da, aber das tröstete ihn wenig. Wie viele andere reagierte er auf eine große Zahl von Stoffen allergisch, die erst durch den Menschen in die Welt gelangt waren und die man trotz aller Fortschritte auf diesem Gebiet nicht wieder daraus hatte entfernen können.

Wenzel hielt sich nur dann im Freien auf, wenn es sich unter keinen Umständen vermeiden ließ. Der Sommer, dem glücklichere Menschen entgegenfieberten, war für ihn eine Zeit voller Leiden, voller unberechenbarer Gefahren. Meistens verließ er früh morgens seine Wohnung, arbeitete dann so lange wie möglich in seinem keimfreien Labor und machte sich erst auf den Heimweg, wenn die meisten Leute schon lange vor ihren Heimterminals saßen, das abendliche Fernsehprogramm konsumierten oder im neuen Heimbingospiel einer großen elektronischen Tageszeitung ihr Glück versuchten.

Mitunter ließ sich aber ein gewisser Kontakt mit dem, was in Wenzels Umwelt an Natur übriggeblieben war, nicht vermeiden, zum Beispiel wenn er sonntags seine Mutter besuchte, die in einem Altersheim lebte, das an einem kleinen See lag.

Als er vor Jahren seine Arbeit im neuen GENTEL-Forschungszentrum antrat, ließ er seine Mutter aus der Hauptstadt nachkommen und brachte sie in diesem Heim unter. Sie war damals über Siebzig gewesen und freute sich darauf, den Rest ihres Lebens in einer Umgebung zu verbringen, die sie an ihre Kindheit erinnerte, als es noch Schmetterlinge gab und die Schwalben in der Abendsonne ihre Flugkunststücke vorführten. Zu spät fiel ihm ein, daß er sich nun selbst jeden Sonntag dieser scheinbaren Idylle aussetzen mußte.

Seit zehn Jahren unterzog er sich dieser sonntäglichen Tortur, allerdings nicht, ohne sich mit allen Mitteln der modernen Bio- und Chemotechnologie zu wappnen. Er ertappte sich allerdings des öfteren dabei, wie er nach Ausreden suchte und sie in Form seiner Arbeit auch fand, aber seine Mutter bestand auf diesen Besuchen.

Jeden Samstag hetzte er nach der Arbeit in die Fußgängerzone und kaufte frischen Erdbeerkuchen bei einer stadtbekannten Konditorei. Seine Mutter liebte diesen Kuchen, von dessen Genuß Wenzel juckende Bläschen an den Lippen bekam, und sie hätte ihn entrüstet nach Hause geschickt, wenn er es gewagt hätte, an einem ihrer Sonntagnachmittage ohne diesen Kuchen aufzukreuzen. Natürlich war ihr entgangen, daß der Kuchen mit bioindustriell erzeugtem Erdbeerfruchtfleisch hergestellt wurde.

Da Fruchtfleischkulturen keine Samen hervorbrachten,

hatte man der weichen Fruchtmasse vor der Markteinführung kleine Samenkörner einer chinesischen Grasart beimengen müssen. Die ersten Reaktionen bei Testpersonen hatten eindeutig gezeigt, daß das vertraute Knurpseln der kleinen Kerne vermißt wurde. Ohne Samen wurde die geschmacklich perfekte Fruchtmasse nicht als Erdbeere akzeptiert, auch wenn man die Körner nach dem Essen einzeln aus den Zahnlücken pulen mußte. Wenzels Mutter war diese radikale Veränderung nicht aufgefallen, und sie genoß ihren Erdbeerkuchen wie eh und je.

Wenn die Sonne schien, wurde der Kuchen auf der Terrasse des Heims verspeist. Abends kehrte Wenzel dann stets mit schmerzhaft geröteter Gesichtshaut heim, obwohl er sich mit dem teuersten Sonnenschutzmittel einrieb, das er finden konnte.

Am schlimmsten aber waren die Mücken. Sie waren seine erklärten Feinde, schon von Kindheit an. Waren sie erfolgreich – und es gelang ihnen jedesmal, ihn irgendwo zu erwischen –, dann blieb ihm ein pflaumengroßes, entsetzlich juckendes Andenken, das sich bald blaurot verfärbte und besonders vorteilhaft aussah, wenn es seine Nase oder Stirn zierte. Als wären seine körperlichen Qualen nicht genug, erinnerten ihn diese Schwellungen an sein eigenes Unvermögen, denn er hatte schon viele haßerfüllte Stunden darüber nachgedacht, wie er diese widerlichen Blutsauger samt ihrer größeren und für ihn noch fataleren Verwandten endgültig und vernichtend besiegen könnte. Das war bisher noch niemandem gelungen, im Gegenteil. Je erfolgreicher man im Ausrotten von Schmetterlingen, Orchideen, Menschenaffen, Walen, Nashörnern, Paradiesvögeln, Tigern, Pandabären und zahllosen namenlosen Kleintieren war, desto hartnäckiger vermehrten sich Mükken, Moskitos, Tse-Tse-Fliegen, Bettwanzen und ähnliches Getier.

Wenzel hätte schon gewußt, wie man diesen Kreaturen den

Garaus machen könnte, aber man ließ ihn nicht. In seinem Schreibtisch lagerten zwei Alternativpläne zur Bekämpfung und radikalen Ausrottung dieser uralten Geißeln der Menschheit, doch ihm war klar, daß seine Viruspräparate im Augenblick kaum Marktchancen hatten. Das Fiasko mit den Rattenviren in Indien war noch allzu deutlich im Bewußtsein der Öffentlichkeit.

Für die Wespen, die ihn im Hochsommer bedrohten, hatte er sich etwas ganz Besonderes ausgedacht, denn stechwütige Hautflügler waren für ihn lebensgefährlich. Eine durch einen einfachen Virus ausgelöste tödliche Krankheit wäre eine viel zu barmherzige Todesart für diese Biester gewesen.

Am Anfang liebäugelte er mit einer Schlupfwespe, deren Larven sich in den Puppen der Wespen entwickelten und diese bei lebendigem Leibe von innen her auffraßen, eine Art der Todesstrafe, die ihm in diesem Fall angemessen schien. Aber sein parasitischer Ichneumon konnte nicht zwischen Bienen und Wespen unterscheiden, und so scheiterte der Plan am vehementen Widerspruch der Imker.

Dann experimentierte er mit einer Gottesanbeterin. Sie verspeiste ihre Opfer lebend und war unglaublich gefräßig. Das Beste war jedoch ihr Jagdstil. Sie fischte die Wespen aus der Luft, hielt sie in der eisernen Umklammerung ihrer Vorderbeine und begann ihr Mahl, in dem sie einfach Stück für Stück abbiß. Keine betäubende Giftinjektion, kein barmherziger Tötungsbiß. Er hatte beobachtet, daß die Opfer meist noch lange lebten, es sei denn, die Gottesanbeterin hatte sich als ersten Bissen den Kopf ausgesucht. Es war Wenzel sogar gelungen, eine Varietät seines Wespenräubers zu züchten, die besonders auf die gelbschwarze Signalfärbung der Zielorganismen ansprach. So konnten ihm wenigstens die Bienenzüchter nicht in die Quere kommen. Daß seinen Schützlingen hin und wieder auch eine der farblich die Wespen imitierenden, harmlosen Schwebfliegen in die Fänge fiel, mußte man tolerieren.

Anders als die Bienen hatten diese wenigstens keine Lobby unter den Menschen, mit der man sich herumschlagen mußte.

Diesmal war es die GENTEL, die das Projekt kippte. Sein Produkt war kommerziell uninteressant. Eine massenhafte Freisetzung der immerhin zwölf Zentimeter messenden Gottesanbeterinnen kam nicht in Frage, und eine Verwertung als lebender Wespenschutz in Form eines Haustieres, vergleichbar mit den Grillen, die in China in kleinen Käfigen gehalten wurden, versprach nur kleine Stückzahlen. Außerdem schien vielen Menschen trotz ihres Hasses auf Wespen die von Wenzel gewählte Todesart auf den Magen zu schlagen. Psychologische Tests hatten gezeigt, daß die Testpersonen sich von den schmatzenden Gottesanbeterinnen ebenso stark abgestoßen fühlten wie von ihren stechfreudigen Opfern. So hatte Wenzel seine Zuchten wieder vernichten müssen. Er ließ es sich aber nicht nehmen, ein paar Tiere für private Zwecke zu verschonen.

Einmal hatte er zwei seiner Schöpfungen zum sonntäglichen Kaffeeplausch mitgebracht und den kleinen Käfig mit den für mitteleuropäische Verhältnisse erschreckend riesigen Insekten mitten auf den Tisch neben den Erdbeerkuchen gestellt. Seine Mutter hatte beinahe einen hysterischen Anfall bekommen, als sich die zuerst unbeweglichen, für ihre kurzsichtigen Augen wie trockene Zweige aussehenden Tiere blitzschnell zwei Wespen fingen und diese sogleich geräuschvoll verspeisten. Wenzel durfte seine Lieblinge nie wieder mitbringen.

7

Kurt Wenzel hatte eine furchtbare Nacht hinter sich. Obwohl hundemüde, hatte er in dem ungewohnten Hotelbett keinen Schlaf finden können. Tausend Gedanken waren ihm durch den Kopf gegangen. Als er nun im Vortragssaal des Forstwissenschaftlichen Institutes neben Uhlich Platz nahm, fühlte er, wie seine Augenlider immer schwerer wurden. Er mußte sich sehr zusammenreißen, um nicht einzuschlafen.

Seit vielen Jahren war er nicht mehr im Ausland gewesen. Er mochte Reisen nicht besonders. Nur einige wissenschaftliche Tagungen hatten ihn für wenige Tage aus seiner vertrauten Umgebung gerissen, aber dort hatte er sich in Institutsgebäuden und Hörsälen aufgehalten, die überall gleich aussahen, und kaum etwas von der fremden Umgebung wahrgenommen. Seinen Jahresurlaub verbrachte er meist zu Hause über seinen Unterlagen, stellte Berichte oder Veröffentlichungen zusammen und arbeitete die Literaturberge ab, die sich angesammelt hatten. In seiner Wissenschaft tat sich ungeheuer viel. Er mußte auf dem laufenden bleiben.

Wo sollte er hinfahren? Das Mittelmeer war überlaufen und verdreckt, die Tropen ein klimatischer Alptraum, Nord- und Ostsee eine trübe Brühe aus chemischen und atomaren Altlasten. Ein berühmter Schriftsteller hatte einmal gesagt, Arbeiten sei die natürlichste, einfachste Form der Existenz. Wenzel sah das genauso.

Er spürte, wie sich ihm ein Ellbogen in die Seite bohrte, und fuhr hoch. Uhlich blickte ihn durch ihre große Brille streng an und wies ihn mit einer Kopfbewegung darauf hin, daß er nach vorne schauen sollte. Dr. Gunnar Kollek, ein mittelgroßer, kräftig gebauter, etwa vierzig Jahre alter Mann mit einem riesigen Schnurrbart, trat gerade an das Rednerpult.

Kollek hatte sie gestern vom Flughafen abgeholt und in ihr Hotel gebracht. Während der Fahrt in die Stadt hatten sie aus dem Forstökologen nichts herausbekommen können. Auf ihre drängenden Fragen hin verwies er nur auf die heutige Besprechung, bei der, neben Kolleks Kollegen, auch Regierungsbeamte und Praktiker aus der Forstwirtschaft anwesend sein sollten. Wenzel fand Kollek nicht unsympatisch, mußte aber gegen das Gefühl ankämpfen, daß der Norweger ihn persönlich für die gegenwärtigen Schwierigkeiten verantwortlich machte. Uhlich versicherte ihm beim Abendessen, er habe sich das nur eingebildet und ihr Gastgeber sei doch sehr freundlich und zuvorkommend gewesen, aber Wenzel war sich da nicht sicher.

In seinem Hotelzimmer hatte er vor dem Einschlafen noch einmal die *Amanita*-Akten studiert und war dabei auf drei Schreiben Kolleks gestoßen, das älteste fast zwei Jahre alt. Sie machten auf die sich andeutenden Schwierigkeiten aufmerksam, spekulierten über die vermutliche Rolle von *Amanita wenzeli* und baten mit von Brief zu Brief wachsender Dringlichkeit um Unterstützung. Als er Uhlich beim Frühstück darauf ansprach, zuckte sie nur mit den Schultern und sagte: »Ich weiß. Eckstein hat der Angelegenheit wohl keine allzu hohe Priorität eingeräumt.«

Es hatte den Anschein, daß sie die Unterstützung waren, auf die der Norweger schon seit zwei Jahren wartete.

»Meine Damen und Herren«, begrüßte Kollek alle Anwesenden, »ich bitte Sie um Verständnis, daß wir unsere Ausführungen in Englisch vortragen werden, aber wir haben Gäste aus Deutschland, die wahrscheinlich mit unserer schönen norwegischen Sprache wenig anfangen können«, fuhr er fort. »Ich freue mich, Ihnen Dr. Uhlich und Dr. Wenzel von der GENTEL-Forschungsabteilung vorstellen zu können. Sie sind gestern eingetroffen und werden uns bei unserem Problem zur Seite stehen. Zunächst...«

Von draußen drangen plötzlich laute Schreie durch die geschlossene Tür des Vortragssaals, und hin und wieder hörte man jemanden von außen gegen das Türholz bumsen.

»Olson, gehen Sie doch mal gucken, was da los ist!« Kollek runzelte die Stirn. Er war sichtlich ungehalten.

Ein junger Mann in Jeans, grauem Sweatshirt und nagelneuen Turnschuhen erhob sich von einem der äußeren Sitze, öffnete die Tür und steckte den Kopf durch den Spalt. Sofort drang lautes Stimmengewirr in den Vortragssaal.

»Lassen Sie mich sofort los!« rief jemand auf englisch. »Sie sollen mich loslassen! Die Öffentlichkeit hat ein Recht zu erfahren, was...« Man hörte ein paar unfeine deutsche Flüche. Uhlich und Wenzel schauten sich fragend an. Olson sprach hastig ein paar Worte mit einem der Sicherheitsbeamten, die draußen vor der Tür standen. Dann schloß er die Tür und ging schnell nach vorne zu Kollek. Beide tuschelten eine Weile, wobei Kollek heftig den Kopf schüttelte.

»Kommt nicht in Frage! Die Presse hat hier nichts zu suchen.« Und zu Wenzel und Uhlich gewandt fügte er hinzu: »Ein Landsmann von Ihnen, Journalist. Ich nehme an, es ist in Ihrem Sinne, wenn wir zum jetzigen Zeitpunkt keine Presse zulassen.«

Wenzel und seine Begleiterin nickten unisono. Das hatte gerade noch gefehlt. Irgendein Pressefritze, der ihnen dauernd auf die Finger schaute. Ein dicker, älterer Herr mit weißen Haaren, wahrscheinlich ein Regierungsbeamter, winkte ebenfalls ablehnend mit der Hand.

Olson hatte wieder Platz genommen, und der Lärm vor der Tür wurde leiser und verstummte schließlich. Kollek nahm seinen unterbrochenen Vortrag mit einem Räuspern wieder auf.

»Ich habe Sie hier ins Forstwissenschaftliche Institut gebeten, um Sie über ein Problem zu informieren, das uns größte

Schwierigkeiten bereitet. Unglücklicherweise verfügen wir über keinerlei Erfahrungen auf diesem Gebiet. Soweit mir bekannt ist, wurde ein ähnliches Phänomen, zumindest in dieser Größenordnung, noch nie beschrieben.«

Er schaute ernst in die Runde und fuhr dann nach einer kurzen Pause fort.

»Ich gehe davon aus, daß Sie die Vorgeschichte kennen, so daß ich mich auf wenige Bemerkungen beschränken kann. Sie wissen, daß wir vor etwa dreißig Jahren mit der Anpflanzung spezieller säureresistenter Baumarten begonnen haben, um die von den sogenannten neuartigen Waldschäden betroffenen Flächen möglichst schnell wieder aufzuforsten. Nach anfangs ermutigenden Erfolgen stagnierte die Entwicklung. Es tauchte bald die Vermutung auf, daß die beobachteten Schäden auftraten, weil geeignete Mykorrhiza fehlten. Mykorrhiza sind Pilze, die in Symbiose mit vielen Waldbäumen und einigen anderen Pflanzenarten, etwa Orchideen, leben.«

Wenzel kam es so vor, als ob sein Kopf von Sekunde zu Sekunde schwerer wurde. Er stützte ihn mit beiden Händen ab, aber in dieser Stellung drohten ihm wieder die Augen zuzufallen. Bisher hatte er noch nicht viel Neues erfahren. Er gähnte und blickte dann sofort erschreckt um sich. Die anderen Zuhörer konzentrierten sich auf Kollek.

»Vor etwa acht Jahren begannen erste begrenzte Versuche mit einer von der GENTEL entwickelten Pilzart, eng verwandt mit dem Fliegenpilz, *Amanita muscaria.*«

Der Raum wurde verdunkelt, ein Projektor surrte, und auf der Leinwand erschien ein prachtvoller Fliegenpilz. Wenzel war sofort hellwach. *Amanita wenzeli,* seine Arbeit. Ein wunderschönes Exemplar. Was für ein gesundes, kraftstrotzendes Geschöpf!

»Hier sehen Sie den Pilz. Sein Schöpfer, Dr. Kurt Wenzel von der GENTEL, weilt ja unter uns. Wir versprechen uns von seiner Anwesenheit wertvolle Hinweise.«

Alle drehten sich um und richteten ihre Aufmerksamkeit auf den kleinen Molekularbiologen, der unter den bohrenden Blicken zusammenzuschrumpfen schien.

Wenzel fühlte sich ausgesprochen unwohl in seiner Haut. Er bemühte sich nach Kräften, einen zuversichtlichen und entschlossenen Gesichtsausdruck zu präsentieren. Unsichtbar für die vor ihm Sitzenden, rieb er seine feuchten Hände an den Knien.

Nach einem erneuten Surren des Projektors sah man statt des Fliegenpilzes einen Tisch mit einer großen Zahl flacher Schälchen. In jedem Gefäß wuchs ein kleiner Keimling heran.

»Die ersten Versuche verliefen sehr ermutigend. Sowohl der Pilz als auch die Bäume entwickelten sich prächtig. In umfangreichen Versuchsreihen testeten wir zunächst, inwieweit Pilz und Baumkeimling Kontakt aufnehmen konnten, die Grundvoraussetzung für eine stabile Symbiose.«

Wieder surrte der Projektor, und wieder änderten sich die Lichtverhältnisse im Saal.

»Sie sehen hier einen Querschnitt durch eine Feinwurzel eines Fichtenkeimlings. Sie können deutlich erkennen, daß Pilzfäden, sogenannte Hyphen, in die äußeren Zellschichten der Wurzel eingedrungen sind. Genaugenommen wachsen die Hyphen zwischen den Zellen, sie durchdringen die Zellwände nicht. Man nennt diesen Bereich das Hartigsche Netz. Hier findet der Stoffaustausch zwischen den beiden Symbiosepartnern statt. Der Pilz übernimmt die Funktion der Feinwurzeln, liefert Wasser und Nährstoffe und erhält als Gegenleistung Zucker aus der Photosynthese des Baumes. Beachten Sie bitte, daß die Pilzfäden nicht bis zum Zentralzylinder der Wurzel vordringen.«

Mit einem Lichtpfeil markierte Kollek einen kreisförmigen Bereich in der Mitte des Wurzelquerschnittes.

»Rings um die Rindenschicht der Wurzel sehen Sie einen dichten Pilzhyphenmantel. Er schützt die Wurzel vor mechanischer Beanspruchung und soll auch eine antibiotische Wirkung haben. Andere krankheitserregende Pilzarten werden durch den dichten Hyphenmantel abgehalten. Eine perfekte Gemeinschaft.«

Das nächste Bild zeigte eine Gruppe halbstarker Fichten, die kerzengerade, wie zum Appell angetreten, in mehreren parallelen Reihen aus dem Boden schossen. Ein Gärtner vermaß die jungen Bäume mit Hilfe einer Meßlatte.

»Weitere Versuche ergaben, daß die Verbindung stabil blieb und daß die Bäume wesentlich schneller wuchsen als in Abwesenheit des Pilzes. Schließlich bildete der Pilz auch Fruchtkörper aus – ein schönes Exemplar haben Sie vorhin gesehen –, so daß auch eine natürliche Verbreitung im Freiland gewährleistet schien.«

Na bitte, dachte Wenzel. Er hatte also ein einwandfreies Produkt abgeliefert. Und? Was sollte nun das ganze Theater? Uhlich machte sich eifrig Notizen und nickte Wenzel zu.

»Das nächste Bild zeigt Ihnen nun einen weiteren Schnitt durch eine Fichtenwurzel. Dieser zweite Schnitt stammt von einer jungen Fichte aus dem Waldgebiet, das uns soviel Kopfzerbrechen bereitet. Achten Sie wieder auf die Leitbündel im Zentralzylinder. Man kann deutlich erkennen, daß der Pilz die Endodermis, die begrenzende Zellschicht um den Zentralzylinder, an einigen Stellen durchbrochen hat. Einzelne Pilzfäden dringen bis in die Leitungsbahnen im Inneren vor. In stärkerer Vergrößerung erkennt man, daß der Pilz auch in die Zellen selbst eindringt. In der unmittelbaren Umgebung der Pilzhyphen sind einige abgestorbene Wurzelzellen zu sehen.«

Kollek ließ seinen Zuhörern Zeit, sich die Unterschiede zwischen den beiden Wurzelquerschnitten einzuprägen. Mit seinem Lichtpfeil markierte er die erwähnten Besonderheiten. Die Unterschiede waren unverkennbar.

»Meine Damen und Herren, wir ziehen daraus den Schluß, daß *Amanita wenzeli,* unser symbiontischer Pilz, durch irgendeine uns unbekannte Veränderung vom Symbiosepartner zum Parasiten geworden ist.«

Ein Raunen ging durch den Saal. Wenzel tauschte mit seiner Nachbarin ratlose Blicke. Er nahm die Brille in die Hand und rieb sich den Nasenrücken.

»Was nun auf der mikroskopischen Ebene wenig spektakulär aussieht«, fuhr Kollek fort, »hat im makroskopischen Bereich dramatische Konsequenzen.«

Als das nächste Bild auf der Leinwand erschien, herrschte plötzlich eisiges Schweigen im Raum. Unter einem wolkenlosen Himmel sah man einen sterbenden Wald mit zahllosen großen und kleinen Fliegenpilzen. Viele der Bäume hatten einen großen Teil ihrer Nadeln verloren. Der Rest war bräunlich verfärbt, sah aus wie vertrocknet. Von manchen standen nur noch die kahlen Stammgerippe. Unter den absterbenden Bäumen sprossen überall tiefrote, weißgesprenkelte Pilzkörper, Hunderte von Winzlingen, einige Riesen, ein Baumfriedhof von merkwürdig fröhlichem Aussehen. An manchen Stellen zwängten sich auf engstem Raum zehn und mehr Pilze aus dem Boden.

Mit offenem Mund starrte Wenzel auf die gespenstische Szenerie. Auch Uhlich war schockiert. Sie hielt sich die Hand vor den Mund, als ob sie einen Aufschrei zurückhalten wollte. Hin und wieder wandte sich einer der Anwesenden zu den beiden Gästen um. Wenzel hoffte nur, daß sie in der Dunkelheit nicht erkennen konnten, wie betroffen und ratlos er war.

Kollek schien das Entsetzen bei seinen Zuhörern auszukosten. Genüßlich warf er weitere Aufnahmen an die Wand. Alle zeigten das gleiche erschreckende Bild eines aus den Fugen geratenen Ökosystems.

»Die ersten Baumschäden traten vor vier Jahren auf, zwei Jahre, nachdem der Pilz in einem Waldgebiet bei Bronnoysund erstmals freigesetzt wurde. In den letzten zwei Jahren hat sich die Situation dramatisch verschlechtert.«

Weitere Bilder folgten mit immer neuen Details. Sie verbreiteten eine seltsam unwirkliche Atmosphäre, vertraute Relationen schienen auf den Kopf gestellt. Das intensive Rot der zahllosen Fliegenpilzhüte vermittelte eine Art gespenstischer Heiterkeit. Es wäre wahrscheinlich kaum aufgefallen, wenn unter den Hüten der zum Teil riesigen Fliegenpilze kleine Trolle herumspaziert oder zwischen den Pilzen und bizarren Baumgerippen weiße Einhörner aufgetaucht wären. Die Szenerie wirkte wie verzaubert, wie eine Kulisse in einem modernen, surrealistischen Fantasy-Film.

Kollek schien diese Wirkung seiner Dias gar nicht bemerkt zu haben. »Ich nehme an, Sie werden mir angesichts dieser Bilder zustimmen, daß wir es mit einer sehr ernsten Situation zu tun haben. Wenn wir uns das Gelände heute nachmittag ansehen, werden Sie die Bedrohlichkeit der Lage noch besser einschätzen können. Das, was Sie hier sehen, ist allerdings nur die Spitze des Eisbergs. Mein Mitarbeiter, Herr Olson, wird Sie über einige weitere interessante Ergebnisse unserer Untersuchungen informieren. Bitte, Herr Olson.«

Der junge Mann erhob sich und trat an das Rednerpult. »Meine Damen und Herren«, begann Olson, »ich möchte Ihnen noch ein paar Fakten über unsere Untersuchungen der Fauna mitteilen.«

Der Projektor surrte erneut. In der bizarren Landschaft aus toten und kranken Bäumen und Hunderten von Fliegenpilzen schwebte ein amorpher Schatten, der sich vom Boden bis in die Wipfel der Bäume erstreckte.

»Wir haben festgestellt, daß durch die Schwächung der Bäume und der enormen Zunahme der Pilzbiomasse erhebliche Veränderungen der Fauna eingesetzt haben. Hier sehen Sie einen Schwarm einer kleinen Fliegenart, deren Larven sich im Gewebe der Pilzfruchtkörper entwickeln. Bisher konnten wir nur wenige kleine Schwärme beobachten. Aber in diesem Jahr hat ihre Zahl und Größe deutlich zugenommen. Solche

Fliegenschwärme bestehen aus mehreren Millionen Tieren und können wie hier die Ausmaße eines zweistöckigen Hauses erreichen. Es ist nicht ungefährlich, in einen dieser Schwärme zu geraten. Man verliert völlig die Orientierung und kann kaum noch atmen. Einer unserer Waldarbeiter mußte ins Krankenhaus eingeliefert werden, nachdem er beim Aufstellen eines Zaunes von einem solchen Fliegenschwarm überrascht wurde und fast erstickt wäre. Die Fliegen hatten ihm Nase und Mund verstopft.«

Wenzel spürte einen Würgereiz im Hals und begann unwillkürlich, sich zu kratzen. Seine Müdigkeit war vergessen. Er mußte nun dauernd an die Standortbegehung heute nachmittag denken. Wie konnte er sich geschickt aus der Affäre ziehen? Eine Begegnung mit einem solchen Schwarmungeheuer war schon unter normalen Umständen eine alptraumhafte Vorstellung. Aber jetzt... Irgendwann war seine Belastungsgrenze erreicht, und Millionen von Fliegen, die ihm Mund und Nase verstopften, waren entschieden zuviel.

Olson bemerkte die Unruhe im Publikum und fuhr fort. »So wie diese Fliegenart profitieren natürlich auch eine Reihe anderer Tierarten, die sich vorwiegend von Pilzen ernähren. Zahlreiche Käferarten konnten sich ungeheuer vermehren. Im Boden nahm die Dichte pilzfressender Würmer, Insektenlarven, Springschwänze und Milben innerhalb von zwei Jahren auf mehr als das Zehnfache ihrer normalen Zahl zu.«

Olson zeigte mit seinem Lichtpfeil auf verschiedene Säulen eines Diagramms.

»Wir beobachten auch eine starke Zunahme einiger räuberischer Tiergruppen, die allerdings wesentlich langsamer erfolgt als die ihrer Beutetiere. Wir können daher nicht darauf hoffen, daß die Natur sich selbst hilft. Die Produktion einiger mycetophager, also pilzfressender Tierarten ist so hoch, daß sie beträchtlich über das Schadensgebiet hinaus in die Umgebung vordringen und dort wiederum andere Pilzarten befallen.«

Olson trank einen Schluck Wasser. Diese Untersuchung hatte ihn gepackt. Wenn man es von seiner Warte aus betrachtete, war es geradezu ein Glücksfall, daß sich diese Katastrophe gerade hier und jetzt ereignete. Andere Wissenschaftler forschten ihr ganzes Leben lang, ohne etwas Weltbewegendes zu entdecken. Sie vermehrten den Wissensberg um einige Buchseiten, aber einen solchen Knüller bekamen sie nie zu Gesicht.

»Natürlich nehmen auf Grund der Schwächung der Bäume auch die Forstschädlinge stark zu.« Olson krempelte die Ärmel hoch und beschleunigte. »Der Befall mit Borkenkäfern und Schmetterlingsraupen sowie die Infektionen durch Krankheitserreger und andere Arten pathogener Pilze hat erschrekkende Ausmaße angenommen und strahlt natürlich weit in die umliegenden Waldgebiete aus. Auch in diesem Fall hinken die Räuber und Parasiten, die Ameisen, Laufkäfer, Spinnen, Schlupf- und Erzwespen hoffnungslos hinterher. Die Vermehrung der Schädlingspopulationen erfolgt so schnell, geradezu explosionsartig, daß ein regulativer Effekt durch die nützlichen Arten frühestens in zwei, drei Jahren zu erwarten ist. Unserer Meinung nach wird es dann zu spät sein.«

»Ja, danke Herr Olson!« Kollek fuhr Olson mitten in die Parade.

Vor lauter Insekten, Würmern und Spinnen war Wenzel ganz elend zumute. Genau das hatte er befürchtet. Auch Uhlich sah nicht sehr glücklich aus. Sie hatte die Brille von der Nase genommen und putzte sie langsam und gründlich.

»Wie Sie sehen, hat sich in diesem Wald so etwas wie ein Ökosystemkrebs entwickelt, eine Art krankhafter Wucherung, deren Metastasen auch andere Waldgebiete zu befallen drohen. Neben den Baumschädlingen und den Tierarten, die sich vom Pilzgewebe ernähren, breitet sich auch der Pilz selber aus. Er erweist sich dazu als sehr konkurrenzfähig und verdrängt andere symbiontische Pilzarten.«

Kollek betätigte den Dimmer. Das Licht im Vortragssaal

wurde heller und beleuchtete eine sichtlich beeindruckte Zuhörerschaft. Der weißhaarige Herr von der Regierung hatte einen hochroten Kopf.

Uhlich putzte noch immer mit langsamen, kreisenden Bewegungen ihre Brille, und Wenzel sah seine schlimmsten Befürchtungen bestätigt. Einige der Anwesenden hatten zu ihm herübergeschaut, wollten sich Zuversicht verschaffen, indem sie den Mann musterten, der vermutlich am meisten über diesen teuflischen Pilz wußte. Sie mußten feststellen, daß dieser kleine, in sich zusammengesunkene Mann alles andere als Optimismus ausstrahlte.

»Wenn Sie jetzt keine Fragen haben, schlage ich vor, daß wir den Bus besteigen und uns die Schäden im Gelände anschauen. Die Fahrt wird zwei bis drei Stunden dauern, so daß ich ihnen unterwegs noch weitere Informationen geben kann.« Kollek zögerte einen Moment, schaute zu den beiden GENTEL-Mitarbeitern und fuhr dann fort: »Aber ..., äh, vielleicht kann Herr Dr. Wenzel schon jetzt etwas dazu sagen. Er kennt diesen Pilz wie kein zweiter.«

Mit glühenden Nadeln bohrten sich diese Worte in Wenzels Gehörgang, und er krümmte sich wie unter Schmerzen zusammen. Nein, unmöglich, völlig ausgeschlossen. Er konnte jetzt nichts dazu sagen, jetzt nicht und auch heute abend nicht. Was erwarteten die von ihm? Sollte er sagen: Ach, wissen Sie, kein Problem! Schicken Sie den Pilz zu uns ins Labor, wir wechseln ein paar Teile aus und alles läuft wieder wie geschmiert. War es das, was sie hören wollten?

Dieser Pilz hatte sein Labor in einwandfreiem Zustand verlassen. Kollek hatte doch selbst gesagt, daß die Versuche sehr positiv verlaufen waren. Was konnte er dafür, wenn jetzt nach Jahren Probleme auftauchten? Wer sagte überhaupt, daß sein *Amanita* der Grund war? Vielleicht waren die Bäume Fehlkonstruktionen, oder sie kamen nicht mit dem veränderten Klima zurecht. Man hätte sie gleich so entwickeln sollen, daß sie keine

Symbiose nötig hatten. Statt dessen hatte man solche verwachsenen Krüppel in die Welt gesetzt, unfähig, sich selbst mit Nährstoffen zu versorgen. Er hätte sich damals weigern sollen, er hätte....

»Wenn Sie gestatten, werde ich anstelle von Herrn Dr. Wenzel antworten.« Uhlich hatte ihre Brille wieder aufgesetzt, war aufgestanden und blickte furchtlos in die erwartungsvollen Gesichter. Wenzel schaute verblüfft an ihr hoch.

»Meine Herren...« Uhlich war die einzige Frau im Raum, aber diese Situation war sie lange genug gewöhnt. »Die GENTEL bedauert diese Entwicklung außerordentlich und wird Sie natürlich bei der Lösung der aufgetretenen Probleme unterstützen.«

Sie wartete einen Moment, bis die Spannung im Raum etwas abgeklungen war. Dann fuhr sie fort.

»Wir sind allerdings der Meinung, und daran haben auch Ihre Ausführungen, Herr Dr. Kollek, grundsätzlich nichts geändert, daß die Ursachen dieser Schäden noch nicht ausreichend geklärt sind. Für uns ist es durchaus nicht bewiesen, daß eine Veränderung von *Amanita wenzeli* der entscheidende Grund für diese Fehlentwicklung ist.«

Ein Raunen ging durch die Reihen. Wenzels Bewunderung für diese Frau stieg ins Unermeßliche.

Die Härte wich aus ihrem Gesicht, und mit einem freundlichen Lächeln fügte sie hinzu: »Aber ich möchte betonen, daß die GENTEL Ihnen selbstverständlich ihre Hilfe anbietet. Wir werden uns hier ein Bild von der Lage machen und Sie nach Kräften unterstützen. Nur, meine Herren, Sie müssen verstehen, daß die GENTEL keine verfrühten Schuldzuweisungen akzeptieren kann. Sie wissen ja selbst, wie kompliziert die Verhältnisse in einem Ökosystem sind, und bei einer so engen Verzahnung von Organismen wie im Falle der Mykorrhiza-Symbiose ist es unserer Meinung nach nicht möglich, von vornherein einen der beiden Partner einseitig für auftretende Instabilitäten verantwortlich zu machen. Wir haben es mit einem labilen Gleichgewicht zu tun, mit actio und reactio. Das Gleichgewicht verändert sich nicht nur, wenn die eine Kraft stärker wird, sondern auch, wenn die Gegenkraft nachläßt. Herr Dr. Kollek wird Ihnen bestätigen, daß es bei der Kontaktaufnahme von Baumkeimling und Pilz auch im Falle natürlicher Arten zu solchen Fehlentwicklungen kommen kann.«

Der dicke Regierungsbeamte meldete sich erregt zu Wort. »Die GENTEL wird uns doch nicht erzählen wollen, daß solche Monsterpilze normal sind. Im Gegensatz zu Ihnen lebe ich in diesem Land. Ich kenne diesen Wald von Kindheit an. Es mag sich ja vieles verändert haben, aber ich habe noch nie einen Fliegenpilz gesehen, der mir bis zum Knie reicht, geschweige denn Hunderte davon. Das ist eine gottverdammte Schweinerei, die Sie uns da eingebrockt haben.«

Der dicke Mann hatte einen hochroten Kopf und funkelte die deutschen Gäste böse an.

Kollek war bei Uhlichs Ausführungen unberührt geblieben. Wahrscheinlich hatte er mit einer solchen Reaktion der Firmenvertreter gerechnet. Bisher waren Biotechnologieunternehmen nur in wenigen Fällen für Schäden durch freigesetzte Organismen haftbar gemacht worden, und Kollek wußte das sehr genau. Er hoffte darauf, daß das Wissen der GENTEL-Fachleute ihnen weiterhalf, aber er machte sich keine Illusionen. Der Nachweis, daß Ökosystemschäden von einem bestimmten transgenen Organismus verursacht wurden, war selten eindeutig zu führen. Fälle wie der Rattenvirus in Indien, der plötzlich sein Wirtsspektrum erweiterte und auch Katzen, Hunde und Kühe, sogar den Menschen selbst befiel, waren die Ausnahme. Auch damals waren lange Prozesse vor etlichen Gerichten nötig gewesen, um die Herstellerfirma zu Entschädigungszahlungen zu zwingen, obwohl eindeutig feststand, daß es sich in allen Fällen um ein und dieselbe Virusart handelte. Ein paar Monate später kam die Firma unter riesigem Werbeaufwand mit einem Gegenmittel heraus. An seinem Verkauf verdiente die Firma ein Vielfaches der vom Gericht festgelegten Entschädigungssumme, die sie an den indischen Staat zu zahlen hatte.

Die Tür zum Vortragssaal öffnete sich, und ein Sicherheitsbeamter meldete die Ankunft des Busses. Unruhe machte sich breit.

Auch Uhlich verstaute ihre Akten. Die bohrenden Blicke der anderen erwiderte sie mit einem freundlichen Lächeln.

»Das hier habe ich Ihnen abgenommen«, zischte sie Wenzel aus dem Mundwinkel zu. »Aber bei unserer kleinen Exkursion werden Sie dabei sein müssen. Ich weiß, wie schwer Ihnen das fällt, aber Sie werden mitkommen müssen!«

»Ich weiß«, flüsterte Wenzel zurück, und obwohl ihm angesichts der bevorstehenden Tortur hundselend zumute war, fügte er hinzu: »Danke für Ihre Hilfe. Ich bin Ihnen wirklich sehr dankbar.«

8

Als sich Christina unter der Dusche die letzten Schaumreste vom Körper spülte, hörte sie, wie die Tür zuknallte. Martin hatte wohl nicht erreicht hatte, was er wollte. Durch die offene Badezimmertür sah sie, wie sich ihr offenbar genervter Freund auf das Bett warf und sich sofort eine Zigarette anzündete.

»Hast du gedacht, sie rollen dir einen roten Teppich aus?« rief sie ihm zu.

Dieser verwunschene Wald mit seinen Riesenpilzen hatte mit einem Schlag eine Dienstreise aus ihren gemeinsamen Ferien gemacht. Warum mußten ausgerechnet sie darüber stolpern? Schon am nächsten Tag hatte Martin darauf bestanden, so schnell wie möglich nach Trondheim zu fahren. Von dort aus wollte er seine Redaktion anrufen. Außerdem hoffte er, in Norwegens zweitgrößter Stadt mehr Informationen über diese sensationelle Entdeckung zu erhalten als in Bronnoysund und Umgebung, wo ihn die Leute nur verständnislos anstarrten, wenn er sie auf die Pilze ansprach.

Gegen Christinas heftigen Widerstand fuhren sie nach Trondheim, und es passierte genau das, was sie befürchtet hatte: Martin verbrachte den halben Tag damit herumzutelefonieren. Auch in der verbleibenden Zeit konnten sie die Stadt nicht verlassen, weil er dringende Rückrufe erwartete. Sie saßen fest.

Trondheim war ganz nett, wirkte aber provinziell. Es war zu groß, um betulichen Dorf- oder Kleinstadtcharme zu entfalten, aber viel zu klein, um großstädtische Möglichkeiten der

Zerstreuung zu bieten. Um zehn Uhr war die Stadt wie ausgestorben.

Bei dem Gedanken an das, was sie in dem sterbenden Waldgebiet gesehen hatten, bekam Christina jetzt noch eine Gänsehaut. Mindestens dreißig Minuten waren sie durch diese groteske Landschaft gelaufen, hatten so viele Fliegenpilze gesehen, so viel Pilzgestank gerochen, daß ihr für den Rest ihres Lebens der Appetit auf Pilzgerichte vergangen war.

Sie hatte Pilze immer als etwas Schönes, Seltenes angesehen, Früchte des Waldes, wie Blaubeeren, die sie pflücken und mit nach Hause nehmen konnte und die unvergleichlich köstlich schmeckten. Sicherlich, Fliegenpilze waren giftig, das wußte jedes Kind. Aber sie waren besonders schön und auffällig und sehr selten geworden, wie so vieles andere auch.

Und dann auf einmal dieser Überfluß, Pilze so groß wie Barhocker. Das war unnatürlich! Bedrohlich!

»Na, war wohl nicht sehr erfolgreich, dein Ausflug?«

Sie hatte sich abgetrocknet, wickelte das Handtuch um den Körper und trat zu Martin in das Hotelzimmer.

»Hm«, brummte er.

Sie ließ ihn in Ruhe, schnappte sich ein Buch und legte sich neben ihn auf das Bett. Es hatte keinen Sinn, jetzt mehr von ihm erfahren zu wollen, das wußte sie aus Erfahrung. Offenbar hatte er nicht viel herausbekommen bei seinem Besuch im Forstwissenschaftlichen Institut.

»Ach ja, Berger hat übrigens angerufen«, fiel ihr plötzlich ein. Sie hätte es fast vergessen, aber sie war es wirklich leid, hier seine Sekretärin zu spielen.

»Was wollte er denn?«

»Hat er nicht gesagt. Er meinte nur, du sollst ihn sofort anrufen. Er hatte es sehr eilig.«

»Hmhm.«

Berger war Martins Redakteur, ein eingebildeter Typ, der sich für unwiderstehlich hielt. Christina mochte ihn nicht. Sie mochte nur wenige der Leute, mit denen Martin beruflich zu tun hatte. Sie waren von sich und ihrer Arbeit sehr eingenommen, hielten sich für ungeheuer wichtig und vergaßen dabei, daß sie doch nur Leben aus zweiter Hand vermittelten. Diese ewige Hatz nach Neuigkeiten und Sensationen lag ihr überhaupt nicht. Sie verstand natürlich, daß Martin mit diesen Leuten zusammenarbeiten mußte, es war schließlich sein Beruf, aber sie konnte nicht viel mit ihnen anfangen. Martin ging es mit ihren Kommilitonen genauso, deren Unterhaltungen er als öffentliche Prüfungsvorbereitung charakterisierte, eine Zumutung für Nichtmediziner. Wahrscheinlich hatte er recht damit.

Martin war anders als viele seiner Kollegen, sonst hätte sie sich nie in ihn verliebt. Er war sehr emotional, reagierte oft tief betroffen. Eigentlich war sie davon überzeugt, daß Martin diesen Job nicht lange durchhalten würde. Dazu nahmen ihn die großen und kleinen Katastrophen, denen er auf der Spur war, zu sehr mit. Sein Sarkasmus, der sie so oft störte, war ein Schutzschild, um angesichts der nicht gerade ermutigenden Entwicklungen in der Welt nicht völlig zu verzweifeln. Ein Journalist, der sich bei jeder Story verausgabte und anschließend urlaubsreif war, konnte zwangsläufig nicht sehr produktiv sein. Und Nachrichten verloren schnell an Wert.

Martin arbeitete für verschiedene Zeitungen und Zeitschriften, doch meistens schrieb er für Berger und seine *Guten Nachrichten*, ein ökologisch orientiertes Blatt, das hauptsächlich von gutsituierten Linksintellektuellen gelesen wurde. Der Name war blanke Ironie. Es wimmelte darin von ökologischen Katastrophenmeldungen aller Art. Für Christina war es völlig unverständlich, wie man sich ausschließlich mit solchen Untergangsvisionen und Schreckensszenarien beschäftigen konnte. Wahrscheinlich war Berger deshalb so unausstehlich.

Martin arbeitete hin und wieder auch an erfreulicheren Themen. Aber die Welt war eben so: Das Positive mußte man mit der Lupe suchen, und das Negative drängte sich überall auf. Wenn Christina die *Guten Nachrichten* durchblätterte, bekam sie mit Sicherheit schlechte Laune. Das einzige, was ihr nach dieser Lektüre wieder auf die Beine half, waren alte Filmkomödien (sie liebte James Stuart und Jack Lemmon).

Plötzlich kam Leben in Martin Herzberg. Er sprang unvermittelt auf und kramte eine neue Packung Zigaretten aus seiner Jackentasche.

»Ich muß irgendwie an diese GENTEL-Leute herankommen«, murmelte er.

Christina spürte, wie der Groll in ihr aufstieg. Sie sprang auf, ging zum Fenster und riß es weit auf.

»Wenn ich dich daran erinnern darf: Dies sind unsere gemeinsamen Ferien. Aber wenn du den Rest der Zeit lieber mit diesen Pilzmonstren oder am Telefon zubringen willst, dann brauchst du es nur zu sagen.«

Sie ging zu dem einzigen Sessel, der neben einem kleinen Tisch in der Nähe des Fensters stand, und begann, sich anzuziehen.

»Entschuldige, Schatz!« Er schien erst jetzt wieder Notiz von ihr zu nehmen. »Du mußt das verstehen. Das ist eine Wahnsinnsstory! Was da draußen abläuft, das ist einmalig, das hat es noch nie gegeben und ich... wir haben es entdeckt. Ich meine, verstehst du nicht, was das bedeutet?«

Er war auf sie zugegangen und hielt sie an den Schultern fest.

»Ich versteh ja, daß du sauer bist. Wirklich! Aber wenn ich an dieser Sache nicht dranbleibe, dann kann ich meinen Beruf vergessen. Dann sollte ich lieber Postbeamter, Hochschullehrer oder sonst was werden.«

»Oh, du bist ja so verständnisvoll.« Sie war jetzt richtig in Fahrt. »Ich sag dir nur eines: Wenn du die nächsten Tage nur noch hinter dieser Geschichte herrennst und mich hier in diesem Hotelzimmer sitzen läßt, dann... ach, Scheiße!« Sie schüttelte seine Hände von ihren Schultern und zog sich schnell Jeans und T-Shirt über.

»Du bist ein verfluchter Egoist, weißt du das?« schrie sie. Mit nassen und ungekämmten Haaren, ihre Jacke unter dem Arm, lief sie zur Zimmertür.

»Überleg's dir gut. Ich mein es ernst.«

Mit einem lauten Knall schlug sie die Tür hinter sich zu und ließ Martin verwirrt im Zimmer zurück.

»Mist, verdammter!«

Er zündete sich eine Zigarette an und ließ sich wieder auf das Bett fallen. Er konnte Christina verstehen. Obwohl bei ihm Freizeit und Arbeit nicht leicht zu trennen waren und über weite Strecken zu einem eigentümlichen Mischzustand verschmolzen, hatte auch er Urlaub bitter nötig gehabt. Gerade weil in seinem Leben keine festen Tagesabläufe, keine Stechuhr existierte (abgesehen von den Terminen für seine Artikel und Reportagen), drängte sich seine Arbeit immer tief in die Zeit hinein, die andere berufstätige Leute als unantastbare Freizeit betrachteten.

Seine Arbeit verfolgte ihn überallhin. Er hatte nie Ruhe vor ihr. Offensichtlich war das der Preis, den er für seine Freiheit zahlen mußte, eine Freiheit, auf die er früher so großen Wert gelegt hatte und die heute oft nur noch darin bestand, etwas länger schlafen zu können und ansonsten auszuwählen, was er gleich in Angriff nahm und was noch länger warten konnte.

Er griff zum Telefon und ließ sich mit Berger in Deutschland verbinden.

Besetzt!

Das Spiel kannte er. Berger schien mit Telefonhörern als Ohrmuscheln zur Welt gekommen zu sein, ein *Homo telecommunicatus,* wie er sich selbst einmal genannt hatte. Wenn man ihn in seinem Büro bei den *Guten Nachrichten* aufsuchte, konnte man sicher sein, daß er mindestens dreimal angerufen wurde und zwischendurch einige »dringende Telefonate« zu erledigen hatte. Martin hatte es sich abgewöhnt, persönlich bei Berger zu erscheinen. Besser war es, ihn am Telefon zu erwischen, dann konnte man ein einigermaßen zusammenhängendes Gespräch mit ihm führen.

Er bat die Frau in der Telefonzentrale, es weiter zu versuchen. In der Zwischenzeit konnte er über den heutigen Mißerfolg nachdenken. Christina war sicher nach unten in die Bar gegangen. Sie trinkt einen Campari-Orange, dachte er. Oder einen Martini. Es hat sowieso keinen Sinn, ihr jetzt zu folgen.

Er hatte keine Wahl. Er mußte an dieser Sache dranbleiben. Katastrophen richteten sich nun einmal nicht nach Urlaubsplänen.

Er hatte natürlich nicht damit gerechnet, daß er zu der Besprechung im Forstwissenschaftlichen Institut vordringen könnte, aber er wollte es wenigstens versuchen. Insgeheim hatte er gehofft, mit Kollek oder jemand anderem, der sich auskannte, ein kurzes Interview führen zu können. Aber nachdem seine Entdeckung schon in den Nachrichten und einigen Tageszeitungen veröffentlicht worden war, stieß er mit seinen Fragen auf eine Mauer des Schweigens und der Ablehnung. Sie waren vorsichtig geworden.

Berger war natürlich begeistert gewesen, hatte dringend mehr Material und bessere Fotos verlangt, aber bisher war er nicht sehr viel weitergekommen. Die nächste Ausgabe der *Guten Nachrichten* erschien erst in zwei Wochen. Es blieb ihm also noch Zeit.

Nach ihrer Ankunft in Trondheim hatte er das Forstwissenschaftliche Institut angerufen, ein paar vage Andeutungen über seine Entdeckung gemacht und war mit Kollek verbunden worden. Der zeigte sich alles andere als begeistert davon, daß ausgerechnet ein Journalist in dieser gottverlassenen Gegend seinen Urlaub verbracht hatte und über sein bestgehütetes Geheimnis gestolpert war.

Kollek faselte etwas von unzulässigem Betreten von Versuchsgelände, von unseriösem Journalismus und illegalen Methoden, alles Phrasen, die Martin schon aus unzähligen Gesprächen mit Industrievertretern, Politikern und Wissenschaftlern kannte.

Nachdem Kollek von den Fotografien erfahren hatte, die schon auf dem Weg nach Deutschland waren, räumte er ein, daß da im Wald ein paar Schwierigkeiten aufgetreten waren. Es sei aber alles unter Kontrolle, und überhaupt, es gäbe doch wohl wichtigere und interessantere Dinge, über die er berichten könnte, über den neuen Assimilator zum Beispiel, der ja nun endlich Schluß machen würde mit *Der Erwärmung.* Er solle eine Mücke nicht zum Elefanten machen. Solche Anfangsschwierigkeiten seien bei den komplizierten Sachverhalten, mit denen sie es zu tun hätten, unvermeidlich, und er solle die Wissenschaftler, die wahrlich genug um die Ohren hätten und die schon wüßten, was sie täten, nicht in ihrer Arbeit behindern. Es sei kein besonderes Heldenstück, die Öffentlichkeit mit Halbwahrheiten gegen ihre wichtige und in vollem Bewußtsein ihrer gesellschaftlichen Verantwortung durchgeführte Arbeit zu mobilisieren.

Ein ausführliches Interview hatte Kollek abgelehnt. Dazu bestünde keine Veranlassung, es sei denn, er wolle über ihre Arbeit für den Erhalt der Wälder berichten, eine Arbeit im übrigen, an der die Presse ein auffallend geringes Interesse gezeigt habe. Sie seien auf dem besten Wege, die dramatischen Entwicklungen des Waldsterbens und der Versauerung der Böden und Gewässer in den Griff zu bekommen.

Das wollte Martin ihm gerne zugestehen. Leute wie Kollek leisteten wertvolle Arbeit. Schuld an dem dramatischen Rückzug der Natur waren ja nicht die Ökologen, die man immer erst zu Rate zog, wenn das Kind schon in den Brunnen gefallen war, sondern die rücksichtslose Industriepolitik des 20. Jahrhunderts. Viele verantwortungsvolle Wissenschaftler hatten frühzeitig vor den Entwicklungen gewarnt, waren jedoch über Jahrzehnte hinweg belächelt und ignoriert worden.

Martin fuhr zum Forstwissenschaftlichen Institut. Inzwischen hatte die Presse aber seine Entdeckung verbreitet, und man ließ ihn nicht hinein. Immerhin erzählte ihm ein redseliger Pförtner von einer Versammlung, die heute stattfinden sollte, und er deutete an, daß dazu Gäste aus Deutschland erwartet wurden, Industriefachleute von der GENTEL, von denen man sich hier im Institut einiges versprach.

Daß die GENTEL ihre Finger mit im Spiel hatte, war eine hochinteressante Neuigkeit. Was hatte dieses größte deutsche Biotech-Unternehmen mit dem zu tun, was sie da draußen entdeckt hatten? Diese Entwicklung brachte zusätzlich Pfeffer in die Sache.

Das Telefon klingelte. Er rollte sich auf die Seite und nahm den Hörer ab.

»Ja?«

»Ihr Gespräch nach Deutschland. Ich stelle durch!«

Ein kurzes Knacken in der Leitung, dann war Bergers hektische Stimme zu hören.

»Martin? Bist du dran?«

»Ja, ja, wie geht's, Thomas?«

Berger ignorierte seine Frage und kam sofort zur Sache.

»Na und? Was hast du erreicht? Erzähl schon!«

»Nichts habe ich erreicht, gar nichts! Sie haben mich nicht hereingelassen. Sind wohl mißtrauisch geworden.«

Er hörte ein paar unterdrückte Flüche und einige hektische Worte, die Berger zu irgend jemandem in seinem Büro sagte.

»Das ist verdammt wenig, Martin! Du läßt dich doch sonst nicht so leicht abspeisen.«

»Da war nichts zu machen. Sie haben mich regelrecht rausgeschmissen. Ich glaube, wir haben da mitten in ein Wespennest gestochen. Die sind verdammt nervös geworden.«

»Na ja, macht nichts! Ist nicht so schlimm.«

»Wie bitte?« Martin glaubte, sich verhört zu haben.

»Ich sagte, das macht nichts!«

Wieder wechselte Berger mit einer Person in seinem Büro ein paar Worte.

Was war denn los? Martin hatte einen Tobsuchtsanfall erwartet oder zumindest das typische Drängen, die üblichen Durchhalteparolen, keinesfalls dieses lapidare »Macht nichts«. Es entsprach Berger überhaupt nicht, der sonst hinter jeder Neuigkeit her war, der einem mit seiner Drängelei bis zur Weißglut treiben konnte, der für eine gute Story alles tat. Und dieser sterbende Wald mit seinen Riesenpilzen war eine außergewöhnlich gute Story.

»Bist du krank, Thomas? Was ist los mit dir? Erzähl mir bloß nicht, daß dich diese Geschichte nicht mehr interessiert.«

Unruhe am anderen Ende der Leitung.

»Was sagst du? Hast du etwas gesagt, Martin?«

Jetzt platzte ihm der Kragen.

»Allerdings!« brüllte er in den Telefonhörer. »Ich habe dich gefragt, ob du noch an der Story interessiert bist oder nicht? Es gibt auch andere Blätter.«

Er fummelte sich mit der linken Hand umständlich eine Zigarette aus der Packung und zündete sie an.

»Hör mal, Martin! Ich habe da eine ganz heiße Sache. Du mußt sobald wie möglich zurückkommen, damit wir darüber reden können.«

Er war verrückt geworden, übergeschnappt, durchgedreht. Berger war vor lauter Überaktivität heißgelaufen, und nun ging gar nichts mehr, anders war sein Verhalten nicht zu erklären.

»Martin, heh! Bist du noch dran? Ich hab gesagt, du sollst sofort nach Hause kommen. Wir haben...«

»Du willst allen Ernstes, daß ich hier alles stehen und liegen lasse und nach Berlin komme?«

»Genau das.«

»Du mußt verrückt geworden sein! Das hier ist die aufregendste Story, mit der ich jemals zu tun hatte, und du willst, daß ich sie vergesse? Das kann doch nicht dein Ernst sein.«

»Doch, Martin, das ist mein voller Ernst. Hör zu! Wir haben einen Informanten an der Hand, der für uns exklusiv ein Treffen mit Hellebrandt arrangieren will.«

»Dem Hellebrandt von der LAS?«

»Genau der.«

»Aber trotzdem, ich verstehe nicht...«

»Paß auf. Deine Story ist super. Wirklich! Ich mein es ernst! Aber sie läuft uns nicht davon. Außerdem..., wie soll ich sagen, das Interesse an solchen kleinen Fehlentwicklungen ist nicht so groß im Augenblick, weißt du.«

»Kleine Fehlentwicklung? Hör mal, wenn du gesehen hättest, was ich gesehen habe, dann wüßtest du, daß du kompletten Mist erzählst. Ich habe jetzt noch Alpträume.«

»Sicher, du hast ja recht. Die Fotos sind ja auch ganz nett.«

»Ganz nett? Mann, Berger, was ist los mit dir? Hält dir Herr GENTEL persönlich die Knarre an die Schläfe?«

»Quatsch! Du weißt genau, daß ich nicht erpreßbar bin. Du hast gehört, was ich gesagt habe. Vergiß die Sache und komm her. Dann sehen wir weiter. Ich kann jetzt nicht stundenlang mit dir diskutieren. Komm her, und du wirst mich verstehen.«

Es folgte ein Knacken in der Leitung. Berger hatte aufgelegt.

Christina saß unten an der Bar, trank einen Campari und unterhielt sich mit ihrem Nachbarn. Ihre blonden Haare waren noch immer nicht ganz trocken und lagen ungekämmt auf ihren Schultern.

»Na?« sagte sie knapp.

»Ein Bier, bitte!« Er setzte sich, nickte ihrem Gesprächspartner kurz zu und zündete sich eine Zigarette an.

»Hast du Berger angerufen?«

»Ja.« Er trank in einem Zug fast die Hälfte seines Bieres aus und inhalierte den Rauch seiner Zigarette.

»Und, was wollte er?« Sie schaute schon etwas freundlicher.

Sie hatten ein Abkommen getroffen, das bisher gut funktioniert hatte. Sie akzeptierte das, was er tat, nahm in Kauf, daß ihn zu ungewöhnlichen Zeiten die Arbeitswut überkam, und dafür hatte er versprochen, sich von Zeit zu Zeit wirklich freizunehmen, seine Arbeit völlig zu vergessen und nur mit ihr zusammenzusein. Jetzt hätte eine solche Zeit sein sollen, ihr gemeinsamer Urlaub. Er konnte nur hoffen, daß auch sie diese unvorhergesehene Entdeckung als das nahm, was sie war, etwas Außerordentliches, eine Ausnahmesituation, die sein Verhalten rechtfertigte.

»Ich versteh das nicht. Er will, daß ich nach Hause fahre und unsere Entdeckung hier vorerst vergesse.«

Ihre Miene verfinsterte sich wieder. »Zurück nach Berlin?«

»Ja, er meint, jemand könne ein Interview mit Hellebrandt vermitteln.«

»Dem Terroristen?«

»Dem Führer der LAS, ja.« Er nickte zögernd.

Hellebrandt war nicht im eigentlichen Sinne ein Terrorist, jedenfalls fiel es Martin schwer, ihn so zu bezeichnen. Die Organisation, die er leitete, hieß *Liga für Artenschutz*, kurz LAS, und hatte einmal als harmlose Umweltschutzorganisation begonnen, die mit spektakulären Aktionen, wie Betriebsbesetzungen, Boykottaufrufen, internationalen Foren und ähnlichem gegen das Treiben der gentechnischen Konzerne Front machte. Aber je mehr biotechnische Produkte auf den Markt kamen, je mehr genetisch veränderte Organismen absichtlich oder durch Unfälle und Pannen freigesetzt wurden, desto offenkundiger wurde ihr Mißerfolg. Ihre Aktionen wurden radikaler.

Martin konnte sich nicht erinnern, daß es bei Anschlägen der LAS jemals zu Verletzten oder gar Todesopfern gekommen war. Ihre Aktionen richteten sich ausschließlich gegen Einrichtungen der gentechnischen Industrie. Aber Hellebrandt und seine Leute griffen mehr und mehr zu den Mitteln des Terrors: Bombenanschläge, Erpressungsversuche und Kidnapping. Bald waren sie gezwungen, in den Untergrund zu gehen.

Martin hatte diese Entwicklung von der Umweltschutzorganisation zum Terrorkommando verfolgt und kam dabei zunehmend in Gewissenskonflikte, denn den Zielen der LAS stimmte er nach wie vor zu.

Es lag eine gehörige Portion Tragik in dieser Entwicklung. Seiner Meinung nach hatte man diesen Mann und die LAS konsequent in die Illegalität getrieben, um ihn dort mit allen zur Verfügung stehenden Mitteln zu bekämpfen. Solange die LAS noch legal operierte, war sie stets ein sehr unbequemer Gegner der Industrie und damit auch des Staates gewesen, eine Organisation, mit der viele Bürger sympathisierten, deren Mut und Konsequenz vielfach bewundert wurde. Als der Widerstand der LAS jedoch an Schärfe und Härte zunahm, als sie ihren Kampf intensivierte, da sich auf andere Weise offenbar nichts erreichen ließ, bröckelte die Front ihrer Anhänger, flossen die Spendengelder spärlicher, wurden Hellebrandt und die LAS immer tiefer in den Untergrund gedrängt und von vielen nur noch als gewöhnliche Kriminelle angesehen.

Für die meisten Menschen war Hellebrandt heute ein Terrorist. Für Martin und eine immer kleinere Minderheit war er eine tragische Figur, den sein konsequenter Kampf gegen die angeblichen Segnungen des Biotechnischen Zeitalters immer näher an den Abgrund und schließlich darüber hinausgeführt hatte.

Natürlich reizte es ihn, diesen Mann kennenzulernen, von ihm selbst zu erfahren, wie er diesen Absturz zum Kriminellen erlebt hatte, aber deswegen nun alles andere hinzuschmeißen, die Berichterstattung über die Entwicklung hier in Norwegen einfach anderen Leuten zu überlassen, das widerstrebte ihm zutiefst.

»Und… was willst du tun?« Christinas Frage riß ihn aus seinen Gedanken.

»Ich weiß es nicht. Ich weiß es wirklich nicht.« Er schaute sie an. »Was meinst du?«

Christina lachte bitter.

»Das fragst du mich? So wie es aussieht, ist unser Urlaub eh zu Ende, so oder so. Also tu, was du für richtig hältst, und laß mich mit deinen Problemen in Ruhe, ja? Tu mir den Gefallen!«

Na wunderbar, dachte Martin, wirklich gelungen, unsere Reise. Er hatte das Gefühl, was immer er auch tat, glücklich würde er mit keiner seiner Entscheidungen werden.

Christina wandte sich wieder ihrem Nachbarn zu, und die beiden führten den üblichen Small talk unter Touristen. Martin starrte finster vor sich hin, bestellte ein neues Bier und beschloß, sich heute auf Kosten der *Guten Nachrichten* mit dem sündhaft teuren skandinavischen Alkohol zu betrinken.

9

Als sie am Morgen zu dem Treffen im Forstwissenschaftlichen Institut aufgebrochen waren, empfing sie strahlender Sonnenschein, und Trondheim hatte südliches Flair ausgestrahlt. Doch jetzt, da sie auf den Bus zuliefen, der sie zu dem geschädigten Waldgebiet bringen sollte, ballten sich dunkle Regenwolken zusammen. Das Wetter schlug hier schnell um, eine Weisheit, die sich in jedem Reiseführer über Norwegen nachlesen ließ. Wenn sich die Wolkendecke allerdings geschlossen hatte, wenn die Sonne einmal hinter einem dicken Vorhang schwerer, feuchter Wolken verschwunden war, dann konnte man einigermaßen sicher sein, daß der Regen tagelang anhielt und den Boden in ein wassertriefendes Schwammpolster verwandelte.

Wenzel schaute skeptisch in den Himmel, der die Farbe von gebrauchtem Abwaschwasser angenommen hatte. In seinem kleinen Rucksack befand sich ein alter Regenumhang, den er zu seiner eigenen Überraschung im Keller entdeckt hatte, als er in fieberhafter Eile seine Sachen für die Reise zusammenpackte. Er war sehr stolz über seine Weitsicht gewesen. Aber ob seine blankgeputzten Halbschuhe die optimale Ausrüstung waren, daran kamen ihm angesichts des nahenden Unwetters so seine Zweifel.

Er beobachtete Uhlich, die wenige Meter vor ihm ging, mit elegantem, energischem Schritt. In der rechten Hand hielt sie ein Paar kniehohe Gummistiefel.

Die anderen Teilnehmer ihrer Exkursion waren mit prallgefüllten Rucksäcken bepackt, trugen schwere Bergschuhe oder Gummistiefel, dicke Pullover und Pudelmützen. Was für sie eine willkommene Abwechslung ihrer monotonen Verwaltungs- oder Forschungstätigkeit war, bedeutete für Wenzel so etwas wie das Jüngste Gericht.

Er seufzte. Wenn er da draußen im Morast versinken sollte, wenn er von Mücken aufgefressen, von herabfallenden Ästen erschlagen oder von haushohen Fliegenschwärmen erstickt wurde, dann halfen auch keine Gummistiefel.

Der weißhaarige Regierungsbeamte lief in Knickerbockern und schweren Bergschuhen neben Kollek auf den Bus zu und schaute sich ab und zu um. Seine dicken Waden erzitterten bei jedem Schritt. Er tuschelte mit dem norwegischen Forstexperten und machte einen nervösen und erregten Eindruck. Kollek versuchte ihn offenbar zu beruhigen.

Die anderen Männer schienen die beiden GENTEL-Besucher zu meiden wie der Teufel das Weihwasser. Die Stimmung, die anfangs von optimistischer Erwartung und Gelassenheit geprägt war, schien nach Kolleks Ausführungen, den deprimierenden Bildern, die er ihnen gezeigt hatte, und vor allem nach Uhlichs Erklärung in gespannte Aggressivität umgeschlagen zu sein.

Was hatten diese Leute erwartet? Glaubten sie, die beiden Besucher aus Deutschland hätten die Lösung gleich mitgebracht, einen Koffer voller Wundermittel, die man nur über dem kranken Wald auszuschütten brauchte, und alles würde in alter Pracht ergrünen, die Pilze auf ein normales Maß zusammenschrumpfen?

Wenzel betrat den Bus als einer der letzten, tastete sich durch den Mittelgang nach hinten, wo Uhlich schon Platz genommen hatte, und wagte nicht, in die Gesichter der Männer zu schauen, die ihn mit abschätzigen Blicken musterten. Kaum hatte er sich neben Uhlich niedergelassen, schloß sich die Tür des Busses, und ihr Ausflug begann.

Auch Uhlich schien die atmosphärische Veränderung nicht entgangen zu sein. Sie tippte Wenzel auf den Oberarm, beugte sich zu ihm hinüber und flüsterte: »Wir müssen sehr vorsichtig sein! Man hat hier offenbar mehr von uns erwartet, als wir zum gegenwärtigen Zeitpunkt bieten können. Passen Sie auf, was Sie sagen, wenn man Sie anspricht!«

Wenzel nickte müde.

Der Bus fuhr über das Gelände des Forstwissenschaftlichen Instituts, vorbei an endlosen Gewächshäusern und Anpflanzungen. Es fing an zu regnen, und die Konturen der Bäume, Felder und Häuser, die an ihnen vorüberzogen, begannen sich hinter den regennassen Scheiben aufzulösen und zu verschwimmen. Das Schaukeln des Busses und das monotone Prasseln des immer stärker werdenden Regens ließ die Müdigkeit in Wenzels Glieder zurückkehren, und er sank in einen unruhigen, von Alpträumen geschüttelten Schlaf.

Jemand rüttelte ihn unsanft an der Schulter.

»Dr. Wenzel, wachen Sie auf! Aufwachen!«

Uhlichs Stimme holte ihn aus seiner unerfreulichen Traumwelt in die noch grausamere Realität zurück. Sein Nacken schmerzte entsetzlich. Unter Stöhnen versuchte er, seinen von den unbequemen Bussitzen geschundenen Körper zu strecken.

Verwirrt blickte er sich um. »Habe ich die ganze Zeit geschlafen?«

»Das kann man wohl sagen.« Sie schaute auf die Uhr. »Glatte zwei Stunden. Wir sind gleich da.«

Die Landschaft hatte sich erheblich verändert. Der Bus rollte jetzt über eine Schotterstraße, die mitten durch dichten Wald führte. Mit unverminderter Heftigkeit prasselte der Regen auf den Bus nieder. Draußen auf der Straße konnte man große Pfützen erkennen.

Ein drückendes Gefühl entwickelte sich in seiner Magengrube, als er daran dachte, daß er den warmen Bus sehr bald verlassen und in diese lebensfeindliche Wildnis eindringen mußte.

Kollek meldete sich über die Lautsprecheranlage des Busses.

»Wir werden gleich da sein. Das Gebiet befindet sich etwa eine halbe Stunde Fußmarsch von unserem Haltepunkt entfernt. Wir können leider mit dem Bus nicht näher heranfahren. Ich hoffe, Sie sind für eine kleine Wanderung gerüstet. Es tut mir leid, daß wir unseren deutschen Gästen kein besseres Wetter bieten können.«

War da so etwas wie Schadenfreude in Kolleks Stimme? Wenzel betrachtete seine braunen Halbschuhe aus feinem Rindsleder und hatte, was die Qualität seiner Ausrüstung anging, so seine Zweifel.

»Haben Sie keine anderen Schuhe mit?« Uhlich war seinem Blick gefolgt.

»Nein, leider. Der Aufbruch war so überstürzt, und ich glaube, ich besitze gar nichts, was bei diesem Wetter angemessen wäre. Normalerweise gehe ich bei Sturm und Regen nicht vor die Tür und schon gar nicht in einen Wald.«

»Na, dann werden Sie sich wohl auf nasse Füße einstellen müssen.« Sie schüttelte verständnislos den Kopf.

»Ja, ich fürchte, Sie haben recht.«

Wieder erscholl Kolleks Stimme aus den Lautsprechern.

»Die Bäume, die Sie hier sehen, sind von der gleichen Art wie unsere Problemfälle. Dieses ganze Gebiet, etwa 10 000 Hektar, wurde damals im Laufe von drei Jahren aufgeforstet. Vor dreißig Jahren stand hier kein einziger gesunder Baum mehr. Wie Sie sehen, hat sich der Wald sehr gut entwickelt.«

Kollek wechselte ein paar Worte mit dem Busfahrer, dann meldete er sich erneut.

»So, wir sind da. Den Rest müssen wir zu Fuß zurücklegen.«

Unruhe machte sich im Innern des Busses breit. Die Insassen kramten diverse Utensilien aus ihren Rucksäcken, die vor dem noch immer heftigen Regen schützen sollten. Keiner schien sich wegen des schlechten Wetters besonders den Kopf zu zerbrechen. Die Leute hier waren mit diesem Wetter bestens vertraut und verstanden es, sich darauf einzurichten.

Uhlich versuchte in der engen Sitzreihe ihre Gummistiefel anzuziehen, während Wenzel unbeweglich, wie erstarrt an seinem Sitz klebte und das geschäftige Treiben um sich herum betrachtete. Aus der bunten Gruppe aus Regierungsbeamten, Förstern, Wissenschaftlern und Industrievertretern wurde im Handumdrehen eine klassenlose Gesellschaft, die sich anschickte, in einheitlichem Blaugrün den Bus zu verlassen.

Nur die beiden Deutschen fielen aus der Reihe. Uhlich paßte mit ihrem blaßgrünen Regenumhang und olivgrünen Gummistiefeln noch einigermaßen in den Rahmen. Wenzel aber mußte, als er sein Regencape aus dem kleinen, schwarzen Plastikbeutel zerrte, feststellen, daß sein vermeintlicher Wetterschutz wohl nur knapp den Oberkörper bedecken würde und noch dazu grellorange war. Er fluchte. Hätte er doch wenigstens nachgeschaut, was er da in seinem Keller gefunden hatte. Dieses Regenjäckchen mußte dort seit seiner Jugendzeit gelegen haben. Aber es half nichts, er mußte sich jetzt damit begnügen.

Die Gruppe versammelte sich vor dem Bus, der in einer schmalen Forststraße gehalten hatte. Der Regen trommelte auf breitkrempige Hüte und blaugrüne Kapuzen, tropfte auf glänzende Regenjacken und versickerte schließlich im Boden. Wenzel trat als letzter aus dem Bus, und wie auf Kommando drehten sich alle Köpfe in seine Richtung. Sogar der Regen schien für kurze Zeit innezuhalten.

Mit blankgeputzten braunen Lederschuhen, hellgrauer Anzughose und hauchdünnem orangefarbenen Regencape, unter dem sein Jackett hervorguckte, den Kopf nur von einer zarten Kapuze bedeckt, stand Dr. Kurt Wenzel auf der Treppenstufe und schien den letzten, entscheidenden Schritt so lange wie möglich hinauszögern zu wollen.

Kollek forderte die Gruppe auf, ihm zu folgen. Einer nach dem anderen setzte sich in Bewegung, und im Gänsemarsch stiefelte die blaugrüne Gesellschaft den Forstweg entlang. Nun mußte auch Wenzel den letzten Schritt tun.

Mit angehaltenem Atem streckte er seinen rechten Fuß Richtung Boden, während er sich mit der linken Hand noch am Haltegriff der Bustür festhielt. Kaum berührte sein Fuß den durchnäßten Waldboden, drang von allen Seiten Wasser in den Schuh. Er schauderte, bekam sofort eine Gänsehaut, verkrampfte sich am ganzen Körper und eine Welle des Ekels und Widerwillens überschwemmte ihn. Die Gruppe war schon zehn, zwanzig Meter entfernt, und Uhlich winkte energisch, er solle endlich folgen.

Die Freundlichkeit und Rücksichtnahme, die sie ihrem Kollegen gegenüber bisher an den Tag gelegt hatte, begann langsam ins Gegenteil umzuschlagen. Wenn wir jemals einen professionellen Eindruck gemacht haben, dann ist er spätestens jetzt dahin, fluchte sie innerlich. Dieser Idiot! Mußte man den Mann denn wie ein Kind an die Hand nehmen und fragen, ob er seine Zahnbürste und genügend Unterhosen und Socken eingepackt hatte? Sie war schon mit einigen schwierigen Situationen fertiggeworden, aber ein fünfzigjähriges Kleinkind hatte sie noch nie am Hals gehabt.

Wenzel stand nun mit beiden Beinen auf dem wassergesättigten Boden, betrachtete voller Selbstmitleid seine ruinierten Schuhe und spürte, wie die kalte Feuchtigkeit seine Hosenbeine emporkroch.

Im selben Maße, wie sich die nasse Kälte seiner Glieder bemächtigte, verlor er den letzten Rest an Zuversicht. Sein Selbstbewußtsein oder vielmehr das, was nach den Schrecken und Strapazen der letzten sechsunddreißig Stunden davon übrig war, versickerte im Boden.

Mit angewidertem Gesichtausdruck setzte er einen Fuß vor den anderen, wurde schneller, um gegen die eisige Kälte anzukämpfen, die ihn zu lähmen drohte, und begann schließlich zu rennen. Bei jeder Bodenberührung spritzte eine kleine Wasserfontäne auf. Nach zwei Minuten war er bis auf die Haut durchnäßt.

Mit einem Mal ließ die Spannung in seinem Körper nach und machte einer fatalistischen Gleichgültigkeit Platz. Eben noch am Boden zerstört, fühlte er sich plötzlich erfrischt und leicht wie eine Feder und hätte am liebsten laut losgelacht. Doch genauso schnell, wie das Gefühl gekommen war, verschwand es wieder.

Eine Zeitlang konnte er die unfreundliche Umgebung ignorieren, empfand sogar eine Art kindliche Freude, wenn er laut platschend in die Pfützen sprang. Im nächsten Moment aber spürte er diese schreckliche Kälte an seinen Beinen und stapfte mit verkniffenem Gesicht hinter der Gruppe her, die vor ihm im dichten Regen nur noch schemenhaft auszumachen war.

Unter der Regenkapuze war sein Gesichtskreis stark eingeschränkt, und so starrte er die ganze Zeit mit steifem Hals auf den unmittelbar vor ihm liegenden Wegabschnitt. Hin und wieder wischte er sich die Regentropfen von der Nasenspitze.

Wenigstens fliegen bei diesem Wetter keine Mücken! fiel ihm plötzlich ein, und er mußte grinsen. In der Eile hatte er sein Insektenschutzmittel im Bus liegenlassen.

Nach einigen hundert Metern stießen sie auf den großen Metallzaun, dessen Existenz wenige Tage zuvor Martin und Christina so überrascht hatte. Kollek, der sich äußerlich kaum noch von den anderen unterscheiden ließ, öffnete ein großes Vorhängeschloß, und einer nach dem anderen trat durch eine Art Gartentor auf die andere Seite der Absperrung. Kollek wartete, bis Wenzel als Letzter passiert hatte, und verschloß das Tor hinter sich. Anschließend übernahm er wieder die Führung, und weiter ging es einen schmalen, schlammigen Trampelpfad entlang.

Nachdem sie etwa eine Viertelstunde gelaufen waren, begann sich der Wald um sie herum langsam zu verändern. Die ersten großen Fliegenpilze tauchten auf. Ihre riesenhaften Fruchtkörper glänzten vor Feuchtigkeit, sahen aus, als wären sie lackiert worden. Der Boden wurde immer glitschiger. Mehrmals sah man, wie einzelne Mitglieder der Gruppe den Halt verloren und ins Wanken gerieten. Wenzel versuchte, vorsichtig einen Fuß vor den anderen zu setzen. Er konzentrierte sich ganz auf diese Bewegung. Von der surrealen Umgebung nahm er kaum etwas wahr.

Schließlich hatten sie das Zentrum der Schäden erreicht und standen fassungslos inmitten einer Szenerie, die der Regen noch unwirklicher erscheinen ließ. Das Prasseln der Regentropfen auf der triefendnassen Regenkleidung der kleinen Gesellschaft übertönte jedes andere Geräusch.

Die Bilder, die sie alle vor wenigen Stunden gesehen hatten, waren nichts gegen das, was sie nun hautnah erlebten. Überall ragten tote Baumgerippe in den grauen Himmel. Alles Leben schien verstummt zu sein, bis auf diese kraftstrotzenden, in Warnfarbe leuchtenden Pilzhüte. Das Rot erschien durch den Regen intensiver, und alles war in ein diffuses Licht getränkt, als wären sie auf einem fernen, nebligen Planeten gelandet, der von einer roten Zwergsonne beschienen wird. Durch die riesigen Pilze waren die vertrauten Größenverhältnisse grotesk verzerrt.

In Wenzel stiegen erneut Panikgefühle auf. Was sollte er gegen diese Naturgewalten ausrichten? Er fühlte sich schrecklich klein und unbedeutend, völlig hilflos einer gnadenlosen Umwelt ausgeliefert. Der intensive Geruch von Feuchtigkeit und modrigem Zerfall raubte ihm die Sinne.

Selbst Olson und Kollek schienen beeindruckt. »Es sind noch mehr geworden, seit ich das letzte Mal hier war«, sagte Kollek leise. »Und sie wachsen noch immer.« Niemand konnte ihn verstehen.

Ganz in ihrer Nähe stand eine Gruppe von fünf eindrucksvollen Exemplaren, der größte reichte ihnen fast bis zur Hüfte. Die riesigen Pilze bildeten einen Kreis, in dessen Mitte ein kahler Baumstamm in die Höhe ragte. Die Nadeln, die seine kahlen, dürren Äste begrünt hatten, lagen jetzt überall am Boden zerstreut, zum Teil schon von einer dicken Schicht Schimmel überzogen.

»Bei diesem Wetter ist natürlich von den Tieren, die ich Ihnen gezeigt habe, nicht viel zu sehen«, brüllte Olson, um sich in dem alles übertönenden Rauschen des Regens Gehör zu verschaffen. Ein Blick in die Gesichter der Umstehenden zeigte ihm, daß niemand seine haushohen Fliegenschwärme vermißte. Er hatte sich mit der Zeit daran gewöhnen müssen, daß seine Vorliebe für massenhaft auftretendes Kleingetier nur von wenigen Menschen geteilt wurde.

Wenzel stand etwas abseits und starrte auf seine Schuhspitzen, die unter dicken Dreckklumpen kaum zu erkennen waren. Seine Hose klebte kalt an seinen dünnen Beinen. Bei jeder Bewegung erklang ein saugendes, schmatzendes Geräusch aus seinen Schuhen. Mittlerweile hatte ihn die Kälte zu einem Brett erstarren lassen. Er mußte sich bewegen! Eine Weile trat er steif von einem Fuß auf den anderen. Dann begann er umherzulaufen, die Augen immer starr auf den Boden gerichtet, um nicht zu stolpern.

Ein Schrei eines Vogels, vielleicht einer Krähe, zerriß plötzlich die lärmende Stille, ließ nicht nur ihn zusammenzucken und erschreckt herumfahren. Durch die abrupte Bewegung verlor er den Halt, ruderte einen Moment hilflos mit den Armen in der Luft und landete mit einem lauten Klatschen inmitten einer schon halb verrotteten Gruppe von Fliegenpilzen, die bei dem Aufprall zerplatzten und durch die Gegend spritzten.

Verzweifelt versuchte er sich zu erheben, rutschte aber aus, fiel wieder in diesen matschigen Haufen und suhlte sich unfreiwillig in der schleimigen Masse. Mehrere Mitglieder der

Gruppe streckten ihm ihre Hände entgegen, um zu helfen. Endlich fanden seine wild herumfuchtelnden Arme Halt, und er wurde mit einem Ruck aus seiner mißlichen Lage befreit.

Begafft von seinen Rettern, über und über besudelt mit den Resten der in Verwesung begriffenen Pilzriesen, die langsam an ihm herabrutschten, stand er, die Arme etwas vom Körper gestreckt, unbeweglich da und glotzte mit offenem Mund in die Gegend. Er sah aus wie das Opfer einer gigantischen Tortenschlacht, nur daß die schleimige, schwabbelige Masse keine Schlagsahne war, sondern die verfaulten und stinkenden Überreste seiner eigenen Arbeit. Als er langsam den Kopf senkte und angewidert an sich herabschaute, war ihm, als wäre diese unförmige Masse irgendwie lebendig, würde an ihm entlangkriechen wie riesige, gefräßige Amöben, die sich seinen Körper einverleiben wollten.

Er begann am ganzen Leib zu zittern. Die anderen standen im Halbkreis um ihn herum. Niemand lachte. Dann plötzlich erkannte er, daß in diesem Schleim tatsächlich Leben war. Unzählige, winzige Maden krümmten und wanden sich an ihm, um wieder in ihr angestammtes Medium zurückzukehren. Seine Augen weiteten sich, seine Mundwinkel zogen sich langsam auseinander, er legte die Hände an den Kopf und begann zu schreien. In wilder, hektischer Bewegung versuchte er, dieses entsetzliche, vieltausendfache, niedere Leben von sich abzuwischen, sich zu befreien von diesem Alptraum, der ihn umgab, bis er erneut ausrutschte und kraftlos im Dreck sitzen blieb.

Einige Augenblicke herrschte betretenes Schweigen. Alle hatten miterlebt, wie der Experte der GENTEL, wie ihr Hoffnungsträger zusammengebrochen war und nun als ein orangerotes Häufchen Elend inmitten der zertretenen Überreste seiner Schöpfung hockte.

Es war Kollek, der das Schweigen brach.

»In Anbetracht des schlechten Wetters«, schrie er, »und

des... äh, kleinen Unfalls, denke ich, sollten wir zurückkehren. Ich nehme an, Sie alle haben genug gesehen.«

Niemand widersprach.

Wortlos traten sie den Rückmarsch an. Uhlich, deren Groll auf Wenzel nun tiefem Mitgefühl gewichen war, und der junge Olson griffen Wenzel unter die Arme und versuchten, ihn aufzurichten. Mühsam kam er auf die dünnen Beine, die aber sofort wieder ihren Dienst versagten. Nach mehreren Versuchen schaffte er es endlich, mit zittrigen Knien zu stehen.

»Meinen Sie, Sie können jetzt wieder gehen?«

Nur aus weiter Ferne drangen diese Worte an sein Ohr. Wie ein kleines Kind legte er den Kopf an Uhlichs Schulter und schluchzte.

»Glauben Sie, es geht wieder?« fragte sie noch einmal.

Er nickte.

Vorsichtig setzten sie sich in Bewegung, folgten den anderen Exkursionsteilnehmern, die schweigend den Rückweg angetreten hatten. Uhlich und Olson hatten jeweils einen Arm gepackt, stützten den wackligen Biochemiker und kämpften sich durch den Regen und die unwirkliche Umgebung den schlammigen Pfad entlang. Wenzel plapperte leises, unverständliches Zeug. Der Regen spülte die Reste der fauligen Pilze langsam von seiner Kleidung, aber noch immer war er eingehüllt in einen glitschigen Schleim. Seine beiden Helfer mußten fest zupacken, damit er ihnen nicht entglitt.

Wenzel konnte die Umgebung durch seine dreckverschmierte Brille nur schemenhaft wahrnehmen. Als sein Blick auf seine Handgelenke fiel, sah er aber mit erschreckender Deutlichkeit, wie einige winzige, weißliche Maden unter seine Jacke zu kriechen versuchten.

»Diese Würmer! Sie fressen mich auf!«

Olson versuchte, ihn zu beruhigen. »Das sind Fliegenlarven, Dr. Wenzel, die tun Ihnen nichts.«

Plötzlich blieb er abrupt stehen, starrte mit weit aufgerissenen Augen auf seine Hände, dann auf seine Füße und die völlig durchgeweichten Hosenbeine. Überall wimmelte es von diesen Maden. Ein unerträglicher, übermächtiger Juckreiz breitete sich über seinen ganzen Körper aus. Mit einem energischen Ruck riß er sich los, fing wieder hysterisch an zu schreien, sprang von einem Bein auf das andere und schüttelte sich.

»Reißen Sie sich zusammen!« schrie Uhlich gegen Wenzel und den Regen an, aber sie erreichte mit ihrem Appell nur das Gegenteil.

Mit einem erneuten Aufschrei warf sich Wenzel gegen einen Baumstamm und schubberte und rieb sich an seiner Borke. Da er sich mit Macht dagegenstemmte, rutschten seine Füße unter ihm langsam weg. Den Stamm umklammernd, glitt er zu Boden, versuchte aber weiterhin, sich die vermeintlichen Plagegeister vom Körper zu scheuern.

Aus einiger Entfernung drang Kolleks Stimme durch den Regen.

»Ist alles in Ordnung?«

»Ja, ja«, rief Uhlich zurück, aber es klang nicht sehr überzeugend. Bald verlor auch sie die Nerven. Kurz entschlossen trat sie zu Wenzel und schlug ihm rechts, links mit der flachen Hand ins Gesicht.

Das wirkte! Olson und Uhlich konnten ihn nun widerstandslos auf die Beine stellen.

»Es tut mir leid, Frau Uhlich. Es tut mir so leid«, jammerte der kleine Biochemiker. Sein Gesicht war dreckverschmiert. Uhlichs Schläge schienen ihn wieder zu sich gebracht zu haben.

Sie nahm ihm die Brille von der Nase, wischte sie, so gut es ging, an ihrem Regenmantel sauber und setzte sie ihm wieder auf.

»So, können wir jetzt zum Bus zurückgehen?« fragte sie.

»Ja, ja sicher. Ich bin wieder okay«, sagte Wenzel mit schwacher Stimme. »Ich mache Ihnen bestimmt keine Schwierigkeiten mehr. Ich versprech's!«

»Na, hoffentlich!«

Uhlich und der junge Norweger, der peinlich berührt das Geschehen verfolgt hatte, ergriffen wieder Wenzels Arme und machten sich auf den Weg. Sie kamen ohne Zwischenfälle voran und trafen am Tor auf Kollek.

Die letzten Schritte lief Wenzel dann ohne fremde Hilfe. Nach kurzem Zögern betrat er den Bus und ging mit herausgestreckter Brust und erhobenem Kinn durch den Mittelgang auf seinen Sitz zu. Diesmal waren es die anderen, die nicht wagten, ihn anzuschauen. Nur der Fahrer musterte ihn mißtrauisch, weil er in Anbetracht von Wenzels Aussehen um seine Bussitze fürchtete.

10

Die Gruppe, die sich am nächsten Morgen im Forstwissenschaftlichen Institut wiedertraf, bestand nur noch aus Gunnar Kollek, Henrik Olson, Charlotte Uhlich und dem weißhaarigen Regierungsvertreter. Als Uhlich in Kolleks Arbeitszimmer trat, wo man sich diesmal zusammenfand, sprang dieser sofort auf, lief um den Schreibtisch herum und schüttelte der großen Frau die Hand.

»Guten Morgen, Dr. Uhlich! Schön, daß Sie da sind.« Kollek hatte dunkle Ringe unter den Augen.

»Wie geht es Ihrem Kollegen?« erkundigte er sich. »Ich hoffe, sein gestriges Malheur hat ihn nicht zu sehr mitgenommen. Es tut mir leid, daß unser Ausflug unter so unerfreulichen Umständen zu Ende gehen mußte. Die Lage ist ernst genug.«

Uhlich nickte ihm dankbar zu, entschuldigte Wenzels Abwesenheit und nahm in dem freien Sessel Platz, den Kollek ihr anbot.

Offenbar schien keiner der Anwesenden ernsthaft mit Wenzel gerechnet zu haben. Niemand fragte nach, ob der Erschaffer des *Amanita*-Pilzes vielleicht später noch eintreffen werde. Uhlich hätte ihnen auch keine Antwort geben können. Sie hatte den völlig verstörten Wenzel nach ihrer Rückkehr auf sein Zimmer gebracht und seitdem nicht mehr gesehen.

Wenn sie an den gestrigen Ortstermin dachte, fühlte sie sich zwischen Zorn und Mitleid hin- und hergerissen. Sie machte sich zwar ehrliche Sorgen um ihren Begleiter, war sich aber nicht sicher, ob sie den Anblick dieses Mannes mit seinen hilflosen, unberechenbaren Reaktionen jetzt ertragen konnte, ohne bei der geringsten Kleinigkeit aus der Haut zu fahren.

Schon beim Aufstehen hatte sie eine ungewöhnlich starke Nervosität verspürt und sich mit besonderer Sorgfalt ihrer Morgentoilette gewidmet. Das beruhigte sie.

Jetzt folgte die heikelste Phase ihrer Mission, und da bisher durchaus nicht alles so gelaufen war, wie sie sich das vorstellte, konnten sie sich keine weiteren Rückschläge leisten. Jetzt waren analytisches Denken und diplomatisches Geschick gefordert, und zu beidem war Wenzel heute mit Sicherheit nicht in der Lage. Für das, was hier getan werden mußte, war schon ein Wenzel in Normalform eine Belastung. Also ließ sie ihn schlafen.

Während der Rückfahrt und der Verabschiedung der Exkursionsteilnehmer war es eigentümlich ruhig zugegangen. Alle gingen schließlich auseinander, ohne große Worte, ohne eine abschließende Bewertung des Gesehenen. Es war, als ob Wenzels Zusammenbruch allen deutlich gemacht hatte, deutlicher als alle wissenschaftlichen Fakten und Analysen, daß dieses Problem sehr ernst zu nehmen war und sie alle wohl noch eine Weile beschäftigen würde.

Sie saßen jetzt um einen niedrigen Tisch herum, auf dem einige der bekannten Fotos sowie etliche Karten und Computerausdrucke mit Tabellen und Grafiken herumlagen. Kollek schenkte den Anwesenden Kaffee ein.

»Herrn Olson, meinen Mitarbeiter, und Herrn Helvinson vom Umweltministerium kennen Sie ja bereits«, begann Kollek das Gespräch.

Uhlich nickte dem jungen Olson zu und schüttelte Helvinson, der sie mit zusammengezogenen Brauen musterte, die Hand.

»Tja, Sie haben ja nun gestern mit eigenen Augen gesehen, wie es da draußen aussieht. Es ist gespenstisch.« Kollek fuhr sich mit der Hand ein paarmal über den Bart. Er trank einen

Schluck Kaffee und tippte dann auf seine Notizen. »Wir haben uns ein paar Gedanken gemacht, was wir jetzt tun können, aber vielleicht könnte Herr Helvinson erst einmal berichten, wie das Ministerium die Lage sieht beziehungsweise inwieweit es uns freie Hand gibt.«

Helvinson nickte würdevoll mit seinem weißen Haarschopf.

»Danke, Dr. Kollek.« Er wuchtete seinen Körper an den vorderen Sesselrand und streckte zwei dicke kurze Finger in Luft. »Für die norwegische Regierung gibt es vor allen Dingen zwei Prioritäten: Erstens, die Sache muß so schnell wie möglich aus der Welt geschafft werden, und zweitens, dies muß so diskret wie möglich geschehen, ohne großes Aufsehen, ohne Presserummel. Wir haben da volles Vertrauen zu Ihnen, Dr. Kollek. Wir werden Sie finanziell und organisatorisch unterstützen, soweit das im Rahmen unserer Möglichkeiten liegt.«

Er wandte seinen massigen Schädel Uhlich zu und schaute sie mit strengem Blick an.

»Von der GENTEL erwarten wir allerdings, daß sie sich sehr intensiv an den notwendigen Maßnahmen beteiligt. Das Schauspiel, das uns Ihr Kollege, Dr. ... äh«, er schaute über seine Brillengläser hinweg auf einen kleinen Zettel, den er in der Hand hielt, »Dr. Wenzel, gestern geboten hat, ist jedenfalls nicht die Art von Unterstützung, die wir erwarten. Ich habe Ihre Erklärung gestern mit großem Mißfallen zur Kenntnis genommen. Die GENTEL kann sich hier nicht aus der Verantwortung stehlen, Dr. Uhlich. Wir erwarten, daß die GENTEL über das, was Sie gestern angekündigt haben, weit hinausgeht. Die GENTEL muß ihre wirtschaftliche Macht und technisches Know-how voll einbringen, sonst werden wir uns nicht scheuen, mit juristischen Mitteln gegen Ihr Unternehmen vorzugehen.«

Uhlich hielt den bohrenden Blicken ihres Gegenübers stand und zeigte äußerlich keinerlei Reaktion. Sie war mit dieser Art von Auseinandersetzung bestens vertraut. Neben ihrer Tätigkeit als Mikrobiologin in den Labors der GENTEL hatte sie so etwas wie diplomatischen Status erworben. Deshalb war sie auch von Eckstein mit dieser Mission betraut worden. Es war bereits das dritte Mal, daß sie mit einer ähnlichen Situation konfrontiert war, und sie hatte sich jedesmal glänzend bewährt.

Bei ihrer letzten Mission vor zwei Jahren war sie nach Mittelamerika entsandt worden, weil eine dort flächendeckend angebaute Bananenart innerhalb eines halben Jahres komplett vernichtet worden war. Das kleine Land, dessen wichtigste Einnahmequelle im Export dieser Bananen bestand, war bankrott. Alles war dort auf den Anbau dieser Hochertragssorte abgestellt worden, das ganze Land eine einzige, riesige Plantage, die den europäischen und nordamerikanischen Markt versorgte. Ein ganzes Volk arbeitete als Erntehelfer.

Dann war scheinbar aus dem Nichts ein Virus aufgetaucht, das die Bananenblätter in beängstigender Geschwindigkeit an der Pflanze verdorren ließ. Die fast unterarmlangen Bananen, deren Stauden so schwer waren, daß sie mit dicken Metallrohren abgestützt werden mußten, waren besonders vitaminreich und zusätzlich mit Proteinen angereichert worden, da man der Pflanze einige Gene der Sojabohne eingepflanzt hatte. In der feuchten Hitze der Tropen verfaulten sie nun unter entsetzlichem Gestank noch an der Pflanze. Es war eine Katastrophe. Ein ganzes Land versank in den Überresten von Millionen und Abermillionen stinkender Bananenpflanzen.

Uhlich war mit diesem Problem fertiggeworden. Sie hatte nicht nur organisiert, daß die vielen tausend Tonnen an abgestorbenen Bananenpflanzen in riesigen, eiligst konstruierten Kompostern – natürlich mit Hilfe spezieller GENTEL-Hochleistungsbakterien – zu Dünger verarbeitet wurden, sondern auch die Verteilung von Nahrungsmitteln überwacht (konzentrierter Proteinnahrung, in den Fermentern der GENTEL hergestellt), die in einer gigantischen Nacht- und Nebelaktion über eine Luftbrücke in den kleinen Staat transportiert wurden. Das ganze Land wurde umgegraben, durchgepflügt und eine neue, virusresistente Bananensorte angepflanzt, die man inzwischen in den GENTEL-Laboratorien entwickelt hatte.

Die Welt hatte damals kaum Notiz von dem Zusammenbruch des kleinen Landes genommen, und Uhlich war nach ihrer Rückkehr von der GENTEL wie eine Heldin gefeiert worden. Bis in die höchsten Vorstandsetagen war ihr Ruf als geniale Krisenmanagerin vorgedrungen. Dagegen war das Problem hier nur ein kleiner Fisch. Allerdings gab es diesmal einen Kurt Wenzel...

Nachdem Helvinson seine Erklärung abgegeben hatte und Uhlich keine Anstalten machte, das Wort zu ergreifen, herrschte einen Moment Schweigen. Der junge Olson blickte nervös von einem zum anderen. Spannung lag in der Luft.

Schließlich räusperte sich Kollek: »Ich will Ihnen einmal in kurzen Worten schildern, was wir uns vorgestellt haben. Wir wissen alle, daß es nahezu unmöglich ist, einen Organismus, der einmal freigesetzt wurde, wieder aus der Umwelt zu entfernen. Im Falle bestimmter Nutzpflanzen mag es durchführbar sein, aber bei einem Organismus wie diesem Pilz ist dies völlig ausgeschlossen. Wir werden also auch in Zukunft mit *Amanita wenzeli* leben müssen. Natürlich könnten wir warten, bis der Wald abgestorben ist, bis das Ökosystem vollkommen zusammenbricht, so daß zwangsläufig auch der Pilz eingeht, aber...«

Alle schüttelten den Kopf.

»Ich sehe, wir sind uns einig, daß das nicht in Frage kommt, zumal ich mir nicht vorstellen kann, wie wir verhindern wollen, daß *Amanita* sich in bisher noch intakte Gebiete ausbreitet, und wie wir die Millionen von Pilzsporen unschädlich machen wollen, die sich vermutlich überall im Boden befinden.«

Er hielt inne und schaute kurz in die Gesichter seiner Zuhörer.

»Unserer Meinung nach haben wir es mit zwei unterschiedlichen Problemen zu tun, einem akuten und einem langfristigen. Das akute Problem besteht darin, die weitere Ausbreitung des Pilzes zu verhindern, die Entwicklung irgendwie zu stoppen. Das langfristige Problem ist die Wiederherstellung eines ökologischen Gleichgewichts, sicherlich die schwierigere Aufgabe.«

Der junge Olson griff nach der Kaffeekanne und schaute fragend in die Runde. Alle nickten.

»Ich bin mit Ihrer Analyse vollkommen einverstanden«, sagte Uhlich, die frisch gefüllte Tasse in der Hand. »Ich fürchte, Sie werden, um das akute Problem zu lösen, sehr radikale Maßnahmen ergreifen müssen.«

»Sie haben recht.«

Auch Kollek schlürfte den heißen Kaffee. Helvinson hatte sich wieder tief in seinen Sessel zurückgezogen und machte sich Notizen.

»Es bleiben uns wohl nur zwei Möglichkeiten: Entweder wir besprühen das gesamte Gebiet flächendeckend mit einer kräftigen Dosis Fungizid...«

Ein Zittern ging durch Helvinsons Fleischmassen. »Großer Gott, Kollek, wie kommen Sie denn auf so eine Idee? Wenn die Presse das spitzbekommt! Das geht auf keinen Fall.« Er schüttelte energisch den Kopf. »Sie wissen doch, wie empfindlich die Öffentlichkeit auf solche Gifteinsätze reagiert. Dieser deutsche Journalist treibt sich immer noch hier herum. Durch seine Meldung sind auch andere Presseleute aufmerksam geworden. Unser Problem ist zwar schnell wieder aus den Schlagzeilen verschwunden, aber wir müssen vorsichtig sein, sehr vorsichtig. Ein großflächiger Gifteinsatz, Menschenskinder, das bedeutet den Einsatz von Sprühflugzeugen. Was ist mit den Touristen? Wenn das jemand beobachtet! Nein, Kollek, kommt nicht in Frage, denken Sie sich etwas Besseres aus.«

»Dann bleibt wohl nur noch die zweite Möglichkeit. Wir haben den Eindruck, daß die anderen, die natürlichen Baumarten, die sich um unser Gebiet herum gehalten haben, widerstandsfähiger auf den Pilz reagieren als die säureresistenten Bäume, die wir neu anpflanzen mußten. Zumindest verläuft die Entwicklung dort langsamer. Wir wissen noch zu wenig über die Natur dieser Schäden, um das genau sagen zu können. Insgesamt wurden damals allein in Norwegen, Schweden und Finnland nicht mitgerechnet, einige 100 000 Hektar mit dieser Baumart bepflanzt. Aber unser Gebiet hier ist ziemlich isoliert. Das müssen wir ausnutzen!«

Er trank noch einen Schluck, bevor er mit der bitteren Wahrheit herausrückte. »Wir müssen das ganze betroffene Gebiet, also die gesamten 10 000 Hektar, dem Erdboden gleichmachen, am besten mit einem großflächigen kontrollierten Feuer. Es handelt sich ja um ein Tal, das an drei Seiten von baumlosen Hochebenen begrenzt wird, so daß wir für ein solches Feuer relativ günstige Gegebenheiten vorfinden. Damit entziehen wir *Amanita* die Grundlage. Wenn wir warten, bis sich die gleichen Schäden auch in den anderen Gebieten zeigen, die wir damals aufgeforstet haben, ist es zu spät. Wir hatten noch Glück im Unglück, aber wir müssen schnell handeln.«

»Wie weit sind die nächsten Bestände dieser Baumart von unserem Gebiet entfernt?« fragte Uhlich.

»Dazwischen liegen einige Seen und ein Hochplateau, ich schätze, es sind ungefähr fünfzig Kilometer. Was meinen Sie, Olson?«

»Es sind genau achtundfünfzigkommazwei Kilometer«, verkündete Olson. »Ich habe es auf unseren Karten ausgemessen.«

»Meinen Sie, die Pilzsporen sind schon bis dahin gelangt?« fragte Helvinson.

Kollek und Olson zuckten beide mit den Schultern.

»Wissen Sie, wieviel Sporen ein solcher Riesenpilz produziert?« fragte Kollek zurück. »Wir haben es hier mit astronomischen Zahlen zu tun. Ein einziger normaler Hutpilz bildet mehrere Milliarden Sporen. Welche Mengen unsere Exemplare hier produzieren, können wir nur erahnen. Nein, diese Frage kann Ihnen kein Mensch beantworten. Bisher sind keine weiteren Schäden bekannt geworden. Aber wer kann schon ohne genaue genetische Analyse einen normalen, natürlichen Fliegenpilz, einen *Amanita muscaria,* von einem *Amanita wenzeli* unterscheiden? In seinem nicht parasitischen Zustand sieht Wenzels Pilz wie ein x-beliebiger Fliegenpilz aus. Er könnte theoretisch schon über ganz Skandinavien verbreitet sein. Was den Übergang zum Parasitismus auslöst, wissen wir nicht.«

Kurze Zeit herrschte nachdenkliches Schweigen. Dann nickte Helvinson: »In Ordnung, Kollek, meinen Segen haben Sie!«

Uhlich war nicht endgültig überzeugt, obwohl auch sie keine andere Möglichkeit sah.

»Glauben Sie, daß ein Waldbrand von 10000 Hektar Ausdehnung weniger auffällt als der Einsatz von Sprühflugzeugen?«

»Oh, Dr. Uhlich, trotz des regnerischen Klimas bei uns gibt es auch hier hin und wieder Waldbrände. Lassen Sie sich vom augenblicklichen Wetter nicht täuschen. Die Erwärmung hat uns in letzter Zeit lang anhaltende Trockenzeiten beschert. Wir müssen nur einen günstigen Zeitpunkt abpassen. Ein weggeworfenes Streichholz, eine glühende Zigarettenkippe, und schon ist es passiert.« Kollek grinste.

»Na gut, wie Sie meinen.« Der Mann kannte sich hier schließlich besser aus als sie. Und außerdem, Kollek gefiel ihr. Er machte einen ausgesprochen vernünftigen Eindruck.

»Gut, dann sind wir uns also einig. Ich werde das Nötige veranlassen. Aber...«, Kollek zögerte, »ich sagte Ihnen ja, daß das nur ein Teil des Problems ist. Diese lokalen Schäden zu beseitigen, ist ein Kinderspiel, verglichen mit der eigentlichen Lösung unserer Schwierigkeiten. *Amanita* bleibt gefährlich.

Wir müssen ihm langfristig etwas entgegensetzen, und in diesem Punkt, denke ich, muß die GENTEL tätig werden.«

Kollek, Olson und Helvinson schauten Uhlich erwartungsvoll an. Nun mußte sie wohl Farbe bekennen. Sie hatte sich ein paar Gedanken gemacht, aber sie war keine Expertin in diesen Dingen. Sie mußte ihre Gesprächspartner hinhalten, bis sie mit Wenzel gesprochen hatte. Da sie nicht wußte, wann der wieder in der Lage sein würde, einen klaren Gedanken zu fassen, zog sie sich auf die Lieblingsfloskel der Wissenschaftler zurück, die man in einem konkreten Fall um Rat fragt.

»Ich glaube, daß wir über die Zusammenhänge hier noch viel zu wenig wissen. Wir müssen das Zusammenspiel von Baum und Pilz genauer studieren, um herauszubekommen, wo wir überhaupt ansetzen müssen. Ist es der Baum? Ist es der Pilz? Oder ist es sogar etwas ganz anderes, von dem wir bisher gar nichts wissen? Vielleicht sind irgendwelche Mikroorganismen im Spiel? Können Sie ausschließen, Dr. Kollek, daß eine Infektion beteiligt ist? Da ist noch...«

Sie wurde von Helvinson abrupt unterbrochen, der rot angelaufen war.

»Nun kommen Sie mir nicht mit diesem Wischiwaschi. Das kennen wir zur Genüge! Ich hätte wirklich nicht gedacht, daß Sie in dieser ernsten Lage die Stirn haben würden, uns derart abgedroschene Phrasen aufzutischen. Wenn Ihre Industrie ein neues Produkt, einen neuen Organismus anzubieten hat, dann ist immer alles ganz klar, dann haben Sie alles im Griff, sind bestens vorbereitet auf alles Für und Wider. Aber wenn etwas schiefläuft, wissen Sie plötzlich überhaupt nichts, dann sind langwierige Untersuchungen erforderlich, fehlen plötzlich jegliche Grundlagen. Ich kann es wirklich nicht mehr hören.«

Kollek fühlte sich bemüßigt, seine Kollegin zu verteidigen. »Ich verstehe Sie ja, Herr Helvinson, aber wir haben es hier in der Tat mit sehr komplizierten Sachverhalten zu tun. Durch übereiltes Handeln könnten wir alles nur noch schlimmer machen. Ich persönlich bin zwar fest davon überzeugt, daß der Pilz der Auslöser ist, aber theoretisch wäre es denkbar, beim Baum anzusetzen. Wir wissen über die Mykorrhiza-Symbiose relativ wenig. Es gibt Hinweise, daß das fein verzweigte Geflecht der Pilzfäden im Boden die Bäume untereinander vernetzt. Wir hätten es dann nicht mit mehreren Einzelindividuen zu tun, sondern mit einer Art Hyperorganismus, dem Wald, einem System, in dem alle Einzelelemente miteinander in Verbindung stehen, in dem ein reger Austausch von Stoffen und vielleicht Information erfolgt.«

»Hören Sie endlich auf, mir unausgegorene Theorien vorzutragen, Kollek. Sagen Sie mir lieber, was Sie zu tun gedenken. Ein Nobelpreis ist hier nicht zu holen. Was wir brauchen, sind ganz pragmatische Lösungen.«

Olson meldete sich zu Wort. »Vielleicht sollten wir es mit einem Antagonisten versuchen?«

»Einem was? Bitte, kein Fachchinesisch!« Helvison war jetzt in Fahrt geraten. Sein Gesicht glühte unter den weißen Haaren.

»Er meint einen Gegenspieler«, erläuterte Kollek.

»So etwas wie einen speziellen Pilzfresser?«

Olson nickte eifrig. »Ja, irgendeinen pilzfressenden Organismus, zum Beispiel eine der vielen Käferarten, die wir in den Pilzen gefunden haben, oder eine andere, konkurrenzfähigere Pilzart, die *Amanita wenzeli* langsam verdrängt.«

»Na bitte, das ist der erste vernünftige Vorschlag, den ich von Ihnen höre. Und wie lange dauert so was, ich meine, wie schnell können Sie so etwas herstellen?«

Olson strahlte über das ganze Gesicht. Gerade wollte er seinen Plan weiter ausführen, als es an der Tür klopfte.

Kollek runzelte die Stirn und rief: »Nein! Wir wollen nicht gestört werden!«

Trotzdem öffnete sich langsam die Tür, und ein kleiner Mann schaute in den Raum.

»Dr. Wenzel!« entfuhr es allen gleichzeitig. Kollek sprang auf, lief mit ausgestreckter Hand auf den unerwarteten Gast zu und rief: »Das ist aber schön, daß Sie kommen! Wie geht es Ihnen? Kommen Sie, setzen Sie sich! Eine Tasse Kaffee?«

Wenzel schüttelte den Kopf. Er sah furchterregend aus. Hinter den Brillengläsern lagen die winzigen Augen in tiefen dunklen Höhlen, sein Gesicht war grau und unrasiert. Wortlos nahm er an dem kleinen Tisch Platz.

Uhlich war entsetzt. Der Mann war am Ende seiner Kräfte. Er wirkte, als ob nur die geringste Erschütterung ausreichte, um ihm endgültig den Garaus zu machen. Trotzdem blitzte da eine ungewöhnliche Härte in seinen Augen, eine wilde Entschlossenheit, die Uhlich nicht an ihm kannte. Und dann, nach einem kurzen Moment des Schweigens, sagte Wenzel mit krächzender Stimme nur zwei Worte.

»Die Fliegen!«

Alle wußten sofort, was er damit meinte.

Als die Tür seines Hotelzimmers hinter ihm ins Schloß fiel, als der Alptraum endlich ein Ende gefunden hatte, als er allein und unbeobachtet war, brachen die Schutzmauern endgültig zusammen, die er mit letzter Kraft um sich herum aufgebaut hatte. Seine ganze Verzweiflung suchte sich ein Ventil. Verdreckt und durchnäßt, wie er war, ließ er sich in den einzigen Sessel seines Hotelzimmers fallen, vergrub das Gesicht in den Händen und heulte. Dicke Tränen liefen seine Wangen herunter, und er dachte an Eckstein, diesen ekelhaften jungen Emporkömmling, dem er die Schuld gab für alles, was er hatte erdulden müssen.

Irgendwann versiegte die Tränenquelle, und er saß nur noch da und haßte. Er haßte Eckstein, er haßte seinen *Amanita*, ja, er haßte sogar Uhlich, weil sie ihn so gesehen hatte, wie er da im Dreck saß, entwürdigt, gedemütigt, den Blicken der anderen ausgesetzt, die schier platzten vor Schadenfreude und sich nur nicht getraut hatten, ihrem Spott freien Lauf zu lassen.

Hatte sie ihn geschlagen? Er konnte sich nicht genau erinnern. Unwillkürlich tastete er mit der Hand über sein Gesicht.

Je mehr er sich zu erinnern versuchte, desto undeutlicher wurden die Ereignisse des Nachmittags, verschwammen in einem Nebel wie die verregnete Landschaft hinter den beschlagenen Busfenstern wenige Stunden zuvor.

Statt dessen drängten sich ihm andere Bilder auf. Er sah die Teilnehmer an ihrer Exkursion, sah, wie sie sich die Mäuler zerrissen, ihren Frauen und Kindern beim Abendbrot oder ihren Freunden am Kneipentresen von dem idiotischen Deutschen erzählten, der in den Pilzmatsch gefallen war. Er sah, er hörte, wie sie sich vor Lachen ausschütteten, wie sie sich auf die Schenkel schlugen und die Bäuche hielten vor Lachen, und er haßte sie alle.

Schließlich zog er sich die verdreckten Sachen aus, duschte ausgiebig, kroch ins Bett und fiel augenblicklich in tiefen Schlaf.

Später in der Nacht begannen die Alpträume. Immer wieder sah er die Maden, wie sie zu Tausenden an ihm entlangkrochen, und er spürte, wie sie ihre kleinen, scharfen Kiefer in seine Haut schlugen, wie sie versuchten, sich in ihn hineinzufressen.

Er wachte auf, schweißgebadet, starrte in die ungewohnte Umgebung, versank wieder in einen unruhigen Schlaf und sah Olsons zu einer Fratze verzerrtes Gesicht, das lachte und lachte und immer wieder rief: »Das sind Fliegenlarven, die tun Ihnen nichts.« Die Fratze lachte ein teuflisches Lachen. Er spürte, wie sie wieder versuchten, sich in ihn hineinzubohren. Sie schienen überall zu sein, mal piekte es hier, mal dort. Ihre nadelspitzen Kieferzangen kniffen in die zarte Menschenhaut, bis kleine Blutströpfchen hervortraten.

Dann spürte er sie im Innern seines Körpers. Er fühlte, wie sie sich in kleinen Fraßgängen durch sein Fleisch voranarbeiteten, Millimeter für Millimeter, sternförmig von allen Seiten auf sein immer heftiger schlagendes Herz zu. Sein ganzer Körper war bedeckt von dünnen Rinnsalen seines Blutes, und mit jedem Tropfen Blut entglitt ihm eine Winzigkeit seiner Lebenskraft.

Wieder wachte er auf mit panisch geweiteten Augen. An Schlaf war nicht mehr zu denken. Sobald er die Augen zumachte, ging der schreckliche Alptraum wieder von vorne los.

Er sprang aus dem Bett, lief unruhig in seinem Zimmer hin und her, setzte sich kurz in den Sessel, um sogleich wieder aufzustehen. Vom Fenster aus starrte er in die dunkle Nacht dieser unwirtlichen Fremde.

Dann, es war schon lange hell geworden, und auf der Straße unter seinem Hotelfenster herrschte reges Leben, nach Stunden des Grübelns voller Rachegedanken, nach vielen Runden in dem kleinen Hotelzimmer, fiel es ihm plötzlich wie Schuppen von den Augen.

Die Fliegen waren ihre Waffe!

Mit den Fliegen mußten sie gegen den Pilz vorgehen. Offensichtlich ernährten sie sich von dem Gewebe seines *Amanita.* Sie brauchten deren natürliche Lebensweise nur zu optimieren. Ja, das mußte ihre Strategie sein.

Er würde ein Fliegenmonstrum konstruieren, das diesen widerlichen, schleimigen Pilzen im Handumdrehen den Garaus machte, eine tödliche Freßmaschine, die die Pilzkörper zusammenschnurren ließ wie Champignons in der Pfanne. Er rieb sich die Hände vor Freude über seine Entdeckung. Und dann, wenn alle *Amanita wenzeli* vernichtet waren, wenn sie sich allesamt in einen schwärzlichen, stinkenden Brei verwandelt hatten, dann würde auch seine *Amanita*-Fliege zugrunde gehen, jämmerlich verhungern, an der eigenen Freßgier krepieren. Ein wunderbarer Plan.

Als er auf die Uhr schaute, erschrak er. Er hatte das Treffen mit Kollek und den anderen verpaßt. Warum hatte sich Uhlich nicht gemeldet? Er rief in ihrem Zimmer an, aber dort nahm niemand ab. Hatte sie die Nase voll von ihm? Kein Wunder! Er konnte sich ja selbst kaum ertragen.

In aller Eile kleidete er sich an und fuhr mit dem Taxi ins Forstwissenschaftliche Institut. Seine Resignation, seine panische Angst war wilder Entschlossenheit gewichen. Er mußte ununterbrochen an seinen Plan denken. Er würde das Problem lösen, das stand fest. Jetzt war er am Zuge.

11

Martin Herzberg und Christina Ploog saßen in ihrem Trondheimer Hotel am Frühstückstisch und schlürften einen dünnen Morgenkaffee. Er qualmte seine Verdauungszigarette und starrte mißmutig auf die belebte Geschäftsstraße hinaus.

Sein Telefongespräch mit Berger und dessen überraschendes Desinteresse an seiner Pilzstory lag schon eine Woche zurück. Er hatte sich an jenem Abend schrecklich betrunken und war am nächsten Morgen mit einem ausgewachsenen Kater aufgewacht.

Auch Christina war nicht gerade gut gelaunt gewesen. Sie hatten sich den ganzen Vormittag über angeschwiegen, er von bohrenden Kopfschmerzen gequält und sie voller Groll über ihre verpatzten Ferien. Gegen Mittag hatten sie dann angefangen zu reden. Sie warfen sich totales Desinteresse am anderen vor, Ignoranz, Egoismus und Sturheit. Dann beruhigten sich die Gemüter, und am Ende einigten sie sich darauf, noch eine Woche zu bleiben, sieben Tage weniger als ursprünglich geplant, und dann nach Deutschland zurückzufliegen.

Martin hatte sich zu totalem Arbeitsverbot verpflichtet. Bergers Desinteresse und die Tatsache, daß die Presse nichts mehr über seinen Fall brachte, hatten ihm diese Entscheidung relativ leicht gemacht. Zwei Tage lang hatten alle Zeitungen über ihre Entdeckung berichtet, danach herrschte Funkstille, nicht einmal eine kurze Notiz hatte er mehr finden können, obwohl er jeden Tag mehrere Blätter durchgesehen hatte.

Berger hatte mal wieder Recht gehabt. Das Interesse der Öffentlichkeit an Katastrophenmeldungen war derzeit gering, auch wenn die Begleitumstände so bizarr waren wie in diesem Fall. Statt dessen schwärmten alle Zeitungen in höchsten Tönen von den Assimilatoren und den zu erwartenden Verbesserungen. Die gemeinsamen Anstrengungen von Industrie und Staat wurden als beispielhaft gepriesen und als Beweis für die Handlungsfähigkeit der modernen Gesellschaft bewertet. Die selbstverursachte Klimaveränderung beschwor ein Problem, eine Katastrophe von nie gekanntem Ausmaß herauf, aber die Menschen würden auch mit dieser Herausforderung fertigwerden. Ein mahnender Artikel über die fragwürdigen Folgen der Biotechnologie hatte wohl tatsächlich keinen Platz in diesem vielstimmigen Lobgesang, in den sogar ansonsten kritisch eingestellte Publikationen miteinstimmten.

Zwar mußte er hin und wieder daran denken, was sich wohl jetzt da draußen im Wald abspielte, aber er hatte sich dazu durchgerungen, die Story erst einmal zu vergessen und auf Bergers Angebot zurückzukommen. Das, was sie dort im Wald gesehen hatten, ließ sich nicht einfach spurlos aus der Welt schaffen. Nach dem Interview mit Hellebrand konnte er nach Norwegen zurückkehren und seine Recherchen wieder aufnehmen.

Wie um ihn zu seinem Entschluß zu beglückwünschen, verzogen sich die Regenwolken, riß der Himmel auf, und Christina und er konnten die ganze Woche bei idealem Sommerwetter die Umgebung erkunden, weite Ausflüge unternehmen und sich an Stränden sonnen, die bei diesem Wetter kaum von weitaus südlicher gelegenen Küsten zu unterscheiden waren.

Jetzt saß er hier am Frühstückstisch, betrachtete seine schöne Freundin und hatte nicht die geringste Lust, in den Mief der Großstadt zurückzukehren. Christina blätterte eine deutsche Tageszeitung durch. Ihre Haut hatte in der Sonne einen Ton wie Milchkaffee angenommen. Sie hatten sich in den letzten Tagen gut verstanden.

»Schau mal hier!« Christina tippte auf eine fette Überschrift. In kräftigen Lettern, die die halbe Seite bedeckten, hieß es: »GENTEL kündigt erheblich verbesserte Assimilatoralgen an!«

»Lies mal vor!« Martin zündete sich eine neue Zigarette an und lehnte sich zurück.

»Auf einer kurzfristig anberaumten Pressekonferenz«, las Christina, »kündigte GENTEL-Pressesprecher Uwe Vollmersen gestern am späten Nachmittag die Markteinführung einer neuen, erheblich verbesserten Algenart an, die speziell für den Einsatz in Assimilatoren entwickelt wurde. Vollmersen bezeichnete die neue Algenart als Durchbruch zu einer neuen Dimension auf dem Markt für CO_2-fixierende Mikroorganismen. Den Wissenschaftlern der GENTEL sei es gelungen, die Photosyntheseleistung gegenüber den bisher verwendeten Algen um über hundertfünfzig Prozent zu steigern. Außerdem seien die Zellen erheblich kleiner als die bisher bekannten Assimilatoralgen, so daß in demselben Nährlösungsvolumen fast die dreifache Anzahl an Algenzellen enthalten sein könne. Die Effektivität der Assimilatoren werde damit entscheidend gesteigert. Modellrechnungen mit Hilfe modernster Computersimulationen hätten gezeigt, daß der klimaverbessernde Effekt der Assimilatoranlagen erheblich früher als erwartet eintreten und zu einer spürbaren Entlastung führen werde.«

Christina trank einen Schluck Orangensaft, um ihren trokkenen Mund zu befeuchten. Sie fuhr sich mit der Zunge über die Lippen.

»Kein Wunder, daß sich kein Mensch für unsere Monsterpilze interessiert!« brummte Martin. »Man muß die GENTEL beglückwünschen zu ihrer Entdeckung.«

Er dachte an die Bilder aus Indien und Bangladesh, wo sich aufgrund des angestiegenen Meeresspiegels viele Millionen Menschen auf der Flucht befanden und sich unbeschreibliche Szenen abspielten. Er dachte an ehemals paradiesische Inselgruppen wie die Malediven. Sie waren im Meer versunken, gelöscht vom Antlitz des Planeten. Die gesamte Bevölkerung war nach Australien ausgewandert und fegte dort jetzt die Bürgersteige.

Christina pfiff leise durch die Zähne.

»Hör zu, jetzt kommt der Hammer: Vollmersen betonte, daß die eigentliche Bedeutung der neuen Algen jedoch in verfahrenstechnischen Verbesserungen und in ihrem hohen Proteingehalt zu sehen seien. Im Gegensatz zu den bisher verwendeten Algenarten, deren Austausch und Entsorgung zu hohen Kosten führe und mit wochenlangem Stillstand der Assimilatoranlagen verbunden sei, biete die neue Algenart sowie ein ebenfalls von der GENTEL entwickeltes, völlig neuartiges Verfahren nun die Möglichkeit, die verbrauchten Algen kontinuierlich zu entnehmen und durch frische Zellen zu ersetzen. Die verbrauchte Algenmasse könne auf Grund ihres hohen Proteinanteils in speziellen Anlagen zu hochwertigem Viehfutter weiterverarbeitet werden. Auf Fragen der anwesenden Journalisten schloß Vollmersen nicht aus, daß das auf diese Weise gewonnene Proteinkonzentrat auch für die menschliche Ernährung nutzbar sei. Er bestätigte, daß die GENTEL bereits mit einigen Regierungen in Verhandlungen stünde, so daß mit einem baldigen Einsatz der neuen Algenart in einigen der zwölf in Betrieb befindlichen Assimilatoren zu rechnen sei. Er bezifferte die Kosten für die Umstellung auf das neue Verfahren auf einige zehn Millionen Dollar pro Assimilator, betonte aber, daß durch den kontinuierlichen Betrieb, die Vermeidung jeglicher Ausfallzeiten und die zu erwartenden Einkünfte aus dem Verkauf des Proteinkonzentrats mittelfristig Einsparungen in Milliardenhöhe zu erwarten seien.«

»Das gibt's doch nicht!« Martin klappte vor Verblüffung der Unterkiefer herunter. »Die Erwärmung entpuppt sich als großer Segen für die Menschheit. Ganz nebenbei lösen wir das Welternährungsproblem.«

Er schüttelte ungläubig den Kopf, griff unwillkürlich nach

seiner Zigarettenschachtel und zündete sich eine neue Zigarette an.

»Sind wir nicht überragend? Die Menschheit läßt sich wirklich nicht aus der Ruhe bringen, das muß man ihr lassen. Erst pumpen wir die Atmosphäre mit unseren Ausdünstungen voll, verwandeln die Welt in ein gigantisches Bräunungsstudio, und schließlich stellt sich die vermeintliche Katastrophe als eine Art unbeabsichtigte Düngung der Luft heraus. Findig, wie wir nunmal sind, konstruieren wir riesige Klimafabriken, in denen irgendwelche Superalgen das CO_2 wieder aus der Atmosphäre fischen, und dann päppeln wir mit den Resten der Algen die armen Hungerleider wieder hoch, die wir mit unserem Wachstum um jeden Preis ins Verderben gestürzt haben. Also«, er schlug sich an die Stirn, »wenn das nicht absolut zum Kotzen ist, wenn das nicht die größte Sauerei ist, von der ich jemals gehört habe...«

»Hör auf, Martin, es reicht!« Christina sah ihn böse an.

»Ich glaube, ich brauche was zu trinken.«

Er griff nach seinen Zigaretten und stand auf, um zur Hotelbar zu gehen.

»Warte, ich komme mit!« Christina ließ die Zeitung liegen und folgte ihm.

»Und das Schlimmste ist, daß uns in unserer Situation im Grunde gar nichts Besseres passieren kann. O Mann!« Er fuhr sich mit der Hand durch die Haare. »Ich halte das nicht aus!«

Beide liefen durch den leeren Speisesaal und die Empfangshalle, wo einige Hotelgäste zwischen ihren Koffern an der Rezeption herumstanden, und steuerten auf die Bar zu.

In ihrer Aufregung über das Gelesene hatten sie eine kurze Mitteilung übersehen, die auf derselben Seite stand. Es war eine Neuigkeit, die Martin noch vor einer halben Stunde brennend interessiert hätte.

Unter der Überschrift *Waldbrand in Norwegen* stand dort folgende Meldung:

In ausgedehnten Waldgebieten in Nordnorwegen, südöstlich der Stadt Bronnoysund, sind großflächige Waldbrände ausgebrochen. Wie verlautet, stehen einige Zehntausend Hektar Wald in Flammen. Die Sicherheitskräfte haben den Brand unter Kontrolle. Menschen sollen zu keinem Zeitpunkt gefährdet gewesen sein.

II

MEGASELIA

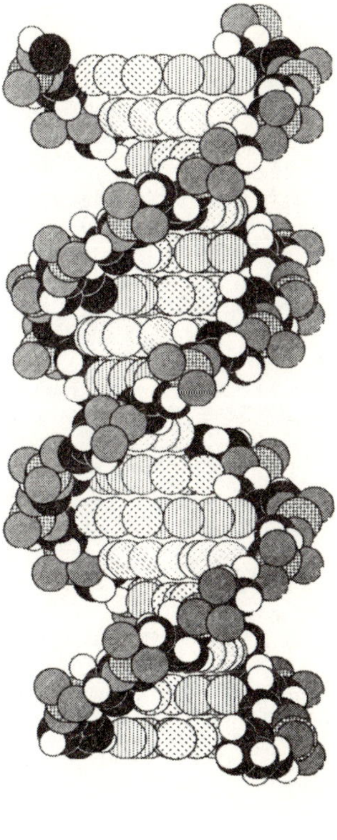

12

Das weiße Herrenhaus leuchtete in der goldenen Nachmittagssonne, als Kurt Wenzel mit seinem Wagen über die Kiesauffahrt auf den gut gefüllten Parkplatz fuhr. Knirschend schob sich der Wagen in eine der letzten freien Parklücken. Das prachtvolle alte Gebäude mit seinen bunten Fähnchen und überquellenden Blumenkästen lag in einem großzügig angelegten Parkgelände, das hinter dem Haus von der Terrasse bis zum Ufer eines kleinen Sees hin sanft abfiel.

Billig war der Altersruhesitz nicht, den er für seine Mutter ausgesucht hatte. Aber GENTEL-Mitarbeiter wurden gut bezahlt, qualifizierte Biochemiker wie er allemal. Da er ansonsten nur selten Vergnügungen nachging und bis auf seine Vorliebe für alte Bücher keine kostspieligen Hobbys pflegte, gab er sein Geld kaum aus. Außerdem war seine Mutter der einzige Mensch, der ihm nahestand, auch wenn sie mittlerweile reichlich schrullig und seltsam war.

Er griff nach dem Karton mit dem Erdbeerkuchen, den er vorher in der Fußgängerzone besorgt hatte, stieg aus dem Wagen und schlug wie immer bei schönem Wetter den Weg ein, der um das Haus herum direkt in den Park führte. Von den Rasensprengern, die die Grünfläche vor dem Heim bewässerten, wehte der Wind Wassertröpfchen herüber, die angenehm kühl auf der Haut prickelten. Für einen Herbsttag war es sehr warm, vielleicht einer der letzten heißen Tage des Jahres. Das wußte man in diesen seltsamen Zeiten allerdings nie so genau. Auf die alten Bauernregeln war schon lange kein Verlaß mehr. Das Klima funktionierte nach neuen Regeln, die niemand kannte.

Er hatte lange mit sich gerungen, ob er heute zu seiner Mutter gehen sollte. Obwohl seine Reise nach Norwegen mehr als eine Woche zurücklag, steckten ihm die dortigen Erlebnisse noch tief in den Knochen. Tagelang hatten ihn Alpträume gequält, noch immer fühlte er sich schlapp und kraftlos. Nur langsam verschaffte ihm die gewohnte Routine der Arbeit etwas Erholung. Seine Mutter mochte zwar alt sein und von der Welt jenseits ihrer Idylle nicht mehr viel mitbekommen, aber wie alle Mütter besaß sie einen sechsten Sinn für den Seelenzustand ihres einzigen Sohnes und konnte sehr hartnäckig werden, wenn sie das Gefühl hatte, er würde ihr etwas verheimlichen. Natürlich verspürte er nicht die geringste Lust, sie an seinen norwegischen Reiseerlebnissen teilhaben zu lassen. Was ihm dort widerfahren war, paßte nicht in das Bild, das sie sich von ihm machte. Für sie war er der große Wissenschaftler, in leitender Position bei einem der führenden Unternehmen seiner Branche tätig.

So bog er mit gemischten Gefühlen um die Ecke des Herrenhauses und steuerte auf die Terrasse zu, wo die Bewohner des Hauses mit ihren Angehörigen unter bunten Sonnenschirmen an runden, weißen Tischen saßen und Kaffee tranken.

Schon von weitem sah er seine Mutter. Sie saß wie immer an einem der äußeren Tische, von dem man über die Grünanlagen mit ihren Bäumen, Rasenflächen und Blumenbeeten hinunter zum See schauen konnte.

In letzter Zeit überkamen ihn immer wieder Gefühle der Rührung, wenn er sie dort sitzen sah, in ihrer geblümten Bluse, die sie besonders liebte, eine kleine, zierliche, vom Alter gebeugte Frau. Durch ihr dünnes Haar schimmerte hier und da ein Flecken weißlicher Kopfhaut, die Augen waren meist etwas zu grell geschminkt.

Er trat an ihren Tisch.

»Guten Tag, Mutti!« sagte er.

Sie drehte den Kopf, musterte ihn mit ihren braunen, lebhaften Augen. »Soso, der Herr Sohn läßt sich auch mal wieder blicken.«

»Wie geht es dir?«

»Ich dachte schon, du hättest mich vergessen«, knurrte sie.

Erst jetzt fiel ihm ein, daß er durch seine überraschende Abreise den letzten Sonntagsbesuch versäumt hatte, ohne ihr Bescheid zu sagen. Ein schwerwiegendes, geradezu unverzeihliches Vergehen. Mein Gott, er hatte wirklich genug um die Ohren gehabt.

Das Spiel, das nun folgen würde, kannte er zur Genüge. Es würde zahlreicher Demutsgesten seinerseits, einer Tasse frischen Kaffees und mindestens eines Stückes Erdbeerkuchen bedürfen, um sie wieder zu versöhnen.

»Ich konnte letzten Sonntag nicht kommen. Ich mußte ganz dringend verreisen. Geschäftlich, natürlich.«

»Das habe ich gemerkt.«

Sie starrte wieder auf den See hinaus und würdigte ihn keines Blickes.

»Weißt du, Mutti, ich konnte dir leider nicht mehr Bescheid sagen. Es kam völlig überraschend. Eckstein rief mich mitten in der Nacht zu Hause an, und ein paar Stunden später saß ich schon im Flugzeug. Ich hatte kaum Zeit, meine Sachen zu packen.«

Ihrer Reaktion war in keiner Weise anzumerken, ob sie seine Entschuldigung akzeptierte. Sie musterte ihn akribisch von oben bis unten. Er hatte wie immer seinen besten Anzug angezogen. Wenn sie etwas auf den Tod nicht ausstehen konnte, dann war das unkorrekte Kleidung.

»Ein Mann in deiner Position muß auf sein Äußeres achten«, sagte sie immer. Sie fand jedesmal einen Makel, zupfte an seinem Kragen oder Binder herum, strich ihm die Haare glatt oder sammelte einen Fussel von seinem Jackett, aber diesmal ließ sie es bei einer optischen Kontrolle bewenden, eine besonders subtile, nur ihr verständliche Form von Strafe. Das große

Interesse an der Erscheinung ihres Sohnes war ein elementarer Bestandteil ihrer liebevollen mütterlichen Zuwendung.

»Frau Beiersdorfer ist krank«, sagte sie plötzlich.

Wenzel war solche abrupten Themenwechsel gewöhnt und reagierte prompt. »Oh, das tut mir aber leid. Was hat sie denn?«

Frau Beiersdorfer war die beste Freundin seiner Mutter – oder war sie ihre größte Feindin? Die beiden alten Damen verbrachten jedenfalls viel Zeit miteinander, aber über niemanden hörte er auch so viele Klagen und Beschwerden wie über Frau Beiersdorfer, und seine Mutter beklagte sich leidenschaftlich gerne.

Wenzel konnte die Frau nicht ausstehen. Sie sah aus, als hätte sie sich ihr Leben lang von Kartoffelchips, Cremetorten und Schokolade ernährt, bewegte sich mit der Eleganz eines lahmenden Nilpferdes und war dazu eine unerträglich zänkische Klatschtante, die die Verfehlungen ihrer Mitmenschen mit der unerbittlichen Präzision eines Computersystems speicherte.

»Und ihr Sohn hat ihr einen kleinen Fernseher mitgebracht, damit sie auf ihrem Zimmer *California* sehen kann. Ein ganz kleiner, flacher Fernseher ist das, so groß wie ein Taschenbuch.«

Aha, dachte Wenzel, ein Versöhnungsangebot; überraschend schnell. »Ich hab uns Kuchen mitgebracht. Frisch vom Konditor.«

Das Schlimmste war überstanden. Sie war trotz seines unverzeihlichen Versäumnisses überraschend versöhnlich gestimmt. Er wurde mißtrauisch. Ging es ihr schlecht? War sie krank?

»Nun erzähl doch mal! Wie geht's dir denn?«

»Ach!« Sie machte eine verächtliche Handbewegung und schielte aus den Augenwinkeln auf den Karton mit dem Erdbeerkuchen. »Tu doch nicht so, als ob dich das interessiert!«

Sie beugte sich ächzend in ihrem Stuhl nach vorne und deutete auf eine Stelle ihres Rückens.

»Hast du wieder Schmerzen? Was sagt denn Dr. Schwab dazu?«

»Ach, der...«

»Na, ich werde mal mit ihm reden.«

Er begann, den Kuchen auszupacken. Drei Stücke Erdbeerkuchen für seine Mutter (sie konnte Unmengen davon verdrükken, außerdem war eins zuviel besser als eins zuwenig), ein Stück Orangentorte für ihn. Orangen waren nahezu die einzigen Früchte, die er ohne Reue essen konnte.

Natürlich war auch diese Torte aus geklonten Fruchtfleischkulturen zubereitet worden. Wenn man keine ganzen Früchte kaufte oder nicht in die sündhaft teuren Bioläden gehen wollte, bekam man praktisch nichts anderes mehr. Sämtliche Säfte, Marmeladen, Fruchtfüllungen in Keksen, Schokoladen und Kuchen, Speiseeis, ja, sogar scheinbar echte, eingemachte Fruchtkonserven stammten aus solchen Kulturen.

Wenzel hatte einmal einen Betrieb besichtigt, in dem Pfirsichfruchtfleisch hergestellt und verpackt wurde. In spezieller Nährlösung wurde es aus Einzelzellen in Form rechteckiger Blöcke herangezogen, aus denen dann mit einer Art Schöpfkelle perfekte Halbkugeln herausgeschält wurden. Ein zweiter Arbeitsgang formte dann die charakteristische Kuhle für einen Kern, der nie existiert hatte. Das Ganze wurde zusammen mit dickem Fruchtsirup in Dosen verpackt und war von echten Pfirsichhälften kaum zu unterscheiden. Was ihre Essensgewohnheiten anging, waren die Menschen sehr altmodisch. Sie klammerten sich an Äußerlichkeiten, bestanden auf vertrauten Formen. Wenzel war es egal, ob das Zeug an Bäumen und Sträuchern reifte oder in großen, sterilen, automatisierten und klimatisierten Fabrikhallen erzeugt wurde. Er vertrug es sowieso nicht.

Eine der Schwestern brachte Kaffee. Schweigend aßen sie

ihren Kuchen und beobachteten die kleinen Gruppen, die sich auf Parkbänken von der Herbstsonne bescheinen ließen oder auf den Wegen spazierengingen: eine alte, gebrechliche Gestalt in der Mitte, auf Stöcke gestützt oder im Rollstuhl, umringt von einem Schwarm Angehöriger und schreienden Kindern.

Es geschah nicht selten, daß sie kaum ein Wort sprachen während seiner Besuche, nur ihren Kuchen aßen, das Treiben im Park beobachteten und in die Sonne blinzelten. Oft genug war er auch völlig davon in Anspruch genommen, sich Mücken und Wespen vom Leibe zu halten. Gott sei Dank war die Wespenzeit für dieses Jahr vorbei.

»Was ist denn nun mit diesem Pilz?« fragte sie plötzlich.

Ihm blieb sein Orangenkuchen fast im Halse stecken.

»Waf haft du gefagt?« fragte er mit vollem Mund.

»Dein Name stand in der Zeitung. Frau Beiersdorfer hat es mir erzählt.«

Er schluckte.

»Ich verstehe nicht, was du meinst. Mein Name in der Zeitung? In welcher Zeitung?«

Wenzel versuchte seine Verwirrung mit einem unschuldigen Gesichtsausdruck zu tarnen, wußte aber gleichzeitig, daß er seine Mutter damit nicht täuschen konnte. Der Kuchen nahm in seinem Mund eine schmierige Konsistenz an und verklebte ihm Zunge und Gaumen, sein Speichelfluß versiegte.

»Frau Beiersdorfer hat mir erzählt, daß du einen Pilz konstruiert hast, der jetzt den Wald zerstört.«

»Fie lüügt!« rief er. Der Rest der Torte ballte sich in seinem Mund zu einem zähen Klumpen zusammen, den er einfach nicht hinunterbekam. Gierig trank er einen Schluck Kaffee und verbrannte sich die Zunge an dem heißen Getränk.

»Autsch! Diese Frau Beiersdorfer ist eine elende Klatschtante! Wie kannst du ihr glauben? Deinem eigenen Sohn so etwas zu unterstellen! Sie muß da was falsch verstanden haben.«

Triumphierend griff sie nach der kleinen, braunen Handtasche, die er ihr zum achtzigsten Geburtstag geschenkt hatte, entnahm ihr einen kleinen Zeitungsschnipsel, legte ihn direkt neben Wenzels Teller und tippte zur Bekräftigung noch ein paar Mal mit dem Finger darauf. Es war eine kurze Meldung, aus irgendeiner Zeitung ausgeschnitten.

Dort stand es, schwarz auf weiß: *Für die beobachteten Waldschäden wird ein von dem deutschen GENTEL-Biochemiker Dr. Kurt Wenzel entwickelter Pilz verantwortlich gemacht.*

Entgeistert starrte er auf den Artikel und stopfte sich schnell noch ein großes Stück Torte in den Mund, damit er sich mit der Antwort Zeit lassen konnte.

Frau Beiersdorfer. Wenn er diese Frau in die Finger bekäme, er würde sie...

»Da steht es! Das bist du doch, Dr. Kurt Wenzel? Also, was ist nun mit dem Pilz? Stimmt es, was die Zeitungen schreiben?« fragte sie und fügte noch mit ernsthaft betroffener Stimme hinzu: »Wie kannst du denn so etwas machen, Kurt?«

Sie sprach ihn selten mit seinem Vornamen an, nur wenn sie sehr böse oder sehr besorgt war. Im Augenblick war sie beides.

»Davon verstehst du nichts, Mutti.«

»Du mußt deine alte Mutter nicht für dumm verkaufen, mein Junge.« Ihr strenger Blick verunsicherte ihn. »Ich habe sofort gemerkt, daß mit dir etwas nicht stimmt. Bist du in Schwierigkeiten?«

Jetzt sprudelte es aus ihm heraus. In hastigen Sätzen erklärte er die Situation. Seinen kleinen Fehltritt ließ er aus, aber er erzählte ihr von seinem Ärger mit Eckstein, seiner Reise nach Trondheim und der Besichtigung im Gelände. Er verschwieg, daß er mit Uhlich dorthin gereist war. Sie hätte bestimmt falsche Schlüsse daraus gezogen und die ganze Sache als Ablenkungsmanöver verstanden. Wenzel hatte in seinem Leben nie viel mit Frauen zu tun gehabt, und seine Mutter war nie müde geworden zu betonen, wieviel Leid er sich dadurch erspart hatte und wie sehr das seiner Karriere zugute gekommen war.

Eckstein hatte sich im übrigen kaum für ihren Bericht interessiert. Alles drehte sich im Moment um die neue Superalge der GENTEL (davon hatte also Vollmersen gesprochen, damals, als sie ihn mitten in der Nacht aus dem Bett geholt hatten und er fast seinen Darwin ruiniert hätte – es schien eine Ewigkeit zurückzuliegen), und diese kleine Fehlentwicklung, weit weg von hier, von der Öffentlichkeit kaum zur Kenntnis genommen und schnell wieder vergessen (von Frau Beiersdorfer und seiner Mutter einmal abgesehen), war plötzlich ein Randproblem.

Trotzdem hatte Eckstein ihn barsch aufgefordert, die Sache möglichst schnell und gründlich abzuschließen. Nichts sollte den großen Wohlklang stören, den die GENTEL mit ihrer neuen Entdeckung in die Welt gesetzt hatte. Einzelheiten hatten ihn nicht interessiert. Als Wenzel seinen Plan, die Fliegen zur Kontrolle des Pilzes einzusetzen, erläutern wollte, hatte er nur abgewunken. »Machen Sie, was Sie wollen, aber schaffen Sie uns diesen Pilz vom Hals.«

»Und, was willst du nun tun?« Wieder dieser bohrende Blick.

»Wir haben das Problem praktisch schon gelöst. Wirklich! Ich habe einen sehr guten Plan und bin schon mitten in der Arbeit. Du brauchst dir keine Sorgen zu machen.«

Wieder log er. Noch nichts hatten sie getan. Sie mußten erst mit diesem Fliegenspezialisten aus Ungarn Kontakt aufnehmen, angeblich ein schrulliger Typ, der unter dem Dach irgendeines Museums residierte. Keiner in den Labors der GENTEL hatte Erfahrungen mit der Zucht so offensichtlich nutzloser und lästiger Organismen wie Fliegen. Sie mußten ihre DNS-Ketten dechiffrieren und analysieren und brauchten massenhaft Fliegenspermien, mit denen Sie nach einer von der GENTEL patentierten Methode neue Gene in die weiblichen

Zellkerne einschleusen konnten. All das setzte voraus, daß sie auf ausreichend Tiere zurückgreifen konnten.

Die alte Frau machte einen traurigen Eindruck. Auch Wenzel war irgendwie betrübt. Er hätte ihr das alles gerne erspart. Es reichte, daß er sich mit diesen Problemen herumschlagen mußte.

»Ich glaube, ich mag eure Arbeit nicht«, war das letzte, was sie an diesem Sonntag sagte. Von Schuldgefühlen geplagt, versuchte Wenzel immer wieder ein Gespräch in Gang zu bringen, doch seine Mutter blieb stumm, aß noch lustlos das zweite Stück Erdbeerkuchen. Das dritte Stück blieb übrig.

Langsam leerte sich die Terrasse, und auch im Park kehrte Ruhe ein. Als die ersten Mücken durch die Luft schwirrten, verabschiedete er sich, versprach am nächsten Sonntag wiederzukommen und ging. Sie blieb an ihrem Stammtisch zurück, allein, alt und traurig. Er war unfähig, sich noch einmal umzuschauen. Er hätte den Anblick nicht ertragen können.

13

Mathew Henslowe nickte zufrieden. Die Zellen entwickelten sich hervorragend. Er blickte auf und tippte einige Zahlen in den Computer. Dann wählte er ein neues Probenröhrchen aus und steckte es mit einer geübten Handbewegung in die Halterung am Objekttisch.

Im Mikroskop waren kleine Zellhaufen zu erkennen, die wie durchscheinende Beeren schwerelos in einem zähflüssigen Medium schwebten. Bei genauerem Hinschauen erkannte man, daß sie aus acht oder sechzehn Zellen bestanden. Auf der Oberfläche eines Zellverbandes bildeten sich gerade feine Furchen, als ob jemand einen Gürtel enger zog. Alle acht Zellen wurden jeweils am Zelläquator eingeschnürt, wie von einer starken Kraft, einem unwiderstehlichen Sog nach innen gezogen. Ein Zittern ging durch den Zellball, und plötzlich sah man sechzehn Zellen, jede nur noch halb so groß wie ihre acht Vorgängerinnen.

Henslowe lächelte. Zellteilungen faszinierten ihn, daran hatten auch viele Jahre intensiver Forschungsarbeit nichts ändern können. In solchen Momenten erinnerte er sich an das Gefühl, das er als Schüler empfunden hatte, wenn er unter seinem kleinen Mikroskop Wasserproben betrachtete oder die Ausbeute seiner Streifzüge durch die Wälder und Wiesen der Umgebung sortierte und davon träumte, wie Darwin oder von Humboldt als Forschungsreisender durch die Welt zu fahren.

Der Gegenstand seines Interesses hatte sich zwar etwas verlagert, aber im Prinzip ging es ihm auch heute, dreißig Jahre später, noch immer um dasselbe. Zellteilungen waren Urprozesse des Lebens. Er konnte sich nichts Faszinierenderes vorstellen, nichts, was eine größere Herausforderung darstellte, als eben das Leben, das noch immer rätselhaft und voller Geheimnisse war, die es zu entschlüsseln galt.

Was Prof. Henslowe zufrieden im Mikroskop betrachtete, waren Embryonen. Er beobachtete den Übergang vom 8- zum 16-Zellstadium in der Entwicklung von *Neosaurus III.*

Alles schien planmäßig zu verlaufen. Wie der Name schon verriet, war *Neosaurus III.* erdgeschichtlich ein relativ junger Organismus. Genaugenommen hatte es ihn in exakt dieser Form noch nie gegeben. Die Zellen der *Neosaurus*-Embryonen teilten sich einem unbekannten Ziel entgegen. Niemand wußte, wie der fertige *Neosaurus III.* einmal aussehen würde, auch Henslowe nicht.

Vorsichtig stellte er das Glasröhrchen mit den Embryonen in den Ständer zurück, tippte ein paar Daten in den Rechner und lehnte sich zufrieden zurück. Mit vor der Brust verschränkten Armen lächelte er die Zahlenkolonnen auf dem Bildschirm an.

Diesmal hatte es offensichtlich geklappt. Es war der dritte Ansatz mit jeweils vielen Hundert Versuchen. In den ersten beiden Serien hatten sich die Zellen gar nicht geteilt, oder die Teilungsschritte erfolgten völlig regellos. Die resultierenden, unförmigen Zellhaufen waren bald abgestorben. Diesmal verlief alles wohlgeordnet, der Abstand zwischen den einzelnen Teilungsschritten stimmte, und die Zellen selbst sahen gesund und kräftig aus.

Henslowe war Paläogenetiker, und *Neosaurus* war das Ergebnis einer langen und intensiven Forschungstätigkeit, die ihn und seine Arbeitsgruppe seit Monaten beschäftigte. Wie ein Archäologe zerfallene Kunstwerke aus Tausenden von Bruchstücken zusammensetzt und fehlende Teile ergänzt, versuchten Henslowe und sein Team, dem genetischen Code ausgestorbener Organismen zu Leibe zu rücken.

Ihn interessierten die großen Fragen der Evolution, die Kräfte, die das Leben sich immer weiter entwickeln ließen. In diesem speziellen Fall folgte er uneingestanden auch einem alten Kinderwunsch. Es hätte auch ein Fisch, eine Schnecke oder eine Bakterie sein können. Aber nein, er arbeitete mit Reptilien, und was dabei herauskommen mußte, wenn man vergangenes Leben wieder neu erschuf, waren nun einmal Saurier.

Vielleicht ließ sich dabei auch endlich die Frage klären, warum es mit den Riesen so plötzlich zu Ende gegangen war. Der Satiriker William Cuppy hatte vor vielen Jahren einmal gesagt: »Das Reptilienzeitalter nahm ein Ende, weil es lange genug gedauert hatte und von Anfang an nichts wie Blödsinn war.« Henslowe wollte sich mit dieser Erklärung nicht zufriedengeben.

Bisher war bei ihren Forschungsarbeiten nicht viel Greifbares herausgekommen. Sie betrieben Grundlagenforschung, die nur im Schutz einiger Universitäten gedeihen konnte, eine Orchideenwissenschaft. Die Öffentlichkeit nahm kaum Notiz von ihren Untersuchungen, sah man einmal von den fragwürdigen Attraktionen ab, die im *Ancient World Park* von San Diego zu bewundern waren: ein angeblicher Urvogel mit Krallen an den Flügelspitzen und gezacktem Schnabelrand und eine traurig dreinschauende Raubkatze mit vergrößerten Eckzähnen, großspurig als Säbelzahntiger verkauft. Für Henslowe waren es eher bedauernswerte Tierkrüppel. Von ihren echten Vorbildern waren sie etwa soweit entfernt wie eine Zauneidechse vom *Tyrannosaurus rex*. Wissenschaftlich waren diese Kreaturen in keiner Weise ernst zu nehmen. Sie mit großem Tamtam der Öffentlichkeit zu zeigen, entsprach dem Niveau mittelalterlicher Kuriositätenkabinette.

Mit den beiden jungen Mammuts, die in einem großen Freigehege des Ancient World Parks friedlich vor sich hin grasten, verhielt es sich allerdings anders. Prof. Litscharenko von der Petersburger Universität, dem diese beiden Tiere ihre Existenz verdankten, war ein guter Bekannter von ihm und ein beneidenswerter noch dazu. Welcher Paläogenetiker hatte schon wie Litscharenko das Glück, für seine Arbeit auf tiefgefrorenes Material zurückgreifen zu können? Die im sibirischen Permafrostboden gefundenen, seit Jahrtausenden eingefrorenen Mammutkadaver waren so gut erhalten, daß man mühelos ihre DNS analysieren konnte. Mit den heutigen Methoden war alles weitere ein Kinderspiel.

Die Mammut-DNS wurde anstelle der Originale in Eizellen heute lebender Elefanten eingeschleust. Ahnungslose Elefantenleihmütter übernahmen den Rest. Daß sich diese Tiere allerdings als so fidel und lebensfähig erweisen würden, hatte natürlich kein Mensch vorhersehen können. Ein bißchen Glück gehörte eben dazu, wenn man spektakuläre Erfolge erzielen wollte. Jetzt wartete die ganze Welt darauf, daß die beiden Jungtiere, ein Bulle und eine Kuh, endlich geschlechtsreif wurden. Vielleicht konnten sie dann ihr uraltes Geschlecht aus eigener Kraft wieder zum Leben erwecken.

Henslowe konnte dieser Art von Öffentlichkeitsarbeit nichts abgewinnen. Als ihn die Universitätsleitung mit dezenten Hinweisen auf Litscharenko und seine Mammuts mehrmals darauf aufmerksam machte, daß ein paar zusätzliche Einnahmen für die Hochschule durch aufsehenerregende, spektakuläre Neu- oder besser Wiedererschaffung von Tieren der Vorzeit nicht ungern gesehen würden, hatte er dies in scharfer Form zurückgewiesen.

Jenkins, ein fetter Chemiker, den er nicht ausstehen konnte, hatte ihm einmal allen Ernstes nahegelegt, sich doch an irgendwelchen Fabelwesen, an Flugdrachen oder am Vogel Roch zu versuchen. »Besorgen Sie sich ein Paar Strauße, und dann ... ein bißchen Wachstumshormon, ein kräftigerer Schnabel, ein paar Federn hier, ein paar dort. So machen Sie das doch. Ich kenne doch euch Genpanscher.« Henslowe war fassungslos gewesen. Er hatte Jenkins keines Blickes gewürdigt und seitdem nie wieder ein Wort mit ihm geredet. Er war Wissenschaftler und wäre nie auf die Idee gekommen, Ergebnisse seiner Arbeit derart skrupellos zu vermarkten und damit das Leben, an dem er forschte und das er bewunderte, der Lächerlichkeit preiszugeben.

Es gab nicht viele Forscher, die sich in dieser Weise an die großen Fragen der Evolution heranwagten. Prof. Dr. Mathew Henslowe aber war ein Experte auf seinem Gebiet, nicht wenige hielten ihn für ein Genie. Er verfügte nicht nur über ein hervorragendes Programmiergeschick, sondern besaß auch ein sehr fundiertes Wissen über die ausgestorbene und heute noch existierende Organismenwelt. Das *Neosaurus*-Projekt war sein bisher ehrgeizigstes Vorhaben. Noch nie zuvor hatte sich jemand an so alten Organismen versucht.

Bei der Rekonstruktion der vor Jahrmillionen zerfallenen Vererbungsmoleküle spielten Henslowes Computerprogramme eine entscheidende Rolle. Die vermutete Mutationsrate, mit der sich die Erbsubstanz veränderte, mußte mit den selektierenden Faktoren der Umwelt verrechnet werden. Er wollte herausbekommen, ob ein Tier oder eine Pflanze mit einer spezifischen genetischen Information in einer ganz bestimmten Umweltsituation überlebt und sich womöglich erfolgreicher fortpflanzt als andere Artgenossen mit abweichender Bauanleitung.

Wenn diese Berechnungen zu einem eindeutigen Ergebnis führten, was in der Mehrzahl der Fälle durchaus nicht der Fall war, dann konnte man auch an den nächsten Schritt denken: die Realisierung der Bauanleitung. Bisher stellte sie ja nicht viel mehr als endlose Seiten bedruckten Computerpapiers dar, für einen Laien eine anscheinend inhaltslose, ununterbrochene Aneinanderreihung derselben vier Buchstaben: A, T, C und G.

Zuerst mußten die Buchstabenketten, die Henslowes Computer ausgespuckt hatte, in ein wirkliches Biomolekül übersetzt werden. Wie ein Kettenglied ans nächste wurden die vier Bausteine der DNS miteinander verknüpft, Millionen und Abermillionen. Dabei mußte mit extrem hoher Genauigkeit gearbeitet werden, damit sich bei der Übertragung der Computersequenzen in chemische Information keine Fehler einschlichen. Eine absolute Genauigkeit war unmöglich. Mit den heutigen prozessorgesteuerten Synthesegeräten erreichte man nur ein Zehntel der Präzision, mit der das Leben selbst seine Information vervielfältigt, so daß jedesmal mit einem hohen Anteil irgendwie abweichender, mißglückter DNS-Moleküle zu rechnen war.

Zum Glück verfügte sein Labor über einige der modernsten Maschinen, sündhaft teuren Apparaturen, die in den Universitätsgremien durchzukämpfen ihn viel Schweiß gekostet hatte. Es hatte einen irrsinnigen Wettlauf darum gegeben, wer die schnellsten und genauesten DNS-Synthesegeräte herstellen konnte. Wenn man sich für die eine Firma entschieden hatte, konnte man sicher sein, daß die Konkurrenz wenige Monate später mit einem noch besseren Gerät auf den Markt kam. Die hohe Fehlerquote bei der DNS-Synthese schlug für die Firmen in barer Münze zu Buche.

Eine Stimme, die aus dem Institutsgang zu ihm drang, ließ ihn aufschrecken. »Bleiben Sie noch lange im Labor, Prof. Henslowe?«

Hopkins, einer seiner Doktoranden, schaute in den hell erleuchteten Raum.

»Nein, nein, ich mache gleich Schluß. Ich werde heute zur Feier des Tages mit meiner Frau essen gehen. Übrigens, Tom ...«, er drehte seinen Stuhl so, daß er Hopkins ansehen konnte, und nickte ihm anerkennend zu. »Hervorragende Arbeit! Alles sieht sehr gut aus!«

Hopkins strahlte. »Danke, Professor.«

Mit schnellen, präzisen Bewegungen schaltete Henslowe das Mikroskop und die angeschlossenen Geräte aus, lief dann quer durch den Raum und stellte den Metallständer mit den schwimmenden *Neosaurus*-Embryonen in einen Wärmeschrank.

Er nickte Hopkins freundlich zu und lächelte. Eigentlich wäre Henslowe, ein mittelgroßer, drahtiger Mann Ende Vierzig, gern auf seinen Mitarbeiter zugegangen, um ihm väterlich auf die Schultern zu klopfen. Aber Hopkins war einen Kopf größer als er, und diese Geste wirkte bei solchen Größenverhältnissen irgendwie deplaziert.

Thomas Hopkins, dieser schlaksige Schotte, war sein bester Mann. Er hatte die gesamte biochemische Arbeit geleitet, die Synthese des *Neosaurus*-Genoms überwacht und ihm jetzt offenbar gutes Material geliefert, mit dem man etwas anfangen konnte.

»Wir sind einen großen Schritt vorangekommen, Tom. Die Ausfälle sind bisher gering, und die Teilungen verlaufen absolut synchron. Wenn es so weitergeht, haben wir das Gröbste schon überstanden. Es war einfacher, als wir dachten.«

Henslowe tippte auf seinem Rechner herum. Auf dem Monitor baute sich eine sanft abfallende Kurve auf, die Hopkins interessiert betrachtete.

»Tatsächlich, wenig Nieten!«

»Ich bin gespannt, wie er ausssehen wird«, sinnierte Henslowe.

Hopkins machte ein erstauntes Gesicht. »Na, ich dachte, wie ein Krokodil?«

»Ja sicher, wie ein Krokodil. Aber die Details, Tom, die Details. Auf die kommt es an.«

Natürlich würde Neosaurus wie ein Krokodil aussehen. Sie mußten schließlich von irgend etwas ausgehen, und was lag näher, als mit den letzten Überlebenden des alten Sauriergeschlechts zu beginnen. Aber dies war erst der Anfang. *Neosaurus IV.* würde noch einen Schritt weiter gehen, und vor Überraschungen war man nie sicher. Eine kleine Veränderung der

Bauanleitung hatte manchmal ungeahnte Folgen, und irgendwann war plötzlich die Tür durchstoßen, und sie würden vor etwas völlig Neuem stehen. Wenn er seine Computerprogramme optimiert hatte, wenn die im Computer rekonstruierte Urwelt stimmte, dann ließen sich seine Ergebnisse ohne weiteres auf andere Fälle übertragen.

Mit perfekten, in der Konkurrenz mit Artgenossen, Freßfeinden und Parasiten überlebensfähigen Kreaturen war nicht zu rechnen. Darum ging es gar nicht, jedenfalls noch nicht. Sie hatten auch nicht vor, die lebenden Ergebnisse ihrer Arbeit auszuwildern. Bis zu dreißig Meter lange Urkrokodile wären in der Themse kaum erwünscht.

»Haben Sie noch irgendwelche Instruktionen für uns, Professor?« fragte Hopkins. »Sie müssen ja wohl morgen wieder nach London zurück.«

»Ja leider«, seufzte Henslowe. »Nein, ich denke, wir machen weiter wie geplant. Ich will wissen, wie weit wir mit diesem Ansatz kommen. Halten Sie mich auf dem laufenden, Tom. Ich will auf keinen Fall verpassen, wenn unser *Neosaurus* hier flügge werden sollte.«

»Natürlich, ich werde Sie täglich anrufen, wie immer.«

»Gut!« Henslowe nickte seinem Mitarbeiter zu. Sie verließen das Labor und löschten das Licht. Nur die Kontrolllampen der Klimaschränke leuchteten rot im Dunkel. Die Aggregate summten leise vor sich hin.

»Ich wünsche Ihnen eine gute Reise nach London und viel Spaß heute abend mit Ihrer Frau!« sagte Hopkins.

»Danke! Ich würde viel lieber hier bleiben. Diese lästigen Ehrenämter ...« Er verzog das Gesicht und deutete mit dem Daumen nach unten.

»Sie können sich voll und ganz auf uns verlassen.«

»Das weiß ich, Tom, das weiß ich! Ich bin sehr froh, daß ich so fähige Mitarbeiter habe.«

Er nahm Hopkins' riesige Pranke zwischen beide Hände

und schüttelte sie herzlich. Der lange Schotte strahlte von einem Ohr zum anderen.

Henslowe begab sich in sein Büro, das im Erdgeschoß des kleinen Institutsgebäudes lag. Ja, er würde heute mit seiner Frau in ein nettes Lokal gehen und versuchen, nicht an diese entsetzlich laute, chaotische Großstadt zu denken, in der die WOG residierte. Die Londoner World Gene Data Base war eine sinnvolle, nach einigen häßlichen Vorkommnissen dringend erforderliche Einrichtung, davon war er überzeugt. Deshalb hatte er schlecht ablehnen können, als man ihm für einige Jahre den Vorsitz antrug.

Zum Glück funktionierte dieser große Apparat auch ohne ihn reibungslos. Er hatte eher repräsentative Aufgaben zu erfüllen und mit seinem guten Namen für Seriosität zu bürgen. Um sich aber wie im Augenblick für ein paar Tage ganz aus London zurückzuziehen, mußte er sich jedesmal eine hieb- und stichfeste Erklärung zurechtlegen, wenn er nicht seine von der WOG zugestandenen Arbeitswochen in Anspruch nehmen wollte. Seine engsten Mitarbeiter in der Londoner Zentrale wußten natürlich, daß er sich ab und zu nach Cambridge zurückzog, um ungestört arbeiten zu können. Sie telefonierten täglich miteinander, und er war über alles Wichtige informiert. Burt und Hendersen, seine Londoner Statthalter, waren die Zuverlässigkeit in Person.

Die World Gene Data Base war vor etwa zehn Jahren als UNO-Unterorganisation gegründet worden. Die Zahl der Organismen, deren Genom man entschlüsselt hatte, war so groß geworden, daß niemand mehr die Übersicht behalten konnte. In den Fermentern der Industrie, bei der Sanierung verseuchter Böden, zum Abbau ausgelaufenen Öls, zur Produktion einer Unzahl von Arzneimitteln, Hormonen und Erzeugnissen der Landwirtschaft und Lebensmittelindustrie, überall tat sich ein weites Anwendungsfeld auf. Die Methoden zur Erzeugung transgener Organismen waren immer weiter automatisiert und vereinfacht worden, die Anwendungsmöglichkeiten praktisch nur von menschlicher Phantasie und Moral begrenzt.

Irgendwo mußte erfaßt werden, was sich Geningenieure rund um den Erdball einfallen ließen, um das menschliche Leben bequemer, schöner und berechenbarer zu machen und Flora und Fauna zu bereichern. Nachdem einmal Bewegung in den Markt mit genmanipulierten Geschöpfen gekommen war, drohte die Sache sehr schnell aus dem Ruder zu laufen, war eine wirksame Kontrolle kaum noch möglich.

Jedes Mitgliedsland verpflichtete sich, gentechnische Experimente zu melden und registrieren zu lassen. Alle freigesetzten Organismen erhielten eine genetische Identifikationssequenz. Die Methode, die man dabei anwendete, war ganz einfach und hatte sozusagen in der Natur der Sache gelegen. Mit denselben vier Buchstaben, die der universelle genetische Code verwendete, wurde eine kurze Erkennungssequenz in das neue Erbgut eingebaut, am Anfang versehen mit einem Stoppsignal, das verhinderte, daß der biochemische Zellapparat beim Lesen der Information in Unordnung geriet. Dieses Stoppsignal ließ sich mit speziellen fluoreszierenden Farbstoffen markieren, so daß mit einfachen Routineverfahren leicht feststellbar war, auf welchem Chromosom man, so der WOG-Slang, nach der »Fahrgestellnummer« suchen mußte.

In den Computern der WOG war für jede Sequenz gespeichert, wann und von wem dieser Organismus entwickelt wurde und ob er von Menschenhand freigesetzt oder unbeabsichtigt in die Umwelt gelangt war. Man hatte damals von einem optimalen System gesprochen, das es endlich ermöglichte, die Verursacher irgendwelcher durch Unfälle oder absichtliche Freisetzung entstandenen Schäden dingfest zu machen. Das Ganze funktionierte natürlich nur, wenn sich die Bearbeiter an die Registrierungspflicht hielten. Den einzigen wirklichen Vorteil, den eine Mitgliedschaft in der WOG bot, war, abgesehen von der Teilnahme am internationalen Informationsaustausch, die mit der Registrierung verbundene Patentierung der eingereichten Sequenzen. Das Geschäft mit Lizenzen brachte zusätzliche Einkünfte.

Allen war jedoch klar, daß sich die schwarzen Schafe unter den Genmanipulateuren einen Teufel darum scherten. Sie programmierten den illegalen Schöpfungen, die sie in die Welt setzten, wohl kaum ihre Visitenkarte mit ein. Jeder, der in der WOG beschäftigt war, wußte, daß er einen Mißbrauch der neuen Techniken kaum verhindern konnte.

Und es gab diese schwarzen Schafe. Insbesondere einige asiatische Länder und die Militärdiktaturen Südamerikas mit ihrer schwerdurchschaubaren Verflechtung von Großgrundbesitzern, allmächtigen Rauschgiftbossen, Politikern und zwielichtigen Industriellen standen im Verdacht, die WOG-Richtlinien zu umgehen. Oft genug steckten dahinter natürlich die großen multinationalen Konzerne des Westens. Hartnäckig hielten sich Gerüchte über Experimente mit Affenmenschen in Argentinien, über Privatarmeen aus geklonten Supermännern, geboren von Frauen, die wie Sklavinnen gehalten wurden, über Sexdienerinnen mit Riesenbrüsten, langen Beinen, Puppengesichtern und Spatzengehirnen, die sich glichen wie ein Ei dem anderen. In Indien und Korea war das Verhältnis der Geschlechter durch die perfektionierte Geschlechtsbestimmung der männlichen Samen auf 5:1 zugunsten der Jungs verschoben worden, eine Form der Manipulation, der gegenüber die WOG mit ihrer Bürokratie machtlos war.

Aus dunklen Quellen wurde der Markt für Haustiere mit grotesken Neuschöpfungen überschwemmt, von denen kein Mensch mehr sagen konnte, welche Kreaturen dafür einmal das Ausgangsmaterial geliefert hatten. Die immer neuen, immer anders aussehenden, grün-, gelb-, rot-, blaugefärbten Plüschtierchen glichen den Tierkarikaturen früherer Puppenfilme und wurden Goldies genannt. Ihr Gegenstück, schuppige, grimmig dreinschauende Kreaturen, kleine Drachen oder Monster, waren bei Leuten verbreitet, die sich von der allgemeinen Vorliebe für Niedliches abgrenzen wollten.

Keines dieser Wesen enthielt in seiner genetischen Bauanleitung die von der WOG vorgeschriebenen Identifizierungssequenzen. Es waren sozusagen wilde Geschöpfe, in keiner WOG-Datei registriert. Kam man einmal einem der internationalen Händlerringe auf die Spur, verschwanden die beanstandeten Kuscheltierchen und Hausdrachen schnellstens von der Bildfläche und wurden über neue Kanäle durch andere Wesen ersetzt. Die Tierchen mußten mit Spezialfutter ernährt werden, das von denselben Firmen geliefert wurde. Zur Ferienzeit wurden sie zu Tausenden ausgesetzt und gingen innerhalb kürzester Zeit zugrunde, weil sie weder für mitteleuropäische noch für irgendwie anders geartete Freilandverhältnisse konstruiert waren. Auf manchen Autobahnraststätten sah es in der Hauptreisezeit aus wie nach einer wüsten Faschingsparty. Überall lagen grellbunte Goldiekadaver herum.

Goldies und die anderen Haustierneuschöpfungen, hauptsächlich Vögel, Zierfische und Reptilien, waren zwar lebendig, aber irgendwie weniger lebendig als die guten alten Hunde, Katzen, Meerschweinchen und Goldhamster. Nicht daß die Menschen mit ihren Hunden und Katzen freundlicher umgegangen wären – Tierheime konnten ein Lied davon singen –, aber gegenüber diesen neuen Hausgefährten schien die Hemmschwelle doch noch um einiges niedriger zu sein. Es war so, als ob die Menschen eine instinktive Vorstellung davon hatten, wie natürliche Lebewesen aussehen mußten. Alles, was davon abwich, gelangte in eine eigentümliche Zwischenkategorie. Es waren keine richtigen Lebewesen.

Das dunkelste Kapitel bildeten die vielen Kampfzüchtungen. Auch die Leute, die früher Kampfhähne und Pitbulls aufeinanderhetzten, hatten sich die neuen Technologie begeistert zunutze gemacht. Herausgekommen waren furchterregende Wesen, deren einziger Daseinszweck darin bestand, sich unter den Augen grölender, verschwitzter Perverser erbarmungslos zu zerfleischen. Obwohl derartige Exzesse streng verboten waren, geisterten immer wieder entsprechende Meldungen durch die Presse.

Im übrigen hatte diese Entwicklung die Tierschutzverbände in eine tiefe Krise gestürzt. Die ganze Bewegung spaltete sich in zwei sich unversöhnlich gegenüberstehende Lager.

Zweifellos lebten Goldies und die anderen genetisch manipulierten Wesen: Sie liefen, kletterten oder schwammen herum, gaben Laute von sich, fraßen, quietschten, wenn man ihnen auf den Schwanz trat, und bluteten, wenn man sie verletzte. Aber die meisten der Tierschutzvereine und Verbände waren entschiedene Gegner der Genmanipulation und mußten nun konsequenterweise deren Produkte ablehnen. Das machte die Angelegenheit kompliziert.

Während die einen sich schweren Herzens dazu entschlossen, diese transgenen Geschöpfe als vollwertige Lebewesen zu akzeptieren und unter ihren Schutz zu stellen, wurde dies von ihren Gegnern entschieden abgelehnt, unter anderem mit der Begründung, die dadurch immer schwammiger werdende Abgrenzung natürlicher von nicht natürlichen Organismen werde sich letztlich auf die ursprüngliche Natur und ihre Lebewesen auswirken und in einer Entwertung jeder Art von Leben enden. Einige waren in ihrem Haß auf diese *Lebeunwesen,* wie sie sie nannten, so fanatisch, daß sie sie töteten, wo immer sie diese finden konnten. Sie brachen in Zoogeschäfte und Tierlabors ein, zerschlugen die Aquarien und Käfige und zertrampelten alles, was ihnen unter die Stiefel kam.

Neben den eher unerfreulichen, weil wenig effektiven Maßnahmen zur internationalen Kontrolle hatte die WOG aber auch Service-Leistungen für die auf diesem Gebiet tätigen Wissenschaftler zu leisten. In ihren Zentralcomputern speicherte die WOG Gensequenzen tausender Tier- und Pflanzenarten, einige bruchstückhaft, viele fast vollständig. Die Sammlung umfaßte die codierten Informationen natürlicher wie auch transgener Arten. Es war ein großes Geben und Nehmen. Die WOG war so etwas wie ein gigantischer Umschlagplatz für Gene.

Täglich gingen Hunderte von neuen oder entschlüsselten Genen über die Schreibtische der WOG-Mitarbeiter, um von Lesegeräten in die gefräßigen Großcomputer eingespeist zu werden. Auf der anderen Seite gab es eine Flut von Anfragen zu bewältigen. Da suchte eine Arbeitsgruppe ein passendes Gen, um seiner neuen Pflanzenart einen bestimmten Inhaltsstoff mit auf den Weg zu geben oder eine unverwechselbare Färbung der Blüten, eine andere Forschergruppe suchte nach Mitteln, um ihre neue Virusgruppe spezifisch für den Angriff auf bestimmte Bakterien oder Schädlinge auszurüsten. Kürzlich kam die Anfrage eines französischen Wissenschaftlers, der gegen die bei Montpellier und im Gebiet um Tschernobyl als Folge der Atomunfälle verbreiteten blinden Riesenratten mit speziellen Wurmparasiten zu Felde ziehen wollte. Er hatte übersehen, daß beide Gebiete gerade wegen der interessant variierenden Fauna und Flora Tabu waren und zu Nationalparks erklärt wurden. Die dort wild ins Kraut schießenden Mutationen bei Pflanzen und Tieren waren für Genetiker eine wahre Fundgrube.

Gott sei Dank hielten Henslowes Mitarbeiter in London Derartiges von ihm fern. Aber er hatte dicke Stapel von Papier durchzusehen und zu unterzeichnen, etlichen Konferenzen vorzusitzen, hohen Besuch durch die Räumlichkeiten der WOG zu führen und immer wieder irgendwelchen Staats- und Industrievertretern zu erläutern, wie wichtig, nützlich und unverzichtbar ihre Arbeit war. Zwei Jahre standen ihm noch bevor. Dann würde ein anderer bedauernswerter Kollege seinen Platz übernehmen, und er konnte endlich seine ganze Zeit dem *Neosaurus*-Projekt widmen.

Henslowe griff nach dem Telefonhörer, um zu Hause anzurufen. Heute wollte er feiern, und seine Frau würde sich freuen, nach all den repräsentativen Empfängen und eleganten Gesellschaften, die sie in London absolvieren mußten, einmal ganz allein mit ihm in ihrem kleinen Lieblingsrestaurant zu Abend zu essen.

14

Der Gestank nach Naphtalin verschlug Wenzel fast den Atem, als er und Charlotte Uhlich das Dachgeschoß des Berliner Naturkundemuseums erreichten. Sie traten in einen langen Gang, der vom Boden bis zur Decke mit alten Holzschränken vollgestellt war. In jedem Schrank steckten zahllose Schubladen, jede säuberlich mit einem Etikett versehen.

Wenzel durfte gar nicht daran denken, was sich wohl in diesen Schubkästen befand: Millionen und Abermillionen aufgespießter, gepfählter und getrockneter Insekten, eine grauenhafte Zusammenstellung der häßlichsten Kreaturen, die sich die Evolution ausgedacht hatte. Unwillkürlich begann er sich zu kratzen. Offenbar sollte ihm nichts erspart bleiben.

»Kommen Sie, hier entlang!« rief Uhlich. »Hier oben muß er irgendwo stecken.«

Sie war schon vorausgegangen. Etwa alle zwei bis drei Meter mündete ein Seitengang in den schmalen Korridor, in dem sie sich gerade befanden. Diese Seitengänge standen offensichtlich mit weiteren Gängen in Verbindung. Das Ganze war das reinste Labyrinth.

Ihm fielen unwillkürlich Gerüchte ein, nach denen in solchen Museen Mitarbeiter verstorben waren, ohne daß jemand etwas davon bemerkt hätte. Erst nach Wochen waren sie gefunden worden, in ihren Arbeitsstühlen vor aufgeschlagenen Büchern sitzend, so, als ob sie der Tod mitten in ihrer Arbeit überrascht hatte.

»Nun kommen Sie schon, Wenzel! Wir haben etwas zu erledigen. Ich will hier nicht übernachten!«

Uhlich war zwar die Ruhe und Gelassenheit in Person, aber nach ihren gemeinsamen Reiseerlebnissen in Norwegen riß ihr mitunter der Geduldsfaden. Das Häufchen Elend, das Eckstein ihr da anvertraut hatte, zerrte gehörig an ihren Nerven. Der Mann wankte von einem Zusammenbruch in den nächsten, und die Kraft, die sie brauchte, um ihn immer wieder aufzurichten und an ihre gemeinsame Aufgabe zu erinnern, fehlte ihr für andere, wichtigere Vorhaben. Auch ihre Belastbarkeit hatte Grenzen.

Sie kämpften sich durch das endlose Gewirr der Gänge. Außer dem zu einem leisen Rauschen gedämpften Straßenlärm war kein Laut zu hören. In einigen offenen Regalen standen zahllose Einweckgläser, in denen fingerdicke, gelblichweiße Engerlinge und andere Insektenlarven schwammen. Wenzel wurde zusehends blasser.

Plötzlich vernahmen sie von irgendwo ein Poltern und ein paar leise Flüche.

»Dr. Plodsz?« fragte Uhlich. »Dr. Plodsz, sind Sie hier?«

»Ja, bitte?«

Etwa fünf Meter vor ihnen schaute ein kleines Männchen um die Ecke. Auf seiner Schädeldecke über dem runden Gesicht verloren sich einzelne dünne Haarbüschel.

»Suchen Sie mich?«

»Dr. Plodsz?« fragte Uhlich noch einmal.

»Ja, ja, der bin ich. Was kann ich für Sie tun?«

Plodsz trat aus einem Seitengang. Er war tatsächlich winzig und ging der großen Frau gerade bis zu den Schultern. Selbst Wenzel überragte den kleinen Mann. Schlagartig ging es ihm besser.

»Mein Name ist Dr. Wenzel«, sagte er. »Das ist Dr. Uhlich. Wir sind von der GENTEL und hätten Sie gerne in einer... äh, heiklen Angelegenheit gesprochen.«

»So, so...« Das Männchen gab ein meckerndes Lachen von sich. »Kommen Sie! Gehen wir in mein Arbeitszimmer.«

Er wollte sich gerade umdrehen, dann hielt er plötzlich inne.

»Ach so, Moment, ich muß grad noch...«

Erst jetzt bemerkte Wenzel, daß Plodsz zwischen Daumen und Zeigefinger seiner rechten Hand ein wahres Insektenmonstrum hielt. Er suchte unwillkürlich hinter Uhlich Deckung, die sein Verhalten mit einem Kopfschütteln quittierte.

»*Pomponia imperator*, die Königszikade, ein schönes Exemplar, nicht wahr?« Plodsz fuchtelte mit dem schwalbengroßen Insekt in der Luft herum und verschwand mit überraschender Geschwindigkeit in dem Gang, aus dem er gekommen war.

»Wir haben eine sehr schöne Zikadensammlung«, schallte seine Stimme aus dem Seitengang. Kurze Zeit später tauchte er wieder auf.

»Wissen Sie, ich habe sehr selten Besuch hier oben. Den meisten Menschen bekommt die Luft hier nicht.« Der Kleine flitzte auf sichelförmigen O-Beinen vor ihnen her und redete unaufhörlich.

»Dabei haben wir hier sehr schöne Sachen! Vor allen Dingen unsere Fliegenkollektion ist außergewöhnlich. Mein bescheidener Verdienst, wenn ich so sagen darf. Aber wir können Ihnen auch mit Käfern, Wanzen oder Schmetterlingen aushelfen. Haben Sie Bestimmungsprobleme? Ich kenne natürlich nur ein paar Tiergruppen wirklich gut. Die Artenfülle ist so überwältigend, das kann kein Mensch alles im Kopf haben.«

Er blieb stehen und wartete, bis seine Besucher zu ihm aufgeschlossen hatten.

»Wo, sagten Sie, kommen Sie her? Mein Gedächtnis wird langsam löchrig.«

Er kratzte sich seinen kahlen Schädel. Noch bevor Wenzel und Uhlich antworten konnten, zeigte Plodsz aufgeregt auf einen kleinen Schrank zu seiner Linken.

»Unsere Flohsammlung. Mit mehr als dreißigtausend Objektträgern eine der vollständigsten Sammlungen der Welt. Nicht ganz mein Fall, aber der Kollege, der diese Sammlung zusammenstellte, hat fast fünfundzwanzig Jahre daran gearbeitet. Tolle Leistung! Nur das British Museum ist besser ausgestattet als wir. Ja, ja…«

Uhlich und Wenzel nickten artig. Plodsz hetzte schon wieder weiter den Gang entlang und winkte ihnen zu.

»Kommen Sie, kommen Sie! Hier entlang! Man kann sich hier leicht verirren.«

Er bog in einen weiteren Seitengang ein.

»Wir sind gleich da!«

Uhlich und Wenzel mußten zügig ausschreiten, um mit dem kleinen Mann Schritt zu halten. Am Ende des Ganges traten sie in einen kleinen Raum, in dem vor lauter Büchern, Papierstapeln, Glasgefäßen und Insektenkästen kaum Platz für Plodsz und seine beiden Besucher war.

»Ach so!« Er faßte sich an die Stirn. »Ich habe ja gar keine Stühle für Sie. Warten Sie, das haben wir gleich. Ich sagte ja, wir haben selten Besuch hier. Ich bin überhaupt nicht darauf eingerichtet. Sie müssen entschuldigen.«

Er verschwand, um kurze Zeit später mit zwei Hockern wiederzukommen. Sie sahen aus, als hätte er sie aus einer Gefängniszelle entwendet.

»Bitte, machen Sie es sich bequem! Etwas Besseres kann ich Ihnen leider nicht anbieten. Wissen Sie, wir leiden hier unter entsetzlicher Raumnot, vom Geldmangel ganz zu schweigen. Ich werde es wohl kaum noch erleben, daß sich daran etwas ändert. Unsere Museumsarbeit erfreut sich nicht gerade großer Wertschätzung. Manchmal hat man das Gefühl, die Stadtverwaltung hat völlig vergessen, daß es uns überhaupt gibt. Aber was rede ich da. Sie sind bestimmt nicht gekommen, um sich meine Klagen anzuhören. Bitte, setzen Sie sich doch!« Er wies freundlich auf die beiden Hocker.

Sein Blick fiel auf Wenzels Gesicht.

»Um Gottes willen, was ist denn mit Ihnen los? Ist Ihnen nicht gut? Sie sind ja ganz blaß, Herr äh...«

Er ergriff Wenzels Arm und führte ihn zu einem der Hokker. »Setzen Sie sich, setzen Sie sich. Die Luft hier ist nicht sehr gut. Ich bin daran gewöhnt, aber... soll ich Ihnen ein Glas Wasser holen oder vielleicht lieber ein Schnäpschen? Ich hab hier was ganz Feines.«

»Danke, es geht schon«, sagte Wenzel mit schwacher Stimme. Er ließ sich auf den harten Hocker fallen, atmete ein paar Mal tief durch, kramte ein Taschentuch hervor und schneuzte sich in einem vergeblichen Versuch, diesen unangenehmen Geruch aus der Nase zu bekommen.

Plodsz faßte sich an die Stirn. »Woher, sagten Sie, kommen Sie?«

»Wir sind von der GENTEL«, antwortete Uhlich, die nun ebenfalls Platz genommen hatte. »Wir haben da ein kleines Problem und brauchen Ihre Hilfe.«

»Von der GENTEL?« Er schien damit nicht viel anfangen zu können.

»Ja, wir haben Ihnen etwas mitgebracht!« Uhlich öffnete ihre Umhängetasche und beförderte ein kleines Glasröhrchen zutage.

»Lassen Sie mal sehen! Was haben wir denn da?« sagte Plodsz und kniff die Augen zusammen. Neugierig betrachtete er, was Uhlich ihm vor die Nase hielt.

Mit unglaublicher Geschwindigkeit drehte er sich zu seinem Schreibtisch, schaltete die Beleuchtung einer Stereolupe an und betrachtete das, was sich in dem Röhrchen befand.

»Ah, Fliegen. Hm..., interessant! Sehr interessant!«

Er stand auf.

»Entschuldigen Sie, ich muß mal eben hier... man kann ja nicht alles im Kopf haben, nicht wahr? Warten Sie, gleich hab ich es. Ach, da ist es ja!«

Er zog einen dicken, abgegriffenen Wälzer aus dem Bücherregal, blätterte darin herum und murmelte dabei leise lateinische Namen vor sich hin, als lese er eine katholische Messe.

In Wenzels Gesicht kehrte langsam wieder die Farbe zurück, und er begann, sich in dem kleinen Raum umzusehen. Über dem vollgepackten Schreibtisch befand sich ein kleines Fenster, durch das man in den smogverhangenen, grauen Stadthimmel schauen konnte. Dort, wo die Wand nicht mit völlig überladenen Bücherregalen vollgestellt war, hingen farbige Zeichnungen verschiedener Insektenarten und ein, zwei alte, verblichene Plakate, die zum Besuch des Museums einluden. Überall lagen unterschiedlich große Styroporstückchen herum, in denen, säuberlich aufgereiht, zahllose kleine, auf Nadeln aufgespießte Papprechtecke steckten. Wenzel beugte sich vor und sah, daß auf jedem der kleinen Pappstückchen winzige Insekten klebten. Er schreckte sofort zurück, und ein Schaudern lief durch seinen Körper.

»Ah, da haben wir es ja! Sehr interessant! Wo haben Sie die denn her, wenn ich fragen darf?« Plodsz blinzelte freundlich mit seinen kleinen, lebhaften Augen und schien ganz begeistert von seiner Entdeckung. Eines der ihm verbliebenen Haarbüschel hatte sich selbständig gemacht und ragte nun senkrecht in die Höhe.

»Aus Norwegen!« antwortete Uhlich. Sie wagte kaum, sich zu bewegen, weil sie fürchtete, einen der schiefen Bücherstapel zum Einsturz zu bringen.

»Skandinavien also. Um sie genau zu bestimmen, muß ich die Tierchen präparieren. Keine Angst, es dauert nicht lange. Man hat so seine Übung nach dreißig Jahren.«

Der kleine Mann gackerte in sich hinein, während seine Hände flink auf dem Tisch herumsuchten. Er öffnete das Glasröhrchen und schüttete die nur wenige Millimeter großen Fliegen auf ein Blatt Papier.

Wenzel und Uhlich wechselten ein paar amüsierte Blicke: ulkiger kleiner Spinner. Dann beobachteten sie aber fasziniert, mit welcher Geschwindigkeit und Präzision Plodsz arbeitete. Man sah seinen Bewegungen an, daß er viele Jahre mit dieser Tätigkeit zugebracht hatte. Wenzels Gesicht verzog sich zu einem überlegenen Grinsen. Unglaublich, womit Menschen so ihr Leben verbringen, dachte er. Dreißig Jahre.

Uhlich warf ihm einen tadelnden Blick zu und schüttelte den Kopf. Ja, sie hatte recht. Sie mußten sich dieses Unikum warmhalten, durften ihn nicht fühlen lassen, daß sie ihn für einen hoffnungslosen Fall hielten. Sie brauchten dringend seine Hilfe. Wer kannte sich schon mit diesen Viechern aus? Auch die Norweger hatten nicht genau gewußt, um welche Fliegenart es sich handelte. Es gab so unglaublich viele davon.

»Aha, sehr schön. Wollen Sie mal durchschauen? Warten Sie, ich mache Ihnen Platz.«

Plodsz erhob sich und deutete einladend auf seine Stereolupe. Wenzel winkte dankend ab, aber Uhlich erhob sich vorsichtig, um nirgendwo gegenzustoßen, und setzte sich auf Plodsz' Platz, um einen Blick in das Mikroskop zu werfen.

Vier der kleinen Fliegen waren säuberlich in einer Reihe auf ein Pappstückchen geklebt, perfekt ausgerichtet, allesamt auf der rechten Seite liegend.

Das war ihr Antagonist! Von diesen Tierchen würden sie ausgehen, ihr biologisches Leistungsvermögen optimieren und dem Pilz damit zu Leibe rücken.

»Sehr hübsch!« sagte Uhlich.

Wenzel rückte unruhig auf seinem harten Hocker hin und her. Er wollte langsam zur Sache kommen und dann von hier verschwinden. Die Luft, angereichert mit dem Gestank der vielen Millionen Insektenleichen, die hier begraben waren, und die Sonne, die ihm jetzt durch das kleine Fenster über dem Schreibtisch direkt ins Gesicht schien, setzten ihm zu. Er blinzelte.

»Sie sehen aus wie kleine Stubenfliegen«, sagte Uhlich,

die ganz fasziniert schien von den Einblicken, die ihr die Lupe vermittelte.

»Ja, ja, da liegen Sie gar nicht so falsch!« Plodsz nickte eifrig und zeigte ein nachsichtiges Lächeln. »Es sind Phoriden, Bukkel- oder Rennfliegen, wie man auch sagt, recht nah verwandt mit unserer *Musca domestica*. Sehr gut erkannt. Für einen Laien haben Sie eine sehr scharfe Beobachtungsgabe. Sehen Sie, hier!«

Er zeigte ihnen in dem dicken Buch, das er in der Hand hielt, eine Abbildung.

»Das ist sie.« Er tippte ein paar Mal auf eine von etwa zwanzig abgebildeten Fliegen, die für die beiden Besucher allesamt völlig gleich aussahen.

»Wo, sagten Sie, haben Sie sie gefunden? Ach ja, Norwegen. Ja, hier steht es. Verbreitet in Nordeuropa, bis nach Asien und Alaska ausstrahlend.«

Uhlich kehrte wieder auf ihren Hocker zurück, und Plodsz schaute noch einmal selbst durch seine Lupe. Er blickte dabei rasch zwischen den aufgeschlagenen Buchseiten und seinem Fliegenpräparat hin und her.

»Die Borstenstellung, Flügeladerung, ja, kein Zweifel, das ist sie. Wirklich, sehr interessant! Kein häufiges Tier. Ist mir bisher noch nie begegnet. Warten Sie einen Moment!«

Er lief aus dem Zimmer und kam wenig später mit einem Holzkasten zurück. Hinter einer leicht angestaubten Glasscheibe waren einige Hundert der Päppchen zu sehen, auf denen zahllose winzige Staubkörner klebten.

»Sehen Sie, hier.« Plodsz zeigte auf den Kasten. »Da haben Sie die ganze Gesellschaft beisammen. Gattung *Megaselia!* Sehr hübsche Tierchen und für Fliegen mit einer geradezu sympathischen Lebensweise. Ich meine, ich finde sie natürlich alle ganz wunderbar. Jede ist ein kleines Wunderwerk, aber manche Menschen sind ja so empfindlich. Es gibt eigentlich keine bedeutsamen Humanparasiten in dieser Gattung, statt dessen befallen sie Schnaken, Ameisen und Ringelwürmer. Einige Arten sind Schädlinge in Champignonkulturen.«

Wenzel und Uhlich warfen sich einen vielsagenden Blick zu. Sie waren auf dem richtigen Weg.

»Und hier haben wir Ihre Spezies.« Er wies mit dem Zeigefinger auf ein paar Plättchen, die sich in nichts von den anderen unterschieden.

Plodsz nahm mit dem Insektenkasten auf dem Arm auf seinem Stuhl Platz und blickte seine beiden Besucher aufmerksam an.

»Interessieren Sie sich für Fliegen? Sind Sie Sammler, wenn ich fragen darf, oder wollen Sie sich erst eine Sammlung aufbauen? Sehr schönes Hobby, ist leider heute vollkommen außer Mode gekommen. Die jungen Leute heute interessieren sich nicht mehr für die ursprüngliche Natur und ihre Geschöpfe. Allenfalls sammeln sie diese merkwürdigen genmanipulierten Neuschöpfungen, die jährlich auf dem Markt erscheinen, diese Goldies. Sie sammeln sie, so wie früher die Briefmarkensammler die jährlichen Neuerscheinungen der Bundespost in ihre Alben sortierten. Verrückte Welt ist das heute.«

Wenzel legte die Stirn in Falten. Uhlich warf ihm einen fragenden Blick zu und zuckte mit den Schultern.

Plodsz verschwand wieder mit dem Kasten, und sie hörten ihn irgendwo herumpoltern. »Früher gab es einige Laienforscher, die umfangreiche Sammlungen aufgebaut haben«, rief er ihnen zu. »Große Könner waren das. Haben sehr wertvolle Arbeit geleistet. Davon zehren wir zum Teil noch heute.« Beim Näherkommen wurde seine Stimme wieder lauter. »Für unsere Art von Wissenschaft ist noch nie viel Geld dagewesen, wissen Sie. Da können wir froh sein, daß einige interessierte Laien ihre ganze Freizeit dafür opferten. Waren nicht die Schlechtesten, nein, wirklich nicht. Findet man leider heute kaum noch.«

Er trat wieder in das winzige Arbeitszimmer und machte plötzlich ein betrübtes Gesicht.

»Die Zeiten sind nicht besser geworden. Mit der Erde geht es bergab und mit uns auch.«

Einen Moment schwieg er, dann hellte sich seine Miene wieder auf, so, als ob ihm eine Eingebung gekommen wäre. »Ich zeige Ihnen gerne noch ein paar von unseren Sammlungsstücken, wenn es Sie interessiert. Ich bekomme so selten netten Besuch, der Interesse zeigt an unserer Arbeit. Dabei haben wir herrliche, wunderschöne Sachen hier, die leider viel zu wenig Leute zu Gesicht kriegen. Schade drum, wirklich schade, ein Jammer!«

»Nein, danke! Das ist sehr nett von Ihnen, Dr. Plodsz«, sagte Uhlich schnell und hielt Plodsz am Arm fest, als er schon wieder hinausrennen wollte. »Wir wollten eigentlich etwas über die Lebensweise und Umweltansprüche dieser Tiere erfahren.«

Plodsz bekam große Augen und fiel auf seinen Stuhl. »So ist es richtig!« Er war begeistert. »Was nützt die ganze Sammelei, wenn man nicht die Biologie der Arten kennt. Sie machen das ganz richtig, glauben Sie mir. Versuchen Sie alles zu erfahren, was wir über die einzelnen Arten wissen, nur dann lernen Sie die Natur wirklich zu verstehen. Und ... Sie werden merken, wie vieles unerforscht ist. Da tut sich noch ein weites Feld auf.«

»Uns würde besonders interessieren, wie man diese Fliegen züchten könnte«, warf Wenzel ein, um den Fortgang des Gesprächs etwas zu beschleunigen.

»Züchten? Sie wollen *Megaselia* züchten?« fragte Plodsz verblüfft. Er kratzte sich und machte ein nachdenkliches Gesicht. »Hm ..., sehr ungewöhnlich. Das müssen Sie mir erklären. Wozu wollen Sie denn ausgerechnet diese Tiere züchten?«

Plötzlich schien ihm ein Verdacht zu kommen. Auf seiner Stirn bildeten sich kleine Fältchen. »Wo, sagten Sie, kommen Sie her?«

»Von der GENTEL, das sagten wir schon mehrmals!« Wenzel wurde langsam ungeduldig. Lange ertrug er das Geplapper nicht mehr. Uhlich warf ihm einen warnenden Blick zu.

»GENTEL...« Plodsz' Gesichtsausdruck veränderte sich. Die vorher so lebhaften Augen, die sie freundlich und gewitzt angeschaut hatten, blickten plötzlich eisig und abweisend. Seine Mundwinkel zogen sich verächtlich nach unten. Er hatte verstanden.

»Sie kommen von diesen Genpanschern!« stieß er hervor.

»Ein häßliches Wort, Dr. Plodsz!« sagte Uhlich freundlich. »Wir beschäftigen uns mit der biotechnischen Erzeugung zahlreicher, sehr nützlicher Produkte und....«

Plodsz ließ sie nicht ausreden. Er war völlig verändert.

»Sie pfuschen der Natur ins Handwerk. Ja, Sie glauben allen Ernstes, daß Sie es besser machen könnten als viele hundert Millionen Jahre Evolution. Lächerlich!«

»Aber, lieber Dr. Plodsz.« Uhlich versuchte es noch einmal. Mit diesen Schwierigkeiten hatte sie nicht gerechnet. Aber sie kam nicht zu Wort. Plodsz unterbrach sie wieder.

»Und Sie kommen wirklich zu mir, hähä. Das ist großartig! Ausgerechnet zu mir.«

Sein Lachen war hämisch und voller Bitterkeit. Vor Empörung war er hochrot angelaufen.

»Ich habe mir schon immer gewünscht, jemandem wie Ihnen mal deutlich die Meinung zu sagen. Wissen Sie, was ich von Ihrer Arbeit halte? Sie und Ihre Kollegen sind die größten Pfuscher und Quacksalber, die die Welt bisher gesehen hat.« Er schnappte nach Luft. »Erst verseuchen Sie die Umwelt mit Tausenden von giftigen Stoffen, vergiften unsere Böden, unser Trinkwasser, unsere Nahrung. Dann verändern Sie sogar unser Klima, bringen die jahrmillionenalten Kreisläufe völlig durcheinander, und dann verkaufen Sie die überflüssigen Erzeugnisse Ihrer überflüssigen Firmen noch als großen Fortschritt, nur, weil Sie damit einige der Probleme, die Sie selbst in die Welt gesetzt haben, wieder beseitigen konnten, weil Sie jetzt

Erbkrankheiten heilen können, die ein Mal unter einer Million Geburten auftreten, und, durch die Hintertür«, er lachte bitter, »so ganz nebenbei, schaffen Sie eine Unzahl neuer Probleme, riesige Probleme, unglaubliche Probleme.«

Uhlich sah ihre Felle davonschwimmen. Wenn sie noch etwas retten wollte, dann mußte sie jetzt sehr geschickt vorgehen. Ein Blick auf Wenzel zeigte ihr, daß mit ihm nicht zu rechnen war. Die unerwartete Wendung hatte ihn völlig überrascht. Er schien dem Gespräch nicht mehr zu folgen, hatte sich abgewandt und ließ seinen Blick teilnahmslos durch die Tür in einen der endlosen Gänge des Museums wandern. Diesen Widerstand konnte auch niemand voraussehen. Sie hatten Plodsz falsch eingeschätzt. Dieser kleine Mann war offenbar ein Mann mit Grundsätzen, und die waren leider derart, daß sie mit ihren eigenen Zielen nur schwer zu vereinbaren waren.

»Lieber Dr. Plodsz, Sie bringen da einiges durcheinander«, versuchte Uhlich seinen Redeschwall zu bremsen, doch Plodsz ging hoch wie eine Rakete.

»Ich bringe etwas durcheinander? Daß ich nicht lache! Das ist doch die Höhe! Wenn hier jemand was durcheinanderbringt, dann sind Sie das, Sie und Ihre sauberen Kollegen. Alles bringen Sie durcheinander, vor nichts machen Sie halt. Sie überschreiten Grenzen, die besser nicht überschritten werden sollten. Sie bringen das gesamte ökologische Gefüge durcheinander. Sie respektieren die Grenzen zwischen den Arten nicht. Sie nehmen einfach ein bißchen Information hier, ein paar Gene da und meinen, damit hätten Sie das Leben verbessert. *Optimieren* nennen Sie das. Ist doch so, oder? Pah!« Er machte ein angewidertes Gesicht. »Das einzige, was Sie optimieren, sind die Umsätze Ihrer Firmen.«

»Dr. Plodsz, wir...« Uhlich versuchte vergeblich, sich Gehör zu verschaffen.

»Was habe ich neulich gelesen? Ach ja, diese Fischgeschichte, richtig. Einfach unfaßbar! Den Artikel hab ich doch aufgehoben. Er muß hier irgendwo...« Er wühlte hektisch in seinen Papieren und stieß tatsächlich auf einen Zeitungsartikel. »Hier! Von wegen, ich bringe etwas durcheinander. Das hier, das ist das totale Tohuwabohu.« Er fuchtelte mit dem Artikel in der Luft herum und sprach mit höhnischer Stimme weiter: »Arten? Was interessiert uns das? Da wird durcheinandergewürfelt, was das Zeug hält: menschliche Wachstumsgene in Regenbogenforellen und Barsche, Anti-Frostgene der Flunder in Lachse, Wachstumsgene von Karpfen in Forellen. Und Männchen und Weibchen? Ha, wer braucht denn so was? Das machen wir uns doch selbst. Erst verwandeln wir durch Hormone, Bestrahlung und anschließende Schockbehandlung alle Männchen in Weibchen, weil die schneller wachsen. Und nachdem wir die richtig hochgepäppelt haben, bekommt ein Teil noch ne anständige Hormondosis verpaßt, damit sie wieder zu Männchen werden und ihre vollgefressenen Weibchen begatten können. Und wozu das Ganze? Um den Viechern ein paar Gramm mehr Fleisch auf die Gräten zu verpassen.«

»Wir wollten eigentlich...«

»Ja, ich weiß, was Sie wollten. Sie wollten Informationen aus mir herauslocken! Sie wollten mich, ausgerechnet mich, zum Handlanger für Ihre sauberen Geschäfte machen. Ich kann Ihnen verraten, daß ich die Gentechnologie hasse, aus tiefstem Herzen hasse. Das, was Sie da tun, ist absolut amoralisch.«

Er beugte sich zu seinen Besuchern vor, die sich nun als Vertreter einer Welt entpuppt hatten, mit der er nichts mehr anfangen konnte und die er zutiefst verachtete. Seine Stimme wurde ruhiger.

»Ich will Ihnen mal etwas sagen, obwohl das wahrscheinlich nicht in Ihren Kopf geht: Ich liebe diese Welt, diese Natur, so wie sie ist, oder besser, so wie sie war. Für mich sind Pflanzen- und Tierarten Geschöpfe wie wir Menschen, keine leblosen, anonymen Informationsträger, deren Genome man ausschlachtet wie alte Autowracks, eine Art lebendes Ersatzteillager, in dem man sich bedienen kann, wie es einem beliebt, um aus den Einzelteilen irgendwelche Bastarde zusammenzusetzen, die die Welt noch nicht gesehen hat, mit denen sie auch nichts anfangen kann, weil sie hier nämlich nicht hingehören.«

Plötzlich erwachte Wenzel wieder aus seiner Agonie. »Das hört sich ja ganz so an, als ob unsere Organismen in der Natur nicht lebensfähig wären. Und was ist mit den Schokokäfern? Die haben sich doch wohl als sehr lebenstüchtig erwiesen.«

Wenzel bereute seine Bemerkung, sobald er sich die ersten Worte sagen hörte. Ausgerechnet mit einer Panne, mit einer unbeabsichtigten Freisetzung wollte er Plodsz' Argumente entkräften. Aber er hatte dessen Wortschwall irgend etwas entgegensetzen wollen und...

Plodsz winkte verächtlich ab.

»Nun kommen Sie mir bloß nicht mit den Schokokäfern. Schon dieser Name jagt mir einen Schauer über den Rücken. Gefräßige Ungeheuer sind das! Sicherlich, ja, Sie haben recht, diese Bastarde waren erfolgreich, geradezu erschreckend erfolgreich. Wissen Sie eigentlich, wie viele pflanzenfressende Insektenarten wir einmal in Mitteleuropa hatten, eine unerschöpfliche Nahrungsquelle für zahllose Insektenfresser, von der Kreuzspinne bis zum Igel? Und wissen Sie auch, wie viele davon noch überlebt haben, nachdem sich ihre... ihre Schokokäfer über die ganze Nordhalbkugel verbreitet haben?«

Plodsz wurde leiser, die Worte kamen immer langsamer, wie bei einem aufziehbaren, trommelnden Spielzeug, dem langsam die Puste ausgeht und dessen Wirbel gegen Ende immer lahmer werden. Er stützte beide Hände auf die Knie und schüttelte den Kopf.

»Ich darf gar nicht daran denken. Diese Freßmaschinen vernichten alles. Vor nichts machen sie halt. Diese Käfer sind wie die Menschen, die sie gemacht haben: maßlos und gierig. Sie passen einfach nicht in das Konzept einer auf Vielfalt angelegten Natur. Aber nur eine so strukturierte Welt kann auf die

Dauer überleben. Aber das kapieren Sie offenbar nicht, sonst hätten Sie ja mit diesem Unsinn gar nicht erst angefangen.«

Er lachte bitter.

»Nur Getreide mögen sie nicht. Das scheinen Sie ihnen beigebracht zu haben. In diesem Punkt haben Ihre Computer einmal Recht behalten. Bravo! Großartige Leistung! Aber um welchen Preis, um welchen Preis?«

Der kleine Mann sackte in sich zusammen und starrte betrübt vor sich hin.

Sofort erkannte Uhlich ihre Chance. Diesen Mann konnten sie nur für eine Mitarbeit gewinnen, wenn sie ihm reinen Wein einschenkten. Sie mußten ihm die Wahrheit erzählen. Sie deutete Wenzel mit einer schnellen Handbewegung an, er solle ihr die Akten geben. Der zuckte nur ratlos mit den Schultern.

»Die Akten!« zischte sie.

»Sie wollen ihm die Akten zeigen?«

»Nun geben Sie schon her!« Ungeduldig deutete sie mehrmals auf Wenzels Aktentasche, dann griff sie selbst zu.

»Lieber Dr. Plodsz, ich respektiere Ihre Ansichten, auch wenn ich sie nicht teile. Aber wir sind in eine schwierige Situation geraten, und wenn Sie die Natur wirklich lieben, wie Sie sagen, dann müssen Sie uns helfen. Wir brauchen Ihren Rat.«

Plodsz starrte auf den Fußboden und zeigte keine Reaktion. Sie hielt ihm den Aktenstapel hin.

»Tun Sie mir den Gefallen, und schauen Sie sich bitte diese Akten an. Studieren Sie die Unterlagen in Ruhe. Sie enthalten alle bekannten Fakten zu unserem Problem. Und wenn Sie uns dann nicht helfen wollen, verschwinden wir hier und werden Sie nie wieder belästigen, das verspreche ich Ihnen.«

Wenzel schaute seine Begleiterin entgeistert an. Wenn diese Taktik nicht funktionierte, konnte er seine berufliche Zukunft an den Nagel hängen, seine Nördliche Stadtpalme vergessen und sich gleich zu seiner Mutter ins Altersheim begeben. Wenzel kam es so vor, als ob sein weiteres Schicksal, sein Leben, an einem seidenen Faden hing. Alles kam jetzt auf diesen verrückten, kleinen Fliegenforscher an, dessen Mitarbeit ihnen viel Mühe ersparen würde. Ohne ihn mußten sie ganz von vorne beginnen.

Uhlich hatte hoch gepokert. Die Sekunden dehnten sich unerträglich in die Länge. Lange Zeit zeigte Plodsz keinerlei Reaktion, schien gar nicht gehört zu haben, was Uhlich zu ihm gesagt hatte.

Dann kam etwas Bewegung in den kleinen Mann. Sein Oberkörper streckte sich in die Länge, und langsam, unendlich langsam griff seine Hand nach der Akte, die Uhlich ihm hinhielt. Ohne aufzublicken, schaffte er mit ein paar Handgriffen etwas Platz auf seinem Schreibtisch, schaltete die Beleuchtung seiner Stereolupe aus und vertiefte sich wortlos in ihre Unterlagen.

Erleichtert tauschten die beiden GENTEL-Mitarbeiter einige Blicke aus. Uhlich legte einen Finger an den Mund, um Wenzel zu signalisieren, daß sie Plodsz bei seinem Aktenstudium nicht stören sollten. Wenzel wischte sich die Schweißperlen von der Stirn und nickte. Diesmal hatte er verstanden.

15

Der Sonntag, an dem seine Mutter hinter sein Geheimnis gekommen war, und auch der Besuch bei Plodsz lagen nun schon einige Wochen zurück. Die Tage waren mit Arbeit angefüllt, so wie Wenzel es liebte, auch wenn er zumeist an der Lösung dieses leidigen Pilzproblems arbeiten mußte und nur wenig Zeit fand, seine Stadtpalme weiter zu vervollkommnen.

Seine Mutter war still geworden, sprach ihn nie wieder auf den bewußten Pilz an, aber die Traurigkeit, die er an jenem Sonntag zum erstenmal in ihren Augen entdeckt hatte, war geblieben. Wenn er von seiner Arbeit sprach, schien sie abwesend oder winkte verächtlich ab.

Ein Gespräch mit Dr. Schwab bestätigte seine Befürchtungen. Schwab beklagte, daß sich die alte Frau immer mehr zurückzog und kaum noch an den geselligen Aktivitäten teilnahm, die ihr Institut in so reichhaltiger Weise anbot. Meist hielt sie sich in ihrem Zimmer auf oder saß auf der Terrasse oder einer Parkbank und starrte auf den See hinaus.

Er machte sich Vorwürfe, obwohl Frau Beiersdorfer an allem schuld war. Seine Mutter schien ihre alte Freundin neuerdings zu meiden, denn er hörte den Namen nie wieder. Eines Tages erfuhr er von Dr. Schwab, daß Frau Beiersdorfer gestorben war, sich nicht erholt hatte von ihrer Krankheit. Wenzel fand es merkwürdig, daß seine Mutter nie davon erzählt hatte.

Vielleicht hatten die Stimmung seiner Mutter, ihr hartnäkkiges Schweigen und das traurige Gesicht gar nichts mit ihrem Gespräch zu tun. Er klammerte sich an diesen Gedanken, aber seine Selbstvorwürfe wollten nicht verstummen.

All das nährte seinen Zorn, seinen Haß auf Eckstein. Dieser Haß nagte in seinen Gedanken, in seinen Träumen und trieb ihn zu fieberhafter Aktivität. Er bekam seinen Vorgesetzten kaum zu Gesicht, und wenn er ihn einmal auf den Gängen der GENTEL-Forschungszentrale sah, machte er auf dem Absatz kehrt. Er ertrug das selbstgefällige Grinsen nicht, das Eckstein ununterbrochen zur Schau stellte, seitdem die GENTEL mit den neuen Assimilatoralgen international für Furore sorgte. Es beherrschte Ecksteins Gesicht, als hätte er sich einer mißlungenen Schönheitsoperation unterzogen.

Eine nach der anderen wurden die riesigen Anlagen auf die neue, von der GENTEL entwickelte Algenart umgestellt. Es war ein Triumph, ein Siegeszug sondergleichen. Mit den Assimilatoren, ursprünglich nur für den Zweck erdacht, der Atmosphäre Kohlendioxid zu entziehen, ließ sich plötzlich Geld verdienen. Diese Ungetüme aus Stahl, Kunststoff und Glas, die Staat und Industrie Milliarden gekostet hatten, versprachen nun auf lange Sicht Profite abzuwerfen. Kein Wunder, daß immer mehr Länder an der Errichtung solcher Anlagen Interesse zeigten.

Für Wenzel und seine Arbeit interessierte sich im Moment niemand. Dabei schuftete er soviel wie noch nie in seinem Leben. Seine fünf Mitarbeiter, die drei jungen Frauen vom technischen Personal und die beiden Genetiker Scherz und Landmesser, stöhnten schon unter der Arbeitslast, die er ihnen aufhalste. Hinter seinem Rücken zerrissen sie sich die Mäuler und beklagten sich über seine Arbeitswut, aber das kümmerte ihn nicht. Er war nie sehr beliebt gewesen bei seinem Stab. Seine Leistungen und sein Wissen wußten sie durchaus zu würdigen, aber seine Fähigkeit, Menschen zu führen und zu motivieren, schätzte sogar Wenzel selbst nicht sehr hoch ein. Uhlich war die einzige, die hin und wieder vorbeischaute und sich nach dem Stand der Arbeit erkundigte.

Wenigstens mangelte es ihnen nicht an Mitteln, im Gegenteil. Sein Etat war sehr großzügig bemessen. Nach den sagenhaften Erfolgen der letzten Zeit konnte sich die GENTEL ein paar Exoten in ihren Reihen leisten, und vielleicht gab es irgendwo in den Vorstandsetagen doch Leute, denen die Vorgänge im hohen Norden bekannt und unheimlich waren und die auf Nummer Sicher gehen wollten.

Uhlich, die zwischen Eckstein und den höheren Etagen der GENTEL vermittelte, hatte Wenzel versichert, daß er jede Unterstützung erhalten würde. Wenzel war aufgefallen, daß selbst Eckstein, der sonst jeden von oben herab behandelte, Uhlich gegenüber ausgesprochen zuvorkommend und höflich war. Sein Kavaliersgehabe wirkte aber irgendwie aufgesetzt. Wenzel vermutete, daß Uhlich die Protektion höherer Stellen genoß. Sie hatte sich nicht nur durch ihre taktischen und organisatorischen Talente hohes Ansehen erworben, sondern war, wie Wenzel erfahren hatte, selbst an der Entwicklung der neuen Assimilatoralgen beteiligt gewesen. Nach allem, was er mittlerweile erlebt hatte, wunderte er sich bei ihr über nichts mehr.

Was für eine Frau! Und attraktiv war sie auch noch. Obwohl sich Wenzel selten Gefühlsäußerungen gestattete, bewunderte er sie und empfand eine tiefe Zuneigung, wobei sich beides nur schwer trennen ließ. Daß sie ihn auf seinen Zusammenbruch im Wald nie angesprochen hatte, rechnete er ihr hoch an. Auch Eckstein hatte sie nichts davon erzählt. Man stelle sich einmal vor, sein Chef wäre an ihrer Stelle gewesen. Nicht auszudenken!

Zwei-, dreimal war er nachts aufgewacht, nachdem Uhlich in seinen Träumen aufgetaucht war. Er hatte sich kaum getraut, ihr in die Augen zu blicken, als sie am nächsten Tag in seinem Labor aufkreuzte.

»Störe ich?« fragte sie.

»Aber keinesfalls! Sie wissen doch, Frau Uhlich, daß Sie hier immer gerne gesehen sind.« Sein Gesicht glühte wie eine Laterne.

Sie sah sich in seinem Labor um. »Wie geht es voran?«

»Oh, wir machen mit den neuen Pilzen gute Fortschritte, und die Fliegenzucht kommt dank Plodsz auch in Gang.«

Er deutete auf zwei voluminöse Terrarien, in denen zwischen großen Champignons zahlreiche Fliegen umherschwirrten.

»Sie benutzen Champignons?« fragte sie verblüfft.

»Ja, die Tierchen scheinen sehr unspezifisch zu sein. Das müssen wir ihnen natürlich noch abgewöhnen, aber für die Laborarbeiten ist es ganz praktisch. Bis jetzt gehen sie an alle Pilze, die wir ausprobiert haben, und Champignons lassen sich einfach am besten kultivieren.«

»Ist Plodsz denn noch hier? Ich habe ihn seit Tagen nicht mehr gesehen.«

»Doch, doch, natürlich, er ist noch da. Er kommt sehr früh, erledigt dann in aller Eile seine Arbeit und geht zeitig am Nachmittag.« Wenzel grinste. »Er ist nicht gerade begeistert von seiner Tätigkeit hier.«

Die beiden Männer waren sich in den Tagen, die Plodz in der GENTEL-Forschungszentrale zu Gast war, nicht sehr viel nähergekommen. Plodsz war für Wenzel ein ewig Gestriger, ein komischer Kauz, der nur in seinem Museum, abgeschirmt von der realen Welt und inmitten seiner mumifizierten Insekten, existieren konnte. Sie hatten stets nur das Nötigste miteinander beredet. Insgeheim nannte er ihn *Tollplodsz*.

Wange an Wange schauten Wenzel und Uhlich dem munteren Treiben in den Terrarien zu. So hinter Glas hatte er ein positiveres Verhältnis zu den Fliegen bekommen. Schließlich sollten sie seine wichtigsten Verbündeten werden. Ihren Larven, den Maden, die ihm damals so zugesetzt hatten, mochte er allerdings auch jetzt noch nicht zu nahe kommen. Zu präsent waren noch die Erinnerungen an jenen Moment größter Panik. Alle Pflege- und Umsetzarbeiten ließ er von seinen Assistentinnen oder von Plodsz durchführen.

»Kollek hat übrigens angerufen«, sagte Uhlich und wandte sich von den Terrarien ab. »Der Brand hat nach seiner Meinung ganze Arbeit geleistet. Sie sind jetzt dabei, das Gelände mit einer anderen Baumart wieder aufzuforsten. Um sicherzugehen, daß *Amanita* sich nicht weiter ausgebreitet hat, wollen sie Pilzproben aus der näheren Umgebung sammeln und im Labor analysieren. Bisher sind keine weiteren Schäden gemeldet worden.«

»Na, das klingt ja ganz erfreulich. Haben Sie ihm gesagt, daß wir an einer verbesserten Version des Pilzes arbeiten?«

»Ja. Er war auch schon auf den Gedanken gekommen.«

Sie hatten einen einfachen, aber sehr wirksamen Plan entwickelt. Wenn sie in Form der gefräßigen Fliegen, die sie zu entwickeln planten, nur einen für *Amanita* tödlichen Gegner aussetzten, fehlte den Bäumen über kurz oder lang wieder ein Symbiosepartner, und sie hatten es bald mit einer neuen Form von Waldschäden zu tun. Also mußten sie gleichzeitig dafür sorgen, daß den Bäumen ein neuer Partner zur Verfügung stand.

Ihr Problem bestand nun darin, daß sich ihre Fliegen möglicherweise auch über den neuen Pilz hermachten. Die Fliegen mußten wählerischer als ihre Wildform werden, das stand fest, sonst wäre der Wald bald von allen Pilzen befreit. Je weiter die Pilzarten von *Amanita wenzeli* abwichen, um so weniger bestand die Gefahr, daß auch sie einer spezifischeren Fliegenform zum Opfer fielen. Aber der neue Pilz, den sie entwickelten, würde dem alten doch sehr ähnlich sein. Sie mußten der Nachfolgerart einen für die Fliegen absolut unbekömmlichen Inhaltsstoff mit auf den Weg geben, der verhinderte, daß das ganze Theater wieder von vorne begann.

Leider wußten sie noch immer nicht, was aus dem ursprünglich harmlosen *Amanita wenzeli* ein bäumefressendes Monstrum gemacht hatte. Das beunruhigte Wenzel und beeinträchtigte seinen Optimismus. Kollek hatte ihnen versichert, daß sie sich die Bäume vorknöpfen und Gen für Gen durchchecken wollten, um aus dieser Richtung jede Fehlerquelle auszuschließen.

Im Grunde genommen war es leichtsinnig, ohne genau zu wissen, was die Katastrophe ausgelöst hatte, schon mit Hochdruck an ihrer Lösung zu arbeiten. Aber was blieb ihnen anderes übrig? Sie konnten nicht warten, bis die Schäden auch in einem größeren, weniger isolierten Gebiet auftraten. Ein Waldbrand, der etwa halb Schweden vernichtete, war dann wohl kaum die Lösung. Also mußten sie an ihrem Plan festhalten und hoffen, daß entweder ihnen selbst oder Kollek und Olson in Norwegen noch ein Licht aufging.

Während Wenzel noch immer fasziniert in die Terrarien starrte, hatte Uhlich sich auf dem einzigen Stuhl in Wenzels Labor niedergelassen.

»Arbeiten Sie denn auch noch an Ihrer Stadtpalme?« fragte sie.

»Na ja, sporadisch.« Er druckste etwas herum. »Ich komme kaum dazu. Es kostet mich zwar einige Überwindung, aber ich sage mir, je eher wir diese *Amanita*-Geschichte in den Griff bekommen, desto schneller kann ich mich wieder der Stadtpalme zuwenden. Außerdem ist sie so gut wie fertig. Haben Sie sich die Pflänzchen im Gewächshaus noch nicht angesehen?«

Uhlich schüttelte den Kopf und lächelte.

»Kommen Sie! Ich zeige Sie Ihnen.« Seine Augen leuchteten vor Begeisterung. »Es sind schon richtige kleine Palmen. Ich war auch eine Weile nicht draußen.«

Er log natürlich. Wenn es ihm irgendwie möglich war, ging er jeden Tag in die Gewächshäuser, um seine Stadtpalmen zu bewundern. Diese Besuche bei seiner augenblicklichen Lieblingsschöpfung spornten ihn an. Er brauchte diesen täglichen Stimulus.

»Na gut! Aber viel Zeit habe ich nicht«, sagte Uhlich und erhob sich.

Wenzel strahlte und sprang sofort auf. Routinemäßig griff er an die Brusttasche seines Arbeitskittels, um sich zu vergewissern, daß er auch die Kennkarte bei sich hatte.

Sie verließen zügig das Labor, gingen den Flur entlang und fuhren mit dem Aufzug nach unten. Die Gewächshäuser lagen hinter dem zwölfstöckigen Haupthaus neben einigen Flachbauten, in denen sich Lagerräume für Chemikalien und unterschiedlichste Gerätschaften befanden. Nach wenigen Minuten hatten sie die lange Reihe der Gewächshäuser erreicht, und Wenzel verschaffte sich mit der Kennkarte Einlaß.

Auf der allwissenden Plastikkarte war auch vermerkt, wer Zugangsberechtigung zu den Gewächshäusern hatte. Neben den Gärtnern, die hier die Pflanzen betreuten, hatten nur die Wissenschaftler Zutritt, deren Geschöpfe dort heranwuchsen. Hier nahm langsam Gestalt an, was die Geningenieure in ihren Hochsicherheitslaboratorien mühsam entworfen und aus Tausenden von Einzelgenen zusammengesetzt hatten. Die Gewächshäuser waren für Außenstehende so tabu wie die Sicherheitslabors im Hauptgebäude. Einem Industriespion reichte eine winziges Blättchen. Die Konkurrenz konnte daraus mühelos die ganze Pflanze rekonstruieren.

Hier wuchsen sie heran, die frost- und schädlingsresistenten Hochertragssorten, die sich ihren Stickstoff, wie einige Bakterien, aus der Luft holten und eine Düngung überflüssig machten, die mit Proteinen, Vitaminen, essentiellen Fettsäuren, allerlei Inhalts- und Geschmacksstoffen angereicherten Neuschöpfungen. Hier blühten auch die zahllosen Farb- und Formvarianten neuer Zimmerpflanzen und Schnittblumen, die heutzutage die Blumenläden füllten.

»Sie sind gleich dahinten!« sagte Wenzel und deutete auf eine Ecke des Gewächshauses. »Bald wird man sie schon von hier sehen können. Sie wachsen schnell.«

Uhlich lächelte verständnisvoll.

Sie gingen an einer langen Reihe von Blumentöpfen entlang, in denen alle nur denkbaren Farbschattierungen einer neuen Rosenart blühten. Was Generationen liebevoller Rosenzüchter erreicht hatten, war nichts im Vergleich zu der Farben- und Formenfülle, die hier heranwuchs.

Ein intensiver Duft, nein, ein ganzes Konglomerat von Düften erfüllte den Raum. Wenzel wußte aus eigener, leidvoller Erfahrung, daß man das anschließende Gewächshaus praktisch nur mit einem Atemschutz betreten konnte, wenn man nicht einen Erstickungsanfall erleiden wollte. Dort wuchsen die besonders geruchsintensiven Sorten, die man heute an Stelle der aus der Mode gekommenen synthetischen Geruchsverbesserer benutzte. Niemand kam heutzutage auf die Idee, sein Bad oder Wohnzimmer mit irgendwelchen Sprays oder anderen Chemieprodukten geruchlich zu verunstalten, wie Wenzel das noch aus seiner Kindheit kannte. Seine Mutter war in dieser Hinsicht ein hoffnungsloser Fall. Jeder Anflug eines möglicherweise unangenehmen Duftes wurde von ihr sofort mit Hilfe eines gut sortierten Arsenals von Geruchsverbesserern und Spraydosen bekämpft.

Heute stellte man sich die entsprechende Pflanze in die Ecke, und schon war der Raum von intensivem Flieder-, Jasmin- oder Nadelwaldduft erfüllt, je nachdem, welche Geruchsumgebung man bevorzugte. Bei manchen Leuten artete dies zu einer regelrechten Duftorgie aus, da sie jeden Raum ihrer Wohnung mit anderen duftintensiven Pflanzenarten vollstellten. Als unvorbereiteter Besucher prallte man wie gegen eine unsichtbare Wand, wurde von einer Geruchssensation in die nächste gejagt, daß es einem glatt den Atem verschlug.

Der letzte Schrei auf dem Heimpflanzenmarkt waren die beweglichen Pflanzen. Nachdem es einem Japaner gelungen war, den Bewegungsmechanismus der Mimose und die zugrundeliegenden Gene aufzuklären, kamen viele der bekannten Zimmerpflanzen auch als sogenannte *moving-plants* auf den Markt. Wenzel nahm aber an, daß diese Modeerscheinung sich schnell wieder geben werde. Es war auf die Dauer nicht besonders attraktiv, wenn bei der geringsten Erschütterung, etwa einem Tür- oder Fensterknallen, einer vorbeifahrenden U-Bahn oder wenn Vater einmal mit der Faust auf den Tisch haute, sämtliche Zimmerpflanzen ihre Blätter hängen ließen, als hätten sie seit Wochen kein Wasser mehr gesehen. Wenzel konnte dem boomenden Zierpflanzenmarkt nicht viel abgewinnen.

»So, da sind sie!« Wenzel war vor einigen Töpfen stehengeblieben, in denen etwas heranwuchs, das wie mittelprächtig entwickelte Zimmerpalmen aussah. Er winkte Uhlich ungeduldig herbei, die gerade eine Rose aus der Nähe betrachtete, deren blaßblaue Blütenblätter außen einen zarten, rosa Rand aufwiesen.

»Ach, so klein sind sie noch?« sagte sie.

»Wieso klein? Was haben Sie denn erwartet?«

»Na ja, ich dachte sie wären schon größer.« Sie schmunzelte.

»Warten Sie nur ab!« Wenzel war wieder ganz entzückt von seinen Stadtpalmen. »Sie werden zehn, zwölf Meter hoch werden. Hier, ich habe ein Foto der Palme, von der wir ausgegangen sind.« Er zog ein Foto aus der Kitteltasche. Es zeigte eine Gruppe spielender Kinder unter einer schlanken, großen Palme.

»Sehr schön! Wirklich.«

»Sie wachsen sehr schnell, glauben Sie mir. Nächstes Jahr um diese Zeit werden sie hier schon alles überragen.« Er machte mit seinem Arm eine kreisende Bewegung.

»Und woran hängt es? Ich meine, woran arbeiten Sie denn noch? Die Pflänzchen sehen doch ganz gesund aus.«

»Sind sie auch, kerngesund!« antwortete Wenzel schnell. »Sie sind absolut fit und entwickeln sich prächtig. Wir wissen natürlich noch nicht, ob sie auch Früchte tragen werden. Das werden wir erst in einigen Jahren erfahren. Na ja, und dann müssen wir noch den Registrierungscode bei der WOG beantragen und ins Genom einfügen.«

Uhlich hielt sich plötzlich die Hand an die Stirn.

»Die WOG! Ich hätte es fast vergessen. Gut, daß Sie das erwähnen. Kollek fragte nämlich, ob wir unseren Bericht für die WOG schon fertiggestellt haben. Er meint, wir sollten uns da abstimmen.«

Wenzels freudiger Gesichtsausdruck gefror, seine Mundwinkel sackten nach unten. Selbst hier ließ ihn diese leidige Geschichte nicht in Ruhe. Er wußte natürlich, daß die WOG über alle Störfälle, die mit der Freisetzung transgener Organismen zu tun hatten, informiert werden mußte. Aber er hatte es verdrängt. Er haßte diesen Papierkram. So zuverlässig er bei seiner Laborarbeit war, wenn es um irgendwelche Berichte ging, taten sich in seinem Gedächtnis rätselhafte schwarze Löcher auf, die alles auf Nimmerwiedersehen in sich aufsaugten.

Als ob sie seine Gedanken gelesen hatte, sagte Uhlich: »Ich weiß, daß Ihnen das lästig ist, aber Sie wissen ebensogut wie ich, daß die GENTEL es sich nicht leisten kann, gegenüber der WOG etwas zu beschönigen oder zu vertuschen.«

»Jaaa…«

»Na gut, ich werde das für Sie übernehmen.« Uhlich wandte sich von den Pälmchen ab und wollte gehen. Sie hatte sowieso vorgehabt, den Bericht selbst zu schreiben. Wenzel würde diese lästige Aufgabe doch nur ewig vor sich herschieben. So konnte sie wenigstens sicher sein, daß die Angelegenheit vom Tisch kam.

Kollek wollte ihr seinen Bericht schicken, und sie mußte dann nur noch die GENTEL-Version der Vorgänge einarbeiten. Das sollte nicht viel Arbeit machen. Für sie war die ganze Angelegenheit fast Schnee von gestern. Die Schäden in Norwegen waren gründlich beseitigt worden, und sie hatte so viel Vertrauen in Wenzels Arbeit, daß sie bald mit der Fertigstellung der Fliegen und der neuen Pilzversion rechnete.

Wenzel war natürlich erleichtert, daß dieses Kreuz an ihm vorübergegangen war. Er warf noch einen letzten, liebevollen Blick auf seine kleinen Stadtpalmen und folgte dann seiner Kollegin, die schon auf dem Weg zum Ausgang war und unterwegs immer wieder an einer der vielen Rosen roch.

16

Kaum war die Hotelzimmertür hinter ihm ins Schloß gefallen, ließ Plodsz sich mit einem gequälten Seufzer auf sein Bett fallen und atmete einige Male tief durch.

Wieder hatte er einen dieser nie enden wollenden Tage hinter sich gebracht. Jetzt noch ein Wochenende, in der kommenden Woche vielleicht noch zwei, drei Tage Arbeit in den GENTEL-Labors, dann konnte er wieder nach Berlin in sein Museum zurückkehren.

Körperlich war seine Tätigkeit nicht besonders anstrengend. Was an seinen Kräften zehrte, waren die psychischen Belastungen. Permanent mußte er die Sticheleien dieses schrecklichen Wenzels und die spöttischen Blicke des Laborpersonals ertragen. Er spürte die Ablehnung und Überheblichkeit des Biochemikers deutlich. Seine unterschwelligen Animositäten waren viel unangenehmer, als wenn der Mann ihm offen gesagt hätte, daß er ihn für einen Schwachkopf hielt.

Die eigentliche Arbeit war ein Kinderspiel. Die Fliegen zu züchten war etwa so schwierig, wie eine Horde Karnickel zur Fortpflanzung zu bewegen. Aber die Tatsache, daß er hier mitten in den Labors der Leute arbeitete, die die von ihm so verachtete Gentechnologie betrieben, machte ihm wirklich zu schaffen.

Man brauchte bloß die Zeitung aufzuschlagen! Alles war voll von Berichten über die neuen Assimilatoralgen und ihren phänomenalen Siegeszug. Er saß mitten in der Höhle des Löwen. Aber genau deshalb hatte er sich überhaupt auf diese Arbeit eingelassen.

Natürlich wollte er bei der Bekämpfung der Katastrophe in Norwegen mithelfen. Aber vor allem wollte er hinter die Kulissen dieser Biotechnokraten schauen, einmal mit eigenen Augen sehen, wie diese Leute im Erbmaterial von lebenden Organismen herumfuhrwerkten.

Vielleicht hatte er insgeheim gehofft, in den Gesichtern der dort arbeitenden Menschen so etwas wie moralische Bedenken, ein schlechtes Gewissen oder doch zumindest ein Problembewußtsein zu entdecken. Aber ihm war nichts dergleichen aufgefallen, im Gegenteil.

Wenzels Assistentinnen gingen mit der DNS ihrer Versuchstiere um wie mit einer x-beliebigen Chemikalie. Sie hätten genausogut einen neuen Kunststoff oder ein Waschmittel herstellten können. Die DNS-Lösungen, mit denen sie hantierten, sahen aus wie Zuckerwasser, wie farblose, etwas zähflüssige Gallerte, ganz egal, ob sie die Bauanleitungen von Ziegen, Bakterien, Palmen, Menschen oder Fliegen enthielten.

Plodsz, der noch nie isolierte DNS gesehen hatte, mußte in den ersten Labortagen immer wieder fasziniert und voller Skepsis in die kleinen Plastikröhrchen starren, so als ob sich vielleicht doch Spuren seiner Fliegen darin erkennen ließen. Er konnte kaum glauben, daß in dieser winzigen Menge farbloser Flüssigkeit unzählige Konstruktionspläne seiner Fliegen herumschwimmen sollten.

Die Desoxyribonucleinsäure, dieses sagenumwobene, kettenförmige Molekül, in dem nach einem Millionen Jahre währenden Try-and-Error-Spiel alles Nötige niedergeschrieben stand, diese in den Zellkernen sicher verpackte DNS also sei die eigentliche Essenz des Lebendigen – so hatte er geglaubt. Doch nun mußte er feststellen, daß nach der Zerstörung der Zellmembranen von Muskel-, Drüsen-, Darm- oder Nervengewebe, nach der Entfernung aller Verunreinigungen, nach zahllosen Trennungsschritten und Zentrifugenläufen tatsächlich nichts weiter übrigblieb als dieser farblose Tropfen Flüssigkeit, mit dem sich umgehen ließ wie mit den Salzlösungen in den Chemiekästen seiner Kindheit. All das hatte so gar nichts Lebendiges an sich.

Offenbar war nicht die DNS das Leben. Was dann? Verbarg es sich in den Verunreinigungen, die hier in den GENTEL-Labors so peinlich genau beseitigt wurden, damit nur der leblose DNS-Faden übrigblieb? Plodsz war verwirrt, und diese Verwirrung trug mindestens soviel zu seiner täglichen Entkräftung bei wie der unvermeidliche Kleinkrieg mit Wenzel.

Während Wenzels Mitarbeiter leidenschaftslos und routiniert ihrer Arbeit nachgingen, hatte Plodsz von Wenzel selbst einen ganz anderen Eindruck. Der Mann war mit Feuereifer bei der Sache, eine Eigenschaft, die ihn Plodsz hätte sympathisch machen müssen. Da war stets dieses eigentümliche Leuchten in Wenzels Augen, wenn der Computer ein neues DNS-Bruchstück analysiert hatte und eine endlose Liste ausspuckte. Wieder war der Natur ein winziges Stückchen ihres Geheimnisses entrissen und in digitalisierbare Form gebracht worden. Plodsz wehrte sich gegen das Gefühl, aber es half nicht. Er wurde traurig.

Hier ging es nicht um Konstruktionspläne für eine neue Maschine, um Software oder den Grundriß eines Hauses, auch nicht um Gemälde oder Skulpturen. Es ging um das Leben selbst, und das konnte Plodsz nie vergessen. Aber was war *das Leben?*

Er glaubte nicht, daß Wenzel darüber soviel besser Bescheid wußte. Niemand wußte das, trotz all dieser unheimlichen Entwicklungen in der Gentechnologie. Aber im Unterschied zu ihm, der die zahllosen Geschöpfe der Natur nur besser kennen- und voneinander unterscheiden lernen wollte, maßten sich Wenzel und seinesgleichen an, Schöpfer zu spielen, und verkauften ihr elendes Gestümpere als großen Fortschritt.

Plodsz hatte nie gehört, daß es einem dieser Biotechniker gelungen war, wirklich neues Leben zu erschaffen. Niemand hatte die geringste Ahnung, wie das zu bewerkstelligen wäre. Kein Mensch hatte es je geschafft, einer solchen DNS-Lösung oder gar einem Haufen Kohlenstoff, einem Glas Wasser, einigen Litern Luft und ein paar anderen Elementen Leben einzuhauchen. Alles, was diese Leute taten, war letztlich schon vorhandene Lebewesen zu verändern, zu optimieren, wie sie sagten, also dem näherzubringen, was ihrer Vorstellung eines nützlichen, lebenswerten Organismus entsprach.

Munter manipulierten sie an Pflanzen- und Tierarten, an Bakterien und Viren herum und erweckten den Eindruck, als wüßten sie genau, was Leben sei, als hätten sie alles im Griff. Sie taten es, weil es so einfach war. Gott, die Naturgesetze, der Zufall oder auch alle zusammen, wer immer für die Entstehung lebender Materie auf diesem Planeten verantwortlich zeichnete, hatte es den Menschen viel zu leicht gemacht. Es fehlten Kontrollmechanismen, die die Menschen davon hätten abhalten müssen, sich in etwas einzumischen, wovon sie keine Ahnung hatten.

Im Grunde war die Situation vergleichbar mit der eines Urwaldindianers, dem man einen tragbaren Computer vor die Nase setzt und der nach langem Herumprobieren entdeckt, daß bestimmte Manipulationen hübsche, bewegte, von netten Geräuschen untermalte Bildchen auf den Bildschirm zaubern. Der faszinierte Indianer hätte natürlich nicht die geringste Ahnung, warum dieses Ding überhaupt funktioniert, was diesen Apparat am »Leben« erhielt. Von Elektrizität hatte er noch nie gehört.

So war Plodszs Abneigung gegen die Gentechnologie noch stärker und substanzieller geworden. Seit er gesehen hatte, wie Wenzel und seine Mitarbeiter mit dem Erbmaterial natürlicher Organismen umgingen und was sie damit alles anstellten, wußte er auch, wie groß die Gefahr war, über der täglichen Laborroutine jeden Bezug zur Ökologie und natürlichen Organismen zu verlieren. Die Menschen, denen er bei der GEN-

TEL begegnet war, arbeiteten mit einer nicht mehr hinterfragten Routine oder waren wie Wenzel von einer Art genetischem Sendungsbewußtsein getrieben. Plodsz sah seine schlimmsten Befürchtungen bestätigt.

Die GENTEL hatte sich ausgesprochen großzügig gezeigt. Sie schwammen im Geld. Sie hatten ihm einen zweiwöchigen Aufenthalt in Trondheim finanziert, wo er jeden Tag mit Olson ins Gelände fuhr, um Pilzgewebeproben mit Eigelegen und Larven der Fliegen zu sammeln und diese dann im Labor zu analysieren. Die Arbeit war für ihn hochinteressant gewesen. Der von dem parasitierenden *Amanita* geschädigte Wald war schon niedergebrannt worden, so daß er die Riesenpilze nur auf Fotos zu sehen bekam. Das reichte, um ihm eine Gänsehaut über den Rücken zu jagen.

Zwei-, dreimal begegneten sie einem der riesigen Fliegenschwärme, ein gespenstischer Anblick, bei dem selbst ihm der Atem stockte. Vergleichbare Pilzmassen wie die, in denen die Fliegen sich entwickelt hatten, gab es nicht mehr. Scheinbar orientierungslos irrten sie nun durch die verbrannte Landschaft und hielten vergeblich nach verwertbaren Nahrungsquellen Ausschau, um ihren eigenen Nachwuchs zu sichern.

Die Fliegen entwickelten sich auch in normalen Waldpilzen, nur in viel geringerer Zahl, und so sammelten sie Proben aller Pilze, die sie in der Umgebung finden konnten. Das Problem bestand darin, daß die Fliegen, die sie suchten, beileibe nicht die einzigen Insekten waren, denen die Pilze als Nahrungsquelle dienten. Sie fanden Dutzende von Käfer- und mindestens ebenso viele Fliegenarten, fast alle im Larvenzustand und somit ausgesprochen schwer voneinander zu unterscheiden. Es hatte fast eine Woche gedauert, bis sie die richtige Larve, die zu ihren Fliegen gehörte, identifiziert hatten. Ihre weitere Arbeit bestand darin, möglichst viele der Maden zu sammeln und auf unbeschädigte Pilze umzusetzen. Diese sollten dann nach Deutschland transportiert werden.

Über der faszinierenden Arbeit konnte er sogar für kurze Zeit seinen Zorn auf die GENTEL vergessen. Er hatte Tierarten zu sehen bekommen, die er bisher nur aus Büchern kannte, und er war überzeugt davon, daß sie bisher unbekannte Arten entdeckt hatten.

Während der vielen Stunden, die er mit Olson im Labor verbrachte, grübelte er über Möglichkeiten nach, es der GENTEL gründlich heimzuzahlen. Von Anfang an war neben seiner Neugier ein diffuses Rachegelüst das Hauptmotiv für seine Zusage gewesen. Während er Made für Made aus den zum Teil stark zersetzten Pilzen pulte, sie unter einer Lupe überprüfte und dann auf die Transportpilze setzte, reifte in ihm eine verbissene Entschlossenheit, das ganze Unternehmen zu boykottieren.

Henrik durfte er davon nichts erzählen. Er mochte den Jungen, der mit großer Begeisterung bei der Sache war. Man merkte ihm an, wie sehr ihn die Zusammenarbeit mit einem so renommierten Fliegenforscher stimulierte. Auch Plodsz hatte Spaß daran, dem interessierten jungen Mann einiges von seinem Wissen weiterzugeben. Seine wissenschaftlichen Veröffentlichungen über verschiedene Fliegenfamilien lasen gewiß nicht viele Leute, aber Olson kannte sie alle. Also wollte er vermeiden, daß der junge Zoologe zum Mitwisser an einer Sache wurde, die ihm alten Kauz kaum mehr schaden, Olson aber die Karriere zerstören konnte.

Anfangs erging sich Plodsz in ausufernden Phantasien, in denen es ihm gelang, aus den winzigen, harmlosen Fliegen blutgierige Monster zu machen, die sich in den GENTEL-Labors gierig auf Wenzel und die ganze Bande stürzen würden. Aber ihm wurde schnell klar, daß er viel zuwenig von Genetik verstand, um solche Veränderungen an den Tieren vorzunehmen, noch dazu unbemerkt von den GENTEL-Mitarbeitern. Er bezweifelte, daß es selbst absoluten Fachleuten auf diesem Gebiet gelingen würde, aus wenigen Millimeter großen, pilzfressenden Fliegen innerhalb kurzer Zeit so etwas wie Piranhas der Lüfte zu machen. Alle Manipulationsversuche auf molekularer Ebene schieden also mangels Wissen aus.

Seine Rachephantasien gingen ins Leere, und das zermürbte ihn. Ihm wollte partout nicht einfallen, wie er das ganze Vorhaben erfolgreich und möglichst spektakulär sabotieren konnte. Stunde um Stunde grübelte er darüber nach, und je mehr er sich den Kopf zermarterte, desto klarer wurde ihm, daß nichts blieb, außer abzuwarten.

Einfach die Presse zu informieren brachte nichts. Wer sollte nahm Anstoß daran nehmen, daß die GENTEL an der Lösung eines von ihr verursachten, aber eher zweitrangigen Umweltproblems arbeitete? Die eigentlichen Schäden waren radikal beseitigt worden. Womöglich würde man ihn selbst öffentlich als Saboteur einer dringend erforderlichen Korrekturmaßnahme an den Pranger stellen. Die GENTEL war nicht irgendein Unternehmen. Er hatte es mit mächtigen Gegnern zu tun, das durfte er nie vergessen.

Er konnte nichts weiter tun, als mit offenen Augen und Ohren das Geschehen zu verfolgen und auf sein größtes Kapital zu setzen: seine schnelle Auffassungsgabe und darauf, daß Wenzel ihn hoffnungslos unterschätzte. Der Mann hielt ihn für einen Trottel. Wenzel in diesem Glauben zu belassen, stellte seine Selbstbeherrschung zwar auf eine harte Probe, war aber unerläßlich.

In einem Punkt gab es für ihn nicht den geringsten Zweifel: Er war sich absolut sicher, daß das ganze Vorhaben scheitern würde, scheitern mußte. Am Ende würde ein totales Fiasko stehen, und er konnte nur hoffen, daß es ihm noch vergönnt war, dies mitzuerleben.

Die ganze Strategie stimmte nicht, und die Tatsache, daß niemand der Beteiligten ähnliche Bedenken hegte, zeigte Plodsz nur, wie recht er mit seiner Einschätzung dieser Leute hatte. Ihn wunderte nur, daß auch die Norweger nicht daran gedacht hatten. Kollek und Olson waren eigentlich ganz vernünftig.

Gesetzt den Fall, alles liefe nach Plan, dann sorgten die Fliegen dafür, daß die Fruchtkörper der Pilze massiv befallen und über kurz oder lang aufgefressen wurden. Gegen das weit verzweigte Netz der Pilzfäden im Boden, dort, wo der eigentliche Kontakt zwischen Baum und Pilz stattfand, würden sie aber nichts ausrichten können. In jedem Anfängerlehrbuch für Botanik konnte man nachlesen, daß das eigentliche Herz der Pilze unter der Erdoberfläche schlug. Eine Pflanze brachte man auch nicht dadurch um, daß man ihre Blüten abschnitt. Die Leute waren blind, wenn sie das nicht sahen.

Die Fliegen konnten bestenfalls die weitere Ausbreitung des Pilzes verhindern und damit die Zahl der freigesetzten Sporen verringern. Wahrscheinlich würde ihnen aber nicht einmal das gelingen. Kaum ein Räuber rottete seine Beute aus, es sei denn, er wäre in riesiger Überzahl und ein potentieller Selbstmörder. Wenzel und seine Leute konnten aber in keinem Fall verhindern, daß das Vernichtungswerk des Pilzes im Boden weiterging, daß sich der Pilz unterirdisch unaufhaltsam weiter ausbreitete und immer wieder neue Fruchtkörper hervorbrachte. Vielleicht konnten sie eine Art labiles Gleichgewicht zwischen Pilz und Fliege und damit zwischen Pilz und Baum erzeugen, aber aus der Welt schaffen ließ sich *Amanita* auf diese Weise sicher nicht.

Eine Freisetzung genetisch veränderter Organismen, noch dazu so verborgen lebender wie den Pilzen, war irreversibel. Das hatten die Menschen von Anfang an gewußt, und trotzdem hatten sie es getan.

Wieder war den Wissenschaftlern nichts Besseres eingefallen, als einem Organismus, der dort, wo er sich ausgebreitet hatte und Probleme bereitete, nicht hingehörte, mit einem ebenfalls eingebürgerten Gegenspieler zu begegnen. Damit ließ sich eine Art Patt zwischen den beiden Kontrahenten erreichen, aber im Ergebnis hatte man dann zwei fremde Kreaturen in einem Gebiet, in dem keine der beiden etwas zu suchen hatte. Die zoologische Fachliteratur war voll mit Beispielen dieser Art, schon lange bevor an die Freisetzung genetisch veränderter Pflanzen und Tiere auch nur zu denken war.

Das fing an mit den Ratten, die von zahllosen Schiffen entdeckungsfreudiger Europäer zu Tausenden auf bisher unberührt gebliebene Inseln ausschwärmten und dort zur Plage wurden. Natürlich setzte man als Gegenspieler Katzen und Hunde ein, mit dem Erfolg, daß nun alle zusammen in trauter Eintracht unter den hilflosen Geschöpfen dieser Inseln aufräumten.

Später wurden sogar Rinder zum Problem. In Australien machten eingeführte Kühe das Land gleich quadratkilometerweise unbrauchbar, weil die Natur ihnen den weisen Rat mit auf den Weg gegeben hatte, die Umgebung ihrer eigenen Ausscheidungen zu meiden, um der Infektion durch Krankheitserreger oder Parasiten zu entgehen. Es fehlten die Lebewesen, die die Kuhscheiße wieder aus der Welt schafften, und so blieben Millionen großer Fladen als eine Art biologischer Sondermüll auf den Weiden liegen, die dadurch für die Rinderzucht verloren waren. Man mußte Helfer in Form von speziellen Dungkäfern einführen.

Auch die Nilbarsche, bis zu zwei Meter lange Riesenburschen, mit deren Hilfe die Fischer am Viktoriasee ihr karges Auskommen aufzubessern hofften, wollten sich partout nicht harmonisch in die neue Umwelt einfügen. Sie begannen einen vernichtenden Genozid unter den zahlreichen, nur im Viktoriasee lebenden Buntbarscharten und leisteten so gründliche Arbeit, daß heute nur klägliche Reste des einst berühmten Artenbestandes übriggeblieben sind. Und nebenbei trugen sie noch zur Vernichtung der angrenzenden Waldgebiete bei. Ihr fettes Fleisch ließ sich nicht durch Trocknung an der Luft haltbar machen, wie dies die dort ansässigen Fischer seit Generationen taten, sondern mußte über Holzkohlenfeuer geräuchert werden. Die Holzkohle aber wurde aus den Bäumen der Umgebung gewonnen. In diesem Fall fand man keinen Gegenspieler. Wer hätte es schon mit diesen zwei Meter langen Riesen aufnehmen können?

Eine endlose Liste mäßiger Teilerfolge und niederschmetternder Fehlschläge, aber kein Grund, das Ganze mit gentechnisch veränderten Organismen nicht noch einmal durchleben zu wollen, mit noch katastrophaleren Folgen.

Nun waren beide, der zuerst ausgesetzte Problemorganismus und sein später folgender Gegenspieler, keine natürlichen Arten mehr, sondern Kunstprodukte der GENTEL und ähnlicher Firmen. Das machte die Sache in Plodsz' Augen sehr viel brisanter.

Als er auf seinem Hotelbett lag und dies alles zum wiederholten Male durchdachte, konnte er nur den Kopf schütteln über soviel Ignoranz.

Ja, er würde schweren Herzens einfach abwarten, um dann im richtigen Moment seine Chance zu ergreifen. Er konnte diese Menschen nicht ändern, aber vielleicht gelang es ihm, ihnen erheblichen Ärger zu machen.

17

Etwa ein halbes Jahr später war überall Alltag eingekehrt. Henslowe und sein Team arbeiteten mittlerweile an *Neosaurus V.,* Wenzel hielt seine Gruppe auf Trab, um die neue *Amanita*-Version sowie die gefräßigen Fliegen fertigzustellen, und arbeitete nebenbei an seinen Stadtpalmen, und Plodsz war schon lange wieder in das Dachgeschoß seines Museums zurückgekehrt, um sich ganz seinen systematischen Studien an unbekannten Fliegenfamilien zu widmen.

Eckstein und Uhlich reisten von Pressekonferenz zu Pressekonferenz und besuchten die Assimilatoren in aller Welt. Überall wurden die riesigen Maschinen auf das neue GENTEL-System umgestellt, und ihre Gastgeber empfingen sie voller Respekt und Hochachtung.

In Norwegen überwachten Kollek und Olson die Wiederaufforstung des niedergebrannten Waldgebietes und versuchten durch Stichproben in der weiteren Umgebung herauszufinden, wie weit der Pilz verbreitet war und ob noch in anderen Gebieten Schäden auftraten.

Bei allen Beteiligten herrschte eine gelassene, vorsichtig optimistische Stimmung vor. Außer Plodsz, der kaum mehr daran dachte, bezweifelte niemand der Eingeweihten, daß das *Amanita*-Problem so gut wie gelöst war. Die neuen Assimilatoren gaben zu mehr als nur Hoffnung Anlaß, daß sogar *Die Erwärmung* mit ihren verheerenden Folgen aufgehalten werden könnte. Der Anstieg der Spurengase in der Atmosphäre verlangsamte sich und machte sich trotz extrem verfeinerter Analyseverfahren nur noch in etlichen Stellen hinter dem Komma bemerkbar. Die Assimilatoren sowie die zahlreichen Maßnahmen, die in aller Welt in die Wege geleitet worden waren, um den Kohlendioxydausstoß zu reduzieren, begannen offenbar endlich zu greifen. Das jedenfalls war die offizielle Interpretation der neuesten Daten, die von der überwiegenden Mehrheit der Tagespresse geteilt und verbreitet wurde.

Es waren schlechte Zeiten für Bergers *Gute Nachrichten*. Die Menschen hatten von der endlosen Litanei aktueller Katastrophenmeldungen die Nase voll und klammerten sich an den neuen Ökooptimismus, den Presse und Regierungen verbreiteten. Die Auflage der *Guten Nachrichten* war deutlich zurückgegangen, und Berger begann langsam, sich Sorgen zu machen.

Dazu bestand im Grunde wenig Anlaß. Neue Katastrophen kamen so sicher wie das Amen in der Kirche. Sie mußten nur Geduld haben und irgendwie über diese Durststrecke hinwegkommen.

Eines Nachmittags fiel ihm dann die unerledigte Geschichte mit den Riesenpilzen in Norwegen wieder ein, und er setzte sich sofort ans Telefon, um Herzberg anzurufen.

Martin saß gerade in seiner kleinen Berliner Hinterhofwohnung und arbeitete an der Abschrift seines Interviews mit Hellebrandt, dem LAS-Terroristen. Die Sache hatte sich über Monate hingezogen. Immer wieder waren neue Termine und Treffpunkte verabredet worden, aber alles hatte sich zerschlagen. Dann endlich, vor etwa einer Woche, war es soweit. Das Treffen hatte unter höchst konspirativen Umständen in Berlin stattgefunden, aber er kam erst jetzt dazu, das Tonbandprotokoll zu überarbeiten.

Obwohl der Apparat direkt neben ihm auf dem Schreibtisch stand, ließ er ihn ein paarmal klingeln, zündete sich eine Zigarette an und nahm dann den Hörer ab.

»Herzberg?«

»Ja, hier Berger! Wie geht's?«

»Wenn du wegen des Hellebrandt-Interviews drängeln willst: Ich sitze gerade dran.«

»Und, wie ist es?« Bergers Stimme klang ruhig, geradezu unheimlich ruhig für diesen Mann, der immer auf Hochtouren lief. Seiner Gesundheit tat die augenblickliche Durststrecke der *Guten Nachrichten* sicher gut.

»Sehr interessant! Du wirst zufrieden sein. Hellebrandt ist ein faszinierender Mann, den man nicht so leicht vergißt.« Er zog an der Zigarette und sah einen Moment lang Hellebrandts Gesicht vor sich: die vortretenden Backenknochen, den dunklen Vollbart, der fast das ganze Gesicht bedeckte, und die großen braunen Augen, die einen in einem Moment eiskalt und im nächsten fast liebevoll mustern konnten und in keiner Weise zu Martins Bild eines Terroristen passen wollten.

»Konntest du Fotos machen?« fragte Berger.

»Nein, wie stellst du dir das vor?« Martin dachte an die beiden Begleiter, die ihn nicht aus den Augen gelassen hatten. »Er hat sein Äußeres gegenüber den Fahndungsfotos völlig verändert. Es hat mich große Überredungskünste gekostet, damit ich mein Tonband benutzen durfte. Er ist sehr vorsichtig.«

»Na ja, das war zu erwarten. Und was hat er gesagt? Es ist schon eine Weile recht ruhig um die LAS.«

»Am besten, du wartest noch zwei Tage, dann hast du das fertige Interview auf dem Schreibtisch.«

»Hat er denn keine neuen Aktionen der LAS angekündigt?« bohrte Berger weiter. »Haben die resigniert? Wollen sie aufhören?«

»Das bestimmt nicht, aber über zukünftige Aktionen habe ich nicht viel herausbekommen können.« Martin zündete sich eine neue Zigarette an. Tatsächlich hatte Hellebrandt nichts Konkretes über geplante Aktionen gesagt, aber irgendwie war bei ihm das Gefühl zurückgeblieben, daß die LAS ein großes Ding vorhatte. Er mußte darüber noch nachdenken. Berger gegenüber erwähnte er nichts von seinem Eindruck.

»Gut, dann komm übermorgen in die Redaktion, und wir gehen das Interview zusammen durch.«

Martin konnte durch das Telefon hören, wie Berger in seinem Terminkalender blätterte, um die Verabredung einzutragen.

»Hör zu, Martin! Erinnerst du dich an die Geschichte in Norwegen letztes Jahr, eure Riesenpilze?«

Martin stutzte einen Moment. Richtig, die Fliegenpilze. »Natürlich, ja!«

»Ich möchte, daß du noch einmal hinfliegst und der Sache nachgehst. Wir können das übermorgen besprechen.«

»Gut, bis dann«, sagte Martin nur und legte den Hörer auf.

Er drückte die Zigarette aus und starrte einen Moment vor sich hin. Er dachte an ihre Wanderung damals, an den Zaun, den Fliegenschwarm und das seltsame Waldgebiet, das er mit Christina gefunden hatten. Er spürte, wie er eine Gänsehaut bekam.

Es war eigentlich kaum vorstellbar, daß die Verantwortlichen dort alles beseitigt hatten, ohne irgendwelche Spuren zu hinterlassen, und ein paar Tage frischer Luft konnten ihm nicht schaden.

Er mußte lächeln. Während er über der ganzen Arbeit und dem wochenlangen Hin und Her mit dem Hellebrandt-Interview an nichts anderes mehr denken konnte, waren Berger in seiner Not doch tatsächlich diese Riesenpilze eingefallen. Er war genau der richtige Mann für seinen Job, das mußte man ihm lassen.

Er wandte sich wieder seinem Manuskript zu und überflog die letzten Zeilen, die er getippt hatte, doch seine Gedanken schweiften wieder ab. Er hatte etwas Angst gehabt vor diesem Treffen, nicht wegen der konspirativen Umstände. Zwei zwielichtige Gestalten hatten ihn in Kreuzberg getroffen, in ihr Auto gesetzt und dort die Augen verbunden. Dann waren sie eine Stunde durch die Stadt gefahren. Schließlich hielt der Wagen, und die beiden führten ihn eine Treppe hinauf. In einem kahlen Zimmer nahmen sie ihm endlich die Augenbinde ab.

Nein, seine Angst vor diesem Treffen hatte einen anderen Grund. Er hatte geahnt, daß Hellebrandt ihn beeindrucken würde. Seit Jahren war er ein Sympathisant der *Liga für Artenschutz*, und selbst, als die Aktionen der Gruppe den Charakter von Terroranschlägen annahmen, empfand er eine klammheimliche Freude, wenn er von einem erfolgreichen Anschlag hörte. Während er es sich in seinem Beruf so bequem wie möglich eingerichtet hatte, waren Hellebrandt und seine Gefolgsleute in den Untergrund abgetaucht und kämpften unter Einsatz ihrer Freiheit. Ein hoffnungsloser Kampf, sicherlich, aber ein konsequenter Weg, zu dem er nie den Mut aufgebracht hätte.

Als er Hellebrandt dann gegenübersaß und von ihm mit einer Mischung von Mißtrauen und Spott gemustert wurde, fühlte er sich schuldig. Er spürte die Stärke, die durch das Leben im Untergrund bedingte verzweifelte Kraft dieses Mannes und fühlte sich selbst schwach und unbedeutend.

Martin hatte das Gefühl, daß sein Gegenüber seine Unsicherheit und seine Selbstzweifel sofort bemerkte. Hellebrandt ließ sich aber nichts anmerken. Sie sprachen eine Weile über Hellebrandts Biographie, alles Dinge, die Martin sehr gut kannte, die er aber natürlich in seinem Porträt herausarbeiten mußte. Hellebrandt war Mediziner, stammte aus wohlhabendem Hause und hatte, soweit man das als Außenstehender beurteilen konnte, eine behütete Kindheit gehabt. Nach einigen Jahren als niedergelassener Arzt hatte er seinen Beruf aufgegeben und nur noch für die LAS gearbeitet, zu einem Zeitpunkt, als diese noch eine allseits geachtete Umweltschutzorganisation war. Dann folgte Schritt für Schritt der Abstieg in den Terrorismus, eine Entwicklung, die Hellebrandt ihm jetzt in klaren, logischen Sätzen schilderte und die in seinen Worten so beängstigend konsequent und folgerichtig klang, daß Martin unwillkürlich schauderte.

»Ist dir kalt?« Hellebrandt duzte ihn die ganze Zeit. Er musterte ihn amüsiert.

»Nein, nein, alles in Ordnung!« hatte er nur hervorgebracht.

Dann sprachen sie über das neue biotechnische Zeitalter, und Hellebrandt begründete, warum er ein entschiedener Gegner dieser Industrie war und warum er nicht anders konnte, als dagegen anzukämpfen.

Er schilderte die totale Abhängigkeit der Landwirtschaft von der biotechnischen Industrie, gerade in den Ländern der Dritten Welt. Kaum ein Bauer konnte es sich unter den Bedingungen der heutigen Agrarpolitik leisten, andere Pflanzen anzubauen als die von der biotechnischen Industrie angebotenen herbizid- und schädlingsresistenten, Luftstickstoff verwertenden Hochertragssorten. Diese mußten natürlich im Paket mit den entsprechenden Pflanzenschutzmitteln gekauft werden und waren sehr teuer. Der Einsatz von Agrochemikalien war keineswegs zurückgegangen, wie so oft behauptet worden war, im Gegenteil. Mit dem Siegeszug der herbizidresistenten Nutzpflanzen war jeder Anreiz verschwunden, billige und vor allen Dingen spezifischere und weniger giftige Pflanzenschutzmittel zu entwickeln. Da die transgenen Hochertragssorten unempfindlich gegen die verwendeten Unkrautvertilgungsmittel waren, konnte man nun mit chemischen Rundumschlägen alles ungewollte Pflanzenwachstum auf den Feldern im Keim ersticken, ohne den Nutzpflanzen damit zu schaden.

Der gesamte Handel mit patentiertem Saatgut lag in der Hand biotechnischer Weltkonzerne, die untereinander erbittert um Marktanteile rangen und eine ungeheure Macht ausübten. Da sich die Saatgutpatente auch auf die Folgegenerationen erstreckten, hatte man den Bauern auf diese Weise die Möglichkeit genommen, einen Teil ihrer Ernte für die nächste

Aussaat zurückzubehalten. Das Saatgut mußte immer wieder neu gekauft werden, was für die Kleinbauern der Dritten Welt das Aus und die Verelendung bedeutete. Durch die Verlagerung eines Großteils der landwirtschaftlichen Produktion, insbesondere des Gemüse- und Obstanbaus, in ballungsraumnahe Agrarfabriken waren aber auch Tausende kleiner Bauern in Europa und den USA in den Ruin gestürzt worden. Als Hilfsarbeiter und Obdachlose bevölkerten sie nun die riesigen Stadtmonster.

Einen Punkt nach dem anderen nahmen sie sich vor, und Hellebrandt belegte in jedem einzelnen Fall mit messerscharfen Argumenten, auf was für einen gefährlichen und unumkehrbaren Weg sich die Menschheit da begeben hatte.

Natürlich verschwieg er nicht die Erfolge dieser Technologie. Dazu war er zu intelligent und hätte sich unglaubwürdig gemacht. Aber war das von Verbrennungsmotoren angetriebene Auto, fragte er, trotz seiner verheerenden Auswirkungen auf die Landschaft und Natur durch Flächenverbrauch und Emissionen, trotz der Zerstörung der Städte und trotz der vielen Hunderttausenden, die im Verkehr getötet oder verletzt wurden, etwa eine gute Technologie, nur weil man mit dem Auto zweifellos sehr schnell und bequem von einem Ort zum anderen kam? War die Atomtechnik etwa eine sinnvolle Entwicklung, trotz der Tausenden von Toten in Hiroshima, Nagasaki und Bagdad und trotz der Verseuchungen in Tschernobyl und Südfrankreich, trotz des tödlichen Atommülls, der noch Jahrtausende vor sich hinstrahlen würde, nur weil man damit zweifellos nützlichen Strom erzeugen konnte?

Für jeden Erfolg der Gentechnologie ließ sich ein mindestens ebenso eindrucksvolles Gegenbeispiel liefern. Für jedes Bakterium, das Erdöl, Dioxine, Schwermetalle oder FCKW aus der Umwelt entfernte, konnte Hellebrandt einen Organismus nennen, dessen Freisetzung unerwünschte, wenn nicht katastrophale Auswirkungen hatte.

Nur auf Grund der vagen Aussicht, extrem seltene Erbleiden heilen zu können, hatte man sich auf die außerordentlich gefährliche Anwendung der Gentechnologie beim Menschen eingelassen und mußte nun erleben, wie diese Entscheidung das Leben veränderte. Kein größeres Unternehmen stellte heute neue Mitarbeiter ein, ohne vorher eine Genomanalyse durchführen zu lassen. Die Menschen wurden nicht mehr nur nach Alter, Geschlecht und beruflichem Werdegang gefragt. Man suchte nach ihren genetisch fixierten Überempfindlichkeiten gegenüber chemischen und physikalischen Reizen, ererbten Anlagen für Stoffwechselleiden und Allergien, Herzkrankheiten, Diabetes und Schizophrenie. Aus demselben Grund wurde man von jeder Lebensversicherung in das nächste Genzentrum geschickt.

Dem unerbittlichen Wettbewerb mit anderen Unternehmen einer Branche ausgesetzt, konnte es sich heute keine Firma mehr leisten, auf derartige Informationen zu verzichten. Es war für sie überlebenswichtig, ob ihr neuer Angestellter oder Klient mit einer gewissen Wahrscheinlichkeit im Alter von vierzig, fünfzig oder sechzig Jahren einen Herzinfarkt erleiden würde. Diese Entwicklung hatte kein Gesetzgeber aufhalten können. Wenn es die Deutschen nicht taten, dann eben die Japaner, die Russen, die Koreaner oder die Amerikaner. Spätestens wenn man auf internationaler Bühne mithalten wollte, hörte für die Unternehmen der Spaß bei der Frage auf, ob sie einem neuen Mitarbeiter eine extrem aufwendige und kostspielige Ausbildung zur hochqualifizierten Fachkraft ermöglichen sollten, wenn dieser doch, mit gewisser Wahrscheinlichkeit vorhersehbar, zwei Jahre nach Abschluß seiner Ausbildung einer chronischen Krankheit zum Opfer fallen und nur noch sechzig Prozent seiner Leistung bringen würde. Diese Informationen waren jetzt mit Hilfe der Genomanalyse verfügbar.

Einer der beiden Begleiter Hellebrandts hatte Kaffee gekocht und stellte jedem eine dampfende Tasse auf den Tisch.

Martin nickte dankbar. Die deprimierende Analyse Hellebrandts hatte ihn beeindruckt. Er schaltete kurz das Aufnahmegerät ab und zündete sich eine Zigarette an. Auch die anderen rauchten. Einen Moment lang herrschte Schweigen, und alle schlürften ihren Kaffee.

Hellebrandt betonte, daß alle Aktionen der LAS nur gegen Sachen gerichtet seien, daß es noch keinen Toten oder Verletzten gegeben habe und auch in Zukunft nicht geben werde. Die LAS werde ihre Arbeit fortsetzen, bis alle Menschen sich der wachsenden Gefahr bewußt wären. Der gläserne Mensch, der totale genetische Überwachungsstaat und eine zerstörerische, irreversible Veränderung des natürlichen, eng geflochtenen Netzes von Tier- und Pflanzenarten drohe. Dieser extremen Herausforderung müsse mit ebenso extremen Maßnahmen begegnet werden. Die Größe der Gefahr rechtfertige ihren Kampf.

Als sie gegen Ende ihres Gesprächs auf die neuen Assimilatoren zu sprechen kamen, bemerkte Martin, wie in Hellebrandt eine geringfügige Veränderung vor sich ging.

Er war ein erfahrener Interviewer. Die Stimmung im Raum hatte sich im Laufe der zwei Stunden ihres Gesprächs etwas entspannt, und daher entging ihm nicht, daß Hellebrandt eine Spur verkrampfter wurde, als er nach den Assimilatoren fragte. Seine Augen wurden ein winziges Stück kleiner, seine Sätze komplizierter, seine Stimme geringfügig leiser. Er ist genauso empört wie ich über diese neuen Assimilatoren, dachte Martin.

Hellebrandt war alarmiert, das war für Martin offensichtlich, und Hellebrandt wiederum bemerkte, daß Herzberg aufmerksamer war und ihm nun direkt ins Gesicht sah. Er erwiderte den Blick, und beide starrten sich für einen paar Sekunden in die Augen. Es entstand eine körperlich fühlbare Spannung im Raum.

Schließlich gab Hellebrandt eine Stellungnahme ab.

»Die LAS betrachtet die Assimilatoren, insbesondere in ihrer neuen, von der GENTEL entwickelten Form, als eine weitere Manifestation des biotechnischen Größenwahns, dem diese Gesellschaft verfallen ist.«

Hellebrandt sagte nicht mehr, aber auch nicht weniger! Es klang wie eine vorbereitete Presseerklärung. Tausendmal war Martin dieser Satz schon durch den Kopf gegangen. Kurz danach beendeten sie ihr Gespräch.

Als Martin sein Tonbandgerät einpackte, blickte Hellebrandt ihm fest in die Augen und sagte: »Auch wir haben dieses Gespräch mitgeschnitten! Wenn wir in dem gedruckten Interview sinnentstellende Veränderungen oder Kürzungen entdecken, dann hört ihr noch mal von uns.«

Es war eine unverhohlene Drohung, mit ruhiger, fast gleichgültiger Stimme ausgesprochen. Dann, an der Tür, kurz bevor Martin wieder die Augen verbunden wurden, sagte er noch: »Ich habe Vertrauen zu dir!«

Als Martin sich jetzt, hier in seiner Wohnung, am vertrauten Schreibtisch und vor seinem Computer, diese letzten zehn Minuten des Gesprächs mit Hellebrandt in Erinnerung rief, fiel es ihm wie Schuppen von den Augen.

Das Puzzle setzte sich plötzlich zu einem sinnvollen Ganzen zusammen: seine Frage nach den Assimilatoren, die auffällige Verhaltensänderung bei Hellebrandt, ihr langer Blick, dieses unterkühlte Statement, die Drohung am Schluß und dann dieses »Ich habe Vertrauen zu dir!«.

Martin wußte zwar nicht genau, was Hellebrandt und die *Liga für Artenschutz* planten, aber er sah sich vor eine Entscheidung gestellt. Ruckartig stand er auf und lief nervös im Zimmer hin und her.

... insbesondere die neue, von der GENTEL entwickelte Form als weitere Manifestation des biotechnischen Größenwahns ...!

Er zündete sich eine Zigarette nach der anderen an, überlegte, ob er Christina anrufen sollte. Sie steckte mitten in der

Prüfungsvorbereitung für ihr Staatsexamen und saß sicher zu Hause und büffelte. Dann griff er kurzentschlossen nach Zigaretten und Jacke und ging in die nächste Eckkneipe.

In dem verqualmten und vor Menschen überquellenden Lokal hockte er sich an die äußerste Ecke des Tresens, bestellte ein Bier und starrte grübelnd vor sich hin. Ein paar Bekannte nickten ihm zu, ließen ihn aber in Ruhe.

In schnellem Wechsel gingen ihm die unterschiedlichsten Gedanken durch den Kopf. Er dachte an Hellebrandt, an Christina, an seinen Job, an Norwegen, an die GENTEL und an Berger.

Dann hatte er einen Entschluß gefaßt. Er leerte sein halbvolles Bierglas in einem Zug, wischte sich mit dem Handrükken über den Mund, knallte ein paar Münzen auf die Theke und ging wieder nach Hause.

Er würde die Kassette mit dem Interview löschen und die letzten Fragen aus seinem Manuskript streichen. Auch Berger, ja, selbst Christina gegenüber würde er nichts davon erwähnen. Berger würde sich zwar wundern, warum er Hellebrandt nicht nach den neuen Assimilatoren gefragt hatte, aber er würde einfach behaupten, daß er es in der Aufregung vergessen hatte.

Ja, seine Entscheidung stand fest. Er würde den Schluß ihres Gesprächs einfach weglassen. Er mochte die GENTEL auch nicht.

Zwei Wochen später erschien die neue Ausgabe der *Guten Nachrichten* mit dem Hellebrandt-Interview als Titelstory.

Wie Martin es vorausgesehen hatte, war Berger mit dem Interview hoch zufrieden, aber er fragte: »Und was ist mit dem neuen Verfahren der GENTEL für die Assimilatoren? Erzähl mir nicht, du hast vergessen, ihn danach zu fragen!«

»Doch, genauso ist es. Ich hab einfach nicht daran gedacht. Die ganze Aufregung, diese Umstände, dann dieser Mann... du mußt das verstehen!«

Er zog die Schultern hoch, und Berger schüttelte ungläubig mit dem Kopf.

»Das gibt's doch nicht! Das kann doch nicht dein Ernst sein! Nicht dran gedacht... du wirst alt, Martin. Das wäre dir früher nicht passiert.« Berger grollte noch eine Weile vor sich hin und geizte nicht mit strafenden Blicken. Aber letztlich gewannen bei ihm doch die Freude und die Genugtuung darüber die Oberhand, daß es den *Guten Nachrichten* als erstem Presseorgan gelungen war, Hellebrandt nach Jahren des Schweigens wieder einmal vor ein Mikrofon zu bekommen.

Also erschien das Interview ohne die Passage über die Assimilatoren. Die Auflage der *Guten Nachrichten* stieg wieder kräftig an. Jeder wollte wissen, was Hellebrandt zu sagen hatte, seine Gegner wie auch seine heimlichen Sympathisanten.

Martin hätte zu gern gewußt, wie es Berger gelungen war, mit der LAS in Kontakt zu treten. Hellebrandt war einer der meistgesuchten Terroristen in Europa, und es war bestimmt nicht einfach gewesen, ihn zu einem Interview zu überreden. Außer einigen Bekennerschreiben hatte man schon lange keine Äußerungen dieses Mannes gehört. Außerdem lebte er im Untergrund, und kein Mensch kannte seinen Aufenthaltsort.

Erst sehr viel später sollte Herzberg erfahren, daß es Hellebrandt selbst gewesen war, der mit Berger Kontakt aufgenommen hatte. Und Hellebrandt hatte es zur Bedingung gemacht, daß er, Martin Herzberg, sein Gesprächspartner sein sollte.

Kurze Zeit später flog er nach Norwegen, diesmal ohne Christina, die zu sehr mit ihren Prüfungen beschäftigt war, und wiederholte die Wanderung, die sie damals zusammen unternommen hatten. Schon von dem Berggipfel, der diesmal eine klare Aussicht bot, erkannte er, daß dort unten etwas geschehen sein mußte. Anstelle der Baumgerippe und der braunen Farbe der sterbenden Bäume klaffte in der großen grünen Waldfläche, die er vom Gipfel aus überblicken konnte, ein deutlich erkennbares, gähnendes Loch.

Schließlich kam er wieder zu der Stelle, an der sie auf den Zaun gestoßen waren. Der damals nagelneue Fremdkörper war verschwunden. Nur ein paar Zaunpfähle und Stacheldrahtreste, die auf dem Waldboden herumlagen, erinnerten noch daran. Als er dann verbrannte Baumstümpfe und die großflächigen Neuanpflanzungen mit ihren zahllosen jungen Setzlingen fand, wußte er, daß er zu spät gekommen war. Ihr verwunschener Wald war verschwunden, mit Stumpf und Stiel beseitigt. Kein einziger der riesigen Fliegenpilze war mehr zu finden.

Er machte zwar noch einige Fotos, aber es war klar, daß hier nichts mehr für ihn zu holen war. Er benachrichtigte Berger, versuchte noch vergeblich mit Kollek in Verbindung zu treten und kehrte dann nach Berlin zurück.

Das Kapitel Riesenpilze in Norwegen war damit für ihn erledigt, und wenn es nicht irgendwo in seinem Schreibtisch die Fotos gegeben hätte, die er an jenem Tag vor ziemlich genau einem Jahr aufgenommen hatte, dann wären ihm selber Zweifel gekommen, ob sie damals nicht einer nördlichen Form der Fata Morgana aufgesessen waren.

Immerhin war es eine kleine Genugtuung, daß auch Berger sich irren konnte. Das Hellebrandt-Interview war erst nach monatelangen Verzögerungen zustande gekommen, und währenddessen hatten Kollek und die GENTEL oder alle zusammen die Zeit genutzt und ihr kleines Problem dort im hohen Norden aus der Welt geschafft. Ein Bericht über einen nicht mehr existierenden Skandal war jedenfalls journalistisch unergiebig und würde in der heutigen Zeit auf keinerlei öffentliches Interesse stoßen.

18

Etwa zur selben Zeit saß Prof. Dr. Henslowe hinter seinem schweren Schreibtisch in der Londoner WOG-Zentrale und starrte mißmutig auf den riesigen Akten- und Poststapel, der sich dort angesammelt hatte. Er war gerade von einer offiziell genehmigten Arbeitswoche aus Cambridge zurückgekehrt, und nun mußten die Vorgänge einer Woche aufgearbeitet werden.

Er seufzte, bestellte sich bei seiner Sekretärin einen Kaffee und machte sich an die Arbeit. Gott sei Dank mußte er nicht jeden eingehenden Vorgang abzeichnen. Die zum hundertsten Male verbesserte Bierhefe oder die fünfzigste Version eines Insulin produzierenden Bakteriums konnten auch seine Mitarbeiter bearbeiten. Aber er war verpflichtet, zumindest alle die Fälle selbst in Augenschein zu nehmen und mit seiner Unterschrift abzusegnen, bei denen es zu irgendwelchen Problemen gekommen war oder die wegen ihrer grundsätzlichen Bedeutung besonders sorgfältig geprüft werden mußten.

Auf Burt und seine Mitarbeiter konnte er sich hundertprozentig verlassen. Sie arbeiteten seit Jahren für die WOG und besaßen in manchen Dingen wesentlich mehr Erfahrung als er. Sie sorgten dafür, daß wirklich nur die problematischen Fälle auf seinem Schreibtisch landeten. Ansonsten wäre er in der täglichen Papierflut einer solchen Riesenbehörde erstickt.

Außerdem war da noch die ganze Korrespondenz, die seine Unterschrift zu tragen hatte, sowie Anfragen von Kollegen nach Sonderdrucken seiner wissenschaftlichen Veröffentlichungen und die Manuskripte, die ihm von den verschiedenen Zeitschriften zugeschickt wurden, zu deren Gutachterstab er gehörte.

Wie seine Tätigkeit für die WOG gehörte auch diese Gutachtertätigkeit für etliche wissenschaftliche Journale zu den lästigen, aber notwendigen Pflichten, die jemandem zufielen, der es im internationalen Wissenschaftsbetrieb zu Rang und Namen gebracht hatte.

Dieser gigantische Apparat Wissenschaft hatte sich einer Art Selbstjustiz verschrieben. Die großen, internationalen wissenschaftlichen Zeitschriften brachten natürlich nicht jeden Beitrag, der ihnen zugesandt wurde. Sie beurteilten den wissenschaftlichen Wert dieser Manuskripte auch nicht selbst, sondern sie hielten sich Gutachterstäbe, an die die zur Veröffentlichung anstehenden Arbeiten weitergereicht wurden, um von den führenden Köpfen des jeweiligen Fachgebietes gelobt oder verrissen zu werden. Das ganze lief anonym. Zumindest der Autor erfuhr nicht, wer die Gutachter für seine Manuskripte sein würden. Diesem anonymen Verfahren hatte sich jeder zu unterziehen, auch Henslowe selber, wobei natürlich, wie überall, große Namen wenigstens bei den Zeitschriftenredaktionen einen gewissen Bonus hatten.

Diesmal waren nur zwei Manuskripte eingetroffen, die Henslowe sogleich aussortierte und in seiner Tasche verschwinden ließ. Die würde er sich zu Hause vornehmen. Seine Sekretärin brachte den Kaffee und wurde von Henslowe freundlich begrüßt.

»Irgendwelche Termine heute, Elisabeth?«

»Nur um 14.00 Uhr die Besprechung mit Burt und O'Hara.«

»Sehr schön, danke. Das höre ich gerne.«

Er mußte an Hopkins denken, seinen Doktoranden in Cambridge, der durch die Mißerfolge mit *Neosaurus III.* und *IV.* schwer angeschlagen war. Der Arme, er mußte sich erst noch an die unvermeidbaren Rückschläge gewöhnen.

Nach vielversprechendem Beginn waren wieder nur chaotische Zellhaufen entstanden, die jetzt in ihrem Labor nach allen Regeln der Kunst licht- und elektronenmikroskopisch untersucht wurden. Im Gegensatz zu seinem Mitarbeiter war Henslowe recht zufrieden. Sie waren weiter gekommen als mit den Vorläufermodellen.

Während er seinen Gedanken nachhing, klappte er mechanisch die dicke Unterschriftenmappe auf und begann eine Unterschrift nach der anderen auf die vorbereiteten Briefe zu kritzeln. Wenn er jedes einzelne Schreiben durchlesen würde, säße er morgen noch hier.

Mit einem Schmunzeln auf den Lippen erinnerte er sich wieder daran, wie einige Tage zuvor der baumlange Hopkins mit todtrauriger Miene in sein Arbeitszimmer in Cambridge geschlurft war und dabei ein Glasröhrchen mit den mißglückten *Neosaurus IV.*-Embryonen vor sich hielt, als wäre es der Sarkophag eines über alles geliebten Haustieres.

»Sie haben aufgehört, sich zu teilen«, sagte er niedergeschlagen.

Henslowe hatte diese Mitteilung nicht sonderlich überrascht.

»So? Na, machen Sie sich nichts draus, Tom.« Er machte einen Versuch, seinen demoralisierten Mitarbeiter wieder aufzurichten. »Nehmen Sie das bloß nicht persönlich. Sie haben Ihr Bestes getan. Wir werden mit den Versuchen einfach wie geplant weitermachen.«

Hopkins hatte sich mit einem herzzerreißenden Seufzer in den Stuhl fallen lassen, der vor Henslowes Schreibtisch stand, und das Glasröhrchen mit den mißglückten Embryonen angestarrt, als könne er diese kraft seines Blickes wieder zum Leben erwecken.

»Das muß ich erst mal verdauen. Zuerst diese Freude, dieser Optimismus, weil alles so gut anfing. Und jetzt diese Enttäuschung.«

»Aber, Hopkins! Das ist nun einmal so in der Wissenschaft,

das müßten Sie doch schon gelernt haben. Erfolg und Mißerfolg liegen in unserem Beruf sehr dicht beieinander. Aber durch jeden Fehlschlag werden wir ein bißchen schlauer. Ist das kein Trost?«

»Na ja ...« Hopkins hatte ihn angeschaut wie ein kleines Kind, dessen unersetzliches Lieblingsspielzeug gerade kaputtgegangen war und dem man vage den Kauf eines neuen in Aussicht stellte.

»Sie haben doch sicher die Embryonen, die sich am weitesten entwickelt haben, isoliert?«

»Natürlich!«

»Und? Wie weit waren sie?«

»Ich glaube, einige waren bis zum Gastrulastadium fortgeschritten.« Er meinte damit, sie sahen aus wie kleine schwebende Teetassen ohne Henkel.

»Na, bitte! Und da machen Sie so ein zerknirschtes Gesicht. Das ist eine ganze Menge.«

Wenn die Embryonen sich bis zur Gastrula entwickelt hatten, dann war das sehr viel mehr, als die früheren *Neosaurus*-Versionen zustande gebracht hatten. Er machte sich keine Illusionen. Sie würden noch zehn, vielleicht zwanzig neue Versuchsansätze fahren müssen, bis die Entwicklung zur Bildung des Nervensystems oder gar der Gliedmaßen voranschritt.

»Also, Hopkins, jetzt beschäftigen Sie sich einmal zwei Tage mit etwas anderem, und dann knöpfen Sie sich die am weitesten entwickelten Embryonen vor, okay?«

Hopkins hatte müde genickt. Jaja, er wußte schon, was er in den nächsten Wochen zu tun hatte. Dasselbe wie in den Wochen vor der *Neosaurus IV.*-Version oder vor allen anderen vergangenen und zukünftigen Projekten. Wissenschaft konnte unglaublich langweilig sein.

»Machen Sie eine Genomanalyse und den üblichen Nachweis der transkribierten Proteine. Und wenn ich das nächste Mal in Cambridge bin, werden wir gemeinsam überlegen, wie wir *Neosaurus V.* ausstatten. Dann möchte ich auch die fertigen Fotos der mikroskopischen Schnitte sehen.«

»Ja, Marilyn ist schon im Schneideraum.«

»Also, Kopf hoch! So kenne ich Sie ja gar nicht, Tom. Lenken Sie sich ein bißchen ab, und dann geht's wieder an die Arbeit, ja?«

Jeder, der aktiv in der Wissenschaft tätig war, kannte diese Krisen. Sie fielen aus heiterem Himmel über einen her wie ein heimtückisches Virus, saugten einem die Arbeitskraft aus den Knochen, quälten einen mit bohrenden Fragen nach Sinn und Unsinn der elenden Plackerei, der man sich selbst verschrieben hatte, und waren noch dazu, wenn man sich nicht durch einschlägige Erfahrungen ein dickes Fell zugelegt hatte, ausgesprochen ansteckend.

Henslowe nahm das nächste Fach der dicken Aktenmappe in Angriff. Ein paar Minuten lang konzentrierte er sich auf die immer gleiche Bewegung seiner rechten Hand: umblättern, unterschreiben, umblättern, unterschreiben. Er erreichte Maximalgeschwindigkeit und hatte bald auch den letzten Stapel Korrespondenz erledigt. Jetzt kamen die Betriebsunfälle, wie die WOG-Leute das nannten. Die mußte er sich etwas genauer anschauen.

Es war immer wieder verblüffend, was in ihrem Arbeitsgebiet alles schiefgehen konnte. Die WOG dokumentierte gerade diese Fälle sehr sorgfältig, denn daraus ließen sich wichtige Konsequenzen für die weitere Arbeit der Gentechnologen ziehen.

Die Palette reichte von kleinen amüsanten Zwischenfällen bis zu gefährlichen Beinahekatastrophen. Einen wirklich gravierenden Zwischenfall, etwa die Verseuchung eines Gebietes mit einer gefährlichen Bakterien- oder Virenart mit zahlreichen Todesopfern oder den Kollaps eines Ökosystems, hatte es bisher noch nicht gegeben, jedenfalls war nichts dergleichen bekannt geworden.

Zu der Gruppe der amüsanten Fehlentwicklungen gehörte etwa der Bericht eines amerikanischen Labors, den er in der letzten Woche belächelt hatte. Irgendein Dussel hatte vergessen, die Käfigtüren einer ganzen Reihe von Ställen zu schließen, in denen Hunderte von buntgefleckten Kaninchen saßen. Die ließen sich nicht lange bitten und schwärmten munter in die umgebende Gartenanlage aus. Die Firma, zu der die Ställe gehörten, arbeitete an Zuchtkaninchen. Ihr Fleisch wurde an Feinschmeckerrestaurants geliefert und die Felle zur Produktion von Jacken, Mänteln und Kragen verwendet. Henslowe fand die Vorstellung ausgesprochen komisch, wie die Mitarbeiter der Firma tagelang fieberhaft versuchten, die Hundertschaften von bunt gefleckten, gescheckten, gestreiften oder gepunkteten Häschen wieder einzufangen, die unbekümmert durch das Firmengelände hoppelten und sämtliche Gartenanlagen kahl fraßen.

Leider waren nicht alle Berichte so harmlos. Es hatte mehrere Zwischenfälle in Labors gegeben, die mit gefährlichen Bakterien- oder Virusarten experimentierten, sogar einige Todesfälle und irreversible Freisetzungen. Die Inder mit ihrem Rattenvirus konnten ein Lied davon singen. Zwar waren Millionen von indischen Großstadtratten an dem freigesetzten Erreger zugrunde gegangen, aber leider auch fast alle Katzen, so daß die überlebenden Ratten sich wieder kräftig vermehren konnten. Es waren sogar einige mysteriöse Krankheitsfälle an Menschen aufgetreten, schlimmer noch, sogar Kühe wurden infiziert, was blutige Unruhen unter gläubigen Hindus zur Folge hatte.

Auch in Europa war es zu Unfällen gekommen. Das sichtbarste Beispiel waren die sogenannten Schokokäfer, die erhebliche Schäden anrichteten. In England nannte man sie Brownies. Es war eine Frage des Standpunktes, ob man diesen Fall als Katastrophe werten wollte oder mit weniger dramatischen Begriffen operierte. Menschen waren dadurch nie gefährdet.

Es gab auch die indifferenten Fälle. Wenn etwa ein riesiger Fermenter ein Leck aufwies, in dem genmanipulierte Bakterien menschliches Insulin, Interferon oder das Anti-Aids-Mittel SAFE produzierten, dann konnte eigentlich nicht viel passieren, selbst wenn einige der Mikroorganismen, die normalerweise nur in der künstlichen Umgebung des Fermenters überleben konnten, im Boden weiterproduzierten. Der Boden und seine Lebewesen konnte freilich mit Interferon oder SAFE nichts anfangen, aber ein wirklicher Schaden entstand dadurch nicht.

Diesmal waren nur drei Berichte über unvorhergesehene Zwischenfälle eingetroffen. Eine südamerikanische Firma meldete den Ausbruch einer Herde von mit menschlichen Wachstumshormonen behandelten Riesenschweinen.

Passiert nicht zum ersten Mal, dachte Henslowe. Die werden wahrscheinlich nicht weit kommen. Diese armen Schweine litten auf Grund der ungeheuren Fleischmassen, die sie mit sich herumschleppen mußten, in der Regel unter schrecklicher Arthritis und waren kaum in der Lage, ihre massigen Körper über größere Entfernungen fortzubewegen, ohne vor Schmerzen zusammenzubrechen. Wahrscheinlich würden sie einem Jaguar zum Opfer fallen, falls es so etwas dort überhaupt noch gab.

Der zweite Bericht stammte von einem holländischen Unternehmen. Ein Forschungsteam arbeitete dort an Tulpensorten, die auf Grund einer zyklisch verlaufenden, chemischen Reaktion periodisch ihre Farbe wechselten. Man nannte sie Ampeltulpen, weil sie von rot nach gelb und dann nach grün wechselten, um dann wieder von vorne zu beginnen. Bei einer Führung durch die Gewächshäuser der Firma waren zwei alte Damen, die in einem Preisausschreiben gewonnen hatten, in Ohnmacht gefallen, als das ganze Gewächshaus mit Tausenden roter Tulpen just in dem Moment auf gelb umschaltete, als die beiden durch die Tür traten.

Henslowe schüttelte ungläubig den Kopf, grinste dann und machte sich eine Notiz. Waren die Holländer denn nicht in der Lage, ihre Besucher auf diesen Effekt vorzubereiten? Er gab den Ampeltulpen keine großen Marktchancen.

Als er den dritten Bericht in die Hand nahm, stutzte er. Das Schreiben trug den Briefkopf der GENTEL, und daß ein so bedeutender Weltkonzern einen Zwischenfall meldete, kam relativ selten vor. Meistens waren es eher die kleinen und kleinsten Firmen, die mit solchen Problemen zu kämpfen hatten. Die Großen verfügten über ganz andere Sicherheitsvorkehrungen und waren aus Gründen der Imagepflege peinlichst darauf bedacht, daß alles reibungslos funktionierte.

Ach, Frau Dr. Uhlich! dachte Henslowe, als er die Unterschrift sah. Er kannte Uhlich flüchtig von einigen Tagungen her. Eine bemerkenswerte Frau. Sie arbeitete an ausgestorbenen Magnolien und versuchte deren Chlorophyll zu analysieren, wenn er sich recht erinnerte.

Aufmerksam las er den Bericht, und bald fiel ihm ein, daß er im Radio einmal eine kurze Meldung über den Fall gehört hatte.

»Ein Mykorrhiza-Pilz«, murmelte er verwundert vor sich hin. »Hatten wir noch nicht, glaube ich. Interessant!«

Uhlichs Report enthielt auch einen Abriß der in Angriff genommenen Maßnahmen und eine Stellungnahme eines norwegischen Forstexperten, der bestätigte, daß die Freilandschäden beseitigt wurden und keine neuen Fälle aufgetreten seien. Die Pilze sollten mit einer speziellen Fliegenart bekämpft werden, deren Larven sich in den Pilzfruchtkörpern entwickelten. Na ja, dachte Henslowe, ungewöhnlich, aber warum nicht?

Geschafft!

III

GS-MV 1-3

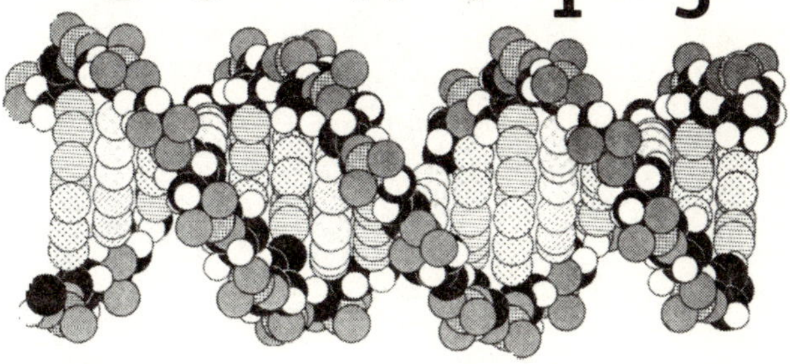

19

Drei Jahre vergingen, eine lange Zeit, die für Herzberg, Plodsz und die Arbeitsgruppen in Trondheim und Cambridge vor allem eines brachte: viel Arbeit. Herzberg produzierte einen Artikel, eine Reportage nach der anderen, reiste von algenverseuchten Küstenregionen in erosionsgefährdete alpine Schutzwälder, von Chemieunfällen zu leckenden Sondermülldeponien, von überschwemmten Küstenregionen an die rissigen Ufer ausgetrockneter Binnenseen, berichtete über verseuchte Lebensmittel und die südamerikanischen Zwergmenschen, die auf den riesigen Mülldeponien der dortigen Großstädte dahinvegetierten, und versuchte bei alledem nicht seine gute Laune zu verlieren. Mit nur mäßigem Erfolg.

Während Martin viel unterwegs war und sich kaum in Berlin aufhielt, verließ Plodsz das dortige Museum nur selten. Er stand kurz vor der Vollendung einer umfangreichen Revision der Tanzfliegengattung *Empis*. Die Verwandtschaftsverhältnisse dieser recht ansehnlichen Fliegen waren bisher weitgehend unbekannt geblieben, und das Wenige, was man wußte, war nach Plodsz' maßgeblicher Meinung zum größten Teil Blödsinn. Er hatte sich fest vorgenommen, diese Arbeit, die ihn wegen der durch den Museumsbetrieb unvermeidlichen Unterbrechungen schon über Jahre beschäftigte, noch in diesem Sommer abzuschließen.

Auch Kollek und Olson beschäftigten sich mit Fliegen. Sie hatten alle Hände voll zu tun, Verlauf und Erfolg der *Megaselia*-Freisetzung durch die GENTEL zu verfolgen. Es erwies sich als außerordentlich mühsam, in dem riesigen, zum Teil schwer zugänglichen Gebiet den Überblick über die Ausbreitung der Fliegen und der von ihnen attackierten Pilze zu behalten.

Dr. Kurt Wenzel brachte es im Verlauf dieser drei Jahre fertig, nicht nur die Entwicklung der *Megaselia*-Fliegen und der verbesserten *Amanita*-Version abzuschließen, sondern auch seine Nördliche Stadtpalme bis zur Serienreife voranzubringen. In demselben Jahr, in dem Plodsz endlich seine *Empis*-Monographie abzuschließen gedachte und im übrigen auch Henslowes Arbeitsgruppe in Cambridge zu ersten handfesten Resultaten gelangte, schlug seine große Stunde.

Es war ein klarer Septembermorgen, der auf einen warmen und sonnigen Herbsttag hoffen ließ, an dem Kurt Wenzel in einem Trondheimer Hotelbett die Augen aufschlug. Er blinzelte kurz orientierungslos in die ungewohnte Umgebung und war dann sofort hellwach. Mit einem energischen Ruck schlug er die Bettdecke zurück, setzte sich die Brille auf, die neben der Tasse mit dem Pfefferminztee auf dem Nachttisch lag, und holte mit beiden Beinen aus, um sich mit Schwung in eine aufrechte Sitzposition an der Bettkante zu befördern.

Dies war sein Tag! Viele Jahre unermüdlicher, intensiver Arbeit sollten heute ihren krönenden Abschluß finden.

Zu schade, daß seine arme Mutter dies nicht mehr erleben konnte. Jetzt hätte er ihr zeigen können, was er eigentlich zu leisten imstande war, welches Ziel er mit seiner Arbeit wirklich verfolgte: Er war ein Künstler, der die Menschen mit seinen Schöpfungen beglücken wollte, kein Ökoklempner, der unverschuldete Fehlfunktionen reparierte. Es hätte sie sicher gefreut, wenn sein Porträt morgen in der Presse erschien.

Er versuchte den Gedanken an seine Mutter zu verdrängen. Ihr Tod hatte ihn lange genug belastet. Heute sollte ein fröhlicher Tag werden.

»Deutscher Wissenschaftler enthüllt in Trondheim seine Nördliche Stadtpalme!« Nein, *enthüllen* sagte man bei Denkmälern, vielleicht *präsentiert?* Na ja, die Zeitungsfritzen würden schon wissen, wie sie diese gentechnologische Großtat ankündigten. Für ihn war der heutige Tag jedenfalls der Höhepunkt seiner wissenschaftlichen Laufbahn, und er hatte vor, jede einzelne Minute davon auszukosten und sich durch nichts und niemanden daran hindern zu lassen.

Er bestellte beim Zimmerservice das üppigste Frühstück, das dieses Hotel zu bieten hatte, und rief dann die überraschte Charlotte Uhlich an, um sie zu sich einzuladen. Sie hatte ein paar Zimmertüren weiter noch geschlafen.

Ach, er fühlte sich großartig, zum Bäume ausreißen. Das Wetter war fantastisch, und er hatte nur noch ein mildes Lächeln für jenes Erlebnis übrig, das vor ziemlich genau vier Jahren Gefühle ganz anderer Art in ihm ausgelöst hatte.

Mit voller Absicht hatte er Trondheim ausgewählt, und ganz bewußt war er auch in demselben Hotel abgestiegen wie damals. Er wollte ein deutliches Zeichen setzen, sich und der Welt demonstrieren, daß nun ein anderer Kurt Wenzel die Bühne betreten hatte, einer, der agierte und nicht reagierte, einer, der die Fäden in der Hand hielt, ein Wohltäter und Ästhet, ein genialer und weltoffener Wissenschaftler, kein Versager oder Angsthase, kein provinzieller Kleingeist.

Eckstein war auf Wenzels Wunsch eingegangen, dessen Stadtpalmen bald überall in den Großstädten kälterer Zonen zu finden sein würden. Sie würden Fußgängerzonen, Parks, Plätze und Vorgärten zieren, vor Regierungssitzen, Gerichten, Polizeipräsidien, Theatern und Konzertsälen stehen, dick behangen mit köstlichen, vitaminreichen Früchten, um die sich die Kinder stritten. Auch die GENTEL konnte von einem solchen Sympathieträger nur profitieren.

Vollmersen hatte Eckstein darauf hingewiesen, daß die Palmen bei den Leuten ungeheuer gut ankamen und einen idealen Werbeträger darstellten. Er hatte ihm sogar das Konzept einer neuen Anzeigenkampagne vorgelegt, in der Wenzels Stadtpalme eine zentrale Rolle einnahm.

Über raffinierten Fotomontagen üppiger Palmengärten prangten Sprüche wie:

Wir holen Ihnen Ihr Urlaubsland vor die Haustür!
Zu einen Cocktail unter Palmen haben Sie es jetzt nicht mehr weit!
Papageien und Orchideen sind in Arbeit!

Eckstein mußte zugeben, daß das Konzept nicht ohne Reiz war.

Wenzel wußte von alldem natürlich nichts. Er schlüpfte rasch aus seinem Schlafanzug, huschte ins Bad, duschte ausgiebig und zog dann ein frisches weißes Hemd mit stahlblauer Krawatte und darüber seinen besten grauen Anzug an. Anschließend betrachtete er sich zufrieden im Spiegel, fragte sich, ob so wohl ein erfolgreicher Wissenschaftler ausssah, und beantwortete die Frage mit einem eindeutigen Ja.

Es klopfte, und der Zimmerservice fuhr einen Wagen herein, der üppig mit Käse, Wurst, Brot, Früchten, diversen Marmeladen, einem Sektkübel und einem Gedeck beladen war.

»Ach! Bringen Sie doch bitte noch ein zweites Gedeck, ja!« sagte er in seinem besten Englisch und drückte dem Kellner ein großzügiges Trinkgeld in die Hand.

Wenig später kam auch Uhlich, bestens gekleidet wie immer. Sie trug ein marineblaues Kostüm mit weißer Bluse, was, wie er fand, hervorragend mit seinem Schlips harmonierte.

»Guten Morgen, meine Liebe! Was für ein schöner Tag, nicht wahr«, sagte er fröhlich und deutete zum Fenster. »Wie geschaffen für unser Vorhaben.«

»Freut mich, daß Sie so guter Laune sind. Na, Sie haben ja auch allen Grund. Das ist Ihr Tag! Oh, und so ein reichhaltiges Frühstück. Vielen Dank für die Einladung.«

Wenzel fand, daß die GENTEL ihm dieses Frühstück eigentlich schuldig war. Aber was soll's, seit seine arme Mutter gestorben war und die Kosten für das Altersheim entfielen, hatte er so viel Geld zur Verfügung, daß es ihm ziemlich egal war, ob die Bürotanten der GENTEL ein langes Gesicht zogen, wenn sie die Spesenabrechnung sahen. Sollten sie Schwierigkeiten machen, würde er die Rechnung kalt lächelnd aus eigener Tasche bezahlen.

»Bitte, Frau Uhlich, setzen Sie sich doch. Einen Schluck Sekt?«

»Gerne!« erwiderte sie und nahm an dem festlich gedeckten Frühstückstisch Platz.

»Der Zimmerservice bringt gleich das zweite Gedeck. Ah, da ist er ja schon«, sagte Wenzel und ging auf das Klopfen hin zur Tür.

Während Wenzel die Sektflasche öffnete, plazierte der Kellner vor Uhlich ein weiteres Gedeck und verließ dann den Raum. Wenzel füllte die Sektkelche und hob das Glas zum Trinkspruch.

»Ich freue mich wirklich sehr, daß Sie Zeit gefunden haben, mich zu begleiten, Frau Uhlich. Es war mir ein echtes Bedürfnis, diesen Tag mit Ihnen zusammen zu erleben.«

»Ich freue mich auch, daß ich dabei sein kann. Prost! Auf die Nördliche Stadtpalme!«

»Ja, auf die Stadtpalme!«

Sie stießen an und machten sich anschließend über das Frühstück her. Eine Weile aßen sie schweigend, während die Morgensonne langsam immer größere Teile des Hotelzimmers mit ihrem Licht füllte.

»Wir haben ja wirklich ein fantastisches Glück mit dem Wetter«, sagte Uhlich, während sie gerade ein Stück Melone zum Mund führte.

»Ja, ganz anders als damals, nicht wahr?« Er kicherte.

Von sich aus hätte sie dieses Thema nicht angesprochen, aber Wenzel schien heute in einer derart gelösten Stimmung zu sein, daß sie es wagte nachzuhaken.

»Denken Sie noch oft an unseren letzten Aufenthalt hier?«

Wenzel winkte ab und lachte.

»Ach, wissen Sie, natürlich denke ich hin und wieder daran. Aber es ist schon so lange her.« Er kicherte. Der Sekt hatte seine Wangen gerötet. »Ich habe mich damals nicht besonders geschickt angestellt, was?«

»Um ehrlich zu sein, nein!« Sie schüttelte lächelnd den Kopf. »Ist ein bißchen unglücklich verlaufen, unser Besuch.«

»Unglücklich?« Wieder mußte er lachen und verschluckte sich dabei fast an seinem Marmeladenbrötchen. »Sie brauchen gar nicht so rücksichtsvoll mit mir zu sein. Ich bin furchtbar ungeschickt und tolpatschig in solchen Situationen. Aber Sie waren großartig, wirklich! Wie Sie damals aufgestanden sind, bei dieser ersten Zusammenkunft im Institut, meine ich, also wirklich, meine Hochachtung. Das war bemerkenswert, außerordentlich bemerkenswert.«

Er prostete ihr zu, trank einen Schluck Sekt und füllte nach einem fragenden Blick beide Gläser von neuem.

»Haben Sie denn mal wieder etwas von Kollek gehört?« fragte er.

»In letzter Zeit nicht. Ich glaube, ich habe ihn im Herbst vergangenen Jahres das letzte Mal gesprochen. Ja, das muß etwa ein Jahr nach der Freisetzung der Fliegen und Pilze gewesen sein. Ach richtig, im Frühjahr habe ich ihn auf einer Tagung getroffen.«

»Und, was hat er erzählt ?«

»Wir hatten damals kaum Zeit, intensiver miteinander zu reden«, antwortete sie und spießte ein Stück Pfirsich auf ihre Gabel. Sie schien morgens Früchte zu bevorzugen. »Alles war soweit in bester Ordnung. Sie hatten den neuen *Amanita,* nein, entschuldigen Sie, den alten *Amanita*...«

»Vor lauter *Amanitas* kommt man ganz schön durcheinander«, prustete Wenzel los und schlug sich auf die Schenkel. »Immerhin haben wir jetzt schon drei davon.«

»Wieso drei?« fragte Uhlich verblüfft.

Wenzel hielt drei Finger in die Höhe und zählte sie der Reihe nach ab. »Na, der alte *Amanita wenzeli,* dann der neue, den wir verbessert haben, und der uralte, sozusagen, der ursprüngliche, also der natürliche Fliegenpilz.«

»Ach so, der natürliche. Richtig, den gibt's ja auch noch.«

Jetzt lachten beide und prosteten sich erneut zu.

Uhlich faßte sich an die Stirn. »Was wollte ich sagen? Ach so, ja, Kollek und seine Leute hatten herausgefunden, daß sich der alte neue *Amanita*, also«, sie lächelte Wenzel zu, »ich meine, Ihr *Amanita wenzeli,* der erste sozusagen, noch kräftig ausbreitete. Aber die Fliegen hielten ihn in Schach.«

»Na bitte, das war ja zu erwarten. Darauf müssen wir noch einmal anstoßen.«

»Um Himmels willen, lieber Dr. Wenzel!« Sie machte eine abwehrende Handbewegung. »Ich bin ja schon fast betrunken. Danke, nein, beim besten Willen nicht, sonst können Sie mich für den Rest des Tages vergessen.«

»Na, kommen Sie. Mir zuliebe. Die Flasche werden wir doch noch schaffen.«

Er goß trotz ihrer Proteste beide Gläser voll, lehnte sich dann zurück und sagte: »Na, dieses Problem hätten wir jedenfalls aus der Welt geschafft.«

Aus der Welt geschafft war es strenggenommen nicht. Alles war noch da: die Bäume, der alte *Amanita,* der neue, vom uralten ganz zu schweigen, und die Fliegen, die alten, die Vorläufermodelle sozusagen und nun auch die neuen. Die Zahl der beteiligten Organismen hatte sich nahezu verdoppelt.

Uhlich stocherte noch hin und wieder nach einem Melonenstückchen, einfach weil es so gut schmeckte.

»Was macht denn Ihr Arm?« fragte Wenzel. »Geht es schon besser?«

Sie trug am linken Unterarm einen dicken Verband, der allerdings zumeist unter ihrer Kostümjacke verborgen geblieben war.

»Danke, viel besser!« antwortete sie, während sie unwillkürlich mit der Rechten den lädierten Arm umfaßte. »Ich denke, in einer Woche kommt der Verband runter. Aber es werden wohl Narben zurückbleiben.«

»Diese verdammten Terroristen! Ich würde sie eigenhändig erwürgen, wenn sie mir in die Hände gerieten.« Er wiegte voll Mitgefühl den Kopf. »Daß ausgerechnet Sie etwas abbekommen mußten.«

»Ach, die Schmerzen waren gar nicht so schlimm. Aber der Schreck! Es hat eine Weile gedauert, bis ich mich davon erholt hatte.«

»Das glaube ich. Wer rechnet denn auch mit so etwas. Eine Bombe mitten in der GENTEL-Forschungszentrale. Wie die da bloß hineingekommen sind, möcht ich wissen? Unsere Sicherheitsleute müssen total geschlafen haben. Nur wenn es darum geht, die eigenen Mitarbeiter zu tyrannisieren, kann man sich hundertprozentig auf sie verlassen.«

Es war die LAS. Sie hatten am Tatort ein Bekennerschreiben zurückgelassen. Die Polizei meinte, daß kein Zweifel an der Authentizität des Schreibens bestünde. Das Attentat hatte sich ganz gezielt gegen die Mikrobiologische Abteilung gerichtet, darin waren sich alle Mitarbeiter einig. Die Bombe war in einer Toilette des betreffenden Stockwerkes der Forschungszentrale hochgegangen. Das Haus war menschenleer gewesen, bis auf Uhlich, die dort ausgerechnet in dieser Nacht noch einige Versuche überwachen wollte. Herumfliegende Glassplitter hatten ihr den Arm übel zerschnitten.

Ein paar der Trümmer trafen sogar die nahegelegenen Gewächshäuser, und um ein Haar hätten Wenzels mittlerweile prachtvolle Stadtpalmen daran glauben müssen. Seitdem waren die Sicherheitsmaßnahmen derartig verstärkt worden, daß man kaum noch zum Arbeiten kam. Überall lungerten Sicherheitskräfte herum, fragten nach Ausweisen und Kennkarten und standen einem grundsätzlich im Wege.

Das galt in noch viel größerem Maße für die Bauarbeiter- und Handwerkerkolonnen, die die Schäden in der Mikrobiologischen Abteilung beseitigten, aber auch sonst überall im Haus präsent waren. Sie steckten ihre neugierigen Nasen in alle Räume, bestaunten alles mit einer Mischung aus Ehrfurcht und Verachtung und schienen es sich sich dort auf Dauer gemütlich machen zu wollen. Wenzel wäre verrückt geworden, wenn er in der Mikrobiologie hätte arbeiten müssen.

Tagelang waren alle Mitarbeiter intensiven Verhören unterzogen worden, so daß er sich schon selbst wie ein Schwerverbrecher vorgekommen war, aber die Polizei war bis heute nicht dahintergekommen, wie es Hellebrandt und seinen Leuten gelungen war, die Bombe mitten in der Zentrale zu deponieren.

Das Zimmertelefon läutete. Wenzel sprang auf und nahm den Hörer ab. Dann sagte er zu Uhlich: »Ich glaube, es ist soweit. Der Wagen des Bürgermeisters wartet unten auf uns.« Er strahlte über das ganze Gesicht.

»Na, dann los!« sagte Uhlich.

»Auf Regensachen können wir ja heute wohl verzichten.«

Wenzel zwinkerte seiner Begleiterin zu und deutete auf ein Paar nagelneue, olivgrüne Gummistiefel, die an der Garderobe bereit standen. Sie lachte.

»Nein, die brauchen Sie heute bestimmt nicht.«

20

Als Martin Herzberg mit der Aktentasche unter dem Arm in Bergers Büro trat, war dieser gerade damit beschäftigt, zwei Telefonate gleichzeitig zu führen, eine Kunst, die er perfekt beherrschte. Er gestikulierte Martin, daß er sich setzen solle, weil er noch telefonieren müsse. Martin hatte kaum etwas anderes erwartet.

»Also, wenn Ihre Druckerei nicht mehr zu den alten Konditionen mit uns zusammenarbeiten will, dann suchen wir uns halt einen anderen Geschäftspartner. Ganz einfach! Ach, hören Sie mir doch auf mit Ihren Lieferproblemen. Ja, da haben Sie recht. Meinem Verständnis sind da enge Grenzen gesetzt. Ich leite eine Zeitschrift, die pünktlich am ersten Montag jedes Monats am Kiosk zu liegen hat.«

Berger stöhnte, warf Martin einen leidenden Blick zu und verdrehte die Augen.

»Hören Sie, ich habe jetzt einen wichtigen Termin! Übermorgen brauche ich Ihre endgültige Zusage, sonst waren wir die längste Zeit Geschäftspartner. Das ist mein letztes Wort! Ja, auf Wiedersehen!«

Er knallte den Telefonhörer auf die Gabel und stöhnte.

»Probleme?« fragte Martin.

»Warte!« erwiderte Berger und nahm sich den zweiten Apparat vor. »Hör mal, Schätzchen, ich kann jetzt nicht sprechen. Fruchtbar viel zu tun. Martin ist gerade gekommen, und wir haben etwas Dringendes zu besprechen. Sei lieb, ja? Ja, ich versprech's dir, heute abend, hundertprozentig. Ja, auf jeden Fall. Ich ruf dich an. Mach's gut!«

Mit einem tiefen Seufzer legte er auf und fingerte anschließend auf seinem Schreibtisch herum, um unter all den Papieren seine Zigaretten zu finden.

»Darf ich dir eine von meinen anbieten?« fragte Martin und hielt ihm die offene Schachtel hin.

»Mann, du kannst dir nicht vorstellen, was heute morgen hier los war. Unglaublich!« Berger nahm hastig eine Zigarette. »Rauchst du immer noch dieses scheußliche Kraut?«

Martin zuckte mit den Schultern.

»Und dann ruft auch noch dieser Typ von der Druckerei an und erzählt mir, seine Computer seien ausgefallen, und er bekomme keinen Ersatz. Mann, ich kann dir sagen. Mein Bedarf ist für heute gedeckt.«

Er lehnte sich zurück und nahm ein paar tiefe Züge. Auch Martin rauchte. Dicke Qualmschwaden zogen durch das Zimmer. Plötzlich drückte Berger seine Zigarette wieder aus und sagte: »Komm! Laß uns verschwinden. Ich muß hier mal raus! Hast du schon zu Mittag gegessen?«

Martin schüttelte den Kopf. Er hatte gerade erst gefrühstückt.

»Ich brauche eine Pizza mit viel Schinken, sonst breche ich zusammen«, sagte Berger und war schon aus dem Zimmer.

Wortlos stand Martin auf und folgte ihm.

Wenige Minuten später saßen sie sich in der Pizzeria Ligure gegenüber, wo Berger jeden Tag rechtzeitig vor dem Zusammenbruch seine Pizza prosciuto zu essen pflegte. Er sah heute besonders wild aus. Die braunen Augen funkelten angriffslustig, und seine drahtigen dunklen Haare standen wild in alle Richtungen.

Während Berger sich bald ein Pizzastück nach dem anderen in den Mund schob und mit kräftigen Schlucken Cola nachspülte, begnügte sich Martin mit einem Cappuccino.

»Schieß los!« sagte Berger mit vollem Mund. »Was gibt es so Wichtiges? Was wolltest du mit mir besprechen?«

»Du hast doch sicher von dem LAS-Anschlag auf die GENTEL-Forschungszentrale gehört?«

Berger hörte auf zu kauen und starrte ihn ungläubig an.

»Ich möchte, daß du das Bekennerschreiben in den *Guten Nachrichten* veröffentlichst.«

»Bitte?« Jetzt legte Berger die Gabel aus der Hand. Hastig trank er einen Schluck, um den Mund leer zu bekommen.

»Ich will, daß du das Bekennerschreiben der LAS druckst! Ist das so schwer zu verstehen?« Martin weidete sich an Bergers Verblüffung und zündete sich eine Zigarette an.

»Na schön, na schön, ich soll das Bekennerschreiben drukken. Ich habe verstanden. Und woher soll ich es nehmen? Kannst du mir das auch verraten? Soll ich vielleicht beim Staatsschutz einbrechen? Ist es das, was du willst?«

»Nein, nein, nicht nötig.«

Auch Berger zündete sich eine von Martins Zigaretten an und schob den Teller mit den abgenagten Pizzakanten von sich weg an den Tischrand.

»Kein Mensch kennt dieses obskure Bekennerschreiben«, sagte er. »Es wurde, soviel ich weiß, nur ein Exemplar am Tatort gefunden, hinter die Scheibenwischer eines parkenden Autos geklemmt. Und dieses Exemplar hat die Polizei.«

»Nein«, erwiderte Martin ganz ruhig. »Es existiert noch ein zweites.«

»Ach, und woher weißt du das, wenn ich fragen darf?«

»Klar darfst du fragen. Es befindet sich in meiner Aktentasche.«

»Aha, und da hat es wohl Hellebrandt persönlich hineingelegt, was?«

»Nein, in meinen Briefkasten.«

»In deinen was?« Berger war völlig perplex und hätte sich die Zigarette beinahe falsch herum in den Mund gesteckt.

»Er oder ein anderer hat es in meinen Briefkasten geworfen. Vor drei Tagen.«

»Er hat es in deinen Briefkasten geworfen? Das gibt es doch nicht. Und warum sollte er wohl so etwas tun, he? Ich meine, bist du sein verdammter Freund geworden, damals bei dem Interview, oder was ist hier los?«

»Jetzt hör mir mal ganz ruhig zu!« Wahrscheinlich war Berger nur sauer, daß der Brief nicht in seinem Briefkasten gelandet war. Das hätte er vermutlich normaler gefunden.

»Ich weiß auch nicht, warum sie das getan haben«, sagte Martin, obwohl es nicht ganz der Wahrheit entsprach.

Die Assimilatoren, eine weitere Manifestation des biotechnischen Größenwahns ..., ganz deutlich waren ihm diese Worte Hellebrandts im Gedächtnis. Sie hatten sich fast wortwörtlich in dem Bekennerschreiben wiedergefunden.

Damals nach dem Interview war er sich hundertprozentig sicher gewesen, daß die LAS etwas gegen die GENTEL im Schilde führte. Aber lange Zeit passierte überhaupt nichts, und er hatte schon gedacht, er habe mal wieder das Gras wachsen hören. Vor etwa zwei Jahren verhaftete die Polizei dann Uwe Rampler und Gerd Blumental, die man der Öffentlichkeit als rechte und linke Hand Hellebrandts präsentierte. Offenbar hatte man der Organisationsstruktur der LAS damit tatsächlich einen schweren Schlag versetzt und sie so geschwächt, daß man lange Zeit überhaupt nichts mehr von der *Liga für Artenschutz* hörte. Aber jetzt war es doch geschehen. Sie hatten eine Bombe mitten im Forschungsherz der GENTEL gezündet.

»Vielleicht haben sie sich geärgert, daß ihr Schreiben so sang- und klanglos aus dem Verkehr gezogen wurde«, fuhr er fort. »Tatsache ist jedenfalls, daß ich vor drei Tagen, als ich meinen Briefkasten öffnete, einen an mich adressierten Brief vorfand. Nach allem, was da drinsteht, handelt es sich dabei um das Bekennerschreiben der LAS zum GENTEL-Anschlag.«

Er langte unter den Tisch, zog seine Aktentasche hervor und entnahm ihr einen braunen Briefumschlag, den er neben sich auf den Tisch legte.

»Ober! Einen Grappa, bitte, nein, zwei! Du nimmst sicher auch einen, nicht wahr?« Berger bediente sich noch einmal bei Martins entsetzlichem Kraut und starrte ihn mißtrauisch an. »Weißt du, ich begreif's einfach nicht. Und warum willst du jetzt unbedingt, daß es gedruckt wird und noch dazu von mir?«

»Wer sollte es sonst machen? Es ist brillant, Tom! Schau es dir an, und du wirst mir zustimmen, besonders den Essay.«

»Was für ein Essay? Ich denke, du redest von dem Bekennerschreiben der LAS? Du machst mich ganz kirre heute.« Er fuhr sich durch die Haare.

»Ach, das Bekennerschreiben ist gar nicht so wichtig. Klingt wie jedes andere Bekennerschreiben auch. Aber dieser Aufsatz, der dabeilag, der ist interessant.«

»Also deine Gedankengänge sind heute von einer bemerkenswerten Geradlinigkeit, Martin. Du willst also gar nicht, daß ich das Bekennerschreiben drucke, sondern diesen Essay.«

»Na ja, beides vielleicht.«

»Du bist dir natürlich darüber im klaren, daß wir uns damit in Teufels Küche bringen können?«

»Natürlich werden wir Schwierigkeiten bekommen. Aber, Tom, du weißt so gut wie ich, daß wir beide mit Terrorismus nichts am Hut haben. Die *Guten Nachrichten* sind in keiner Weise als Sympathisantenblatt verschrien. Ich finde Bombenanschläge auch nicht das adäquate Mittel, um politische Ziele zu erreichen, zumal diesmal ein Mensch verletzt wurde.«

»Die Frage ist, ob die Gerichte das genauso sehen werden«, maulte Berger.

»Ich meine ja nicht, daß wir es kommentarlos drucken sollten. Aber wir, ich meine, diese ganze Gesellschaft sollte sich mit Hellebrandts Argumenten auseinandersetzen. Und wie soll das geschehen, wenn niemand diese Argumente kennenlernen kann?«

»Ja, ja, du hast ja recht! Trotzdem, ich weiß nicht... Er ist brillant, sagst du?« Bergers Widerstand wankte.

»Wo bleibt dein herausgeberischer Ehrgeiz, Tom?« Martin rückte seinen Stuhl näher an den Tisch heran. Der Ober brachte die beiden Schnäpse, und zehn Sekunden später standen zwei leere Gläser auf dem Tisch.

»Paß auf! Ich stell mir das so vor. Wir schreiben einen kritischen Kommentar zum Einsatz von Bomben in der politischen Auseinandersetzung, aber wir machen ganz deutlich, daß deswegen gute Argumente noch nicht zu schlechten werden.«

»Hm«, war Bergers einziger Kommentar.

»Wir schreiben, wir sind gegen Bomben, aber für Diskussion und Hellebrandts Text. Ich bin sicher, daß er ihn selbst geschrieben hat. Du wirst schon sehen, er ist eine gute Diskussionsgrundlage.«

»Du meinst, der Text ist wirklich gut?« beharrte Berger.

»Es wird Leserbriefe hageln, das ist mal sicher. Aber...«

»Wenn es bei Leserbriefen bleibt«, unterbrach ihn Berger.

»Wir machen eine Serie daraus. In den nächsten fünf Nummern bringst du jeweils zwei Seiten mit Leserzuschriften verschiedener Couleur. Meinetwegen kannst du auch ein paar Prominente um Stellungnahmen bitten. Es ist einfach an der Zeit, daß wieder über dieses Thema geredet wird in diesem Land, trotz oder gerade wegen der Assimilatoren.«

Berger starrte schweigend auf die Tischplatte und malte mit den Fingern unsichtbare Zeichen. Martin kannte Berger gut genug, um zu wissen, daß er fast am Ziel war.

»Außerdem bin ich dafür, daß wir nur Auszüge drucken, einige Sätze aus dem Bekennerschreiben, schon allein als Beweis dafür, daß wir im Besitz einer authentischen Quelle sind, und dann Ausschnitte aus dem Rest, die Highlights. Ist sowieso viel zu lang. Fünf Seiten, eng beschrieben. Also, wir bringen nur Auszüge und stellen sie zur Diskussion. Was meinst du?«

Berger schwieg vor sich hin und blickte nur mit gekräuselter Stirn das leere Glas an.

»Na, was sagst du dazu? Tom! Mensch, das ist ein Knüller! Ich sag's dir.«

Berger starrte noch immer das Schnapsglas an, als ob er ein telekinetisches Experiment durchführte. Dann begann er zusätzlich mit den Fingern auf die Tischplatte zu trommeln.

»Zeig mal her den Schrieb!« sagte er nach einer Weile.

Martin wußte, daß er gewonnen hatte. Er zog die Papiere aus dem Umschlag und reichte sie Berger über den Tisch.

»Ich habe die meiner Meinung nach besten Passagen angestrichen. Ist natürlich nur ein V...« Berger deutete ihm energisch, er solle still sein, und vertiefte sich in den LAS-Text.

Martin winkte dem Ober, bestellte noch einen Cappuccino und wartete. Hin und wieder zog sich Bergers Stirn zusammen, um zwischen den buschigen Augenbrauen dunkle Falten zu bilden. Ohne aufzublicken, begannen seine Hände auf der Tischplatte nach den Zigaretten zu suchen. Unaufhörlich wanderten seine Augen über den Text, verharrten kurz bei einer Passage, um dann weiter über die Zeilen zu fliegen.

Schließlich blickte er Martin mit seinem typischen Verlegergrinsen an und nickte. »Nicht schlecht. Okay, ich bin einverstanden. Wir machen es so, wie du gesagt hast. Aber den Kommentar schreibe ich.«

In der zwei Wochen später ausgelieferten Ausgabe der *Guten Nachrichten* erschien der LAS-Text, und das biotechnologische Establishment heulte auf vor Wut. Nach einem einleitenden Kommentar Bergers, der die Position seines Blattes klarstellte und zur Diskussion aufforderte, folgten einige wenige Sätze aus dem eigentlichen Bekennerschreiben, auf die sich Berger und Herzberg nach langem Ringen geeinigt hatten.

Die Liga für Artenschutz übernimmt die Verantwortung für den Bombenanschlag auf die Mikrobiologische Abteilung der GENTEL-Forschungszentrale. Diese Laboratorien waren maßgeblich an der Entwicklung der neuen Assimilatoralge beteiligt, die einen weiteren Höhepunkt des biotechnologischen Größenwahns darstellt, dem diese Gesellschaft hoffnungslos zu verfallen scheint. Der Anschlag ist eine Warnung an die GENTEL und die sie unterstützenden Politiker. Die LAS wird die weitere Entwicklung aufmerksam verfolgen und behält sich zukünftige Aktionen vor, wenn für uns nicht erkennbar wird, daß ernsthaft über eine Wende weg von weiterer gentechnologischer Forschung und der damit zwangsläufig verbundenen, schwerwiegenden und irreversiblen Auswirkungen auf die Ökosysteme dieser Welt…

Zwei volle Seiten mit Hellebrandts Text unter dem Titel *Die Spinne* schlossen sich an. Sie brachten das ursprüngliche Manuskript fast ungekürzt.

Die Spinne
von Jan Hellebrandt

Zu den bemerkenswertesten Konstruktionen, die von Tieren hergestellt werden können, gehören zweifellos die Radnetze einiger Spinnenarten.

Die Spinne muß die Fähigkeit zum Bau dieser Netze nicht erlernen, sondern sie beherrscht diese Kunst von Anfang an. Die junge Spinne wird einfach in die Welt gesetzt, vielleicht vom Fang der Mutter über die ersten, besonders heiklen Tage gebracht, und beginnt dann, ihre erst kleinen, später immer größeren Radnetze zu bauen.

Sie produziert wahrscheinlich niemals Ausschuß, sondern hält sich stets an ihren inneren Konstruktionsplan, der in vielen Millionen Jahren erstellt und erprobt worden ist und dessen Befolgung mit nahezu hundertprozentiger Sicherheit zu einem fangtauglichen Radnetz führt. In diesem winzigen Spinnengehirn, ja, in jeder einzelnen Zelle steckt irgendwo auf den Genketten der Zellkerne die Information, wie dieser Netzbau zu bewerkstelligen ist. Theoretisch müßte man also mit gentechnischen Verfahren eingreifen und damit auch das Ergebnis beeinflussen können.

Vielleicht wäre ein solcher Eingriff interessant, wenn man den genauen Mechanismus des Netzbaues und seiner molekularen Steuerung aufklären wollte, aber selbst unsere vom biotechnologischen Größenwahn beherrschten Genetiker sind bis heute nicht auf die Idee gekommen, den Netzbau der Spinne verbessern zu wollen, zu optimieren, wie sie es nennen. Der Grund dafür ist nicht, daß es sich dabei um ein irrelevantes Problem handelt. Das zeigt allein die ungeheure Verbreitung, die gentechnologische Methoden in nahezu allen biologischen Forschungsrichtungen erfahren haben. Ob es um die Entwicklung der befruchteten Eizelle zum fertigen Organismus geht, die Funktion von Nervenzellen, die Produktion und Steuerung von Hormonen oder, wie im Falle des Netzbaus, um die genetische Steuerung von Verhaltensweisen, überall benutzt die Wissenschaft heute gezielt erzeugte genetische Veränderungen, künstliche Mutationen, um voranzukommen.

Nein, es liegt nicht daran, daß man diese Frage für abwegig gehalten hätte. Der Grund liegt wohl in der simplen Einsicht, daß eine Optimierung des Radnetzbaues unmöglich ist. Ganz unabhängig von der Frage, wie ein solch ungeheuer komplexer Verhaltensablauf überhaupt im Erbgut in Form von Buchstabenketten niedergelegt sein soll – kein Mensch käme wohl auf die Idee zu behaupten, er könne der Spinne eine bessere, vorteilhaftere Netzbauvariante beibringen, die eher in der Lage wäre, ihr Überleben und das ihrer Nachkommen zu sichern. Selbst die mechanischen Eigenschaften der unterschiedlichen Spinnfäden sind fantastisch und kaum zu verbessern.

Doch genauso wie das Netzbauverhalten sind auch alle anderen Fähigkeiten, Verhaltensweisen und Körperfunktionen der Radnetzspinnen in Jahrmillionen optimiert worden. In einem ununterbrochenen Wettlauf mit den sich verändernden Umweltbedingungen, mit Freßfeinden und den immer besseren Gegenstrategien ihrer Beutetiere hat die Evolution das geformt, was wir heute als Webspinne kennen.

Ein perfekter Allround-Organismus ist dabei natürlich nicht herausgekommen. Wie sollte der auch aussehen? Ein Wesen mit menschlicher Gehirnkapazität, das Fliegen, Laufen, Schwimmen und Tauchen gleichermaßen beherrscht, das genauso gut sehen wie schmecken, riechen und hören kann und sich womoglich wie die Pflanzen von Licht, Wasser und Luft ernährt? Jedes Lebewesen kann nur einen bestimmten Ausschnitt aus der Palette aller von Organismen beherrschbaren Eigenschaf-

ten und Fähigkeiten auf sich vereinen, auch der Mensch. Wir können ohne Hilfsmittel weder fliegen noch tauchen. Wir können mit unseren Zähnen weder ein Gnu totbeißen noch trockenes Savannengras zerkleinern.

Alle Fähigkeiten und Fertigkeiten eines Lebewesens, ja, jeder einzelnen Zelle stehen in einem spezifischen, für die betreffende Art charakteristischen Verhältnis zueinander. Da es den Superorganismus nicht geben kann, weist jedes Lebewesen bestimmte Spezialisierungen auf. Nur so wird möglich, daß viele solcher Lebewesen oder Zellen miteinander koexistieren können. Sie teilen das unendlich weite Spektrum der möglichen Existenznischen unter sich auf und bauen so ein kompliziertes Netz von wechselseitigen Abhängigkeiten auf, das dem Ganzen seine labile Stabilität verleiht.

Jede Veränderung und, um so mehr, jeder stümperhafte Eingriff in dieses enggeflochtene Netz wird laufmaschenartig sich ausbreitende Störungen zur Folge haben, deren genauer Verlauf und tatsächliche Konsequenzen kaum abzuschätzen sind. Der einzelne Eingriff, die eine Luftstickstoff verarbeitende Pflanzenart oder der einzelne für Schadschmetterlinge tödliche Virus wird kaum das gesamte Gebäude zum Einsturz bringen. Aber jedes einzelne dieser Ereignisse verändert das Organismengefüge in unumkehrbarer Weise.

Wenn der Mensch einzelne Eigenschaften, Merkmale oder Funktionen von Lebewesen künstlich aufbläht, zumal in einer in erdgeschichtlichen Größenordnungen lächerlich kurzen Zeitspanne, dann darf er nicht glauben, dies würde an Gestalt und Funktionsfähigkeit des Ganzen spurlos vorübergehen. Stück für Stück entfernen wir uns von dem ursprünglichen, über Jahrmillionen bewährten Zustand einer ungewissen Zukunft entgegen.

Doch dem Menschen fällt nichts anderes ein, als jedem durch willentliche oder unbeabsichtigte Manipulation entstandenen Problem eine neue künstliche Manipulation entgegenzusetzen, anstatt einmal innezuhalten und den ganzen Weg zu überdenken.

Was soll am Ende dieser Entwicklung stehen? Eine Welt, die nur noch von Haustieren und Nutzpflanzen des Menschen bevölkert ist, in der alle Organismen in einer Weise manipuliert sind, daß sie aus menschlicher Sicht nützliche Funktionen erfüllen? Woher nehmen wir die Gewißheit, daß ein solcher Naturentwurf überhaupt funktioniert? Wenn ein Schmetterlingsflügelschlag in China Wirbelstürme in der Karibik verursachen kann, ein beliebtes Beispiel aus der Frühzeit der Chaosforschung, was werden dann wohl Millionen und Abermillionen genetisch veränderter Bakterien, Viren, Pflanzen- oder Tierzellen anrichten, und wer will darüber eine Voraussage treffen?

Nichts, aber auch gar nichts deutet darauf hin, daß der Mensch eine lebensfähigere oder lebenswertere Natur schaffen könnte als die, die er gerade im Begriff ist, zu ersetzen und damit zu zerstören.

Selbst wenn die großen Katastrophen zunächst ausgeblieben sind, das Chaos in unseren Köpfen ist schon lange perfekt. Es gibt nicht mehr nur eine Form von Leben. Es gibt jetzt deren zwei: das natürliche Leben und das von Menschen veränderte, und es fällt zunehmend schwerer, beides auseinanderzuhalten. Was wir erleben, ist nicht mehr und nicht weniger als das Ende der Natur.

21

Mit einem strahlenden Lächeln auf den Lippen, die Wangen noch vom morgendlichen Sekt gerötet, nahm Wenzel die farbenfrohe und lautstarke Parade ab, die an ihm vorbeimarschierte. Er in seinem grauen Anzug und Uhlich im marineblauen Kostüm, der Bürgermeister von Trondheim, ein dicker, untersetzter Mann mit Namen Eikeland sowie ein paar weitere Würdenträger der Stadt, von denen Wenzel weder Namen noch Funktion behalten hatte, sie alle standen auf einem kleinen Holzpodest und winkten den zahlreich erschienenen Bürgern Trondheims zu.

Was für liebenswerte und lebensfrohe Menschen, dachte Wenzel und lachte.

Gerade stampfte eine in knallroten Uniformen gekleidete Kapelle mit lautem Tschingderassabum vorbei, gefolgt von einer kreischenden und tanzenden Kinderschar, die in krassem Gegensatz zur strengen Schrittfolge der Musiker vollkommen ungeordnet durcheinander rannte. Sie hielten bunte Luftballons in den Händen und warfen ganze Hände voll Konfetti in die Höhe, die vom Wind erfaßt wie farbiger Schnee durch die Luft wirbelten.

Auf der anderen Straßenseite und links und rechts vom Podest säumten Hunderte von Schaulustigen die breite Straße, die nun durch Wenzels Arbeit die erste nördliche Palmenallee der Welt war. Die Menschen begrüßten die bunte Musiker- und Kinderschar mit lautem Hallo, und ihre Gesichter zeigten ihm, daß alle glücklich und zufrieden waren.

Vor lauter Menschen waren die kleinen Palmen, die zu je

fünfundzwanzig auf beiden Seiten der Straße in kleine Betoneinfassungen eingepflanzt waren, kaum zu sehen. Sie reichten den Kindern gerade bis zu den Schultern, aber in zehn oder fünfzehn Jahren würden es stattliche, große Gewächse sein. Sicherlich, die kleinen Palmen gingen in dem ganzen Trubel etwas unter (später erfuhr Wenzel, daß drei Pflanzen in der ganzen Aufregung zertrampelt wurden), aber etwa dreißig Meter von ihrem Standort entfernt, direkt vor dem Rathaus, noch von einer an einem Holzgestell herabhängenden Plastikplane verhüllt, standen vier prachtvolle Exemplare, die direkt aus den Gewächshäusern der GENTEL stammten und dort zu beträchtlicher Größe herangewachsen waren.

Es hatte Wenzel viel Mühe gekostet, die norwegische Regierung und die WOG davon zu überzeugen, daß es für die Menschen doch viel schöner wäre, wenn sie wenigstens einige wirklich große Palmen sehen könnten. Wie sollten sie sonst realisieren, was da in ein paar Jahren an ihren Straßenrändern stehen würde? Die Gewächshauspalmen, es waren dieselben, die Uhlich noch in Zimmerpalmengröße bewundert hatte, trugen ja noch keinen WOG-Registrierungscode, und ohne einen solchen war eine Freisetzung nach internationalem Recht verboten. Aber schließlich können Bäume ja nicht weglaufen, und selbst die Bürokraten der WOG sahen ein, daß diese Palmen harmlose Geschöpfe waren, nur dafür geschaffen, Augen und Sinne der Menschen zu erfreuen.

Mit einem lauten Crash des Beckenspielers der roten Kapelle endete deren Darbietung und wurde von allen Anwesenden mit tosendem Beifall bedacht. Als sich die Unruhe etwas gelegt hatte, trat der dicke Bürgermeister würdevoll vor ein bereitgestelltes Mikrofon. Seine natürlich auf norwegisch gehaltene Ansprache wurde hin und wieder von lautem Beifall unterbrochen. Obwohl für Wenzel der Grund der aufgekommenen Begeisterung im dunkeln blieb, winkte er doch jedesmal freundlich in die Menge und klatschte ebenfalls.

Dann, am Ende der etwa zehnminütigen Rede, sagte Eikeland drei Worte, die Wenzel auch ohne tiefgehende Kenntnisse der norwegischen Sprache verstand und an die er sich für den Rest seiner Tage immer wieder gerne erinnern würde.

»Takk, Dr. Wenzel, tusen takk!«

Auf ein Zeichen des Bürgermeisters löste sich die Plane vom Holzgerüst und gab den Blick auf vier Palmen frei, die immerhin den ersten Stock des alten Gebäudes erreichten. Mit einem Schlag verwandelte sich das Trondheimer Rathaus in das Regierungsgebäude einer mittelamerikanischen Bananenrepublik, und nach einem kurzen Moment verblüfften Schweigens brach ohrenbetäubender Jubel aus, der Wenzel Tränen der Rührung in die Augen trieb.

Er fühlte, wie jemand seine Hand ergriff, und hinter einem Tränenschleier machte er Uhlich aus, die ihm herzlich die Hand schüttelte. Dann kam der Bürgermeister und zog ihn an seine Honoratiorenbrust. Dabei murmelte er immer wieder: »Takk, tusen takk!«

Und dann kamen all die anderen Würdenträger, schüttelten seine Hand, umarmten ihn, klopften ihm auf die Schulter und immer wieder »Takk, tusen takk, Dr. Wenzel«. Ein dichter Konfettiregen ging auf alle Beteiligten nieder, und die Kapelle machte sich lautstark auf den Rückweg. Alles drängte nahe an die neuen Straßenpalmen heran und versuchte, sie zu berühren. Kinder sprangen hoch, kreischten begeistert durcheinander und versuchten, einander schubsend, die tief herabhängenden Palmenwedel zu erwischen.

Wenzel suchte in seiner Anzugtasche nach einem Taschentuch, wischte sich die Tränen aus den Augen und blickte selig lächelnd auf die ausgelassene Menge. Immer wieder kamen begeisterte Trondheimer, um ihm die Hand zu schütteln oder Autogramme zu ergattern.

Vielleicht geben meine Palmen diesen reizenden Menschen ein bißchen mehr Wärme, dachte er dankbar. Sie hätten es verdient. Vielleicht haben die Palmen einen ähnlichen psychologischen Effekt wie die von Potentaten des letzten Jahrhunderts verbreiteten manipulierten Wetterberichte.

Es dauerte eine ganze Weile, bis sich der Trubel etwas gelegt hatte. Der Bürgermeister ließ sich mitsamt seinem Gefolge entschuldigen, man würde sich ja heute Abend beim Empfang und Abendessen sehen, und zog sich durch einen Seiteneingang in sein nun palmengeschmücktes Rathaus zurück. Der Haupteingang war noch immer von einer großen Menschentraube blockiert, die die neuen exotischen Pflanzen bestaunte.

Wenzel und Uhlich standen weiterhin auf der kleinen Plattform und betrachteten lächelnd die Szenerie um sie herum. Schließlich trat Uhlich zu ihrem Kollegen und ergriff seinen Arm.

»Lieber Dr. Wenzel, noch einmal: Ich beglückwünsche Sie von ganzem Herzen. Mit Ihrer Arbeit haben Sie die Menschen hier glücklich gemacht.«

»Ich danke Ihnen, Dr. Uhlich, ich danke Ihnen sehr. Ich kann es noch gar nicht richtig fassen«, antwortete er gerührt.

»Wollen wir ins Hotel gehen und uns noch ein bißchen ausruhen?«

»Ja, Sie haben recht. Wir haben noch einen anstrengenden Abend vor uns.«

»Der Wagen wartet hinter dem Rathaus auf uns«, sagte Uhlich und streckte ihren linken Arm aus, so daß ein Teil des Verbandes erkennbar wurde. Wenzel nickte, und beide kämpften sich langsam durch die sich auflösende Versammlung, nicht ohne wiederum einige Hände zu schütteln und etliche Autogrammwünsche zu erfüllen.

»Warten Sie, Frau Uhlich! Ich habe ganz vergessen, ein Foto zu machen.« Er zog einen kleinen Fotoapparat aus seiner Jackentasche und machte ein paar Aufnahmen der begeisterten Menge, die sich um seine Palmen drängte. Dabei fiel Wenzel ein kräftiger, mittelgroßer Mann mit großem Schnurrbart auf, der wild zu ihnen herüber winkte.

»Das ist doch Kollek!« rief Uhlich und deutete auf die winkende Person.

»Tatsächlich!« Jetzt erkannte auch Wenzel den norwegischen Forstökologen. »Na, das ist aber eine Überraschung! Kommen Sie! Sagen wir ihm guten Tag!«

Sie überquerten die Straße und liefen auf den Norweger zu, der ihnen seinerseits entgegen kam.

»Dr. Kollek! Das ist aber nett!« rief ihm Wenzel schon aus einiger Entfernung zu. »Schön, Sie zu sehen!«

»Guten Tag! Wie geht es Ihnen?« antwortete Kollek. »Ach, was rede ich! Nach solch einem triumphalen Empfang... Ich hatte gehört, daß Sie heute hier anwesend sein würden. Die Zeitungen berichten ja schon seit Tagen über nichts anderes. Und... ja, da hab ich mir gedacht, das darfst du dir doch nicht entgehen lassen, diesen denkwürdigen Augenblick.« Kollek lächelte freundlich, aber die reine Glückseligkeit stand ihm nicht ins Gesicht geschrieben. »Sie sind Ihnen wirklich gut gelungen, Ihre Stadtpalmen.«

»Finden Sie?« sagte Wenzel geschmeichelt und bekam einen roten Kopf.

»Kommen Sie heute abend auch zum Empfang beim Bürgermeister?« fragte Uhlich.

»Nein, leider. Familienpflichten, wissen Sie.«

»Das ist aber schade! Wir hätten ein bißchen über alte Zeiten plaudern können«, meinte Wenzel und zwinkerte ihm zu. Kollek lächelte verkrampft, was Wenzel aber entging. Nur Uhlich betrachtete den Forstökologen aufmerksamer. Er sah schlecht aus, fand sie. Vielleicht war er krank, oder seine Familienpflichten waren eigentlich Familienprobleme.

Plötzlich war Wenzel von einer Gruppe lärmender Kinder umringt, die alle sein Autogramm haben wollten. Er war für einen Moment abgelenkt. Als er sich wieder umwandte, war ihm für einen kurzen Moment, als hätte Uhlich ein erschrockenes Gesicht gemacht und Kollek erregt auf sie eingeredet. Kaum hatten die beiden bemerkt, daß Wenzel sich die Kinder vom Halse geschafft hatte, war alles schon wieder vorbei. Beide lächelten ihm zu, und Wenzel dachte, daß er sich alles nur eingebildet hatte.

»Tja, Dr. Wenzel«, sagte Kollek, »es tut mir leid, daß ich mich schon wieder verabschieden muß, aber meine Familie wartet auf mich.«

»Das macht doch nichts! Ich habe mich wirklich sehr gefreut, daß Sie gekommen sind. Diesmal waren die Begleitumstände unseres Zusammentreffens wesentlich erfreulicher.«

Ihm entging, daß Kolleks Lächeln eine Spur zu fröhlich wirkte. Sie verabschiedeten sich, und Wenzel und Uhlich steuerten nun zügig den Wagen an, der sie wieder in ihr Hotel zurückbringen sollte.

»Wirklich reizend, daß Kollek extra vorbeigekommen ist, nicht wahr?« sagte Wenzel später im Wagen.

»Hm«, antwortete Uhlich, aber er hörte gar nicht mehr hin, sondern versuchte noch einen letzten Blick auf seine noch immer von Menschen umringten Palmen zu erhaschen. Heute hätte das Unglück in Person direkt vor ihm stehen können, und Wenzel hätte nur geglaubt, das Schicksal wolle ihm zu seinen großartigen Stadtpalmen gratulieren.

Am nächsten Morgen saßen Wenzel und Uhlich wieder beim Frühstück zusammen. Diesmal war es ein einfaches und etwas verspätetes Hotelfrühstück, das sie im Restaurant des Hotels einnahmen. Verspätet deshalb, weil der Empfang, das Abendessen und das anschließende Beisammensein beim Bürgermeister von Trondheim gegen Ende in ein wüstes Trinkgelage ausgeartet war.

Der Höhepunkt hatte schließlich darin bestanden, daß zuerst der Bürgermeister selbst und dann in seinem Sog auch weitere Teilnehmer des Gelages Wetten darüber abschlossen, wer als erster halbnackt und ohne Schuhe nach Art der Eingeborenen auf die neuen Rathauspalmen klettern könne. Es hatte den nicht mehr ganz nüchternen Wenzel viel Mühe gekostet, sie wieder davon abzubringen.

Leicht verkatert kauten die beiden GENTEL-Mitarbeiter jetzt an ihren Frühstücksbroten. Beide waren im Verlauf der gestrigen Feierlichkeiten zum vertraulicheren Du übergegangen. Die Initiative dazu war von Wenzel ausgegangen. Seine unerschütterlich positive Weltsicht war ihm gestern bis zum Schluß treu geblieben, und er ließ sich schließlich zu Bemerkungen hinreißen wie: Alle GENTEL-Mitarbeiter seien so nette Kerle, aber sie, Uhlich, nein, Entschuldigung, Charlotte natürlich, sie sei die bei weitem netteste. Im Grunde sei sogar Eckstein, ja, sogar Eckstein sei eigentlich, wenn man es recht betrachtete, bei der ganzen Verantwortung, die auf ihm lastete, und dem Streß, dem er permanent ausgesetzt war, ein ganz verträglicher Bursche.

Auf ihre etwas zurückhaltende Art hatte auch Uhlich den ganzen Abend freundlich und zufrieden gewirkt, konnte der überwiegend männlichen und stark alkoholisierten Euphorie jedoch nicht ganz folgen. Jetzt, beim Frühstück, war sie sehr zurückhaltend, sprach kaum ein Wort und machte einen eher nachdenklichen Eindruck. Wenzel brachte es mit den Nachwirkungen ihres gestrigen Alkoholkonsums in Verbindung.

Trotzdem war er etwas verunsichert. Er kramte in seinen vom Alkohol vernebelten Erinnerungen, ob irgend etwas vorgefallen war, was sie verstört haben könnte. Immer wieder musterte er sie aus den Augenwinkeln, um sich zu vergewissern, daß seine Sorgen grundlos waren, aber Charlotte vermied jeden Blickkontakt und schien ganz mit sich selbst beschäftigt.

Hatte er sich etwa danebenbenommen? Er konnte sich beim besten Willen nicht erinnern, aber ganz auszuschließen war es nicht. Immerhin hatte er ihr das Du angeboten, was schon außergewöhnlich genug war, und, großer Gott, vielleicht war er irgendwie zudringlich geworden. Er trank normalerweise so gut wie nie Alkohol. Er konnte sich auch nicht daran erinnern, wie er zurück ins Hotel gekommen war. Was hatte er noch alles vergessen?

Immer wieder versuchte er, Blickkontakt aufzunehmen, aber seine Kollegin starrte nur auf ihren Frühstücksteller und kaute relativ lustlos vor sich hin. Er wagte nicht, sie direkt zu fragen.

Doch dann, als beide ihr Besteck aus der Hand gelegt hatten, sagte Uhlich mit rauher Stimme: »Kurt, wir müssen zu Kollek ins Forstwissenschaftliche Institut.«

Ihm fiel ein Stein vom Herzen. Wahrscheinlich hatte sie einfach nur Kopfschmerzen, so wie er. *Kurt,* wie schön das aus ihrem Munde klang.

»Hat er uns zu einem Besuch eingeladen? Warum nicht, fahren wir zu ihm. Wir hatten ja gestern kaum Zeit, miteinander zu reden.«

»Nein, das ist es nicht«, druckste sie herum.

»Wie? Du willst ihn überraschen?«

»Nein, nein, ach, es hat ja keinen Sinn, um den heißen Brei herumzureden. Ich wollte dir die Nachricht gestern ersparen. Wir haben wieder Probleme.«

»Welche Nachricht? Was für Probleme?« fragte Wenzel, dem plötzlich heiß wurde.

»Na ja, Probleme mit den Pilzen oder den Fliegen oder den Bäumen. Ich weiß ja auch noch nichts Genaues.«

Wenzel schien noch immer nicht zu begreifen, worum es ging. Dann ging ihm ein Licht auf. Sein Kopf färbte sich puterrot, und seine Augen weiteten sich angstvoll. »Sie meinen…, äh, du meinst doch nicht etwa unseren *Amanita?*« Seine Stimme war ganz leise, so, als ob er es kaum auszusprechen wagte.

Uhlich nickte.

Er schüttelte in verzweifeltem Unglauben den Kopf, nahm seine Brille ab und wischte sich mit der Servierte über die feuchte Stirn. »Hat Kollek dir das gestern gesagt?« fragte er.

Wieder nickte Uhlich. Dann legte sie die Hand ihres verletzten Armes auf seinen Unterarm und redete beruhigend auf ihn ein. »Vielleicht ist es ja gar nicht so schlimm. Kollek hat mir nur gesagt, wie sollten ihn noch heute im Institut aufsuchen, weil sie wieder Probleme hätten. Dieselben Symptome, aber diesmal wohl an mehreren Stellen gleichzeitig. Unser Flugzeug geht erst am späten Nachmittag. Also sollten wir hinfahren und uns ein Bild von der Lage machen. Vielleicht ist ja alles ganz einfach, und sie brauchen nur größere Mengen an *Megaselia*-Fliegen, wer weiß? Bevor wir nicht genau wissen, was los ist, solltest du dich nicht unnötig aufregen.«

Wenzel nickte, dann schüttelte er den Kopf, was wieder von einem Nicken abgelöst wurde.

»Ich begreife das nicht«, stammelte er. »Ich meine, alles war doch in bester Ordnung, nicht wahr? Wenn ich das gewußt hätte...« Seine Augen bekamen einen haßerfüllten Ausdruck. Er ballte die Fäuste.

»Du meinst, dann hättest du dir nicht Trondheim ausgesucht, was?« vollendete Uhlich den Satz mit lauter werdender Stimme. Vor ihr saß jetzt wieder der hilflose Wenzel, der ihr schon reichlich Probleme und Kopfzerbrechen bereitet hatte.

»Nun werd nicht albern!« sagte sie schroff.

Eigentlich konnte sie ihn ja verstehen. Sie hatte selbst geflucht und einen riesigen Schreck bekommen, als Kollek ihr diese Hiobsbotschaft, mit einem vorsichtigen Seitenblick auf Wenzel, zugeflüstert hatte. In etwas versöhnlicherem Ton fuhr sie fort: »Die Leute waren doch glücklich, oder nicht? Und höchstwahrscheinlich sind sie es noch. Was können denn die Menschen hier dafür? Sie haben sich doch überschwenglich bei dir bedankt, oder? Du hättest dir kein besseres und dankbareres Publikum wünschen können.«

»Jaaa…«

»Komm! Laß uns fahren. Je eher wir Bescheid wissen, desto besser. An deinen Stadtpalmen ändert das alles mit Sicherheit gar nichts.«

»Hm«, brummte Wenzel nur und betrachtete mit sehnsuchtsvollem Blick sein Bild in der Zeitung.

Er hatte es also doch auf die Titelseite geschafft, wenigstens hier im Trondheimer Lokalblatt. Aber das sollte nun wohl alles gewesen sein, dachte er. Dieser eine Tag. Dafür die ganze Arbeit, die ganze Plackerei, die Mühe, die er sich dabei gegeben hatte. Die Welt war schrecklich ungerecht.

Zwei Stunden später saßen Uhlich, Wenzel und Kollek wieder in dem Raum zusammen, wo ein paar Jahre zuvor der Fliegenplan ausgearbeitet worden war. Olson war diesmal nicht dabei, weil er sich gerade im Gelände aufhielt.

Sie hatten von Kollek einen ersten Lagebericht erhalten, und im Augenblick herrschte ratloses Schweigen. Die Situation war ernst, soviel war klar, sogar sehr ernst. Die neuen Schäden an den Bäumen waren zwar erst im Anfangsstadium, für einen Laien wahrscheinlich kaum erkennbar, aber es ging wieder los, daran bestand nicht der geringste Zweifel. Diesmal war es nicht nur ein isoliertes Waldgebiet. Die Schäden tauchten an fünf Stellen gleichzeitig auf. Und das waren nur die Gebiete, die sie bisher entdeckt hatten. Wer konnte schon mit Sicherheit ausschließen, daß in diesen riesigen Wäldern nicht noch mehr solcher Flächen existierten. Die Schäden schienen sich schnell auszubreiten und, was das schlimmste war, sowohl der alte *Amanita wenzeli* als auch der neue, verbesserte *Amanita* waren daran beteiligt. Es gab überhaupt keinen Zweifel, Übergänge zum Parasitismus waren bei beiden Pilzvarianten gefunden worden.

Den Beginn dieses Prozesses hatten Kollek und seine Mitarbeiter auch an Bäumen nachweisen können, die äußerlich noch völlig gesund aussahen. Insofern war es fast unmöglich, Aussagen darüber zu treffen, wo überall mit diesen Waldschäden zu rechnen war. Praktisch jeder scheinbar gesunde Baum konnte die Krankheit schon in sich tragen. Bis die Schäden das damalige Ausmaß erreichen würden, vergingen sicherlich noch zwei, drei Jahre. Aber so lange konnten sie nicht warten. Für jedermann sichtbar und kaum zu verheimlichen ständen sie dann vor einer Katastrophe großen Ausmaßes.

Und die Fliegen? Sie hatten in den letzten Jahren dafür gesorgt, daß die Pilzfruchtkörper oft schon vor der Bildung der Pilzsporen befallen, zerfressen und damit zerstört wurden. Pilzungetüme von der Größe eines Küchenhockers, wie sie sie vor Jahren beobachtet hatten, waren kaum mehr aufgetaucht. Aber noch befand sich die Entwicklung im Anfangsstadium, und auch die Pilze, die man jetzt finden konnte, waren von durchaus stattlicher Größe.

Die Fliegen hatten sich ungeheuer vermehrt, bildeten riesige Schwärme, die harmlose Spaziergänger zu Tode erschreckten, ein Nebeneffekt, den sie damals nicht bedacht hatten. Aber mit einiger Verzögerung hatten die Tiere kräftig zugelegt, die sich von *Megaselia,* ihren Eiern und Maden ernährten, so daß die Zahl der Fliegen in jüngster Zeit wieder leicht rückläufig war.

Und dann hatte Kollek einen Verdacht geäußert, der, wenn es dessen noch bedurft hätte, die ganze Situation noch verfahrener erscheinen ließ. Da sich im Grunde an den Bedingungen nichts geändert hatte, war sich Kollek lange im unklaren darüber, warum sich die Pilze und Baumschäden so viel schneller ausbreiteten als früher. Das betroffene Gebiet war gegenüber dem Vorjahr auf das Doppelte angewachsen. Irgendwie, das war Kolleks beunruhigende Hypothese, schienen die Fliegen die Ausbreitung der Schäden beträchtlich zu beschleunigen.

Uhlich hatte es sich und den anderen erspart, das übliche Lied von den verfrühten Schuldzuweisungen und den erforderlichen eingehenden Untersuchungen zu singen. Dazu war auch sie zu betroffen von der jetzigen Situation.

Wenzel saß die meiste Zeit da und wackelte mit dem Kopf wie ein alter Tattergreis. Er konnte dieses erneute Unglück einfach nicht fassen. Womit hatten sie das verdient? Von seinem ersten Schock hatte er sich etwas erholt, vielleicht weil die erfolgreiche Fertigstellung seiner Stadtpalmen ihm ein höheres Maß an Zufriedenheit und Stabilität geschenkt hatte, aber er war deprimiert und endgültig mit seinem Latein am Ende. Es hatte den Anschein, als ob sie mit ihren vermeintlichen Rettungsmaßnahmen alles nur komplizierter gemacht hatten.

Wenn die Fliegen tatsächlich für die beschleunigte Ausbreitung der Schäden verantwortlich waren, freilich eine bisher gänzlich unbewiesene Behauptung Kolleks, die nur einem Gefühl entsprang, dann wäre normalerweise ein Fliegenantagonist, also wieder das alte Gegenspielermodell eine naheliegende Lösung.

Aber selbst Wenzel dämmerte angesichts der ohnehin schon verwickelten Verhältnisse, daß sie so nicht weiterkamen. Ihm wurde schwindelig vor lauter Agonisten und Antagonisten.

»Tja, so ist die Lage!« sagte Kollek und zog wie zur Entschuldigung die Schultern hoch.

»Beschissen«, sagte Wenzel und erntete überraschte Blicke.

»Haben Sie denn schon irgend etwas unternommen?« fragte Uhlich. »Ist die Regierung informiert?«

»Nein, nein, außer mir, ein paar Förstern und meinen Mitarbeitern hier im Institut weiß noch niemand davon«, antwortete Kollek, und mit einer hilflosen Geste fuhr er fort: »Und, na ja, was sollen wir schon unternehmen? Wir haben ein paar Bäume herausgeschlagen, bei denen die Schäden schon sehr offensichtlich waren, aber ansonsten...«

»Tja!« sagte Wenzel.

Jetzt schien sich zu rächen, daß sie nicht die geringste Vorstellung hatten, warum das alles geschah, warum *Amanita,* ob alt oder neu, zum Parasiten wurde, anstatt seinen Symbiosepartner mit Wasser und Nährstoffen zu versorgen, wie es sich gehörte. Es mußten Dinge mit im Spiele sein, von denen sie bisher keine Ahnung hatten.

Alle starrten ratlos auf eine große Landkarte, in der mit bunten Kreisen die Ausdehnung der Schäden eingezeichnet war, für jedes Jahr eine andere Farbe. Das Ganze sah aus wie eine Petrischale, in der kreisförmige Bakterienkulturen heranwuchsen.

»Ja, Dr. Kollek«, brach Uhlich das Schweigen, »wir müssen zum Flughafen. Es wird uns wohl nichts anderes übrigbleiben, als ganz von vorne anzufangen. Wir müssen alle beteiligten Organismen nochmals genauestens unter die Lupe nehmen und unbedingt herausbekommen, ob die *Megaselia*-Fliegen tatsächlich die Ausbreitung beschleunige und wenn ja, wie. Ich hoffe natürlich, daß Sie nicht recht behalten.«

»Wir haben nicht mehr viel Zeit«, antwortete Kolleg. Es klang nicht sehr zuversichtlich. »Warum ist diese verdammte Symbiose nicht stabil? Da stimmt etwas nicht.«

Kollek erhob sich. Sie verabschiedeten sich in nachdenklicher, bedrückter Stimmung. Die beiden Deutschen fuhren zum Hotel zurück, um ihr Gepäck zu holen, und Kollek machte sich wieder an die Arbeit. Leider hatte er keine Ahnung, wo er anfangen sollte.

22

Die Rückkehr von Wenzel und Uhlich und die wenig erfreulichen Nachrichten, die sie aus Norwegen mitbrachten, lösten in der GENTEL hektische Betriebsamkeit aus. Eckstein tobte. Mit hochgezogenen Schultern und vor Erregung sprühenden Augen rannte er durch die Gänge der Forschungszentrale wie ein schnaubender Stier auf der Suche nach dem roten Tuch. Hinter geschlossenen Türen wurden zahlreiche Telefonate mit zuverlässigen und verschwiegenen Experten geführt.

Wenzel hatte sich in sein Arbeitszimmer zurückgezogen und saß bewegungslos hinter dem Schreibtisch, den Kopf auf die Hände gestützt.

Irgendwie wunderte er sich über sich selbst. Sicher, er war nervös und ratlos. Aber die Panik, die er vor Jahren angesichts der Ereignisse verspürt hatte, diese existentielle Bedrohung, der er sich damals ausgesetzt sah, dieses schreckliche Gefühl, dem Lauf der Dinge schutz- und schuldlos ausgeliefert zu sein, all das wütete diesmal nur ganz hinten in seinem Kopf. Aus irgendeinem Grunde ließ ihn dieses erneute Aufflammen der Probleme relativ kalt. Sein wissenschaftlich geschulter Verstand lief auf Hochtouren, aber er lief ins Leere.

Sie hatten viel zuwenig über die ursächlichen Zusammenhänge gewußt und vorschnell gehandelt. Von den Fliegen wußten sie gerade, daß sie gerne Pilze fraßen. Das war das Entscheidende, und das hatte ihnen genügt. Über ihre wirkliche ökologische Bedeutung wußten sie kaum etwas. Plodsz, der Dickkopf, hatte immer nur das Nötigste von sich gegeben. Jedes Wort hatte man ihm aus der Nase ziehen müssen.

Plodsz! Der Gedanke setzte sich plötzlich in seinem Kopf fest. Natürlich, ja! Das wäre eine Möglichkeit. Vielleicht sollte er ihn anrufen und versuchen, mehr über die Fliegen herauszubekommen.

Wer weiß, ob der Mann überhaupt noch in dem Museum arbeitete. Er war damals nicht mehr der Jüngste gewesen. Vielleicht war er mittlerweile gestorben und trieb nun aus dem Jenseits Freilandstudien an den Fliegenlarvenpopulationen Berliner Friedhofsböden. Großer Gott, gerne würde er diesen Trottel nicht um Rat fragen.

Während Wenzel grübelte, stürzte Eckstein gerade fluchend in sein Büro, wo Uhlich auf ihn wartete.

»So kommen wir nicht weiter!« Er atmete schwer und ließ sich in seinen schwarzen Ledersessel fallen. Er griff nach einer Flasche Cognac und zwei Gläsern. »Den Leuten, die wir konsultiert haben, fällt nichts ein. Können Sie sich das vorstellen? Absolut nichts! Entweder sie drucksen herum, oder sie verlangen Daten, die wir nicht haben.«

Er goß den Cognac ein.

»Sie nehmen doch auch einen?« fragte er. Uhlich nickte.

Eckstein würde im Vorstand dafür geradestehen müssen, wenn sie diese Geschichte nicht in den Griff bekamen. Seine Nervosität war also verständlich. Die GENTEL schwamm zwar auf einer Woge des Erfolges, aber das machte sie nur um so verwundbarer. Nichts war so wankelmütig wie die öffentliche Meinung. Die einschlägige Presse gierte schon danach, ihnen eins auszuwischen. Und die Konkurrenz würde sich ins Fäustchen lachen. Man neidete der GENTEL ihren beispiellosen Erfolg.

»Wo steckt Wenzel überhaupt?« fragte Eckstein plötzlich.

»Keine Ahnung. Wahrscheinlich in seinem Büro.«

»Der soll nur nicht glauben, er könne sich da raushalten«, knurrte Eckstein und prostete Uhlich zu. Beide kippten ihren Cognac hinunter.

Wenzel saß tatsächlich in unveränderter Haltung an seinem Schreibtisch und zermartete sich das Gehirn, ob es eine gute Idee war, diesen Ungarn anzurufen. Plodsz war zwar ein weltfremder Spinner, aber vielleicht würde sogar der sich wundern, wenn er nach so langer Zeit bei ihm anrief und im Plauderton nach Informationen über *Megaselia* fragte, die ihm besser schon vor Jahren bekannt gewesen wären.

Schließlich gab die Tatsache den Ausschlag, daß ihm absolut nichts einfallen wollte, was er statt dessen tun könnte. Sicher, er konnte sich eine Woche in Klausur begeben und in der Bibliothek der Universität alles durchforsten, was ihm über *Megaselia* in die Finger kam. Aber ob er damit weiterkäme, war fraglich. Er verstand nichts von den Viechern, geschweige denn von Ökologie, einer Wissenschaft, der er immer äußerst skeptisch gegenüber gestanden hatte. Aber mit Ökologie hatten ihre jetzigen Probleme wohl zu tun, jedenfalls mehr als mit Molekularbiologie.

Literatursuche war mühsam, und er würde viel Zeit verschwenden. Am Ende erfuhr er dann möglicherweise nur, daß sich noch niemand damit beschäftigt hatte. Mein Gott, es gab vielleicht fünfzig Millionen Tierarten oder mehr, aber nur eine sehr begrenzte Anzahl von Biologen und noch viel weniger, die bereit waren, sich für einen Hungerlohn mit so etwas wie Rennfliegen zu beschäftigen.

Nein, er konnte sich viel Arbeit sparen, wenn er Plodsz so schnell wie möglich konsultierte, aber er mußte auf der Hut sein und durfte sich keine Blöße geben. Er griff nach seinem Telefonverzeichnis und tastete nach dem Hörer.

Plodsz saß in seinem winzigen Arbeitszimmer im ehrwürdigen Berliner Naturkundemuseum. Es hatte sich seit dem Besuch von Wenzel und Uhlich kaum verändert. Da, solange er sich erinnern konnte, ein unübersehbarer Berg von Arbeit auf ihn wartete, der absolute Priorität hatte und unbedingt zuerst abgearbeitet werden mußte, änderte sich am Zustand seines Zimmer kaum etwas.

Er war gerade damit beschäftigt, Genitalpräparate einiger schwer bestimmbarer, winziger Fliegen der Gattung *Empis* anzufertigen, eine ausgesprochen diffizile Tätigkeit, bei der eine ruhige Hand, höchste Konzentration und Luftanhalten gefordert war. Die winzigen Fliegen hatten noch viel winzigere Genitalstrukturen, die beim gerinsten Luftzug oder der kleinsten Unachtsamkeit von den Pappdeckelchen zu schnippen pflegten. Das war natürlich besonders ärgerlich, weil viele Sammlungsexemplare kostbare Einzelstücke waren.

Sein Zimmer war für das Reinigungspersonal tabu. Keiner der bedauernswerten Menschen, die einmal versucht hatten, in Plodsz' Zimmer staubzusaugen oder den Fußboden zu wischen, und von ihm dabei erwischt wurden, hatte es jemals wieder gewagt, seiner Kammer auch nur nahe zu kommen. Sie ersparten sich damit nicht nur ein unerfreuliches Palaver mit dem Fliegenforscher, der furchtbar aus der Haut fahren konnte, wüste Beschimpfungen ausstieß und mit ernsten Konsequenzen drohte, obwohl er nicht die geringsten Kompetenzen in dieser Hinsicht besaß, sie ersparten sich auch das Saubermachen, denn sein Arbeitszimmer war in reinigungstechnischer Hinsicht ein Alptraum.

Mittlerweile hatte er zwar seine Ruhe, dies aber nur auf Kosten eines unübersichtlichen Chaos, in dem er sich selbst nicht mehr zurechtfand. Immerhin wußte er, daß einige besonders kostbare Stücke seiner Sammlung nicht in den säuberlich aufgereihten Kästen der Museumsregale zu finden waren, sondern auf dem Fußboden und zwischen seinen Büchern herumlagen. Das war gleichbedeutend mit unerreichbar. Selbst, wenn er nach mühevollem Umhergekrieche einen winzigen Penis entdeckte, konnte er sich nicht sicher sein, ob das derselbe war, der ihm gerade weggehüpft war.

Genau dieser Ernstfall, der wahrscheinlich irreversible Verlust eines kostbaren und unersetzlichen Genitalpräparats, trat leider ein, als plötzlich das Telefon klingelte und seine ansonsten so ruhige Hand vor Schreck ein wenig zuckte.

Aus! Vorbei! Das Tier konnte er wegwerfen.

»Verdammt!« fluchte er und feuerte die Präpariernadel auf seinen Arbeitstisch. Dann wartete er einen Moment, bis sich sein Ärger etwas gelegt hatte, griff nach dem Telefonhörer und meldete sich mit: »Naturkundemuseum, Plodsz?«

»Ja, hier Wenzel. Guten Tag, Dr. Plodsz!« sagte eine Stimme, die ihm irgendwie bekannt vorkam.

»Wer ist da?« fragte er ärgerlich. Sein Zorn über den verlorenen Fliegenpenis hatte sich noch nicht gelegt.

»Erinnern Sie sich nicht mehr an mich? Dr. Wenzel, von der GENTEL.«

Sofort rasselte in Plodsz eine Alarmglocke, und er richtete sich gerade auf, jedenfalls soweit sein vom vielen Mikroskopieren gebeugter Rücken dies zuließ.

Wenzel! Die Pilze! Die Fliegen! Die GENTEL! All das war plötzlich in seinem Kopf so präsent, als ob nicht drei Jahre, sondern nur drei Tage vergangen wären.

»Ja, natürlich. Dr. Wenzel. Entschuldigen Sie! Mein Gedächtnis. Ja, ja, ich erinnere mich. Was verschafft mir die Ehre?«

»Ach, ich wollte mal hören, wie es Ihnen nach so langer Zeit geht«, sagte Wenzel.

»Wie nett! Danke der Nachfrage, kann eigentlich nicht klagen. Die Arbeit hält mich jung, wissen Sie?«

»Na, das freut mich zu hören. Mir geht es ähnlich. Wir Wissenschaftler leiden nie unter Langeweile, nicht wahr?«

»Ja, da haben Sie vollkommen recht. Und wie geht es Frau... äh, wie hieß sie doch?«

»Sie meinen sicher Frau Uhlich«, sagte Wenzel.

»Richtig, Dr. Uhlich. So hieß sie.«

»Auch gut, danke. Das heißt, sie hat leider eine kleine Verletzung bei dem Attentat davongetragen. Ich weiß nicht, ob Sie davon...«

»Ja natürlich! Das Attentat! Ich habe davon gelesen. Schreckliche Sache! Es ist doch hoffentlich nichts Ernstes?« erkundigte er sich.

»Nein, es ist fast verheilt. Leichte Schnittwunden. Aber der Schock, der macht ihr zu schaffen.«

»Natürlich, das kann ich mir denken. Wirklich, eine schreckliche Geschichte! Richten Sie ihr bitte meine besten Genesungswünsche aus, ja?«

»Das werde ich gerne tun.«

Einen Moment herrschte Schweigen. In Plodsz stieg die Spannung. Der schmerzliche Verlust seines Präparats war vergessen. Was wollte dieser Wenzel? Er beschloß, in die Offensive zu gehen.

»Was machen denn die Fliegen? Und Ihr Problem? Hat sich alles zu Ihrer Zufriedenheit entwickelt? Was für Fliegen waren das doch gleich?«

»Megaselia«, kam prompt aus der Leitung zurück, und Plodsz bildete sich ein, ein erleichtertes Aufatmen zu hören.

Sollte es endlich soweit sein? War es wirklich passiert?

»Ja, ach, alles läuft ganz großartig«, fuhr Wenzel eifrig fort. »Unser Plan funktioniert hervorragend. Von den Pilzen ist nicht mehr viel übriggeblieben, haha.«

»Richtig, die Pilze. Es ist schon so lange her.« Plodsz spielte den Dummen. »Sind gefräßige Viecher, diese Fliegenlarven, was?«

»Das kann man wohl sagen«, stimmte Wenzel zu. »Aber, da Sie gerade von den Fliegen sprechen, Dr. Plodsz. Sagen Sie mal, wir sind da auf ein paar Fragen gestoßen... es läuft wie geplant, aber einige Aspekte der Biologie dieser *Megaselia*-Fliegen sind uns nicht ganz klar.«

Ja, dachte Plodsz, ja! Sie haben Probleme. Ich wußte es. Ich wußte es.

»Ich bin Ihnen natürlich gerne behilflich. Aber, Sie wissen ja, mein Wissen ist begrenzt. Und mein Gedächtnis erst recht. Man wird eben nicht jünger«, sagte Plodsz und fügte listig hinzu: »Aber... Sie müßten mir schon genauer sagen, was Sie wissen möchten.«

»Machen Sie sich bitte keine Umstände, Dr. Plodsz. Wie gesagt, es handelt sich um ganz unwichtige Fragen. Ich will Ihnen nicht Ihre kostbare Zeit stehlen. Es geht da zum Beispiel um das Ausbreitungsverhalten der Fliegen und inwieweit sie möglicherweise... nun ja, eine Art Krankheitsüberträger sein könnten.«

»Krankheitsüberträger? Tja...«, sagte Plodsz. Sein Gesicht verzog sich zu einem triumphierenden Grinsen. Er versuchte, sich nichts anmerken zu lassen. »Das sind natürlich Fragen... da müßte ich auch erst in die Literatur schauen. Sie verstehen, ich bin Systematiker, kein Ökologe oder Pathologe. Was für Krankheiten meinen Sie denn?«

Er versuchte, noch mehr aus Wenzel herauszulocken. So wie er den Biochemiker damals erlebt hatte, mußte es diesen Mann entsetzliche Überwindung gekostet haben, ihn anzurufen. Wenn er recht hatte und die GENTEL tatsächlich mit neuen Problemen zu kämpfen hatte, dann mußte die Sache schlimm aussehen. Nur um sich nach seinem Befinden zu erkundigen, hatte Wenzel ihn jedenfalls nicht angerufen.

»Na ja, die Fliegen haben sich natürlich stark vermehrt. Bei der guten Kost, haha, sie verstehen«, sagte Wenzel und versuchte ganz offensichtlich, die Sache herunterzuspielen. »Und wir haben da halt an einigen Bäumen kleine, unbedeutende Veränderungen festgestellt. Kleine Nekrosen, wissen Sie?«

»Nekrosen?« Plodsz stellte sich dumm.

»Abgestorbenes Gewebe«, belehrte ihn Wenzel.

»Ach so.«

»Die Fliegen haben sich ziemlich ausgebreitet. Das sollten sie auch. Dazu haben wir sie ja gemacht.«

Plodsz stieg das Blut in den Kopf. *Dazu haben wir sie ja gemacht.* Er mußte sich beherrschen, um nicht aus der Haut zu fahren.

Wenzel fuhr fort. »Nun finden wir diese kleinen, toten Stellen an den Nadeln der Bäume, diese Nekrosen. Wir haben uns gefragt, ob die Fliegen etwas damit zu tun haben könnten.«

Plodsz wollte den Bogen nicht überspannen. Im Grunde hatte er genug gehört. »Tja, Dr. Wenzel, da bin ich im Augenblick wirklich überfragt. Ich kann mir eigentlich nicht vorstellen, daß *Megaselia* für diese Baumschäden verantwortlich ist, aber ich werde mal versuchen, mich sachkundig zu machen. Ich rufe Sie dann zurück.«

»Ach, das wäre furchtbar nett von Ihnen. Wirklich! Wie gesagt, es eilt nicht. Wissen Sie, Baumschäden klingt so dramatisch. Das trifft die Sachlage eigentlich nicht. Es sind kleine Nekrosen an den Nadeln. Fällt eigentlich kaum auf.«

»Ja, ja, ich habe schon verstanden.« Plodsz mußte grinsen.

»Machen Sie sich nur keine Umstände, Dr. Plodsz. Sie haben ja sicher alle Hände voll zu tun. Wir stecken auch bis zum Hals in anderen Projekten. Aber da Sie von den Fliegen sprachen, fiel mir ein, daß wir in der Arbeitsgruppe vor einiger Zeit über diese Fragen gesprochen haben. Und außerdem, irgendwie liegen einem seine Schützlinge ja am Herzen. Man will doch wissen, was aus ihnen geworden ist und wie es ihnen geht, haha, Sie verstehen.«

Nein! Er verstand überhaupt nichts. Er mußte das Gespräch jetzt schnellstens beenden, sonst rutschte ihm noch eine bissige Bemerkung heraus, und Wenzel schöpfte Verdacht. Er wollte ihn unter keinen Umständen warnen. Es sollte ihn kalt erwischen.

»Gut, Herr Wenzel, ich gucke, was ich finden kann, und melde mich dann bei Ihnen.«

»Das ist sehr nett. Danke, Dr. Plodsz! Wissen Sie, wir waren ja damals... wie soll ich sagen, nicht gerade die besten Freunde.

Es war in keiner Weise persönlich gemeint, wenn ich mal irgendwie abweisend auf Sie gewirkt haben sollte. Es war einfach der Streß, der Druck, der auf uns allen lastete.«

»Aber lieber Dr. Wenzel, ich bitte Sie.« Plodsz begann seine Rolle langsam Spaß zu machen. »Ich weiß doch, wie das ist. Auch bei uns geht es manchmal heiß her, und wir sind nur ein Museum. Die GENTEL dagegen ist ein Wirtschaftsunternehmen, und was für eins.«

»Genau! Ich sehe schon, wir verstehen uns. Haben Sie eigentlich von meinen Stadtpalmen gehört? Wir haben sie gerade in Trondheim eingeweiht.«

»Ihren was?«

»Ach, Sie haben nichts davon gehört? Na ja, macht nichts. Man kann ja nicht über alles informiert sein. Herr Plodsz, ich wünsche Ihnen jedenfalls weiterhin alles Gute und eine fruchtbare Arbeit.«

»Danke, danke, Ihnen auch. Auf Wiederhören.«

»Auf Wiederhören und vielen Dank noch mal.«

Es knackte in der Leitung, und Plodsz legte den Hörer auf. Dann knallte er mit einem Triumphschrei beide Hände auf die Tischplatte.

Es war passiert! Es war tatsächlich passiert! Er hatte es gewußt. Irgendwann würde es soweit sein. Er hatte gewartet und gewartet und fast vergessen, worauf er eigentlich wartete. Es hatte lange gedauert, aber jetzt war es soweit. Endlich!

Vor Freude rieb er die Handflächen aneinander. Dann kramte er eine Weile in seinem Schreibtisch herum und beförderte eine Mappe zutage, auf der dick *MEGASELIA* stand. Er hatte alles vorbereitet.

In der Mappe befand sich das gesamte Material, das er über diesen Fall hatte in Erfahrung bringen können: etliche Zeitungsausschnitte und einige Fotos von den Riesenpilzen. Viel war es nicht, da das Thema damals schnell aus den Schlagzeilen verschwunden war. In einer norwegischen Zeitung hatte er ein längeres Interview mit Kollek gefunden, das er auf eigene Kosten übersetzen ließ.

Seine wichtigste Informationsquelle aber war Henrik Olson gewesen, vielmehr Dr. Olson. Der Junge hatte in der Zwischenzeit seine Doktorarbeit über die Fauna der norwegischen Waldpilze abgeschlossen und dabei viel Material aus den abnormen Riesenpilzen verwendet, ohne daß dies in seiner Dissertation deutlich wurde. Darauf hatte Kollek bestanden, der verhindern wollte, daß die Geschichte auf diese Weise publik wurde und erneut Staub aufwirbelte. Kollek war so vorsichtig gewesen, daß er von Olson verlangt hatte, in seiner Arbeit alle Tierzahlen pro Kilogramm Pilzmasse und nicht etwa pro Pilz anzugeben. Wissenschaftler waren entsetzlich mißtrauische Leute, und vielleicht wäre jemandem beim Lesen der Arbeit aufgefallen, daß die Tierzahlen pro Pilz, die Olson angab, ungewöhnlich hoch waren, geradezu abnorm hoch, und daß dies nur einen Sinn machte, wenn die dazugehörigen Pilze ebenfalls abnorm groß waren. Und schon steckten sie in Schwierigkeiten.

Ihre Sammelexkursionen und die vielen Stunden, die sie gemeinsam über den vermodernden Pilzproben saßen, hatten reichlich Gelegenheit zu ausführlichen Gesprächen gegeben. Auch danach hatten sie in Kontakt gestanden, weil Olson immer wieder Hilfe bei der Bestimmung der zahllosen Fliegenlarven benötigte, die sich in den Pilzen herumtrieben. Erst vor etwa eineinhalb Jahren war die Verbindung abgerissen.

So hatte sich Plodsz Stück für Stück ein Bild von den Vorgängen machen können, und abends, wenn er alleine in seinem Trondheimer Hotelzimmer saß, hatte er alles, was er von Olson erfahren hatte, haarklein zu Papier gebracht. Der Junge war total offen zu ihm gewesen. Plodsz war ja im Auftrag der GENTEL in Trondheim. Übertriebenes Mißtrauen schien da nicht angebracht.

Was er jetzt zu tun hatte, war klar. Zuerst mußte er versuchen, Olson zu erreichen, um sich von ihm seinen Verdacht bestätigen zu lassen und vielleicht etwas mehr zu erfahren. Und dann würde er das gesamte Material der Presse zuspielen. Er hatte herausgefunden, wer damals die Fotos von dem riesigen *Amanita* gemacht hatte. Es war ein gewisser Martin Herzberg, ein deutscher Journalist, der viel für die *Guten Nachrichten* arbeitete. Plodsz hatte das Blatt früher regelmäßig gelesen, dann aber damit aufgehört, weil er mit zunehmendem Alter immer empfindlicher auf die permanenten Hiobsbotschaften reagierte. Aber jetzt waren die *Guten Nachrichten* genau die richtige Adresse für sein Vorhaben. Er mußte diesen Journalisten erreichen.

Martin glaubte seinen Ohren nicht zu trauen, als ein paar Tage später ein Dr. Plodsz vom Naturkundemuseum bei ihm anrief und behauptete, über diese Pilzgeschichte oben in Norwegen genauestens Bescheid zu wissen. Auf seinen Einwand hin, das sei ein uralter Hut, von diesen Pilzen und dem toten Wald sei nichts mehr übrig außer ein paar verkohlten Baumstümpfen und verrosteten Stacheldrahtresten, er hätte sich davon vor Jahren mit eigenen Augen überzeugt, stieß der Mann nur ein mekkerndes Lachen aus und behauptete allen Ernstes, das Ganze sei keineswegs aus der Welt, im Gegenteil, es sei gerade im Begriff, wieder von vorne zu beginnen, nur sei diesmal alles viel schlimmer.

Als er den kleinen, zappeligen Mann in seinem Museum aufsuchte, legte dieser ihm eine saubere Dokumentation der ganzen Entwicklung vor, die an Sorgfalt und Ausführlichkeit nichts zu wünschen übrig ließ. Plodsz hatte offenbar systematisch und geduldig auf diesen Moment hingearbeitet.

Berger war natürlich sofort Feuer und Flamme. Diesen Plodsz hatte ihnen der Himmel gesandt. Seit der Veröffentlichung des LAS-Schreibens standen die *Guten Nachrichten* unter schwerem Beschuß.

Zwar hatten einige Leser und prominente Linksintellektuelle die Veröffentlichung gutgeheißen, aber die große Mehrheit, die bürgerliche Presse, die Regierung, zahllose wütende Anrufe und Leserbriefe sprachen eine andere Sprache. Die Polizei hatte die Redaktionsräume der *Guten Nachrichten* durchsucht und etliche Aktenordner beschlagnahmt und abtransportiert. Es hagelte üble Beschimpfungen und Drohbriefe. Zahlreiche Abonnenten kündigten.

Und da tauchte dieser Plodsz auf und servierte ihnen einen Fall auf dem silbernen Tablett, der, als wäre er zu diesem Zweck konstruiert, genau dieser GENTEL, der der LAS-Anschlag gegolten hatte, grobe Fahrlässigkeit und unglaubliche Schlamperei nachwies. Es war fast zu schön, um wahr zu sein.

Zu ihrem großen Erstaunen bestand Plodsz darauf, daß sein Name erwähnt wurde. Den *Guten Nachrichten* konnte das nur recht sein. Der Mann hatte offensichtlich eine persönliche Rechnung zu begleichen und war auch nach intensiven Gesprächen mit Herzberg und Berger, die ihm klarzumachen versuchten, was da möglicherweise auf ihn zukam, fest entschlossen, aus seinem Museum an die Öffentlichkeit zu treten, um seine vielleicht wichtigste Schlacht zu schlagen.

Für die nächste Ausgabe der *Guten Nachrichten* wurde in fieberhafter Eile ein längerer Artikel unter dem Titel *GENTEL: Pfusch im Norden* eingeplant. Martin suchte und fand die alten Fotos von dem sterbenden Wald, den großen Fliegenschwärmen und den kraftstrotzenden Riesenpilzen. Eine Aufnahme eines besonders großen *Amanita wenzeli* sollte die Titelseite zieren.

Herzberg und Plodsz flogen nach Trondheim, wo sie Kollek mit ihrem Material konfrontierten und ihn zur Zusammenarbeit aufforderten. Angesichts der erdrückenden Beweislast mußte der Norweger klein beigeben. Er erklärte sich bereit, die beiden ins Gelände zu begleiten und ihnen die neuen Schäden zu zeigen. Plodsz hatte zwar Mitleid mit dem jungen Olson, der sich ängstlich und schmollend zurückzog, weil er wohl zu Recht ein entsetzliches Donnerwetter auf sich zu kommen sah, aber darauf konnte er keine Rücksicht nehmen. Vielleicht, so hoffte Plodsz, würde der Junge später selbst einsehen, daß gehandelt werden mußte, um Schlimmeres zu verhindern.

Eine Woche später hatten sie eine niet- und nagelfeste Story zusammengezimmert, die der GENTEL vermutlich erhebliche Probleme bereiten und die *Guten Nachrichten* von dem Verdacht reinwaschen würde, mit der Veröffentlichung der Hellebrandtschen Ergüsse grundlos die Pferde scheu gemacht zu haben.

Am Abend, bevor die neue Ausgabe der *Guten Nachrichten* erschien, veranstaltete Berger eine Pressekonferenz, wo er den zahlreich versammelten internationalen Journalisten stolz ihr Material präsentierte. Somit war sichergestellt, daß eine große Zahl europäischer Tageszeitungen und Magazine über den *Pfusch im Norden* berichtete.

23

Als Mathew Henslowe in seinem Arbeitszimmer in Cambridge eintraf, warf er zunächst einen Blick in die Tageszeitungen. Bald stieß er auf einen Bericht über großflächige Waldschäden in Norwegen, der sein Interesse weckte. Er las den ganzen Artikel und hatte dabei das merkwürdige Gefühl, als ob ihm etwas Ähnliches schon einmal untergekommen war. GENTEL? Ein Mykorrhizapilz, der Bäume schädigte? Irgendwo hatte er schon einmal davon gehört. Sein Gedächtnis ließ ihn selten im Stich.

Kurz entschlossen rief er Burt von der WOG in London an. Seine Amtszeit als WOG-Präsident war schon einige Zeit abgelaufen, aber mit Jim Burt verband ihn weiterhin ein freundschaftliches Verhältnis. Sie sahen sich regelmäßig, wenn er in London zu tun hatte.

»Morgen, Jim! Hast du schon die Zeitung gelesen?«

»Meinst du die Regierungskrise in den Staaten?«

»Nein, nein, ich meine die Geschichte oben in Norwegen.«

»Ach ja, die Pilze. Und die Baumschäden. Interessante Sache.«

»Und?« fragte Henslowe. »Sagt dir das was? Ich meine, hast du so etwas schon einmal gehört?«

»Nein … nein, nicht das ich wüßte«, antworte Burt und räusperte sich. Er klang, als hätte er gestern etwas zu tief ins Glas geschaut.

»Sei doch so gut, Jim, und frag mal euren Computer, ob er mit *Amanita wenzeli* etwas anfangen kann, ja?«

»Wird erledigt«, sagte Burt. »Ich melde mich, sobald ich was gefunden habe.«

»Danke, Jim. Bis später.«

Zwanzig Minuten später meldete sich Burt mit seiner Grabesstimme erneut.

»Wir haben hier tatsächlich etwas über diesen Pilz.«

»Dachte ich mir doch«, sagte Henslowe.

»Ich beneide dich um dein Gedächtnis, Mathew. Wir haben hier die Registrierung. Bearbeiter war ein Kurt Wenzel von der deutschen GENTEL. Und dann einen Bericht von Dr. Charlotte Uhlich, ebenfalls GENTEL.«

»Richtig, die Uhlich. Jetzt erinnere ich mich. Das war während meiner WOG-Zeit. Ich bin damals schon darüber gestolpert, weil ich noch nie von so einem Fall gehört hatte. Kannst du mir den Bericht von der Uhlich rüberfaxen?«

»Klar, kein Problem.«

Ein paar Minuten später hielt er den Bericht in der Hand und las ihn mit wachsendem Interesse. Dann rief er seine Sekretärin. »Miss Nicholson, verbinden Sie mich doch bitte mit der GENTEL in Deutschland, ja? Mit Frau Dr. Uhlich.«

»Sofort, Professor.«

Hinter Henslowes Schreibtisch stand ein großes Terrarium, in dem sich plötzlich ein kleines Krokodil bemerkbar machte. Es schlug mit dem Schwanz auf das Wasser ein, als fordere es es endlich die ihm gebührende Aufmerksamkeit.

»Hey, Oscar!« sagte Henslowe und wandte sich dem Terrarium zu. »Ich habe dir heute noch keinen guten Morgen gewünscht. Hast recht, daß du dich beschwerst.«

Oscar, das kleine Krokodil, schlug weiter auf das Wasser ein. Es war das letzte lebende Exemplar der *Neosaurus XV*-Serie. Alle anderen waren gestorben, kurz bevor sie den Brutschrank verlassen hatten. Kaum jemand hätte vermutet, daß Oscar ein paar Millionen Jahre alt war, jedenfalls seiner genetischen Ausstattung nach. Es sah eigentlich wie ein ganz normales Krokodil aus. Keine verräterischen Zacken und Kämme, keine überdimensionierten Zähne, nicht einmal eine überdurchschnittliche Größe. Ganz im Gegenteil. Den Namen Oscar hatte es erhalten, weil es sogar für ein heutiges Krokodil sehr klein geraten war und sich auch standhaft weigerte, weiter zu wachsen. Außerdem hatte es die merkwürdige Angewohnheit, hin und wieder mit seinem Schwanz die Wasseroberfläche zu bearbeiten, als ob sich aufgestaute Energie den Weg ins Freie suchte.

»Vielleicht wurden Krokodile damals nicht größer«, hatte Hopkins gesagt und gleichzeitig entschuldigend die Schultern gehoben. Er wußte, daß sie eigentlich mit einem Riesenkrokodil gerechnet hatten, nicht mit so einem Winzling.

Trotzdem, alle mochten Oscar, und er bekam einen Ehrenplatz in Henslowes Arbeitszimmer. Er war das erste sichtbare, wirklich lebende Ergebnis ihrer Arbeit. *Neosaurus XVI.* war schon in Arbeit, und vielleicht würde der ja etwas größer werden.

Jenkins, Henslowes Intimfeind, hatte für Oscar nur beißenden Spott übrig. Überall machte er sich lustig über den Liliputaner, das Krüppelkrokodil oder den Schaumschläger, den Henslowe da produziert hätte, und er behauptete bei jeder Gelegenheit, Henslowe betriebe jetzt die Miniaturisierung der Natur. Seine Strategie sei es wohl, mehr Lebensraum für Tiere zu gewinnen, indem er sie kleiner machte und so mehr davon in der Umwelt Platz hatten.

Während Henslowe vor Oscars Behausung stand und seinen Schützling betrachtete, klingelte sein Telefon und Miss Nicholson berichtete, daß bei der GENTEL ununterbrochen besetzt sei.

»Ich kann mir schon denken, warum. Versuchen Sie es bitte weiter«, sagte Henslowe und setzte sich wieder an seinen Schreibtisch.

Diesmal war es zwar keine richtige Bombe, die bei der GENTEL einschlug, aber die Wirkung, die die Presseberichte über den *Pfusch im Norden* in der Forschungszentrale entfalteten, konnten sich durchaus mit der Konfusion messen, die der Anschlag der LAS dort angerichtet hatte. Eckstein wurde zur Furie. Er knöpfte sich einen Mitarbeiter nach dem anderen vor, um herauszubekommen, wer die Informationen weitergegeben hatte. Die Gänge der Forschungszentrale waren wie ausgestorben. Niemand wollte auf Eckstein stoßen.

Wenzel hatte sich in sein Büro zurückgezogen und schlotterte vor Angst. Ihm wollte einfach nicht in den Kopf, wie das geschehen konnte. Er war mit dem Verlauf seiner Unterredung mit Plodsz eigentlich ganz zufrieden gewesen. Viel Neues hatte er zwar nicht erfahren, aber er hatte auch nicht das Gefühl gehabt, daß dieser verdammte Ungar irgendeinen Verdacht schöpfte. Was hatte er schon erzählt? Sogar Kollek schien umgefallen zu sein. Sie hatten ihn sicher unter Druck gesetzt.

Er hatte ihn unterschätzt. Plodsz hatte das alles eiskalt geplant und ganz bewußt in Kauf genommen, daß man ihn für einen unverbesserlichen Trottel hielt. Ein unverzeihlicher Fehler! Wer weiß, wie lange Plodsz schon an diesem Komplott geschmiedet hatte. Er hatte immer so getan, als könne er kein Wässerchen trüben, aber in Wirklichkeit war er eine ganz und gar durchtriebene Person.

Wenzel war fassungslos. Er fühlte sich getäuscht. Anstatt konstruktiv an der Lösung der Probleme zu arbeiten, hatte dieser Giftzwerg sich jedes Wort aus der Nase ziehen lassen und noch bei ihrem letzten Telefongespräch den naiven Dummkopf gespielt, der scheißfreundlich seine Hilfe anbot.

Wenn das nur gutging! Nie und nimmer durfte Eckstein erfahren, daß er Plodsz angerufen hatte. Dann war er geliefert, so gut wie gefeuert, das stand fest. Selbst Uhlich würde wahrscheinlich kein Verständnis für ihn aufbringen. Pah! Als ob die anderen so etwas für möglich gehalten hätten. In ihrer Meinung über Plodsz waren sich alle einig gewesen.

Eckstein hatte für 14 Uhr eine Krisensitzung einberufen.

Bis dahin mußte er sich wieder gefangen haben. Das Schlimmste war, daß sie keinen Schritt weitergekommen waren. Sie hatten Pilze und Fliegen Gen für Gen durchgecheckt und nichts gefunden. Da sie im Grunde nicht so recht wußten, wonach sie suchten, war dies auch nicht weiter verwunderlich. Von Plodsz war nun keine Hilfe mehr zu erwarten.

Wenn sich nicht bald etwas Entscheidendes tat, dann konnten sie alle ihren Hut nehmen. Eine solche Katastrophe konnte die Unternehmensleitung der GENTEL unmöglich hinnehmen, ohne einschneidende Maßnahmen zu ergreifen. Und das hieß, daß Köpfe rollen würden. Seiner war mit Sicherheit dabei. Plötzlich saß er mit diesem Ekel Eckstein in einem Boot. Gemeinsam siegen oder untergehen, hieß die Devise.

Eckstein ließ sich erschöpft in seinen Ledersessel fallen. So langsam nahm die Geschichte auch für ihn bedrohliche Ausmaße an.

Heute morgen hatte ihn Schwerte vom GENTEL-Vorstand angerufen und gefragt, wie er es hatte zulassen können, daß die Presse von der Sache Wind bekam, ob er die Kontrolle über seinen Verein verloren habe.

Schwerte hatte nach Uhlich gefragt, der großen Uhlich, der genialen Krisenmanagerin. Von wegen! Selbst der fiel nichts ein. Sein ganzer Mitarbeiterstab kaute nervös an den Fingernägeln, anstatt ihm konkrete Vorschläge auf den Tisch zu legen.

Es war für ihn eine ganz und gar ungewöhnliche Lage. Er war ein Mensch, dem der Erfolg zeitlebens treu geblieben war, der das Glück magisch anzuziehen schien. Er packte etwas an und führte es zu einem erfolgreichen Ende. So war es jedenfalls immer gewesen.

Jetzt mußte er die Sache selbst in die Hand nehmen. Wenzel, dieser Jammerlappen, hatte die Hosen schon wieder gestrichen voll. Trotzdem durfte er ihn nicht allzu hart anpacken, sonst verlor der Mann völlig die Nerven und war zu nichts mehr zu gebrauchen. Irgendwie mußte doch eine Lösung zu finden sein. Ein Unternehmen wie die GENTEL mit einer Zusammenballung von kompetentem Sachverstand, die in der Welt ihresgleichen suchte, müßte doch mit ein paar wildgewordenen Fliegenpilzen fertig werden.

Plötzlich kam ihm eine Idee.

Er rief Neumann an, einen Chemiker in der Abteilung Pflanzliche Inhaltsstoffe. »Tag, Neumann! Sagen Sie mal, können Sie mit Fliegenpilzen irgend etwas anfangen?«

»Fliegenpilze? Die roten mit den weißen Punkten? Ich kann mich nicht erinnern, daß ich jemals einen gesehen hätte«, antwortete Neumann.

»Mann!« tobte Eckstein. »Die biologische Ausbeute ihrer Waldspaziergänge interessiert mich einen Dreck! Ich will wissen, was in Fliegenpilzen drin ist.«

»Sie meinen Inhaltsstoffe?« fragte Neumann plötzlich interessiert.

»Sie haben's erfaßt. Warum würde ich wohl sonst gerade Sie anrufen, he? Ich kann mir wirklich amüsantere Gesprächspartner vorstellen.«

Eckstein stöhnte. War er denn nur von Vollidioten umgeben?

»Naja«, Neumanns näselnde Stimme klang etwas beleidigt. »Da dürfte so einiges Interessante zu finden sein. Warten Sie, ich schlage mal schnell nach.«

»Ja, aber bitte wirklich schnell.« Eckstein tippte mit den Fingerkuppen ungeduldig auf die Schreibtischplatte. Er hörte Stühlerücken, schließlich das Geräusch von umgeblätterten Buchseiten.

»Hier! Da haben wir's ja. Fliegenpilz, *Amanita muscaria.*«

»Wenzeli!«

»Wie?«

»*Amanita wenzeli.* Um den geht es.«

»Davon steht hier nichts. Hier steht: Fliegenpilz, *Amanita muscaria*, gesamte nördliche Hemisphäre…«

»Sagen Sie mal, Neumann, lesen Sie eigentlich Zeitung?«

Eckstein war entsetzt. Während er nicht wußte, wo ihm der Kopf stand, während sich die halbe GENTEL in heller Aufregung befand, hatte dieser Mann offenbar nicht die geringste Ahnung, was überhaupt los war. Er zwang sich, ruhig zu bleiben. Es nützte ja doch nichts, wenn er sich aufregte. »Na egal. Was ist denn nun drin in diesen Pilzen?«

»Muscarin, Muscimol, Muscazon, Ibotensäure. Ja, ja, da ist einiges zu holen. Hier steht allerdings nichts über die Mengen. Ich müßte das einmal selbst untersuchen. Aber ich denke, mit einem einzigen Pilz bekommen wir da nicht viel zusammen.«

»Wer redet von einem einzelnen Pilz, Neumann. Ich spreche von Tausenden von Pilzen, jeder etwa einen halben Zentner schwer.«

»Einen halben Zentner? Woher…? Also, na ja, dann könnte das für uns interessant sein.«

»Gut, Neumann. Das wollte ich wissen. Jetzt setzen Sie Ihren Arsch in Bewegung und besorgen mir alles, was Sie darüber in Erfahrung bringen können, und dann kommen Sie sofort in mein Büro. Verstanden?«

»Ja, natürlich, Dr. Eckstein.«

»Dr. Uhlich von der GENTEL am Apparat, Professor.«

»Ah, danke, Miss Nicholson.« Henslowe zog sich sein Jackett aus, drückte den Knopf des Telefons und setzte sich an seinen Schreibtisch zurück. Hinter ihm schlug Oscars Schwanz noch immer auf die Wasseroberfläche ein.

»Dr. Uhlich? Hier spricht Mathew Henslowe, Cambridge University.«

»Prof. Henslowe! Das ist aber eine Überraschung!« antwortete Uhlich in perfektem Englisch. Ihre Stimme klang hektisch.

Henslowe konnte sich lebhaft vorstellen, was bei der GENTEL im Augenblick los war. Ganz der englische Gentleman, erkundigte er sich jedoch zuerst nach persönlichem Befinden und wie denn die Arbeit so liefe, bevor er zur Sache kam.

»Was ist denn das für eine Geschichte da in Norwegen? Ich habe gerade in der Morgenzeitung geblättert und stoße auf einen Bericht über diesen ... äh«, er schlug schnell die Zeitung auf und suchte den Namen dieses Pilzes. *»... Amanita wenzeli.«*

»Ja, *Amanita.* Wissen Ihre Zeitungen auch schon Bescheid?« Uhlichs Stimme war deutlich anzumerken, daß sie nicht gerade begeistert war. »Die Presse hat wohl nur darauf gewartet, uns eins auszuwischen.«

»Na, das scheint ja wohl auch eine ernstere Angelegenheit zu sein«, erwiderte Henslowe. Er hatte nicht vor, sich mit Allgemeinplätzen abspeisen zu lassen.

»Sie wissen doch, wie die Presse ist, Professor. Bei uns sagt man: Wer den Schaden hat, braucht für den Spott nicht zu sorgen. Nein, im Ernst, wir haben da wirklich einige Probleme, aber ganz so dramatisch, wie die Presse es darstellt, ist es nicht.«

»Aber es scheint sich ja schon längere Zeit hinzuziehen, nicht wahr? Ich habe im WOG-Archiv nachschauen lassen, und dort ist Ihr *Amanita* kein Unbekannter. Ich habe hier Ihren damaligen Bericht vorliegen.«

Uhlich lachte trocken. »Prompte Arbeit, Prof. Henslowe! Wieso interessiert Sie die Angelegenheit eigentlich so?«

»Na, wissen Sie! Ein Mykorrhizapilz, der parasitisch wird, das ist nun wirklich nicht alltäglich. Außerdem ist die Sache seinerzeit über meinen Schreibtisch gegangen. Ich weiß also einigermaßen Bescheid über Ihr Problem. Haben Sie denn mit den Fliegen keinen Erfolg gehabt? Sie schrieben damals, daß Sie die Pilze mit einer neu entwickelten Fliegenart bekämpfen wollten.«

»Ja, ja!« antwortete Uhlich. »Das haben wir auch getan. Aber... Professor, ich will ganz offen zu Ihnen sein. Bisher stehen wir vor einem Rätsel. Der Einsatz der Fliegen hat sich im großen und ganzen bewährt. Aber die Baumschäden sind nun an anderen Standorten neu aufgetreten. Sie sind zwar bei weitem nicht so gravierend wie damals, aber sie scheinen sich schnell auszubreiten.«

»Was hat denn den Parasitismus ausgelöst?«

»Tja, da sprechen Sie einen ganz wunden Punkt an. Genau das wissen wir nicht.«

»Wie bitte? Sie haben keine Ahnung, was den Pilz zum Parasiten gemacht hat, und setzen einfach diese Fliegen aus?« Der Pressebericht schien nicht übertrieben zu haben. Das war Pfusch!

»Sie haben ja recht, aber Sie müssen uns verstehen. Wir standen unter Zeitdruck. Wenn wir nicht schnell gehandelt hätten...«

»Trotzdem!« unterbrach Henslowe. »Tut mir leid, aber das ist kein sauberes Vorgehen. Sie wissen, daß ich Ihre Arbeit sehr schätze, Dr. Uhlich, aber das war absolut übereilt. Hier geht es nicht um geschlossene Systeme, sondern um eine irreversible Freisetzung in natürliche Ökosysteme. Was haben Sie denn jetzt vor?«

»Wir arbeiten mit Hochdruck, aber ich kann Ihnen noch nichts Konkretes sagen. Die Sache ist ziemlich kompliziert.«

»Dazu hat die GENTEL ja nicht unerheblich beigetragen.«

»Tja, es tut mir leid, daß ich keine besseren Nachrichten für Sie habe. Wir sind einfach noch nicht soweit.« Uhlich wirkte jetzt schroff und kurz angebunden. Wenn selbst diese Frau so empfindlich reagierte, dann mußte die Lage wirklich ernst sein.

»Na gut. Ich nehme an, Sie haben alle Hände voll zu tun. Aber seien Sie bei Ihren zukünftigen Maßnahmen etwas vorsichtiger!«

»Sie haben recht, wir haben tatsächlich sehr viel zu tun. Vielen Dank für Ihren Anruf, Professor. Auf Wiedersehen!«

»Auf Wiedersehen.«

Henslowe legte den Hörer auf und schüttelte verblüfft den Kopf. Donnerwetter, da schien er ja in ein Wespennest gestochen zu haben. Die saßen offenbar ganz schön in der Patsche. Das Dumme war nur, daß es hier nicht um eine interne Angelegenheit der GENTEL ging. Hier war die gesamte Öffentlichkeit betroffen.

Er wollte sich wieder seiner Arbeit zuwenden, aber irgendwie gingen ihm diese Pilze und die Fliegen nicht mehr aus dem Kopf. Die Sache interessierte ihn. Außerdem konnte eine negative Presse alte Ressentiments der Öffentlichkeit zum Leben erwecken, und den Schaden hätten dann alle, die in der Gentechnologie arbeiteten, auch er selbst.

Er rief noch einmal Burt in London an.

»Jim, hier ist noch einmal Mathew. Du mußt mir einen großen Gefallen tun.«

»Jederzeit, Mathew. Was ist es denn diesmal?«

»Es geht noch einmal um diese Pilze.«

»Ja, und?«

»Kannst du mir die vollständigen Gensequenzen der Pilze und dieser Fliegen, die die GENTEL ausgesetzt hat, auf eine Diskette kopieren und nach Cambridge schicken?«

»Natürlich kann ich das. Aber was hast du denn damit zu tun?«

»Eigentlich gar nichts. Aber irgendwie interessiert mich die Geschichte. Ich habe gerade bei der GENTEL angerufen, und, ich kann dir sagen, die laufen ganz schön auf dem Zahnfleisch. Wenn du erlebt hättest, wie diese Uhlich reagiert hat... Die Frau ist ansonsten die Beherrschung selbst. Ein Eisblock. Aber die tappen völlig im dunkeln. Sie haben die Fliegen als Antagonisten ausgesetzt, ohne zu wissen, was überhaupt los ist. Ich will mir das mal selbst anschauen.«

»Na gut, Mathew.« Burt lachte. »Wenn du dringend eine Beschäftigung brauchst, schicke ich dir die Betriebsanleitungen.«

»Ach ja«, fügte Henslowe noch hinzu, »vielleicht kannst du auch noch herausfinden, welche Baumart betroffen ist. Ich glaube, Uhlich hat das in ihrem Bericht erwähnt. Dann hätte ich die ganze Darstellerriege beisammen.«

»Ach, weißt du«, brummte Burt, »im Gegensatz zu dir leide ich eigentlich nicht unter Arbeitsmangel. Aber gut, weil du's bist.«

»Danke, Jim! Ich lade dich auch zum Essen ein, wenn ich das nächste Mal in London bin, okay?«

»Versprochen?«

»Versprochen!«

»Na, bei der Arbeit, die du dir gerade aufhalst, wirst du wahrscheinlich erst mal für ein Jahr in der Versenkung verschwinden.«

Henslowe schmunzelte. »Du bekommst dein Essen und ich die Diskette, ja? Also, bis dann.«

Pünktlich um zwei Uhr nachmittags füllte sich Ecksteins Büro mit den GENTEL-Mitarbeitern, die er zu der Krisensitzung bestellt hatte. Neben Vollmersen, dem Pressesprecher, der vom vielen Telefonieren schon ganz rote Ohren hatte und als letzter in den Raum gestürzt kam, waren Eckstein selbst, Uhlich, Wenzel und ein blasser dürrer Mann mit korrektem Seitenscheitel anwesend, der sowohl Uhlich als auch Wenzel unbekannt war und von beiden mißtrauisch beäugt wurde, Dr. Günter Neumann.

Man brauchte nur in die Gesichter der Anwesenden zu blicken, um zu erkennen, daß sich hier niemand in Hochstimmung befand, mit Ausnahme vielleicht von Neumann, der freudig erregt schien. Als Wenzel erfuhr, um wen es sich bei dem Unbekannten handelte, wurde er noch mißtrauischer. Was hatte der Mann hier zu suchen?

Eckstein schaute mißmutig in die Runde. Als sich schließlich auch Vollmersens Atemfrequenz beruhigt hatte, sagte er mit leicht gepreßter Stimme: »Gibt es irgend etwas Neues, was ich wissen sollte? Vollmersen?«

Vollmersen holte tief Luft. »Die Pressestelle samt ihrem Sprecher ist kurz vor dem Kollaps. Wir sind reif für ein Sanatorium«, stöhnte er. »Sämtliche Leitungen sind ununterbrochen belegt. Empörte Hausfrauen, Bürgerinitiativen, Regierungstellen, Naturschützer, Journalisten und Wissenschaftler. In etwa dieser Reihenfolge. Es ist die Hölle.«

»Dr. Uhlich?« Eckstein schien ihm gar nicht zugehört zu haben. Vollmersen schaute kurz irritiert, weil seine Schilderung so wenig Eindruck gemacht hatte, dann sackte er in sich zusammen.

»Henslowe hat bei mir angerufen«, sagte Uhlich.

»Der WOG-Henslowe?« fragte Eckstein und hob den Kopf.

»Ja, aber er ist nicht mehr WOG-Präsident.«

»Was geht das den denn an?« brummte Eckstein.

»Wahrscheinlich lebt immer noch der WOG-Chef in ihm fort«, sagte Uhlich. »So ein Mann kann das nicht von heute auf morgen ablegen. Er hat sich darüber aufgeregt, daß wir nichts darüber wissen, was den Parasitismus des Pilzes ausgelöst hat.«

»Da hat er verdammt recht!« brüllte Eckstein plötzlich los, so daß alle zusammenzuckten und sogar Neumann ein erschrecktes Gesicht machte. Eckstein schaute Wenzel und Uhlich giftig an. »Haben Sie es ihm etwa gesagt, ja?«

»Henslowe ist kein Dummkopf! Er ist ein hochangesehener Wissenschaftler und ein ausgesprochen kluger Kopf. Wenn Henslowe fragt, was den Parasitismus ausgelöst hat, dann will er eine klare Antwort, oder er wird wissen, daß wir keine Ahnung haben. Also habe ich uns beiden den Umweg erspart und gleich die Wahrheit gesagt.« Uhlich wirkte äußerlich ruhig, aber eines ihrer Augenlider zuckte. »Außerdem kann er uns vielleicht helfen.«

»Hmhm«, sagte Wenzel, um seine Kollegin zu unterstützen.

»Und Sie, Wenzel? Irgendwelche Neuigkeiten?«

Zuerst zuckte Wenzel nur mit den Achseln. Dann, als ihm klar wurde, daß Eckstein damit nichts anfangen konnte, weil er ihn nicht ansah, fügte er noch hinzu: »Nein, nichts Neues.«

Eckstein warf dem Biochemiker einen vernichtenden Blick zu. Dann rückte er in seinem Sessel nach vorne und stützte die Ellenbogen auf die Knie.

»Da hier offenbar niemand in der Lage ist, auch nur einen einzigen erfolgversprechenden Vorschlag zustande zu bringen, wie wir mit dieser äußerst unangenehmen Situation fertig werden können, will ich Ihnen jetzt sagen, was wir tun werden.«

Er machte eine kurze Pause. »Herr Dr. Neumann von den Pflanzlichen Inhaltsstoffen hat mich darüber aufgeklärt, daß *Amanita* einige für uns ganz interessante chemische Verbindungen enthält.«

Alle Blicke richteten sich auf Neumann. Der dürre Chemiker lächelte allen freundlich zu. Er trug die typische Chemikeruniform, einen von Farbflecken und Säurelöchern verunstalteten, ursprünglich weißen Kittel, der einen eigentümlichen Kontrast zu dem feinen, schwarzen Ledersessel bildete, in dem er saß. Als er merkte, daß sein Lächeln, insbesondere von Wenzel, nicht erwidert wurde, rutschte er etwas verlegen hin und her. Das Leder quietschte.

»Wir werden deshalb als erste Sofortmaßnahme so viele von diesen Pilzmonstern ... äh, abernten, sag ich mal, und so schnell wie möglich hierher in die Forschungszentrale transportieren. Neumann wird dann sehen, was er damit anfangen kann.«

Uhlich und Wenzel starrten Eckstein ungläubig an, während Neumann wieder zu seinem Lächeln zurückfand und sich unter erneutem Quietschen des Leders bequemer in den Sessel setzte.

»Ich habe Kollek angerufen«, fuhr Eckstein fort. »Er hat

einiges gutzumachen. Er war so klein mit Hut, als ich ihm klargemacht habe, in welche Schwierigkeiten er uns gebracht hat.«

Eckstein hielt Daumen und Zeigefinger in die Luft, um anzudeuten, wie klein Kollek geworden war, und Wenzel dachte mit Bedauern an den armen Norweger. Jeder, der Eckstein in seiner augenblicklichen Verfassung zum Opfer fiel, konnte einem nur leid tun.

»Kollek hat mir zugesichert, daß er schnellstens einen Trupp Waldarbeiter zusammenstellen und einen Einsatzplan ausarbeiten wird. Diese ...«, Eckstein lachte trocken, »diese Pilzfäller werden dann jeden Fliegenpilz, der ihnen vor die Nase kommt, beseitigen. Ich rechne damit, daß wir einige Tonnen zusammenbekommen werden.« Er schaute Wenzel an. »Elende Schlamperei! Ihre Fliegen, Wenzel, haben ja offenbar alles nur noch schlimmer gemacht. Geniale Idee, wirklich. Mein Kompliment!«

Wenzel blickte hilfesuchend zu Uhlich. Die aber starrte mit eisiger Miene auf Eckstein und beachtete ihn nicht.

Vollmersen machte sich eifrig Notizen. Er war wahrscheinlich froh, daß überhaupt etwas passierte, und hatte von der ganzen Materie sowieso keine Ahnung.

»Ich will, daß da oben nach einer Woche kein einziger verdammter Fliegenpilz mehr zu finden ist. Zur Not müssen wir die Aktion ein paar Wochen später noch einmal wiederholen. Und, wenn es ganz schlimm kommt, eben nächstes Jahr wieder.«

Eckstein lehnte sich langsam zurück, schlug die Beine übereinander und sagte mit einem Seitenblick auf Neumann: »Vielleicht springt für uns sogar noch etwas heraus dabei. Zumindest gewinnen wir Zeit. Die können die Herrschaften ja dann nutzen, um ebenfalls konstruktiv an der Lösung des Problems mitzuarbeiten«, sagte er zu Wenzel und Uhlich. »Noch Fragen?«

Wenzel schüttelte schnell den Kopf, aber Uhlich sagte mit versteinertem Gesicht: »Verstehe ich Sie richtig? Sie wollen aus den betroffenen Gebieten so etwas wie kommerzielle Pilzkulturen machen? Das kann doch nicht Ihr Ernst sein.«

Eckstein kniff die Augen zusammen. »Liebe Dr. Uhlich«, sagte er betont höflich. »Ich bin jederzeit bereit, mir Ihre sicherlich durchdachten Lösungsvorschläge anzuhören.« Dann wurde er lauter. »Aber bisher warte ich vergeblich. Bisher ist Ihnen nichts Besseres eingefallen, als diesen Henslowe auf uns anzusetzen, als ob wir nicht schon genug Ärger am Hals hätten. Ich kann beim besten Willen nicht darauf warten, daß Ihnen irgendwann wieder eine Ihrer berühmten genialen Eingebungen kommt, Ihnen oder diesem Häufchen Elend da.« Er wies auf Wenzel. »Wieder so eine Idee wie mit diesen Fliegen. Also, ich warte.«

Während Wenzel verlegen auf seine Hände blickte, starrten sich Uhlich und Eckstein an, als wollten sie sich gegenseitig hypnotisieren. Uhlichs Kiefermuskulatur arbeitete unaufhörlich und verriet ihre Erregung. Eckstein war in Kampfstimmung, seine Augen weit aufgerissen.

Vollmersen kritzelte unermüdlich, kaute hin und wieder an seinem Stift und schien von der Auseinandersetzung gar nichts mitzubekommen. Neumann wurde die ganze Situation langsam unheimlich. Er zupfte nervös an seinem zerfledderten Kittel herum und wunderte sich, in was für eine Geschichte er da hineingeraten war. Bisher war alles so schön friedlich verlaufen. Solche Spannungen waren ihm in der ganzen Zeit, die er für die GENTEL arbeitete, noch nie untergekommen.

»Gut!« sagte Eckstein endlich. »Dann ist ja alles klar. Vollmersen, Sie bereiten eine Presseerklärung vor.«

»Schon dabei«, sagte Vollmersen und kritzelte weiter auf seinem Block herum.

Eckstein stand auf und beendete die Versammlung. Wenzel

machte sich schnell aus dem Staub, aber auf dem Flur schaute er sich noch einmal nach Uhlich um, die stocksteif auf ihr Arbeitszimmer zumarschierte und jeden Blickkontakt vermied.

So hatte er sie noch nie erlebt.

24

Bewaffnet mit Äxten und langen Messern, machte sich wenige Tage später eine Hundertschaft kräftiger norwegischer Waldarbeiter daran, jeden Fliegenpilz zu fällen, der ihnen unter die Augen kam. Als Kollek ihnen erklärte, was sie zu tun hatten, starrten sie ihn ungläubig an und dachten an einen verspäteten Aprilscherz. Dann murrten einige, weil sie an die giftigen Pilze dachten. Aber die Bezahlung war gut, und so machten sie sich unter Olsons Führung in fünf Gruppen auf den Weg.

Als sie dann am Abend zurückkehrten, hatten sie ihre Meinung gründlich geändert. Der vermeintliche Waldspaziergang hatte sich als schweißtreibende Schwerstarbeit entpuppt. Statt mit dem Körbchen durch den Wald zu schlendern und hin und wieder einen Pilz einzusammeln, mußten sie die großen, glitschigen, viele Kilogramm wiegenden Pilze zum Teil kilometerweit durch die Wildnis schleppen, da ihre LKWs nicht nahe genug an die Gebiete heranfahren konnten.

Einigen kam die Angelegenheit zudem unheimlich vor. Sie kannten den Wald seit vielen Jahren und waren noch nie auf derartige Massen von Fliegenpilzen gestoßen, geschweige denn auf Exemplare, die ihre fünfzehn bis zwanzig Kilo wogen. Nach drei Tagen begannen die ersten Waldarbeiter zu revoltieren, und Kollek mußte die Löhne erhöhen, indem er zusätzlich Prämien für jeden Zentner gesammelter Pilze zahlte.

Kollek hatte die Leitung der Aktion Olson übertragen, sozusagen als Strafarbeit für dessen Versagen. Wirklich böse war er seinem jungen Mitarbeiter nicht. Woher hätte Olson denn wissen sollen, was Plodsz im Schilde führte?

Dieses ganze Unternehmen, das er da auf Druck von Eckstein hatte einleiten müssen, hielt Kollek für wenig hilfreich. Es war reiner Aktionismus, bestenfalls dazu angetan, die aufgebrachte Öffentlichkeit zu beruhigen und der GENTEL selbst in dieser verfahrenen Situation noch einen Vorteil zu verschaffen, was ihn zutiefst abstieß.

Während Olson und die Waldarbeiter Hektar für Hektar des kranken Waldes durchforsteten, verfolgte er eine andere Spur. Er begann, seinen Computer mit den Daten ihrer zahlreichen Probenahmen zu füttern, um so detaillierte Verbreitungskarten der Baumschäden, der beiden Pilzformen, des alten und des neuen *Amanita,* und der *Megaselia*-Fliegen zu erhalten. In den vergangenen Jahren hatten er mit Olson zahllose Exkursionen in die betroffenen Gebiete unternommen und umfangreiches Datenmaterial zusammengetragen. Schon im Gelände war ihnen aufgefallen, daß die *Amanita*-Pilze keineswegs überall zu diesen ungewöhnlich großen Exemplaren heranwuchsen. *Amanita* und die Fliegen hatten sich zwar über ein riesiges Areal ausgebreitet, aber die Waldschäden traten nur in einigen wenigen Gebieten auf, allerdings mit stark zunehmender Tendenz. Vielleicht konnten sie, wenn er das ganze Material von seinem Computer in großmaßstabige Karten übertragen ließ, irgendwelche Muster erkennen, die sie weiterbrachten.

In jeder freien Minute saß er vor dem Rechner und gab sein Datenmaterial ein, und jeden Tag, wenn Olson aus dem Wald zurückkehrte, konnte er weitere Lücken schließen. Bevor die Waldarbeiter alle Pilzhüte beseitigten, nahm Olson weitere Proben, ermittelte die Dichte, in der die Pilzfruchtkörper aus dem Boden wuchsen, maß deren Höhe und Hutumfang und notierte Art und Schwere der Baumschäden. Bildpunkt für Bildpunkt setzte der Computer daraus sehr viel detailliertere Karten zusammen als die, die sie bisher zur Verfügung hatten.

Tatsächlich ergab sich bald ein Bild, das mit der Vorstellung, die Schäden würden sich in alle Richtungen gleichmäßig ausbreiten, nicht zu vereinbaren war.

»Die Post, Prof. Henslowe!« sagte Miss Nicholson und legte einen dicken Stapel Briefe auf Henslowes Schreibtisch.

»Danke!«

Henslowe war in die Betrachtung von Oscar vertieft, der heute beunruhigend apathisch in seinem Terrarium lag und offensichtlich keine Lust verspürte, wie üblich auf das Wasser einzuschlagen. Selbst die junge Ratte, die Henslowe ihm angeboten hatte, schien ihn nicht zu interessieren.

Er setzte sich an seinen Schreibtisch, drehte den Stuhl Oscars Terrarium zu und warf, während er schnell die eingegangene Post überflog, immer wieder einen besorgten Blick auf seinen Schützling. Plötzlich stieß er auf einen dicken, gepolsterten Briefumschlag der WOG.

»Ah, die Diskette«, murmelte er vor sich hin und öffnete den Umschlag. Auf Burt war Verlaß. Wie Henslowe dem Begleitschreiben entnehmen konnte, hatte er alle Betriebsanleitungen zusammenbekommen.

Er setzte sich an seinen PC und sah sich das Inhaltsverzeichnis der Diskette an. Da waren alle beteiligten Organismen versammelt: die beiden *Amanita*-Pilze, *Megaselia,* die Fliege, und auch die Baumart, *Picea jacobsoni,* eine Fichte, die offenbar von einem gewissen Jacobson entwickelt worden war.

Er startete das Programm, mit dem sich die WOG-Daten darstellen ließen, und wählte aus dem Menu die Fliegen aus. Auf dem Bildschirm erschien eine schematische Darstellung des *Megaselia*-Zellkerns. Henslowe tippte auf eines der Chromosomen und erhielt eine vergrößerte Darstellung mit den charakteristischen dunklen und hellen Querbanden. Er wählte wiederum einen bestimmten Chromosomenabschnitt aus, und sofort ratterte eine endlose Folge von As, Ts, Cs und Gs über den Bildschirm in immer neuen, verwirrenden Kombinationen, hin und wieder unterbrochen von schwarzen Balken. Das waren die DNS-Abschnitte, deren Buchstabenfolge man nicht näher analysiert hatte.

Hinter ihm, in Oscars Terrarium, erklang plötzlich ein Quiecken, und als Henslowe sich umblickte, sah er, daß Oscar sich nun doch entschieden hatte, die kleine Ratte zu verfrühstücken. Ihr Schwänzchen hing noch aus seinem Maul.

»Na, bitte!« rief Henslowe und ging zum Terrarium.

»Geht's dir doch gut, ja?« fragte er und lächelte. Der Kleine war ihm ans Herz gewachsen.

Er ging wieder zurück zu seinem Rechner und schaute noch in die DNS-Ketten der anderen Organismen hinein. Dann ließ er sich die statistischen Daten zeigen: Chromosomenzahl, Zahl der Basenpaare und Verhältnis der vier Buchstaben zueinander. Er verglich die Daten mit verschiedenen Tabellen, die er einem dicken Wälzer entnahm, und schüttelte den Kopf. Dann schaute er sich die WOG-Registrierungen und die Beschreibungen der Organismen an.

Alles schien soweit in Ordnung. Es war natürlich auch nicht zu erwarten, daß die Lösung des Problems so einfach sein würde. Er grübelte noch eine Weile darüber nach und entschloß sich, morgen oder übermorgen alles einmal durch eines seiner Spezialprogramme laufen zu lassen. Er nannte es das Anti-Virus-Kit, aber im Grunde war es eine Genomdatenbank. Es stammte noch aus der Zeit, als er sich näher mit Viren beschäftigt hatte. Damals hatte er die entschlüsselten DNS-Ketten aller Viren gesammelt, die er in die Finger, oder besser, in den Computer bekommen konnte.

Wie sah der Urvirus aus? Gab es einen oder viele, die unabhängig voneinander entstanden? Woraus hatten sie sich entwickelt? Waren es Chromosomenstücke höherer Organismen, sozusagen ausgewilderte Gene, die sich selbstständig gemacht hatten und nun ein latentes Eigenleben führten? Das waren die Fragen, mit denen er sich beschäftigte. Zu dieser Zeit waren nicht viele Virengenome entschlüsselt, und er war nicht sehr weit gekommen. Die Techniken zur Sequenzanalyse von DNS-Molekülen waren damals noch nicht so automatisiert. Er machte sich im Geiste eine Notiz. Bei nächster Gelegenheit müßte einmal jemand die Literatur nach neu aufgeklärten Viruserbmolekülen durchforsten.

In seiner jetzigen Form konnte er zwar mit der Datenbank nichts anfangen, aber es war kein Problem, ein kurzes Programm zu schreiben, das die vorliegenden Genketten von Pilzen, Fliegen und Bäumen mit den gespeicherten Viren verglich. Vielleicht hatte sich irgendwo so ein vermaledeites Virus eingenistet.

Es war nur ein Verdacht. Die Baumschäden, die in dem WOG-Bericht des norwegischen Forstexperten beschrieben wurden, könnten durchaus auch von einem Virus hervorgerufen werden. Er hatte alles, was er dazu brauchte. Warum sollte er es also nicht einfach versuchen?

Kollek und Olson hatten die vom Computer erstellten Verbreitungskarten über den ganzen Tisch ausgebreitet und betrachteten das Ergebnis ihrer Untersuchungen. Wie zu erwarten war, zeigten die Karten, die die Verbreitung der beiden *Amanita*-Versionen darstellten, eine gleichmäßige Verteilung über ein riesiges Gebiet, wobei die neuere Variante naturgemäß etwas hinterherhinkte. Überall da, wo die neue Pilzart stark vertreten war, begann der alte *Amanita wenzeli* zurückzugehen, ein Ergebnis des selektiven Fliegenfraßes. *Megaselia* war ein Feinschmecker und bevorzugte den alten Pilz. Die Fliegen waren überall zu finden. Besonders zahlreich waren sie aber in den Gebieten, in denen auch die alte *Amanita*-Art ihren Schwerpunkt aufwies. Soweit war alles, wie es sein sollte. Es entsprach genau ihrer Erwartung und dem Plan, den sie mit Wenzel und Uhlich ausgearbeitet hatten.

Interessante Unregelmäßigkeiten zeigten sich aber auf den

Karten, die die Verbreitung der Waldschäden darstellten. In zwei der fünf betroffenen Flächen waren inmitten des Verbreitungsgebietes von Pilzen und Fliegen rätselhafte Löcher, in denen keine Baumschäden auftraten. Dort erreichten auch die Pilze nur normale Ausmaße.

Offenbar funktionierte hier die Symbiose, obwohl die sich ununterbrochen ausbreitende Front von Riesenpilzen und Baumschäden schon lange über diese Flächen hinweggezogen war. Kollek und Olson starrten auf diese gesunden Flecken innerhalb des erkrankten Waldes und grübelten darüber nach, was das zu bedeuten haben könnte.

»Können Sie sich an irgendwelche Besonderheiten erinnern?« fragte Kollek.

Henrik Olson zuckte nur mit den Schultern. »Ich habe Tausende von Pilzen vermessen und ebenso viele Baumschäden aufgenommen. Ich kann mich beim besten Willen nicht an jede einzelne Probennahme erinnern. Völlig ausgeschlossen!«

»Na ja, Sie haben natürlich recht. Draußen sieht ein Waldgebiet wie das andere aus«, mußte Kollek ihm zustimmen.

Er schaute auf eine normale, großmaßstabige Landkarte eines der Gebiete, in dem diese merkwürdigen Löcher mit gesundem Baumbestand auftraten. Ringsherum siechte der Wald dahin.

»Vielleicht erinnern Sie sich an besondere Landmarken.« Er fuhr mit dem Finger langsam über die Karte. »Hier zum Beispiel!«

Er tippte auf einen Flußlauf. »Dort ist ein großer Wasserfall.« Olson zog die Mundwinkel nach unten und schüttelte bedauernd den Kopf. Dieses Land hatte Tausende von Wasserfällen. Wie sollte er sich da an diesen einen erinnern?

Kollek blieb hartnäckig und suchte weiter. Seine Augen flitzten zwischen den beiden Karten hin und her. Erst suchte er sich einen dieser gesunden Flecken aus, und dann versuchte er das Gebiet auf der normalen Landkarte wiederzufinden. Er entdeckte ein kleines Waldstück, vielleicht nur ein paar hundert Quadratmeter groß, das von dem Computerausdruck als gesund ausgewiesen wurde und direkt an einem kleinen See lag.

»Hier! Dieser See«, sagte er. »Den kenne ich gut. Er hat in der Mitte eine wunderschöne, kleine felsige Insel und ist fast kreisrund. Ich war früher oft zum Angeln dort. Ist schon lange her.«

Olson beugte sich erneut über die Karten, dann zog er die Augenbrauen hoch. »Stimmt! An den See kann ich mich erinnern.« Er seufzte und rieb sich mit der Hand über die Stirn. »Aber der Wald? Eigentlich nichts Besonderes. Ein paar schöne alte Bäume. Wir haben dort Mittagspause gemacht, direkt am Ufer. Aber an mehr kann ich mich nicht erinnern.«

»Hm«, sagte Olson und vertiefte sich weiter in die Karten.

So kamen sie nicht weiter. Sie hatten etwas Interessantes gefunden, darin waren sie sich einig. Aber wie sollten sie sich diese gesunden Flecken erklären? Konnten sich einzelne Bäume oder Baumgruppen gegen den Pilz wehren?

»Es hilft nichts«, sagte Kollek schließlich. »Wir müssen noch einmal rausfahren.« Er tippte auf die rätselhaften Oasen inmitten des kranken Waldes. »Wir müssen diese Stellen der Reihe nach ablaufen und uns noch einmal genau umsehen. Ich bin mir sicher, daß wir etwas Wichtiges übersehen haben.«

Früh am nächsten Morgen machten sich die beiden auf den Weg. Sie mußten erst ein gutes Stück mit dem Auto fahren und dann noch eine Stunde zu Fuß laufen. Überall längs des Weges trafen sie auf die geköpften Stümpfe der abtransportierten *Amanita*-Pilze. Sie hatten sich schon schwarz verfärbt und begannen zu verwesen. Kolleks Schritte wurden immer länger, je näher sie ihrem Ziel kamen. Olson konnte kaum mit ihm Schritt halten.

Endlich erreichten sie den kreisrunden See, in dessen Mitte ein kleines, buckliges Inselchen aus dem spiegelglatten Wasser schaute wie der Kopf einer großen Kröte. Aber das friedliche Bild täuschte. Der See war biologisch tot, sein Wasser so sauer wie Essig. Dort gab es schon lange keine Fische mehr. Und ringsherum starb der Wald, auch wenn seine tödliche Krankheit bisher nur für Fachleute erkennbar war.

Sie marschierten zielstrebig auf die Gruppe besonders großer Bäume in Ufernähe zu, an die sich Olson erinnert hatte. Als sie im Schatten der Bäume die Rucksäcke absetzten und in die dicht begrünten Baumkronen hinaufsahen, wußte Kollek plötzlich, was sie vernachlässigt hatten. Er hätte heulen können angesichts dieser Erkenntnis. Es war so einfach, daß sie es als Erklärungsmöglichkeit gar nicht in Erwägung gezogen hatten.

Die alten Bäume am Seeufer waren Reste des ursprünglichen Baumbestandes, übriggeblieben aus einer Zeit, als man hier noch nicht mit modifizierten, säureresistenten Bäumen wiederaufgeforstet hatte. Über viele Jahre hatten sie allen Unbilden der Witterung getrotzt, und sie waren gesund.

Kolleks Aufregung steigerte sich noch. In zügigem Tempo liefen sie auch die anderen, auf der Computerkarte verzeichneten Flecken gesunden Waldes ab, und überall fanden sie das gleiche Bild. Inmitten der dreißig- bis vierzigjährigen Bäume, die man damals wiederaufgeforstet hatte, fanden sie Gruppen älterer, knorriger, flechtenbehangener Überbleibsel aus der guten alten Zeit, Reliktvorkommen der über Jahrtausende gewachsenen nordischen Urwälder. Um sie herum wuchsen keine der abnormen Rotkappen. Sie vertrugen sich mit den Pilzen und hatten überlebt.

Eilig stiefelten Kollek und Olson nach Hause. Sie waren ein gutes Stück vorangekommen. Endlich hatten sie einen handfesten Ansatzpunkt.

Kollek mußte an die Zusammenkunft im Forstwissenschaftlichen Institut denken, damals, als die ersten Schäden auftraten und Wenzel und Uhlich aus Deutschland eingeflogen waren. Und er mußte an Uhlichs Rede denken, die den dicken

Helvison, den heutigen Umweltminister, so erregt hatte. Sie hatte damals bei der ersten Vorführung der für alle so schockierenden Bilder wohl selbst nicht daran geglaubt, aber sie hatte recht gehabt.

Es waren die Bäume! Sie alle hatten jahrelang eine völlig falsche Fährte verfolgt. Die Pilze waren nicht die Ursache der Krankheit. Es waren die Bäume selbst. Nicht zu glauben! Wie hatte Uhlich damals gesagt: Actio und Reactio.

25

»Mist, verdammter!«

Henslowes Laune näherte sich einem für ihn ungewöhnlichen Tiefpunkt. Dieser Tag schien ganz und gar nicht den Verlauf zu nehmen, den er sich vorgestellt hatte. Erst hatte er sich über die langen Gesichter seiner Mitarbeiter gewundert, die nicht allein damit zu erklären waren, daß sie an diesem Montag in eine neue, arbeitsreiche Woche starteten. Sie waren eher einem Todesfall angemessen. Dann hatte auch er den armen Oscar gefunden, der starr in seinem Terrarium lag und nie mehr auf die Wasseroberfläche einschlagen würde. Schließlich teilte ihm Hopkins mit versteinerter Miene mit, daß über das Wochenende die Klimaschränke ausgefallen seien und ihr gesamter *Neosaurus XVI.*-Ansatz das Zeitliche gesegnet hatte.

Kaum hatte er diese morgendlichen Hiobsbotschaften verkraftet, verkündete ein penetrantes Piepen des Computers einen weiteren Mißerfolg. Sein Virusprogramm hatte auch das letzte Chromosom der neuen *Amanita*-Version nach verborgenen Viren durchforstet. Vergeblich! Dasselbe Ergebnis wie in den Tagen zuvor bei den Genen der alten Pilzform, der Bäume und der Fliegen. Es war zum Haare raufen. Nichts lief.

Mit finsterer Miene starrte er in das verwaiste Terrarium – sie hatten das kleine Krokodil zur letzten Ruhe in eine Gefriertruhe umgebettet – und sehnte sich nach Oscars sinnlosem Geplansche.

Sein Tod war zwar traurig, aber nicht unbedingt eine Überraschung. Oscars Verhalten war in der letzten Zeit immer merkwürdiger geworden. Sein Futter hatte er kaum noch angerührt.

Auch der Ausfall der Klimaschränke war natürlich ärgerlich. Es warf sie um Wochen zurück. Aber so etwas kam eben vor, und sie würden *Neosaurus XVI.* einfach noch mal erschaffen. Die Buchstabenketten der Erbmoleküle waren im Computer gespeichert, und der ganze Prozeß ließ sich problemlos wiederholen. Solche Rückschläge waren aus den verschiedensten Gründen jederzeit möglich und warfen ihn normalerweise nicht aus der Bahn, trotz allen Ärgers über die verlorene Zeit.

Aber diese Pilzgeschichte ging ihm wirklich an die Nieren. Je mehr Chromosomen der Bäume, der Fliegen und zum Schluß der Fliegenpilze er von seinem Virusidentifizierungsprogramm kontrollieren ließ, je öfter er dieses unangenehme Piepen des Computers vernehmen mußte, das einen erfolglosen Suchvorgang anzeigte, desto unruhiger wurde er. Er fühlte sich mitschuldig. Ein Teil der Verantwortung für das Waldsterben in Norwegen ruhte auf seinen Schultern. Er war es gewesen, der damals die Berichte von Uhlich und Kollek gelesen hatte, und er höchstpersönlich hatte sie mit seiner Unterschrift zu den Akten gelegt, ohne sich über die Bedeutung des Falles im klaren zu sein.

Na und, dachte er kurz. Er hatte den Bericht unterschrieben, sicherlich, das war sein Job gewesen, aber sollte er sich nun für alles und jedes verantwortlich fühlen, das damals durch seine Hände ging und sich im nachhinein als nicht ganz koscher erwies?

Es fiel ihm schwer, sich seinen Fehler einzugestehen. Er *fühlte* sich verantwortlich, und er *war* verantwortlich, sonst hatten die WOG und ihr riesiger Apparat keinen Sinn, waren eine einzige Luftblase, die nur zum schönen Schein existierte.

Er schaute hinüber zum Computermonitor, der noch immer die Meldung zeigte, die er nun schon allzugut kannte:

Suche erfolglos beendet!
Wollen Sie eine weitere Suche durchführen?

»Ja, verdammt noch mal! Ich werde wohl weitersuchen müssen«, murmelte er vor sich hin.

Er stand auf und lief unruhig umher. Er mußte diese Geschichte aus der Welt schaffen, sonst würde er nicht wieder mit sich ins reine kommen. Er kannte sich gut genug, um zu wissen, daß es keinen anderen Weg für ihn gab. Je schneller und gründlicher sie mit diesem Problem aufräumten, desto früher konnte er sich wieder seiner eigentlichen Arbeit zuwenden.

»Hopkins!« brüllte er, daß es durch die offene Tür den Gang entlangschallte. Aus einem der Labors hörte man das Geräusch zersplitternden Glases. Wenige Sekunden später tauchte der lange Schotte in Henslowes Vorzimmer auf. Er warf der Sekretärin einen fragenden Blick zu und bekam ratlose Blicke und eine undefinierbare Handbewegung zur Antwort.

War Henslowe sauer wegen der Klimaschränke? Sie waren gerade erst gewartet worden, und Hopkins hatte am Freitagabend noch persönlich die Anzeigen kontrolliert.

»Kommen Sie rein, Tom! Wir haben etwas sehr Wichtiges zu besprechen«, schallte es nun in normaler Lautstärke aus dem Chefzimmer. »Setzen Sie sich! Ach nein...« Henslowe blickte auf und lächelte. »Am besten, Sie holen uns eine große Kanne voll Kaffee. Wir haben viel Arbeit vor uns.«

Hopkins atmete tief durch. Das war der Henslowe, den er kannte. Er lächelte zurück, machte auf dem Absatz kehrt und steuerte die Kaffeemaschine an, die im Vorzimmer auf einem Beistelltischchen stand.

»Lassen Sie nur«, sagte Miss Nicholson und schob Hopkins sanft in Henslowe Zimmer zurück. »Ich mach das schon.«

Die beiden tauschten ein paar erleichterte Blicke aus.

Hopkins setzte sich. Henslowe schrieb eifrig vor sich hin. Dann legte er den Stift beiseite, holte eine Aktenmappe aus seinem Schreibtisch, reichte sie Hopkins hinüber und sagte: »Passen Sie auf, Tom! Es geht um folgendes.« Er hielt kurz inne und warf noch einen Blick auf seine Notizen.

Hopkins schaute auf die Aufschrift der Mappe, und sein Gesicht nahm einen erstaunten Ausdruck an. Dort stand: *Amanita wenzeli.* Was in Gottes Namen war das?

Auch in der GENTEL-Zentrale herrschte dicke Luft. Ein Hafenarbeiterstreik verhinderte seit Tagen Verladung und Weitertransport der abgeernteten Pilzmassen, die nun, in Spezialcontainern der kräftigen Herbstsonne ausgesetzt, langsam vor sich hin schmorten. Niemand konnte sagen, was sich im Inneren der Container abspielte, und Neumann hatte sich Eckstein gegenüber sehr skeptisch geäußert. Er bezweifelte, daß mit dem Inhalt der Behälter überhaupt noch etwas anzufangen war.

Ecksteins anfängliche Begeisterung über seinen Plan hatte sich etwas gelegt. Da ein Ende des Streiks nicht abzusehen war, begann er die Möglichkeit in Betracht zu ziehen, einen Trupp GENTEL-Arbeiter nach Kiel zu schicken, um die Verladung in eigener Regie durchführen zu lassen. Allerdings entstünden dadurch erhebliche Kosten, und er bezweifelte, daß diese zusätzlichen Mittel von der Unternehmensleitung gebilligt würden. Dazu kam, daß in den norwegischen Wäldern eine neue Generation von Pilzfruchtkörpern aus dem Boden schoß. Sollte die ganze Aktion überhaupt einen Sinn gehabt haben, mußte sie sehr bald wiederholt werden.

Man konnte nicht behaupten, daß sich ansonsten viel Konstruktives tat. Uhlich wirkte seit der ersten Krisensitzung in Ecksteins Büro ausgesprochen zugeknöpft. Sie sprach kaum noch mit Eckstein, der ihr seinerseits mit herablassender Höflichkeit begegnete. Ihre Mikrobiologische Abteilung verließ sie nur noch selten, und es hieß, sie wende sich wieder verstärkt ihren eigenen Forschungsarbeiten zu.

Auch Wenzel verließ sein Labor kaum. Hin und wieder mußte er in den Gewächshäusern nach dem Rechten sehen. Nach zögerlichem Beginn trudelten immer mehr Anfragen bezüglich der neuen, attraktiven Nördlichen Stadtpalmen ein, so daß er alle Hände voll zu tun hatte, für ausreichend Nachschub zu sorgen. Eckstein ließ ihn gewähren, weil er glaubte, so könne Wenzel am wenigsten Schaden anrichten und immerhin etwas Nützliches zustande bringen. Wenzel traute dem Frieden nicht so recht, aber er wäre der Letzte gewesen, der an dieser Situation etwas ändern wollte. Er hütete sich, Eckstein auf die Probleme in Norwegen anzusprechen. Der sich abzeichnende Erfolg seiner Stadtpalme erfüllte ihn mit großer Befriedigung, und so waren die gelegentlichen Besuche von Charlotte Uhlich eigentlich das einzige, was er vermißte.

Für einen oberflächlichen Betrachter herrschte in der GENTEL-Forschungszentrale normale, eher ruhige Aktivität, doch gleichzeitig brodelte unter dieser scheinbaren Normalität eine knisternde, fast körperlich spürbare Spannung. Der *Pfusch im Norden* war in der Öffentlichkeit zum geflügelten Wort, für die GENTEL-Mitarbeiter aber zum roten Tuch geworden. Niemand sprach dieses Thema von sich aus an, und trotzdem schien es immer und überall präsent zu sein.

Mit der Ruhe war es vorbei, als in Ecksteins Büro das Telefon klingelte und Kollek aus Trondheim von der Entdeckung berichtete, die er und Olson gemacht hatten.

»Was?« brüllte Eckstein und sprang auf. »Wissen Sie, was Sie da sagen, Mann? Sie machen Witze, oder?«

Kollek versicherte ihm, daß er es durchaus ernst meine und daß er ihn schon früher hätte informieren können, aber er hätte erst ganz sicher sein wollen.

»Na, wunderbar! Ganz ausgezeichnet, wirklich! Sie wollen mir also sagen, daß die Arbeit der letzten Jahre überflüssig, von vornherein zum Scheitern verurteilt und damit schlicht Unsinn war?«

»Ganz so hart würde ich es nicht ausdrücken«, erwiderte Kollek, dem natürlich bewußt war, was er dem GENTEL-Forschungschef da aufzutischen gezwungen war. »Der Pilz ist sicher auch beteiligt. Wir haben es eben mit sehr verwickelten Verhält...«

»Ach, hören Sie doch auf! Ich will nichts mehr davon hören... *auch beteiligt*... Wir haben dem Patienten also ein neues Herz eingepflanzt, wo er doch im Grunde eine Leber gebraucht hätte, ja? So ist es doch.« Er schlug sich mit der Hand gegen die Stirn. »Ich fasse es nicht.«

»Wir müssen eben die Symbiose genauer untersuchen.«

»Wir? Ich höre immer wir.« Eckstein fuhr endgültig aus der Haut. »Ich will Ihnen mal was sagen, lieber Freund. So wie ich die Sache sehe, ist unter den neuen Gegebenheiten für die GENTEL das Kapitel *Amanita* und alles, was damit zusammenhängt, erledigt. Finito, verstehn Sie? Wenn es die Bäume sind, dann hat die GENTEL damit nichts mehr zu tun. Wenn ich recht informiert bin, dann stammen die Bäume nicht von uns, oder?«

»Möglich. Ich weiß nicht...«

»Also! Dann wenden Sie sich bitte an die Kollegen von der Konkurrenz und verschonen Sie uns ein für allemal damit.«

»Sie können doch nicht einfach...«, versuchte Kollek einzuwenden, aber er kam nicht weit. Eckstein brüllte sofort dazwischen.

»Was kann ich nicht? Da kennen Sie mich aber schlecht, Kollek. Sie werden noch erleben, was ich alles kann. Glauben Sie im Ernst, die GENTEL läßt sich das so einfach bieten? Wissen Sie, was uns die Sache gekostet hat, von den Presseberichten und dem ganzen Drum und Dran ganz zu schweigen? Sie werden noch von uns hören, und ich kann Ihnen versprechen, daß das alles andere als erfreulich für Sie wird. Auf Wiedersehen, Dr. Kollek.«

Er knallte den Hörer auf die Gabel. Das hatte ihm noch gefehlt. Alles war ein gigantischer Irrtum. Na, der würde ihn noch kennenlernen. Wütend lief er im Zimmer auf und ab.

Plötzlich blieb er stehen. Ein böses Grinsen erschien auf seinem Gesicht. Wenn er es sich recht überlegte, dann hatte diese unerwartete Wendung auch eine ganze Reihe positiver Aspekte, und einer davon hieß Kurt Wenzel. Er konnte sich lebhaft vorstellen, wie der Biochemiker auf diese Nachricht reagieren würde, und unter keinen Umständen würde er sich das Vergnügen nehmen lassen, diesen Trottel höchstpersönlich über die neue Lage zu unterrichten.

Kollek starrte einen Moment ungläubig auf den Telefonhörer und spürte dabei, wie ihm das Blut in den Kopf stieg. Was erlaubte der Kerl sich eigentlich? Er konnte sich nicht erinnern, wann jemand in den letzten Jahren so mit ihm umgesprungen war. Mußte er sich das bieten lassen?

Dieser Eckstein war ihm vom ersten Moment an unsympathisch gewesen, nicht erst, als er mit dieser Idee ankam, alle Pilze abernten zu lassen. Eckstein war es sicher auch gewesen, der seine eindringlichen Bitten um Unterstützung damals, beim ersten Ausbrechen der Waldschäden, einfach nicht zur Kenntnis genommen hatte. Vielleicht wäre alles ganz anders gekommen, wenn sie zu jener Zeit sofort beim ersten Auftreten der Riesenpilze reagiert hätten. Dafür trug niemand anderer als Eckstein die Verantwortung.

Die Wut, die in ihm aufstieg, erzeugte bald einen bitteren, metallischen Geschmack auf der Zunge, denn sie richtete sich zunehmend gegen ihn selbst. Er hatte einen schwerwiegenden Fehler gemacht. Wenn die Bäume tatsächlich nicht von der GENTEL stammten, dann steckten sie in großen Schwierigkeiten. Er hätte unbedingt daran denken müssen, sich vorher sachkundig zu machen. Blauäugig, wie er war, hatte er begeistert von ihrer Entdeckung berichten wollen und dabei vergessen, daß er es mit knallharten Geschäftsleuten zu tun hatte. Eckstein war durchaus zuzutrauen, daß er ihnen eine Horde gewiefter Anwälte auf den Hals hetzte und Schadenersatzansprüche in Millionenhöhe geltend machte.

Himmel, wie konnte er sich nur diese Blöße geben. Er war

so daran gewöhnt, daß die GENTEL ihr Partner in dieser Sache war, daß er gar nicht auf den Gedanken gekommen war, mit ihrer Entdeckung könne sich daran etwas geändert haben.

Er biß sich auf die Unterlippe. Alle weiteren Schritte wollten jetzt gut überlegt sein. Es wurde auch langsam Zeit, daß er sich darüber klar wurde, auf welcher Seite er eigentlich stand. Aber da brauchte er nicht lange zu überlegen. Ganz bestimmt nicht auf der Seite der GENTEL. Er hatte mit ihnen zusammengearbeitet, weil er es mußte, aber ihm war es immer um den Wald gegangen und nicht darum, das Ansehen irgendeiner Biotechnologiefirma zu retten. Er wollte seinen Wald, den er von Kindheit an kannte und liebte, von diesem widernatürlichen Alptraum befreien, und dabei war er auf die Unterstützung der GENTEL angewiesen. Es hatte lang genug gedauert, bis diese Leute sich gerührt hatten, und wenn man die heutige Situation bedachte, war das Eingreifen der Gentechniker und das, was dabei herausgekommen war, keine besonders große Hilfe gewesen.

Zunächst einmal mußte er herausfinden, von wem die Bäume stammten. Er ließ sich die Unterlagen kommen, stöberte eine Weile in den mehr als dreißig Jahre alten Akten und fand schließlich, was er suchte.

Tatsächlich! Eckstein hatte recht: Die Bäume waren von einer schwedischen Firma namens TRANSGENE geliefert worden. Er hatte den Namen noch nie gehört. Das war nicht unbedingt verwunderlich. Damals ging er noch zur Schule und hatte sich für Autos, Fußball, Discos und Mädchen und nicht für irgendwelche gentechnologisch veränderten Waldbäume interessiert.

Er rief Olson zu sich, um mit ihm die Lage zu besprechen. Auch der junge Zoologe war schockiert. »Daß wir daran nicht gedacht haben«, sagte er kopfschüttelnd. »Wir sitzen ganz schön in der Scheiße, was?«

Kollek nickte nur und ließ die Schultern hängen. Jetzt waren sie bei der Lösung ihrer Probleme ganz auf sich allein gestellt und mußten sich vielleicht noch mit den Anwälten der GENTEL herumschlagen. Wer weiß, ob diese Schweden überhaupt in der Lage waren, ihnen zu helfen, dachte er. Vielleicht gab es das Unternehmen gar nicht mehr. Zu jener Zeit waren die Gentechnologiefirmen wie die Pilze aus dem Boden geschossen – er verzog vor Widerwillen das Gesicht bei diesem Vergleich –, um kurze Zeit später genauso schnell wieder zu verschwinden. In jedem Fall mußte es sich um eine kleinere, heute unbedeutende Firma handeln, sonst wäre ihnen der Name ein Begriff.

»Immerhin stammen aber die Fliegen von der GENTEL«, sagte Olson.

»Das wird uns nicht viel nützen. Wie sollen wir nachweisen, daß die Fliegen tatsächlich zur Verbreitung der Waldschäden beitragen? Wir wissen es ja selbst nicht genau. Wir wissen überhaupt verdammt wenig. Mit Vermutungen ist da nichts auszurichten.«

Der Euphorie über ihre Entdeckung folgte nun der große Katzenjammer. Jetzt wußten sie endlich, wo sie ansetzen mußten, und just in diesem Moment entzog man ihnen die Unterstützung. Die Röte, die die Wut über Ecksteins Benehmen in Kolleks Gesicht getrieben hatte, wich jetzt einer resignierten Blässe. Seit Jahren hielt ihn dieses Problem nun schon in Atem, und jetzt schien es, als ob er von der Lösung weiter entfernt war als je zuvor.

Draußen im Wald ging das unheimliche Sterben weiter, neue, größere Pilzhüte drängten aus dem feuchten Waldboden, immer mehr Nadeln rieselten vor der Zeit zur Erde, und über der ganzen Szenerie wogten einzelne graue Wolken aus Millionen von kleinen Fliegen hin und her. Sie aber saßen hilflos in ihrem Institut, verfluchten die GENTEL, bei der jetzt vermutlich die Sektkorken knallten, und sahen in ihrer deprimierten Stimmung keine Möglichkeit mehr, das Verhängnis aufzuhalten.

Als ob das alles noch nicht genug wäre, stürzte plötzlich eine junge Mitarbeiterin Kolleks ins Zimmer und verkündete atemlos, ein Förster habe soeben neue Waldschäden in zwei bisher gesunden Beständen gemeldet. Die neu entdeckten Schadflächen lägen etwa zehn Kilometer entfernt von den bekannten Gebieten.

Kollek winkte nur müde ab. Was soll's, dachte er, ein paar tote Bäume mehr oder weniger, was machte das jetzt noch aus? Olson erhob sich seufzend, erfragte die genauen Ortsangaben und zeichnete zwei dicke, schwarze Kreuze in eine Karte ein, die über Kolleks Schreibtisch hing.

Ein paar Minuten später erschien dieselbe junge Frau erneut und sagte, ein gewisser Henslowe aus Cambridge hätte angerufen und sich nach Kollek und den Pilzen erkundigt, ob der Name ihnen irgend etwas sage. Sie habe ihn erst einmal abgewimmelt, weil sie beide doch so einen deprimierten Eindruck gemacht hätten und weil sie nicht gewußt habe, was der Engländer eigentlich wollte. Sie habe sich die Nummer geben lassen und gesagt, Kollek werde zurückrufen.

Kollek und Olson schauten sich fragend an und zuckten beide mit den Schultern. Der Mann war ihnen unbekannt.

Hätten sie gewußt, wer Henslowe war, was er wollte und welche wichtigen Informationen er ihnen geben konnte, sie hätten keine Sekunde gezögert und wären Hals über Kopf zum Telefon gestürzt. So steckte Kollek den Zettel mit Henslowes Telefonnummer erst einmal in die Brusttasche seines Hemds und beschloß, zunächst ein gutes Mittagessen einzunehmen. Vielleicht sah danach die Lage etwas freundlicher aus. Natürlich vergaß er den Anruf Henslowes und entdeckte den Zettel erst am nächsten Morgen wieder.

26

Auch Eckstein war zunächst zum Mittagessen in ein nahegelegenes Restaurant gegangen. Er ging nie in die hauseigene Cafeteria. Am liebsten wäre er sofort zu Wenzel gerannt, um ihm die brisante Nachricht zu überbringen.

Dann hatte er sich überlegt, daß für eine solche Eile überhaupt kein Anlaß bestand. Er bestellte Uhlich und Wenzel unter vagen Andeutungen für den Nachmittag in sein Büro und verließ das GENTEL-Gebäude voller Vorfreude auf das baldige Zusammentreffen.

Wenzel erreichte Ecksteins Anruf mitten in seiner Traumstunde. Die Routinearbeiten des Tages hatte er hinter sich, die Kontrolle der jungen Pflanzen in den Gewächshäusern und der Keimlinge, die in den Klimaschränken seines Labors heranwuchsen, war erledigt. Wie in der letzten Zeit an fast jedem Tag, hatte er sich anschließend in sein Arbeitszimmer zurückgezogen, um allein seinen Gedanken nachzuhängen.

Traumstunde, den Begriff hatte er selber geprägt. Um die Mittagszeit herrschte weitgehend Ruhe in den Räumen und Gängen der Forschungszentrale, und er hatte sich angewöhnt, diese Zeit allein in seinem Büro zu verbringen.

Anstatt in jeder freien Minute über zukünftige Pläne und Projekte zu grübeln oder über die Vervollkommnung seiner augenblicklichen Arbeit nachzudenken, fand er immer häufiger Gefallen daran, einfach nur dazusitzen, an gar nichts zu denken oder sich die unterschiedlichsten Ereignisse aus seinem nicht gerade abenteuerlichen Leben in Erinnerung zu rufen. Nach dem erneuten Aufflammen der Probleme in Norwegen hatte sich diese Angewohnheit bei ihm noch verstärkt. Er fühlte sich oft müde und abgespannt und brauchte diese kleinen Regenerationspausen, um seine Arbeit in der gewohnten Qualität durchführen zu können.

Einen Zusammenhang mit den Ereignissen in Norwegen sah er eigentlich nicht. Er erklärte sich sein gesteigertes Erholungsbedürfnis vielmehr damit, daß er nun auch nicht mehr der Jüngste war und mit seinen Kräften mehr haushalten mußte. Er freute sich über den Erfolg seiner Stadtpalmen, und das Erstaunliche war, daß sich ihm, ganz anders als früher, keine neuen Pläne aufdrängten. Er dachte überhaupt nicht darüber nach, was er denn als nächstes in Angriff nehmen könnte, und empfand diese Leere nicht als Mangel, sondern als etwas Wohltuendes, Befreiendes. Er begnügte sich mit den Routinearbeiten, die ihn früher so gelangweilt hatten, und erfreute sich daran, wie die kleinen Pflänzchen heranwuchsen.

War sein Akku leer? War seine Kraft verbraucht, aufgezehrt von vielen arbeitsreichen Jahren? Seltsamerweise hatte diese Vorstellung nichts Erschreckendes mehr an sich. Die letzten Jahre hatten ihn verändert.

Besonders an den Montagen, jenen Tagen also, die er früher nach den langen Wochenenden herbeigesehnt hatte, um endlich wieder seine Arbeit aufnehmen zu können, kam er nur schwer in Gang. Seit seine Mutter gestorben war, verbrachte er die Wochenenden allein in seiner Wohnung, stöberte in seinen Büchern und Papieren und ertappte sich sogar hin und wieder bei der Überlegung, ein Spaziergang oder ein kühles Bier in einem Biergarten könne ihm vielleicht guttun, ein Gedanke, der ihm früher nicht im Traum gekommen wäre.

Er vermißte die sonntäglichen Besuche, um die er sich früher so oft drücken wollte. Der Tod der einzigen, ihm wirklich nahestehenden Person hatte ein Vakuum in ihm hinterlassen, das er erst langsam zu füllen lernte. Kurz nach dem Tod seiner Mutter hatte er mehr als einmal den gewohnten

Gang in die Fußgängerzone der Stadt antreten wollen, um den Erdbeerkuchen zu kaufen. Einmal saß er sogar schon im Auto, den Pappkarton mit dem Kuchen auf dem Schoß, bevor ihm einfiel, daß dieser Ausflug jetzt keinen Sinn mehr machte. Statt dessen war er auf den Friedhof gegangen, hatte lange am Grab seiner Mutter gestanden und den Kuchen schließlich zwischen den Tannenzweigen auf der Grabstelle zurückgelassen.

Wenzel hatte sich nie viel Gedanken um seine Gefühle und Stimmungen gemacht, fragte sich nicht, warum und woher sie plötzlich kamen und wohin sie sich wieder verzogen. Ganz anders als in seiner wissenschaftlichen Tätigkeit, wo er es gewohnt war, jedem Gedanken auf den Grund zu gehen, nahm er seine Launen so, wie sie kamen.

In dieser Stimmung erreichte ihn Ecksteins Anruf, und trotz der merkwürdigen Andeutungen beunruhigte ihn die Aussicht auf das bevorstehende Treffen nur wenig. Es würde um seinen Pilz gehen, soviel war klar. Es ging ja um nichts anderes mehr.

Ihn selbst beschäftigte *Amanita* kaum noch. Er hatte das Gefühl, alles getan zu haben, und wenn das nicht reichte, dann mußten jetzt eben andere ihr Können beweisen.

Kurz vor dem angesetzten Termin machte er sich ohne Eile auf den Weg. Als er aus dem Aufzug trat, sah er Uhlich schon den Flur in Richtung auf Ecksteins Büro entlanggehen.

»Charlotte!« rief er ihr hinterher. Sie blieb stehen, drehte sich zu ihm um und begrüßte ihn mit einem kleinen Lächeln.

»Guten Tag, Kurt!«

»Wir haben uns ja schon eine Ewigkeit nicht mehr gesehen.« Er versuchte, sich seine Enttäuschung darüber nicht anmerken zu lassen. »Wie geht's dir?«

»Ach, danke, gut. Und selbst?«

»Kann auch nicht klagen.« Er hätte gerne noch hinzugefügt: Aber ich vermisse dich. Statt dessen deutete er mit einer

Kopfbewegung auf Ecksteins Büro und fragte: »Du willst auch zu Eckstein?«

Sie nickte.

»Weißt du, was er von uns will?«

»Keine Ahnung.« Aus einigen offenen Türen klang leises Geklapper, das Summen elektrischer Geräte und einzelne Stimmen auf den Gang. »Aber wir werden es ja gleich erfahren.«

»Ja!«

Er klopfte und griff nach der Türklinke. »Komm, am besten, wir bringen es gleich hinter uns.« Wieder dieses etwas gezwungen wirkende Lächeln. Er glaubte nicht, daß es ihr wirklich gutging, aber er traute sich nicht nachzufragen.

Eckstein saß an seinem Schreibtisch und blätterte in irgendwelchen Papieren. Bis zu diesem Moment hatte Wenzel sich noch ruhig und ausgeglichen gefühlt. Keine Spur von der Angst und Beklemmung, die er sonst immer verspürt hatte, wenn er diesen Raum betreten mußte. Aber als er Eckstein jetzt sah, war es mit seiner inneren Ruhe augenblicklich vorbei. Irgend etwas stimmte nicht. Er spürte es genau. Sein unsicherer Blick suchte Uhlich.

Eckstein hatte sich mit einem »Ach, da sind Sie ja!« erhoben und auf die Sitzgruppe gedeutet. Alarmiert suchte Wenzel in Ecksteins Gesicht nach einem Grund für seine plötzliche Unruhe. Die Augen des bulligen Mannes funkelten spöttisch, sein Gesicht war vor Erregung gerötet. Wenn es in Anbetracht der für die GENTEL unangenehmen Lage nicht so abwegig gewesen wäre, hätte Wenzel schwören können, daß Eckstein sich stark beherrschen mußte, um nicht laut loszulachen. Seine Mundwinkel zuckten, als wollten sie sich selbständig machen.

Etwas Entscheidendes war passiert. Wenzel war jetzt hellwach. Sein ganzer Körper verkrampfte sich in Erwartung der Dinge, die da kommen sollten.

Alle drei nahmen in den schwarzen Ledersesseln Platz. Uhlich und Wenzel schauten sich in dem Zimmer um. Sie vermieden es, Blickkontakt aufzunehmen. Wenzel war sich sicher, daß auch Charlotte die merkwürdige Stimmung ihres Chefs bemerkt hatte. Er spürte förmlich, wie sie alle Antennen und Nervenenden in höchste Alarmbereitschaft versetzte.

Eckstein musterte seine Besucher amüsiert, weidete sich an ihrer offenkundigen Aufregung und ließ sich bewußt Zeit, bevor er das Wort ergriff. Schließlich räusperte er sich, sagte aber nichts, sondern ließ seine Augen über ein Papier wandern, das er in der Hand hielt. Aus den Augenwinkeln nahm er mit Genugtuung zur Kenntnis, wie sich Wenzel nervös die feuchten Handflächen an den Knien rieb.

»Wollen Sie uns nicht endlich sagen, weshalb Sie uns zu sich gerufen haben?« Es war Uhlich, die das Schweigen brach. »Und was sollten diese merkwürdigen Andeutungen?« Wenzel sah ihr an, daß sie empört war.

»Ja, natürlich! Entschuldigen Sie!« Eckstein spielte den Gentleman, den man bei einer unverzeihlichen Unhöflichkeit ertappt. »Tut mir leid, Frau Dr. Uhlich, aber Vollmersen hat mir gerade eine Presseerklärung zukommen lassen, die ich noch schnell durchlesen muß. Nur eine Sekunde.« Wieder zuckten seine Mundwinkel.

Endlich legte er das Papier verkehrt herum auf den Tisch.

»Ja«, begann er, »es haben sich einige sehr interessante neue Aspekte dieser Geschichte da in Norwegen ergeben, über die ich Sie unterrichten wollte.«

»Das wissen wir schon«, sagte Uhlich.

»Nicht so ungeduldig.« Eckstein lächelte süffisant. »Darf ich Ihnen vielleicht einen Drink anbieten. Möglicherweise haben wir Grund zu feiern.«

Uhlich stieg die Zornesröte ins Gesicht. Sie schüttelte energisch den Kopf. »Ich kann mir kaum vorstellen, was es da zu feiern geben soll. Sind Ihre abgeernteten Pilze endlich eingetroffen? Für mich wäre das jedenfalls kein Grund zu feiern.«

»Aber, aber! Ich weiß, daß Sie mein Vorgehen mißbilligt haben, aber wir mußten schließlich etwas unternehmen, oder?« Eckstein erhob sich, ging zum Schreibtisch und kam mit drei Gläsern und einer Flasche Champagner zurück, die er in der Mittagspause schnell besorgt hatte. »Nein, nein, ich kann Sie beruhigen. Die Nachricht, die ich Ihnen zu übermitteln habe, ist viel bedeutsamer, sehr viel bedeutsamer.«

Er stellte die Flasche und die Gläser auf den Tisch, und während er sich am Korken zu schaffen machte, sagte er: »Nein, es geht nicht um die Container. Meinetwegen können die in Kiel verrotten.« Er lachte kurz auf. »Das wäre mir im übrigen auch keine Flasche Champagner wert gewesen. Nein, was ich Ihnen sagen will, ist kurz und knapp folgendes: Das Kapitel *Amanita wenzeli* ist beendet. Wir können die Akte zuklappen, der Alptraum ist ausgeträumt.«

Wenzel spürte ein eigentümliches Kribbeln in seinen Händen. Was sollte das heißen: Das Kapitel beendet? Was meinte er damit? Er rutschte unruhig hin und her und schaute Uhlich an, auf deren Stirn sich tiefe Falten gebildet hatten. Keiner von beiden sagte ein Wort.

»Na, reagiert man so auf eine freudige Nachricht?« sagte Eckstein lächelnd, schenkte den Champagner ein und hielt beiden die gefüllten Gläser hin. Während Wenzel mechanisch danach griff, rührte Uhlich sich nicht von der Stelle.

»Kommen Sie, Frau Uhlich! Mir zuliebe.« Er bot ihr beharrlich weiter das Glas an. »Ich meine es ernst. Es ist vorbei.«

Uhlich lief rot an und explodierte plötzlich mit der Urgewalt eines Vulkans. Sie sprang auf und schrie Eckstein so laut an, daß diesem verblüfft der Unterkiefer herunterklappte. Wenzel verschüttete vor Schreck seinen Champagner.

»Mir reicht es jetzt, Eckstein! Ich bin es leid! Hören Sie? Mir steht es bis hier.« Sie hielt sich die flache Hand unter das Kinn. »Ich lasse mir Ihr unverschämtes Gerede und selbstgefälliges Grinsen nicht mehr länger bieten. Was glauben Sie eigentlich, wer Sie sind?«

Wenzel wäre vor Scham am liebsten im Boden versunken.

»Charlotte, beruhige dich doch«, sagte er, stand auf und legte die Hand auf ihren Arm. Sie beachtete ihn kaum. Mit aufgerissenen Augen, die hinter ihren Brillengläsern bedrohliche Ausmaße annahmen, starrte sie Eckstein an.

»Wenn Sie nicht augenblicklich Ihr perfides Spiel beenden und uns detaillierte Informationen darüber geben, was nun wirklich geschehen ist, werde ich fristlos kündigen. Ich bin unter diesen Umständen nicht mehr bereit, mit Ihnen zusammenzuarbeiten. Habe ich mich klar ausgedrückt?« Jetzt bemerkte sie Wenzels Hand auf ihrem Arm und schüttelte sie ab wie ein lästiges Insekt. Der kleine Biochemiker zuckte zusammen und ließ sich erschreckt in den Sessel fallen.

Eckstein starrte immer noch mit offenem Mund auf die Wissenschaftlerin, aber er fing sich augenblicklich. Eigentlich hatte er ja mit Wenzels Zusammenbruch gerechnet, aber das, was Uhlich hier bot, war auch nicht schlecht. Außerdem stand Wenzels Auftritt noch bevor.

»Donnerwetter!« sagte er und grinste. »Sie haben ja richtig Temperament, Frau Uhlich. Respekt! Hätte ich Ihnen gar nicht zugetraut.«

In Wenzel erwachte der Beschützerinstinkt. »Das geht zu weit!« rief er entrüstet. »Haben Sie denn überhaupt kein Benehmen, Sie Flegel?«

Uhlich, die immer noch vor ihrem Sessel gestanden hatte, machte nun Anstalten, den Raum zu verlassen. Blitzschnell sprang Eckstein auf und stellte sich ihr in den Weg.

»Okay, okay! Ich entschuldige mich. Frau Uhlich, es tut mir leid, wirklich! Nehmen Sie mir mein Verhalten nicht übel. Sie bekommen Ihre Informationen. Setzen Sie sich, bitte! Setzen Sie sich!«

Sie zögerte einen Moment, besann sich dann aber und hockte sich mit versteinertem Gesicht auf ihren Sessel. Wenzel atmete erleichtert auf.

»Also: Heute morgen rief mich Kollek aus Trondheim an und teilte mir mit, daß er und Olson eine wichtige Entdeckung gemacht hätten. Inmitten der geschädigten Waldgebiete gäbe es Inseln mit gesunden Bäumen, und das habe sie auf die Spur gebracht. Sie hätten sich diese gesunden Bäume noch einmal genau angesehen und festgestellt, daß es sich dabei um Reste des alten, ursprünglichen Baumbestandes handelt.«

»Die Bäume!« murmelte Wenzel und fühlte einen Krampf in der Magengegend.

»Was sagen Sie?« fragte Eckstein, obwohl er Wenzel genau verstanden hatte.

»Die Bäume. Es sind die Bäume. *Amanita* ist gar nicht … o Gott.« Wenzel griff sich mit beiden Händen an den Kopf, als wollte er ihn daran hindern zu zerspringen.

»Ja, genau das sagte Kollek auch. Die Bäume sind der schwache Punkt. Wir waren auf der falschen Fährte. *Amanita* ist sozusagen freigesprochen. Und da die Bäume nicht von der GENTEL stammen, sind wir aus dem Schneider. Das ist die ganze Story.« Eckstein griff nach seinem Champagnerglas. »Wenn das kein Grund zum Feiern ist.« Er lehnte sich genüßlich zurück.

Uhlich schüttelte den Kopf und griff nun doch nach ihrem Glas. Aus den Augenwinkeln verfolgte Eckstein ihre Bewegung und wunderte sich kurz, daß die eben noch so erregte Frau plötzlich eigentümlich gelassen wirkte. Um ja nichts zu verpassen, wandte er schnell seine Aufmerksamkeit wieder Wenzel zu, in dem ein stiller Kampf tobte.

Die Sitzgruppe, in der sie saßen, Ecksteins Schreibtisch, Uhlich und Eckstein selbst, alles verschwand vor Wenzels Augen hinter einem milchigen Nebel. In rasender Folge zogen die Geschehnisse der letzten Jahre an ihm vorbei: der nächtliche Telefonanruf, die Besprechung mit Eckstein hier in diesem Raum, die Zusammenkunft in Trondheim, der katastrophale Ausflug in die geschädigten Waldgebiete, seine Alpträume,

Plodsz und sein Museum, die monatelange Arbeit im Labor, sogar die Auseinandersetzung mit seiner Mutter. Erst allmählich wurde ihm klar, was diese Nachricht, wenn sie denn stimmte, zu bedeuten hatte. Sie hieß, daß seine schlimmsten Alpträume wahr wurden.

Alles war vergeblich gewesen, schlimmer noch, all seine Bemühungen, die ganze Arbeit, die er geleistet hatte, der Streß und die schlaflosen Nächte, alles war von vornherein zum Scheitern verurteilt, nichts als vertane Zeit und verschwendete Energie. Er war um Jahre seines Lebens betrogen worden.

Um ihn herum begann sich alles zu drehen. Er hielt sich krampfhaft an den Armlehnen seines Sessels fest, doch es half nichts. Das Karussell drehte sich immer schneller. Die ganze Welt schien aus den Fugen zu geraten. Hin und wieder bildete er sich ein, brüllendes Gelächter zu hören, dann wieder ein ohrenbetäubendes Tosen wie von riesigen Wasserfällen oder Millionen kleiner Fliegen. Er hörte Olson schreien: »Das sind nur Fliegenmaden!«, dann eine Frauenstimme: »Reißen Sie sich zusammen!«, abrupt beendet von gnadenloser Stille.

Durch den Nebel vor seinen Augen sah er Uhlich auf ihn zukommen. Kurze Zeit später befanden sich ihre riesigen Pupillen unmittelbar vor seinem Gesicht. Er kniff die Augen zusammen und preßte sich die Hände auf die Ohren, um sich vor dem wieder anschwellenden Getöse zu schützen.

Dann zwang er sich mit aller Kraft, ruhig und tief durchzuatmen. Er konzentrierte sich nur auf diesen einen Vorgang, spürte, wie sein Brustkorb sich hob und senkte. Langsam begann sich der Nebel um ihn zu lichten, und das Tosen in seinen Ohren ließ nach. Er bemerkte, daß Uhlich vor ihm kniete und ihn besorgt ansah. Ihr Mund bewegte sich, aber er verstand nicht, was sie sagte.

Dann war plötzlich alles vorbei. Er spürte, wie sie seine Hand ergriff und »Kurt!« rief. Er erwiderte ihren Händedruck und versuchte, sie anzulächeln.

»Es sind die Bäume, Charlotte«, sagte er, und tatsächlich gelang es ihm zu lächeln. Ihr besorgtes Gesicht entspannte sich langsam.

»Alles in Ordnung?« fragte sie.

Er nickte nur, und aus seinem Lächeln wurde ein Grinsen. Ja, dachte er plötzlich, alles in Ordnung. Es ist vorbei. Ich habe es hinter mir. Es ist überstanden.

Er fühlte, wie ihn eine Woge der Erleichterung überschwemmte. Sein Grinsen wurde immer breiter. Stoßweise blies er jetzt den Atem aus, und langsam, zuerst fast unhörbar, ging sein Atmen in ein befreiendes Lachen über.

Es war vorbei! Wie recht Eckstein doch hatte: Der Alptraum war ausgeträumt. Sein Lachen schwoll an, wurde zu einem dröhnenden Gelächter.

Auch Uhlich lächelte ihn jetzt an und sagte: »Komm! Ich glaube, etwas frische Luft wird uns jetzt guttun, hm? Was meinst du?«

Er nickte. »Ja, frische Luft wäre nicht schlecht.« Wieder begann er zu lachen. Uhlich stützte ihn, als er sich erhob, und führte ihn zur Tür.

Kurz bevor sie mit dem vor sich hin kichernden Wenzel den Raum verließ, drehte Uhlich sich noch einmal um und wandte sich zum ersten Mal seit ihrem Ausbruch wieder an Eckstein.

Nur diesmal lächelte sie. Sie strahlte geradezu.

»Übrigens Eckstein, Sie hatten recht. Wirklich sehr interessant, Ihre Neuigkeiten. Aber in einem Punkt muß ich Sie leider enttäuschen. Die GENTEL ist keineswegs aus dem Schneider, wie Sie sich ausdrückten. Ganz im Gegenteil! Die schwedische Firma TRANSGENE, die damals die Bäume entwickelt hat, existiert schon lange nicht mehr. Sie wurde vor fast zehn Jahren von der GENTEL übernommen. Einen schönen Tag wünsche ich noch.«

Nun brach auch sie in lautes Lachen aus und trat mit Wenzel auf den Flur hinaus.

Eckstein saß wie angewurzelt in seinem Sessel, starrte auf die geschlossene Tür und lauschte dem Lachen der beiden Besucher hinterher, das langsam leiser wurde und schließlich erstarb.

Sein Blick fiel auf das halbgeleerte Champagnerglas in seiner Hand, und er spürte, wie es in ihm brodelte. Wutentbrannt holte er aus und schleuderte das Glas gegen die Tür, wo es unter lautem Klirren zerschellte.

27

Beim morgendlichen Ankleiden hatte Kollek den Zettel mit Henslowes Telefonnummer wiederentdeckt, und sofort, als er im Institut ankam, versuchte er, den Engländer zu erreichen. Anfangs eher mürrisch und wortkarg, weil er nicht wußte, warum sich dieser englische Professor so sehr für ihren Fall interessierte, taute er im Verlauf des Gesprächs immer mehr auf. Henslowe entpuppte sich als gut informierter, kompetenter Gesprächspartner, und genau so jemanden hatte Kollek jetzt bitter nötig. Er überwand sein Mißtrauen und berichtete alles, was er über den Fall wußte, und in welch auswegloser Situation er sich befand.

Als sei es ein Geschenk des Himmels, bekam er dann von Henslowe dieselbe Information, mit der Uhlich tags zuvor Eckstein beglückt hatte.

»Nein, nein«, sagte Henslowe und lachte trocken. »So leicht wird sich die GENTEL da nicht aus der Affäre ziehen können. Hier in meinen WOG-Unterlagen heißt es eindeutig: SWEDISH TRANSGENE, von der GENTEL übernommen, mit genauem Datum. Ist schon einige Jahre her. Es kann eigentlich kein Zweifel bestehen. Die GENTEL ist weiterhin Ihr Ansprechpartner.«

Kollek fiel eine Zentnerlast von den Schultern. Dieser Eckstein hatte in der verschachtelten Unternehmensstruktur der GENTEL offenbar den Überblick verloren. Er hätte Henslowe umarmen können. In seinem niedergeschlagenen Zustand war er gar nicht mehr auf die Idee gekommen, daß das Schicksal es ausnahmsweise einmal gut mit ihm meinen könnte.

Aber das war noch nicht alles, was Henslowe ihm mitzuteilen hatte. Ob sie schon einmal eine Virusinfektion in Erwägung gezogen hätten, fragte er. Der Krankheitsverlauf der Bäume und die epidemischen Ausmaße, die das Ganze annahm, könnten durchaus in diese Richtung deuten. Es wäre doch möglich, daß die Bäume durch eine Infektion geschwächt seien und der Pilz deshalb zu solchen krankhaften Ausmaßen heranwüchse. Seine angeschlagenen Symbiosepartner lüden ihn gewissermaßen dazu ein.

Tatsächlich hatte Kollek am Anfang ihrer Bemühungen selbst in diese Richtung gedacht, aber mit den beschränkten Mitteln, die im Forstwissenschaftlichen Institut zur Verfügung standen, war es ihnen nicht gelungen, eine Virusinfektion nachzuweisen. Insofern war er eigentlich skeptisch, was diese Virushypothese anging, aber Henslowe brachte seine Argumente mit soviel Elan und Überzeugungskraft vor, daß die Begeisterung des Engländers ihn mitriß.

Man dürfe nichts unversucht lassen, und er, Henslowe, hätte in seinem Institut die Mittel, um die Frage eindeutig zu klären. Im Falle eines negativen Ergebnisses könnten sie wenigstens sicher sein, in dieser Richtung alles Menschenmögliche unternommen zu haben.

»Aber halten Sie es nicht für riskant, soviel Arbeitskraft nur in diesen einen Ansatz zu investieren? Wie gesagt, bei unseren damaligen Untersuchungen konnten wir keine Viren entdecken.«

»Ach, das lassen Sie mal meine Sorge sein«, antwortete Henslowe. »Ich werde den GENTEL-Leuten ordentlich Dampf machen. Zur Not lasse ich meine alten Verbindungen zur WOG spielen. Ich glaube kaum, daß die GENTEL großes Interesse hat, in der Öffentlichkeit als Bremsklotz bei der Lösung eines Problems dargestellt zu werden, das von ihren eigenen Organismen ausgelöst wurde. Nein, die sollen sich gefälligst intensiv mit der Baum-Pilz-Symbiose beschäftigen. Warum vertragen die sich nicht? Was geht in den Wurzeln der Bäume überhaupt vor sich? Das hätten sie schon vor Jahren untersuchen sollen, anstatt einfach diese Fliegen freizusetzen und zu hoffen, damit sei alles erledigt. Eine Schlamperei.«

Wenn es nach Kollek gegangen wäre, hätte der Engländer stundenlang so weiterreden können. Henslowes Tatkraft war Labsal für seine Seele.

Na gut, dachte er, gehen wir auf Virensuche. Aber er war immer noch skeptisch, ob diese Suche Erfolg haben würde. Und was war, wenn sie tatsächlich fündig würden? Gegen ein Virus waren sie machtlos.

Mit einer für seinen Gesprächspartner unsichtbaren Handbewegung wischte Kollek schließlich alle Bedenken vom Tisch. Eine solche Suche, und sei sie noch so aussichtslos, war immer noch besser, als weiterhin diese Ohnmachtsgefühle ertragen zu müssen, als weiter mitanzusehen, wie sein Wald zum Teufel ging, und nicht mehr zu tun, als den unaufhaltsamen Niedergang dieses Ökosystems so genau wie möglich zu protokollieren.

Er stimmte zu, und sie kamen überein, sich gegenseitig auf dem laufenden zu halten. Henslowe bat um frische Gewebeproben geschädigter und gesunder Bäume.

Nach dem Gespräch fühlte er sich wie nach einer rätselhaften Verjüngungskur. Diesen Henslowe hatte ihm der Himmel geschickt. Als er an den Chef der GENTEL-Forschungsabteilung dachte, verzogen sich seine Mundwinkel zu einem breiten Grinsen. Er wäre zu gern dabei, wenn Eckstein erfuhr, daß er sich zu früh gefreut hatte.

Auch Henslowe war zufrieden. Dieser Kollek schien ein vernünftiger Mann zu sein, was in Wissenschaftlerkreisen durchaus nicht die Regel war. Was hatte er nicht alles erleben müssen in seiner Zeit als WOG-Präsident! Mit dem Norweger würde er gut zusammenarbeiten.

Jetzt, da er sich entschlossen hatte, mit in die Vorgänge in

Norwegen einzugreifen, arbeiteten seine kleinen grauen Zellen auf Hochtouren. Auch Hopkins ließ seine Phantasie spielen, nachdem er seine anfängliche Verwirrung und durchaus verständliche Befremdung über diesen scheinbar aus dem Nichts aufgetauchten, völlig neuartigen Forschungsgegenstand überwunden hatte. Noch am gestrigen Nachmittag hatten sie zusammen ein kleines Forschungsprogramm ausgearbeitet.

Es basierte auf der Hypothese, daß in bisher noch nicht bekannter Weise Viren mitbeteiligt waren. Das war riskant, da hatte Kollek recht, aber so lief Wissenschaft nun einmal. Man stellte Hypothesen auf und versuchte sie zu beweisen. Viren, diesen kleinen Teufelsdingern, war alles zuzutrauen, und tatsächlich sprach einiges für diese Theorie: das Krankheitsbild der Bäume und die Ausbreitung der Schäden, die fatal an eine Epidemie erinnerte. Und daß Kollek damals keine Viren nachweisen konnte, hieß zunächst einmal nicht viel. Es konnte im Einzelfall sehr kompliziert sein, eine Virusinfektion auch als solche zu erkennen.

Aus den bisherigen Mißerfolgen ergaben sich zwangsläufig einige Konsequenzen, und diese hatte er mit Hopkins ausführlich diskutiert. Sein Virensuchprogramm konnte die Bauanleitungen der winzigen Zellparasiten nur finden, wenn sich ein Virus in die Genketten seines Wirts eingeschleust hatte und wenn seine Bauanleitung zusammen mit der des Wirts auch entschlüsselt wurde, sicherlich unbemerkt von den damaligen Bearbeitern. Viren taten so etwas. Sie nisteten sich im Wirtsgenom ein und fielen in eine Art jahrelangen Winterschlaf. Außerdem konnte sein Programm natürlich nur fündig werden, wenn in seiner Datenbank die DNS-Ketten des gesuchten Virus auch gespeichert waren. Auch die Polizei kann in ihrer Verbrecherkartei nur jemanden finden, der schon einmal straffällig wurde.

Diese drei Voraussetzungen mußten aber durchaus nicht gegeben sein, und insofern war der Mißerfolg bei der ersten

Suche nicht verwunderlich. Die genetisch veränderten Bäume, Pilze oder Fliegen hätten dann das Virus unerkannt schon in sich getragen, bevor sie überhaupt freigesetzt wurden. Das wäre vergleichbar mit der Auslieferung von Automobilen, die einen schwerwiegenden Konstruktionsfehler in sich tragen, der irgendwann zu einer Katastrophe führen kann. Im Falle von Automobilen oder anderen technischen Geräten kam so etwas ja vor. Es gab immer wieder Rückrufaktionen.

Bei Lebewesen war so etwas unmöglich. Eine einmal erfolgte Freisetzung von fehlerhaften Organismen war nie wieder rückgängig zu machen, es sei denn, diese Lebewesen wären so groß wie Schweine, bewegten sich mit der Geschwindigkeit von Schnecken und verfügten ansonsten über keinerlei Möglichkeiten, sich zu vermehren und auszubreiten.

Die Möglichkeit eines eingebauten Konstruktionsfehlers war also im Prinzip nicht auszuschließen, aber doch eher unwahrscheinlich, darin stimmte er mit Hopkins überein.

Viel wahrscheinlicher war es, daß eine Virusinfektion, sollte sie denn überhaupt vorliegen, erst später, nach der Umsetzung ins Freiland, erfolgt war. Das war der Grund, warum Henslowe den Norweger um frische Gewebeproben kranker und gesunder Bäume gebeten hatte. Er wollte diese Proben der aktuell draußen im Wald lebenden Organismen im Labor analysieren.

Es bestand auch die Möglichkeit – darauf hatte insbesondere Hopkins hingewiesen, als sie sich die Daten der WOG-Diskette noch einmal ansahen –, daß das Virus in einer der Regionen des Erbgutes steckte, die gar nicht analysiert worden waren. Es wurde praktisch nie das gesamte Genom übersetzt. Früher hatte man sich mit kleinen, begrenzten Regionen einzelner Chromosomen begnügt, weil die Analyse sehr zeitaufwendig war. Allein um das Erbgut der Bierhefe aufzuklären, waren viele Jahre erforderlich gewesen.

Allerdings bestand das Genom aller Lebewesen zu einem

nicht unbeträchtlichen Teil aus sogenannten repetetiven Sequenzen, endlosen Wiederholungen ein und derselben kurzen Buchstabenkette, nicht selten viele hunderttausendmal. Kein Mensch wußte, was dieses genetische »Blabla« im Erbgut der Organismen sollte, wozu es gut war und was man damit anfangen konnte, aber alle waren sich einig, daß man es nicht unbedingt übersetzen mußte, und die WOG war froh, auf diese Weise etwas Speicherplatz in ihren Großrechnern zu sparen.

Im Laufe der Zeit war die Erbgutanalyse aber immer weiter automatisiert worden, so daß bei heutigen WOG-Registrierungen je nach Umfang und Komplexität der Lebewesen fünfzig bis achtzig Prozent der gesamten genetischen Bauanleitung angegeben wurden. In dieser Größenordnung lag die Aufklärungsrate im Falle der beiden *Amanita*-Formen und der Fliegen.

Die Registrierung der Bäume war allerdings schon über dreißig Jahre her, und so wunderte es Henslowe und Hopkins nicht, daß damals nicht einmal fünfundzwanzig Prozent des Erbguts der Bäume bekannt waren. Henslowe fiel Kolleks neueste Entdeckung wieder ein. Wahrscheinlich war nicht die Aggressivität von Wenzels Fliegenpilzen für die Schäden verantwortlich, sondern eine rätselhafte Schwäche der Bäume. Vielleicht verbarg sich tatsächlich etwas Interessantes unter den fünfundsiebzig Prozent, die man damals nicht analysiert hatte.

Henslowe setzte sich auch mit Burt in London in Verbindung. Er bat ihn um alle Viren, die in den letzten zehn Jahren registriert worden waren. Das war etwa der Zeitraum, der seit der letzten Eintragung in seine Virusdatenbank vergangen war. Er mußte die Daten unbedingt auf den neuesten Stand bringen, sonst war die ganze Suche von vornherein sinnlos. Eine Neuerscheinung auf dem Büchermarkt konnte man auch nicht in einem veralteten Verzeichnis lieferbarer Bücher finden.

Burt zeigte sich etwas irritiert. »Soll das ein Witz sein,

Mathew? Soll ich dir einen Lastwagen voller Disketten rüberschicken, oder wie stellst du dir das vor?«

Daran hatte Henslowe in seinem Eifer gar nicht gedacht.

»Ja, du hast recht. Es ist wahrscheinlich wirklich zuviel.«

»Das kannst du wohl annehmen. Ich meine, ich tu's, aber vielleicht solltest du bei der Universitätsleitung vorsorglich einen kleinen Institutsanbau beantragen. Und dein Spielzeugcomputer wird damit wohl überfordert sein.«

»Wie wär's, wenn du mir nur die Pflanzenviren schicken würdest? Alle Viren von Tieren und Menschen kannst du weglassen.«

»Also kein Lastwagen, sondern nur eine Schubkarre voll, ja? Aber gut, darüber läßt sich reden. Ich schau mal nach, was wir haben.«

»Du bist ein Schatz!«

»Sowieso! Aber, hör mal, was soll das eigentlich? Machst du jetzt wieder in Viren? Bei dir soll sich einer auskennen. Ich dachte, ihr erschafft Zwergkrokodile.« Burts Lachen dröhnte durch die Leitung.

»Du, paß auf, ja!« Auch Henslowe lachte. »Ich erzähl dir das ein anderes Mal. Mach's gut!«

Als nächstes rief er bei der GENTEL an. Auf Grund seines letzten Gesprächs mit Uhlich machte er sich auf einiges gefaßt. Um so überraschter war er, als sich die Mikrobiologin von einer ganz anderen Seite zeigte. Sie war hocherfreut, von ihm zu hören, ja, sie wirkte geradezu erleichtert, so als hätte sie nur auf seinen Anruf gewartet und sich schon seit Tagen selbst mit dem Gedanken getragen, ihn anzurufen.

»Ah, Professor Henslowe! Schön, daß Sie anrufen. Was haben Sie denn diesmal auf dem Herzen?«

Henslowe machte aus seiner Verblüffung keinen Hehl. »Oh! Ich muß gestehen, Sie überraschen mich. Nach dem Verlauf unseres letzten Gesprächs hatte ich mit einer anderen Begrüßung gerechnet. Es geht immer noch um dasselbe Problem.«

»Ich muß mich bei Ihnen entschuldigen, Professor. Ich war nicht sehr kooperativ, ich weiß. Aber Sie müssen das verstehen. Hier ging es drunter und drüber, und Ihr Anruf und Ihre durchaus berechtigten Vorwürfe waren in dieser Situation einfach zuviel für meine Nerven. Nehmen Sie's mir nicht übel, ja?«

»Ach was! Ich bin ja froh, wenn wir vernünftig miteinander reden können. Der Grund meines Anrufes ist folgender: Ich wollte Ihnen mitteilen, daß ich mich mit Gunnar Kollek in Trondheim in Verbindung gesetzt habe. Wir sind überein gekommen, bei der Lösung des Problems zusammenarbeiten.«

»Sie glauben gar nicht, wie sehr mich diese Nachricht freut, Professor.«

»Soso.« Henslowe kam aus dem Staunen nicht heraus. »Sie haben sicherlich schon von den neuen Entwicklungen erfahren.«

»Sie meinen, Kolleks Entdeckung, daß die alten Baumbestände gesund geblieben sind? Diese Nachricht hat unserem lieben Wenzel schwer zu schaffen gemacht. Er hat den alten Pilz entwickelt und dann lange an der verbesserten Version gearbeitet, wissen Sie?«

»Ach, der ist das«, sagte Henslowe. Sein Mitgefühl hielt sich in Grenzen. »Leider sind auch neue Schäden aufgetreten.«

»Oh, das wußte ich nicht. Es breitet sich also immer noch aus, was es auch immer sein mag.«

»Es sieht so aus, ja. Glücklicherweise verschafft uns der kommende Winter eine kleine Galgenfrist. Ich fürchte aber, im nächsten Jahr könnte die Situation dramatische Formen annehmen. Wir müssen uns wirklich etwas einfallen lassen. Es ist schon viel zuviel Zeit verschwendet worden«, sagte er vorwurfsvoll.

Er erläuterte Uhlich, was er mit Kollek verabredet hatte und wie sie vorgehen wollten. Uhlich hörte interessiert zu, stellte ab und zu Zwischenfragen und war im großen und ganzen einverstanden. Wenn sie sich darüber wunderte, daß Henslowe in solcher Intensität mitarbeiten wollte, so ließ sie es sich nicht anmerken.

»Nun stellt sich natürlich noch die Frage, in welcher Weise die GENTEL mitzuarbeiten gedenkt.«

»Ich habe viel über Ihre Vorwürfe nachgedacht«, sagte Uhlich ernst. »Sie hatten recht, und ich denke – darüber habe ich auch schon mit meinem Kollegen Wenzel gesprochen –, wir werden uns noch einmal intensiv mit der Mykorrhizasymbiose beschäftigen. Was haben Sie sich denn so vorgestellt?«

»Nun bin ich an der Reihe, erfreut zu sein. Genau das war auch meine Idee.«

»Na, dann sind wir uns ja einig. Professor...«, Uhlich zögerte etwas, bevor sie weitersprach, »ich möchte Sie noch bitten... also, verstehen Sie mich richtig... Dr. Eckstein...«

»Ja?« Kollek hatte ihm schon von Eckstein erzählt. Mußte ja ein reizender Zeitgenosse sein.

»Was ich sagen will, ist: Mir wäre es lieb, wenn unser Kontakt vorerst unter uns bliebe.«

»Nun ja, liebe Frau Uhlich, mir geht es darum, die Sache endlich in den Griff bekommen. Was da bei Ihnen im Unternehmen abläuft, soll mich nicht weiter interessieren, solange es unsere Arbeit nicht behindert. Sie wissen, daß ich Sie sehr schätze und gerne mit Ihnen zusammenarbeite, auch wenn ich mir dafür erfreulichere Umstände gewünscht hätte. Wie Sie bei Ihnen im Haus taktieren wollen, um unseren Plan durchzusetzen, ist Ihre Sache. Ich werde mich da nicht einmischen.«

»Gut! Ich hoffe, wir haben Erfolg.«

»Ja, das hoffe ich auch. In unserem eigenen Interesse. Wir müssen einfach Erfolg haben. Jedenfalls bin ich schon mal froh, daß wir unsere kleine Verstimmung beigelegt haben. Wir hören voneinander. Auf Wiedersehen, Dr. Uhlich!«

»Ich bin auch froh darüber. Auf Wiedersehen, Professor.«

Wenzel trug gerade einige Daten über die Entwicklung seiner Stadtpalmen in ein dickes Laborbuch, eine Tätigkeit, die seiner neuen Angewohnheit, der Traumstunde, unmittelbar voranzugehen pflegte. Eine gutgelaunte Uhlich stürzte in sein Zimmer.

»Was soll ich dir sagen, Kurt, weißt du, wer eben angerufen hat?«

»Äh..., vielleicht Eckstein, um dir seinen Rücktritt als Leiter der Forschungsabteilung anzukündigen?« Wenzel grinste.

»Quatsch!« kicherte Uhlich. »Schön wär's ja. Nein, es war Henslowe, du weißt, der ehemalige WOG-Direktor. Wir haben gestern noch über ihn gesprochen.«

»Ja, richtig, unten bei den Gewächshäusern. Nun, setz dich doch erstmal.«

Die Ereignisse in Ecksteins Büro hatte die beiden einander wieder nähergebracht. Sie waren noch eine Weile kichernd auf dem GENTEL-Gelände spazierengegangen, so daß sich die Leute, die dort arbeiteten, verwundert umgedreht hatten. Wenzel hatte den Schock über Ecksteins Mitteilung relativ schnell überwunden und sich dann nur noch darüber gefreut, daß das Kapitel *Amanita* für ihn endlich beendet war, daß er keine Angst mehr zu haben brauchte, mit immer wieder neuen Hiobsbotschaften über die angeblichen Untaten seiner Schöpfungen konfrontiert zu werden. Man hatte ihn nachträglich in aller Form rehabilitiert. Das Ausmaß seiner Erleichterung machte ihm erst deutlich, wie sehr ihn dieses Problem belastet hatte, welch tonnenschweres Gewicht er mit sich herumgeschleppt hatte.

Und dann war da noch diese herrliche Pointe, die ihnen Eckstein auf einem silbernen Tablett serviert hatte. Von wegen, für die GENTEL sei nun alles vorbei. Jetzt ging es erst richtig los.

Uhlich hatte ihm gestanden, wie sehr auch sie die jüngste Entwicklung belastet habe und wie schockiert sie vor allen Dingen über diese Schnapsidee von Eckstein gewesen sei, die Pilze abernten und von der GENTEL verwerten zu lassen. Zusammen hatten sie sich noch herrlich amüsiert über das verdutzte Gesicht ihres Chefs, das Wenzel zwar entgangen war, weil er viel zu sehr mit sich selbst beschäftigt war, das er sich aber gerne von Uhlich in allen Einzelheiten schildern ließ.

Sie hatte mittlerweile Platz genommen und berichtete Wenzel von ihrer Unterredung mit Henslowe. Nach dem Abklingen der gemeinsamen Heiterkeitsausbrüche hatte sie Wenzel am gestrigen Nachmittag noch so lange bearbeitet, bis dieser sich bereit erklärte, weiter an der Lösung des Pilzproblems zu arbeiten. Zuerst hielt sich seine Begeisterung verständlicherweise in Grenzen, aber dann hatte Uhlich ihn bei seiner Eitelkeit gepackt. Er würde doch seinen *Amanita* und die *Megaselia*-Fliegen kennen wie kein zweiter, sei nun schon so lange betraut mit dieser Angelegenheit und somit als Experte nicht zu ersetzen. Außerdem könne er jetzt ganz unbeschwert an die Sache herangehen, ohne diese Gefühle des Versagens und der persönlichen Betroffenheit, die ihn gequält hätten. Wenzel hatte ihrer Überredungskunst nichts entgegenzusetzen. Die Aussicht, weiter eng mit Uhlich zusammenzuarbeiten, war zu verlockend.

»Aber was ist, wenn Eckstein ganz anderer Meinung ist?« gab Wenzel zu bedenken.

»Also, ich kann mir kaum vorstellen, daß der noch viel Bewegungsspielraum hat. Außerdem vergißt du, welche Position Henslowe hat. Er hat es zwar nicht explizit gesagt, aber ich bin mir sicher, daß er im Falle einer Weigerung der GENTEL mit seinen Verbindungen zur WOG drohen würde, und auf diese Weise könnte er Eckstein erhebliche Schwierigkeiten machen.«

»Und was hältst du von dieser Virushypothese?« fragte Wenzel.

»Tja, ich weiß nicht so recht. Möglich wär's natürlich. Fällt dir etwas Besseres ein?«

Wenzel zuckte nur mit den Achseln.

28

Weder Uhlich noch Wenzel und schon gar nicht ihr Chef hatten anderen erzählt, was in Ecksteins Büro geschehen war. Trotzdem hatte sich in der Belegschaft herumgesprochen, daß es zwischen den dreien zu einer schweren Auseinandersetzung gekommen war, bei der Eckstein nicht sehr gut ausgesehen habe. Die Atmosphäre in der Forschungszentrale veränderte sich.

Plötzlich war es Eckstein, der sich kaum noch außerhalb seiner vier Wände sehen ließ. Wer ihm doch über den Weg lief, fand ihn nervös, verbissen und ungewöhnlich wortkarg. Uhlich und Wenzel sah man häufiger miteinander. Beide, insbesondere der sonst so zurückhaltende Wenzel, wirkten auffällig gelöst und heiter.

Nicht daß Eckstein von irgend jemandem besonders vermißt wurde – es gab unter den GENTEL-Mitarbeitern kaum jemanden, der Eckstein nicht schon einmal von Herzen verflucht und ihm alles Schlechte der Welt gewünscht hätte –, aber alle hatten großen Respekt vor ihm, und den meisten schwante angesichts dieser Erschütterungen nichts Gutes. Da Wenzel und Uhlich hartnäckig schwiegen, kreisten in den Labors bald die unmöglichsten Gerüchte. Die Stimmung bewegte sich zwischen unverhohlener Schadenfreude und ängstlicher Erwartung. Allgemein herrschte die Meinung vor, der Chef würde sich eine Niederlage keinesfalls gefallen lassen und nun seinerseits Rachepläne schmieden, unter denen sie dann alle zu leiden hätten. Ecksteins Autorität hatte Schaden genommen, auch wenn höhnische Bemerkungen und Gelächter nur hinter geschlossenen Türen und vorgehaltener Hand zu vernehmen waren.

Der Streik der Hafenarbeiter war nach langem Hin und Her beendet worden, und drei Tage nach dem mysteriösen Vorfall im Chefzimmer fuhren endlich drei große Sattelschlepper auf das GENTEL-Gelände, um dort jeweils einen riesigen, quittegelben Container abzuladen. Natürlich wußte die gesamte Belegschaft von Ecksteins Vorgehen in Norwegen – es war ja durch Presseerklärungen laut genug verbreitet worden –, und so versammelten sich viele Schaulustige auf dem Gelände hinter dem Hauptgebäude. Die Bilder der Riesenpilze waren dank der Initiative der *Guten Nachrichten* in allen Presseorganen zu bewundern. Viele hofften, diese unheimlichen Dinger selbst einmal zu Gesicht zu bekommen.

Natürlich hatte die Presse davon erfahren, so daß einige Reporter, unter ihnen auch Martin Herzberg, schon seit Tagen in Kiel auf der Lauer gelegen hatten, um den Abtransport der Pilzcontainer nicht zu verpassen. Eckstein, dem die Ankunft der Container schon am Vortag angekündigt wurde, hatte die Pförtner angewiesen, die Presseleute auf das Gelände zu lassen, damit sie diesen Moment für die Öffentlichkeit festhalten konnten. Zusammen mit Vollmersen hatte er eine Presseerklärung vorbereitet, die anschließend verlesen werden sollte. Sie brachte zum Ausdruck, daß die GENTEL nach ihrer jahrzehntelangen Arbeit im Dienste von Umwelt- und Klimaschutz auch diese Herausforderung annahm und keine Kosten und Mühen scheute, um das Pilzproblem zu lösen. Sie hatten beschlossen, vor der Presse so zu tun, als wüßten sie noch nichts von Kolleks neuen Erkenntnissen, um sich dieser hervorragenden Möglichkeit der Selbstdarstellung nicht zu berauben.

So folgten den drei Sattelschleppern einige PKWs, die mit quietschenden Reifen schon vor den riesigen, vorsichtig rangierenden Lastern zum Stehen kamen und sofort einen Pulk um sich knipsender Reporter entließen.

Eckstein und in seinem Gefolge Vollmersen und Neumann, die an einem der Hintereingänge des Hauptgebäudes darauf gewartet hatten, daß die Laster den Entladeplatz erreichten, traten an eine der Fahrerkabinen heran und begrüßten unter dem Klicken und Surren der Kameras mit demonstrativer Herzlichkeit einen der LKW-Fahrer.

Mittlerweile hatten sich vielleicht fünfzig neugierige GENTEL-Mitarbeiter eingefunden, die einzeln und in lockeren Gruppen einen weiten Halbkreis um die drei Sattelschlepper bildeten und auf deren Entladung warteten. Wenzel und Uhlich beobachteten das ganze Schauspiel hinter den Fensterscheiben eines der Labors in den oberen Stockwerken. Die Fenster anderer Räume standen weit offen, und überall lehnten sich weißbekittelte Wissenschaftler und Laborkräfte hinaus, um das Geschehen unter ihnen zu verfolgen.

Die Sattelschlepper standen jetzt vor der Rampe eines großen Lagerhauses. Die Fahrer, die etwas irritiert in die Gegend schauten, weil ihnen selten eine solche Aufmerksamkeit entgegengebracht wurde, machten sich an den Schaltpulten der Verlademechanismen zu schaffen. Kurz nacheinander setzten sich die Hydrauliken aller drei Fahrzeuge in Bewegung und preßten die großen Container nach oben, bis sie mit ihren Hinterkanten Bodenkontakt bekamen.

Im Zeitlupentempo senkten sich die Container auf den Boden. Anschließend bahnten sich die Zugmaschinen der Sattelschlepper langsam einen Weg durch die zurückweichenden Zuschauer und verließen das GENTEL-Gelände.

Uhlich und Wenzel sahen, wie einige der Zuschauer ein paar Schritte von den gelben Behältern zurücktraten und sich die Hand vor die Nase hielten. Auch Eckstein, der sich mit seinen beiden Gefolgsleuten nach oben auf die Rampe begeben hatte, entfernte sich von den Containern und unterhielt sich gestikulierend mit Neumann.

Langsam griff diese Bewegung auf die weiter entfernt Stehenden über, so daß der Kreis sich stetig vergrößerte, als ob die Zuschauer von einer unsichtbaren Wand vom Ort des Geschehens abgedrängt wurden. Einige Leute drehten sich weg, andere blieben standhaft, hielten sich aber Taschentücher oder die nackte Hand vor das Gesicht. Die Unruhe auf dem Platz wurde immer größer.

Ohne den Grund der um sich greifenden Aktivität unten zu kennen, verfolgten Wenzel und Uhlich von ihrem Fenster aus verblüfft, wie sich einige der Reporter in ihre Wagen zurückzogen und hastig die Scheiben hochkurbelten. Unten in den ersten Stockwerken des Hauptgebäudes wurden die Fenster geschlossen.

Wenzel ergriff schließlich die Initiative und öffnete das Fenster. Zuerst bemerkten sie gar nichts. Dann stieg ihnen ein merkwürdiger Geruch in die Nase.

Uhlich tippte ihrem Kollegen auf die Schulter und deutete auf einen dunklen Fleck auf dem Boden neben der Ecke eines der Container. Ja, kein Zweifel, da bildete sich eine Pfütze, die langsam größer wurde und nur aus dem Container gespeist werden konnte. An einer Seite waren braune Schlieren zu erkennen. Anscheinend war der Container undicht und das Innere eher flüssig als fest.

Der Geruch hatte unterdessen auch in den höheren Regionen an Intensität zugenommen. Es roch eindeutig nach Fäulnis und Verwesung. Wenn man die Entfernung bedachte, die zwischen den beiden und der Pfütze lag, mußte da unten ein bestialischer Gestank herrschen.

Mittlerweile hatten sich bis auf die drei auf der Rampe fast alle Zuschauer zurückgezogen und einen großen Sicherheitsabstand zwischen sich und die Container gebracht. Eckstein brüllte ein paar Anweisungen. Zwei der Lagerarbeiter kletterten auf den Container und machten sich dort zu schaffen.

Eckstein schrie so laut herum, daß selbst Wenzel und Uhlich seine Kommandos hören konnten. Zwar wurde der Gestank immer unerträglicher, aber die Szenerie unten war so faszinierend, daß sie sie unter keinen Umständen versäumen wollten.

»Scheiße! Kann denn niemand dieses Leck stopfen?« schrie Eckstein mit angeekeltem Gesichtsausdruck. »Neumann, was ist das für Zeug, verdammt noch mal?«

»Ich nehme an, das waren einmal die Pilze«, antwortete dieser, aber man konnte ihn kaum verstehen, weil er sich ein Taschentuch vor das Gesicht preßte. »Ich habe Ihnen ja gesagt, diese lange Zeit in der prallen Sonne, der weite Transport…«

»Verfluchter Mist!« rief Eckstein und trieb die Arbeiter an.

Aus der Lagerhalle näherte sich ein Mann im roten Overall. Er zerrte an einem Schlauch, scheuchte seine beiden Kollegen von dem undichten Container hinunter und begann ihn mit einem Wasserstrahl abzuspritzen. Das Wasser verschwand schließlich zusammen mit der stinkenden braunen Brühe in einem nahegelegenen Gulli.

Das schien die Lage zu entspannen. Offenbar war der Inhalt der Container, über dessen Zustand man zu diesem Zeitpunkt nur vage Vermutungen anstellen konnte, durch den Entladungsvorgang in Bewegung geraten und innen gegen die Containerwände geschwappt.

Nach dem Abspritzen bildete sich keine neue Pfütze mehr, und da an diesem Herbsttag ein frischer Wind wehte, verflüchtigten sich die scheußlichen Gerüche. Die um die Container Versammelten konnten wieder nähertreten und ungestraft durchatmen.

Eckstein war allerdings noch immer in heller Aufregung. Er lief auf der Rampe herum wie ein in die Jahre gekommener Popstar auf einer Konzertbühne. Durch diesen wenig verheißungsvollen Auftakt nervös geworden, scheuchte er alle Leute, die nichts auf der Rampe zu suchen hatten, hinunter und forderte Neumann lautstark auf, nun endlich einmal nachzusehen, was mit ihrer wertvollen und kostspieligen Ladung geschehen war.

Dieser zeigte sich wenig begeistert von Ecksteins Ansinnen. Man hätte doch gerade einen Vorgeschmack darauf bekommen, was sie in den Containern erwartete, und er würde den Teufel tun und da seine Nase hineinstecken. Höchst wahrscheinlich hatte sich die gesamte Ladung schon zersetzt und verflüssigt, und sie sollten lieber überlegen, wie sie das Zeug loswerden könnten. Seit Tagen hatte er schon gewarnt, und überhaupt, das Ganze sei doch Ecksteins Idee gewesen, und wenn er unbedingt genau wissen wollte, was sich in den Containern abspiele, dann solle er gefälligst selbst nachsehen.

Diese keineswegs mit besonderer Zurückhaltung geführte Auseinandersetzung hatte vor aller Augen und Ohren auf der Laderampe stattgefunden. Unter den Zuschauern erhob sich hier und da Gelächter, und überall wurde getuschelt. Insbesondere die Herren von der Presse, die ihre Wagen wieder verlassen hatten, trauten ihren Ohren kaum, und Martin Herzberg bedauerte, daß er seinen Recorder nicht griffbereit hatte.

Eckstein blieb nach Neumanns Abgang einen Moment wie angewurzelt stehen. Die Haare waren ihm ins Gesicht gefallen, er schwitzte, und seine weit aufgerissenen Augen verfolgten ungläubig, wie der renitente Chemiker im Hauptgebäude verschwand, ohne sich noch einmal umzuschauen. Dann ging ein Ruck durch seinen massigen Körper. Er verlangte lautstark nach einer Taschenlampe und bewegte sich langsam auf den Container zu, als sei dieser sein Gegenüber in einem entscheidenden Duell auf Leben und Tod.

Unwillkürlich wichen die Zuschauer zurück und bedeckten ihre Nasenlöcher, als erwarteten sie einen erneuten Schwall ekelerregenden Gestanks. Aber was dann tatsächlich zum Vorschein kam, als Eckstein den Container erklommen und eine runde Luke geöffnet hatte, überraschte alle Anwesenden dermaßen, daß einen Augenblick lang Panik ausbrach und Eckstein mit einem wilden Aufschrei zurücksprang, das Gleichgewicht verlor und vom Container fiel, wobei er sich den linken Arm brach und etliche Prellungen, Hautabschürfungen und blaue Flecke davontrug.

Wie Dampf aus einer altmodischen Lokomotive, wie ein Geist aus der Flasche schoß eine graue, meterhohe Fontäne aus der Öffnung, blähte sich zischelnd zu einer großen dunklen Wolke auf und breitete sich in Windeseile über das ganze Gelände aus.

Zumindest zwei der Anwesenden wußten das Phänomen recht schnell einzuordnen. Wenzel wußte sofort, was da aus dem Container quoll, denn er hatte etwas Ähnliches, wenn auch vor völlig anderem Hintergrund, schon einmal auf einem Foto gesehen. Und auch Martin Herzberg erkannte in der Wolke ein Gebilde wieder, dem er vor Jahren schon einmal Auge in Auge gegenübergestanden hatte.

Was da zu einer immer größeren Wolke heranwuchs und ihnen die Sicht auf die Container und die durcheinanderlaufenden und schreienden Leute nahm, waren Millionen und Abermillionen winziger Fliegen. Sie hatten als Eier und Larven in den eingesammelten Pilzkörpern gesteckt und waren bei den hohen Temperaturen und der beträchtlichen Luftfeuchte in den Containern ausgebrütet worden wie in riesigen Brutschränken.

Am nächsten Tag überboten sich die Tageszeitungen gegenseitig mit spektakulären Überschriften. Die Boulevardpresse brachte ganzseitige Aufmacher wie *Haushoher Fliegenschwarm verbreitete Angst und Schrecken!* oder *Riesiges Fliegenschwarmmonster versetzt ganze Stadt in Panik,* die seriöseren Blätter meldeten *Schwerer Rückschlag für die GENTEL* oder *Pilzfliegen ante portas.*

Die *Guten Nachrichten* erschienen erst ein paar Tage später. Unter der Überschrift *Die Heimsuchung,* die natürlich darauf anspielte, daß die Fliegen auf eine etwas skurrile Art an den Ort ihrer Erschaffung zurückgekehrt waren, beschrieb Herzberg seine Sicht der Ereignisse.

Merkwürdigerweise war in keinem der Artikel nur ein einziges Foto der Vorgänge auf dem GENTEL-Gelände zu sehen, sah man einmal von der freundlichen Begrüßung des Sattelschlepperfahrers durch Eckstein ab. Der Grund dafür war natürlich, daß die anwesenden Reporter genauso panisch reagiert hatten wie der Rest der Zuschauer. Sie hatten sich mit ihren Wagen so schnell wie möglich aus dem Staub gemacht und ihre Redaktionen über die unglaublichen Vorgänge unterrichtet, deren Zeuge sie geworden waren.

Die Fotografien, die die Zeitungsleser und Fernsehzuschauer in aller Welt zu sehen bekamen, waren allesamt einige Zeit später aufgenommen worden, als der Fliegenschwarm nämlich durch den im Laufe des Tages immer stärker werdenden Wind vom GENTEL-Gelände geweht worden war und wie ein riesiges Gespenst seinen Weg durch die Straßen und Parks der Stadt angetreten hatte.

Ein geistesgegenwärtiger Arbeiter hatte sich große Verdienste erworben, indem er, durch eine Gasmaske geschützt, todesmutig auf den Container geklettert war, die von Eckstein geöffnete Luke wieder geschlossen und so verhindert hatte, daß die mysteriöse Wolke noch größere Ausmaße annahm.

Erst allmählich war den in Panik umherlaufenden Zeugen des Vorfalls klar geworden, daß sie keiner tödlichen Giftgaswolke ausgesetzt waren, sondern einer Unzahl winziger Insekten, was bei einigen, denen die Tierchen in Augen, Mund und Nase drangen, die Panik eher erhöhte. Auch Wenzel und Uhlich brauchten einen Moment, um sich von dem ersten Schreck zu erhohlen. Dann stürzten sie kurz entschlossen hinaus aus dem Labor und hinunter auf den Hof, wobei vor allem Wenzel schreiend umherlief und in eigentümlicher Umkehrung früherer Ereignisse brüllte: »Es sind nur Fliegen! Es sind nur Fliegen!«

Der auffrischende Wind, der vorher den Gestank vertrieben hatte, bereitete auch diesem Spuk ein Ende, und so dauerte es nicht allzulange, bis die unheimliche, lebendige Wolke langsam abtrieb.

Die meisten der Zuschauer hatten sich hinter den Türen der umstehenden Gebäude in Sicherheit bringen können, aber der Boden war übersät mit Tausenden toter und sterbender Fliegen und einigen Unglücklichen, die sich röchelnd und wimmernd mit von Fliegen verklebten und verstopften Augen und Nasen in den Überresten ihrer Peiniger wälzten. Während einige mit offenen Mündern dem sich langsam entfernenden Fliegenschwarm nachschauten, kamen andere den Verletzten zu Hilfe, und auch Eckstein, der übel zugerichtet war und sich mit schmerzverzerrtem Gesicht den gebrochenen Arm hielt, fand einige Helfer.

Kurze Zeit später schrillten im Hauptgebäude ununterbrochen die Telefone. Die Redaktionen der von ihren Reportern alarmierten Zeitungen wollten wissen, was denn geschehen sei, und die Polizei erkundigte sich, ob man Gift- oder Katastrophenalarm ausrufen, eine Ausgangssperre verhängen und die Bürger der Stadt über Rundfunk und Fernsehen warnen sollte.

Uhlich und Wenzel, der schier über sich hinauswuchs, übernahmen während der folgenden Stunden unaufgefordert die Regie in der GENTEL. Es dauerte eine Weile, bis Wenzel die Presse und vor allen Dingen die Polizei davon überzeugt hatte, daß es sich bei der auf die Stadt zutreibenden Wolke keineswegs um die Folge eines Chemieunfalls handelte, sondern eben um einen gigantischen Fliegenschwarm, eine Art biologischer Luftverschmutzung also. Da die örtlichen Katastrophenschutzpläne Zwischenfälle dieser Art nicht vorsahen, stürzte diese Information die Verantwortlichen in arge Verlegenheit, und man beschwor Wenzel händeringend, ihnen um Gottes willen zu sagen, was sie tun sollten.

Wenzel versuchte, die Gemüter, so gut es ging, zu beruhigen. Der Fliegenschwarm sei harmlos, man solle ihm halt nur nicht zu nahe kommen. Er empfahl, über die Medien eine Erklärung zu verbreiten, in der die Bürger der Stadt aufgefordert werden sollten, sich von dem Schwarm fernzuhalten und Türen und Fenster zu schließen. Der Wind werde die Fliegen früher oder später zerstreuen. Das Problem werde sich von selbst lösen, da die Insekten bald verhungern und sterben würden.

Für die äußeren Stadtbezirke kam diese Verlautbarung allerdings zu spät. Der Fliegenschwarm, der mittlerweile dort durch die Straßen geisterte, verursachte ein heilloses Durcheinander, war der Anlaß für zahlreiche Verkehrsunfälle, die glücklicherweise nur ein paar Leichtverletzte forderten, erschreckte etliche Passanten und kostete dann doch, als man das Schlimmste schon überstanden glaubte, einem alten Herrn, der sein Hündchen spazierenführte, das Leben. Sein schwaches Herz war einer solchen Aufregung nicht gewachsen.

Es dauerte eine Zeit, bis die durch die Medien und von Lautsprecherwagen der Polizei verbreiteten Warnungen alle Bürger erreicht hatten, aber es kam dann zu keinen ernsten Zwischenfällen mehr. Das Ganze entwickelte sich mit fortschreitender Dauer zu einer Art außergewöhnlichem Naturschauspiel, das noch lange Zeit für Gesprächsstoff unter den Bewohnern des Städtchens sorgen sollte.

29

Die Menschen, die nicht unmittelbar betroffen waren und von den Ereignissen auf dem GENTEL-Gelände nur durch die Presse erfuhren, empfanden angesichts der ungewöhnlichen Vorkommnisse überwiegend Schadenfreude und Belustigung, begleitet von einer wohlig-schaurigen Gänsehaut.

Plodsz, der nach einer heißen Phase voller Interviews und Talk-Show-Auftritten, die die Veröffentlichung des *Pfuschs im Norden* ausgelöst hatte, wieder seinen systematischen Studien nachging, amüsierte sich königlich über Herzbergs Artikel und ließ es sich nicht nehmen, ihm dazu telefonisch seine Glückwünsche auszusprechen. Auch Kollek war nicht besonders unglücklich, als er von dem Vorfall erfuhr. Henslowe nahm die Angelegenheit mit einem Schmunzeln zur Kenntnis.

Im Landtag brachte die Opposition eine große Anfrage ein, in der die Regierung aufgefordert wurde, zu den Ereignissen Stellung zu nehmen und darzulegen, welche Konsequenzen sie für die offensichtlich mangelhaften Katastrophenschutzpläne zu ziehen gedachte.

In seiner Antwort bescheinigte der Umweltminister den zuständigen Behörden umsichtiges und angemessenes Vorgehen und wies die Forderung, solche oder ähnliche Fälle in besonderer Weise in den Katastrophenschutzplänen zu berücksichtigen, mit der Begründung zurück, »für massenhaft auftretendes Ungeziefer seien schließlich die Kammerjäger zuständig«.

Trotz des zunächst enormen Echos auf die ungewöhnlichen Vorkommnisse beruhigten sich die Gemüter schnell, denn niemand, am allerwenigsten die Politiker, wollte sich ernsthaft mit der GENTEL anlegen, deren Assimilatoralgen auf dem internationalen Markt noch immer ein großer Renner waren und – darüber konnte es doch keinen Zweifel geben – auch ein Segen für die Menschheit.

Die gravierendsten Konsequenzen der Ereignisse aber wurden etwa zehn Tage nach den Vorfällen bekannt, und sie betrafen die GENTEL selbst. Als Eckstein nämlich aus dem Krankenhaus entlassen wurde und wieder an seinen Arbeitsplatz zurückkehren wollte, fand er ein Schreiben der Unternehmensleitung auf seinem Schreibtisch, in dem ihm unter Gewährung einer nicht unerheblichen Abfindung wegen betriebsschädigenden Verhaltens fristlos gekündigt wurde. Niemand in der GENTEL-Forschungsabteilung war darüber besonders traurig, zumal die hochangesehene Dr. Charlotte Uhlich zu seiner Nachfolgerin bestellt wurde.

Eckstein machte sich am selben Tage wutschnaubend davon, fand aber schnell wieder eine Stellung in einem Konkurrenzunternehmen.

Unter Charlotte Uhlich kehrte in das Haus bald der normale Forschungsalltag ein. Die Arbeit an dem Problem in Norwegen hatte dabei höchste Priorität. Sie telefonierte mit Henslowe und Kollek, die ihr beide herzlich zu ihrer Beförderung gratulierten, und besprach die Einzelheiten der nun einzuleitenden Maßnahmen. Bei dieser Gelegenheit erfuhr sie, daß erneut drei Waldgebiete entdeckt worden waren, in denen die charakteristischen Schadbilder auftraten. Insgesamt gab es nun zehn bisher noch isoliert liegende Schadflächen in einem Gebiet, das etwa so groß wie Schleswig-Holstein war. Die Zeit drängte.

In den folgenden Monaten setzte eine fieberhafte Forschungsaktivität ein, wobei jedes der drei Forschungszentren einen anderen Schwerpunkt setzte. Mittlerweile war der November angebrochen, und der bevorstehende Winter mußte unbedingt genutzt werden, um eine erfolgversprechenden Strategie zu erarbeiten. In Person ihres Umweltministers Helvinson setzte sich die Norwegische Regierung mit Nachdruck dafür ein, daß endlich wirksame Gegenmaßnahmen eingeleitet wurden. Man sei sehr beunruhigt. In der Bevölkerung rege sich zunehmend Unmut, der durch die permanenten Presseberichte weiter angestachelt werde.

Für letztere waren nicht zuletzt die *Guten Nachrichten* verantwortlich. Der *Pfusch im Norden* entwickelte sich zu einer Art Fortsetzungsgeschichte. Martin Herzberg beschäftigte sich in Bergers Auftrag ausschließlich mit diesem Thema und schrieb für jede neue Ausgabe einen Artikel, wobei Ereignisse, wie sie sich bei der Ankunft der Pilzcontainer zugetragen hatten, nur allzugerne aufgegriffen wurden. Plodsz gehörte übrigens seit seinem Engagement in dieser Sache zu Herzbergs eifrigsten Lesern. Er hatte sich eine besondere Mappe angelegt, in der er fein säuberlich alles archivierte, was er in der Presse über den Fall finden konnte.

Natürlich kümmerten sich auch die norwegischen Zeitungen um die Angelegenheit, und so verging kaum eine Woche, an dem nicht neue Enthüllungen, Interviews mit Experten oder mehr oder weniger fundierte Zukunftsprognosen über den möglichen Fortgang der Ereignisse Eingang in die Medien fanden.

In den Laboratorien der GENTEL, des Trondheimer Instituts von Gunnar Kollek und Mathew Henslowes Arbeitsgruppe in Cambridge versuchte man, sich die Sensationspresse möglichst vom Leibe zu halten, um ruhig und konzentriert zu arbeiten. Die Aufgaben waren im Sinne größter Effektivität verteilt worden, und alle beteiligten Wissenschaftler widmeten ihre Arbeitskraft unter Zurückstellung anderer Vorhaben ausschließlich dieser gemeinsamen Aufgabe.

Henslowe hatte die gewünschten Proben von Kollek erhalten. In seinem Labor liefen seitdem die Analysegeräte heiß. Da sie unter Zeitdruck standen und die Dechiffrierung der Erbmoleküle auch unter Zuhilfenahme der modernen Geräte sehr zeitaufwendig war, hatte Uhlich angeboten, daß die GENTEL mit ihren Laborkapazitäten einen Teil der Aufgaben übernehmen könnte. So wurden die Chromosomen der gesunden und kranken Bäume mit Hilfe spezieller Enzyme in zahllose kleine Bruchstücke geschnitten, dann vervielfältigt und in die Analysegeräte gefüllt. Nachdem in der GENTEL unter Wenzels Leitung Teile des Baumerbgutes analysiert worden waren, übermittelte man die gewonnenen Daten nach Cambridge, wo Stück für Stück die Genkarten zusammengestellt wurden.

Gleichzeitig füllte sich der Speicher von Henslowes Computer bis zum Bersten mit den bei der WOG verfügbaren Daten über Pflanzenviren. Burt hatte nicht übertrieben. In den letzten Jahren hatte sich in der Virusforschung einiges getan, und so sah sich Henslowe gezwungen, selbst unter den Pflanzenviren eine Vorauswahl zu treffen, um seinen Rechner nicht zu überfordern.

Er tat dies nur unter größten Bedenken. Wer wollte schon vorhersagen, ob nicht genau das Virus, das den Sparmaßnahmen zum Opfer fiel, der gesuchte Übeltäter war. Nach einer ersten Durchsicht des WOG-Materials sortierte Henslowe eine ganze Reihe von Viren aus, die nur Kartoffeln, Rüben, Tomaten und andere Nutzpflanzen befielen.

Während viele Wochen lang mit Hochdruck an der Analyse der Baumchromosomen gearbeitet wurde, eine mühsame Routinetätigkeit, die letztlich nur eine notwendige Voraussetzung für die Anwendung von Henslowes Computerprogrammen war, existierte nicht der geringste Anhaltspunkt dafür, daß wirklich ein Virus mit im Spiel war. Es bestand noch immer die Gefahr, daß alles in einem eklatanten Fehlschlag endete, eine Möglichkeit, an die in Anbetracht des großen Aufwandes und der immensen Kosten des Projekts niemand zu denken wagte.

Kollek und sein Institut konzentrierten sich unterdessen darauf, die Krankheitssymptome der Bäume auf der Ebene einzelner Zellen unter die Lupe zu nehmen. Mit Hilfe eines Instituts der Universität, das ebenfalls über einige Elektronenmikroskope verfügte, zerlegte man verschiedene Gewebe der Bäume – von den Feinwurzeln bis zur grünen Nadel – in der Hoffnung, irgendwo auf eine Spur zu stoßen, die Henslowes Virushypothese stützte.

Zu diesem Zweck mußte etwa das Wurzelstück eines erkrankten Baumes in hauchdünne Scheibchen zerlegt und dann Schnitt für Schnitt nach verdächtigen Anomalien untersucht werden. Diese Arbeit erforderte höchste Konzentration und eine geradezu unmenschliche Geduld. Um ein nur ein Zentimeter langes Feinwurzelstückchen zu untersuchen, mußten nicht weniger als eine Million winziger Präparate angefertigt und dann einzeln durchgesehen werden, was schlichtweg unmöglich war. Das Ganze glich fatal der sprichwörtlichen Suche nach der Nadel im Heuhaufen, mit dem kleinen Unterschied, daß die Gestalt einer Nadel wohlbekannt, ein Virus aber in den verschiedensten Erscheinungsformen auftreten konnte.

Für Wenzel wirkte Ecksteins Ablösung durch Uhlich natürlich ungemein befreiend, und er war seitdem in einer Weise aufgeblüht, die allen in der GENTEL-Forschungszentrale wie ein Wunder vorkam. Er sprühte vor Energie und übernahm neben den Analysearbeiten für Henslowe noch weitere Aufgaben.

Seine Mitarbeiter hatten im Labor zahlreiche frisch aus Norwegen eingeflogene Baumkeimlinge mit seinem *Amanita* zusammengebracht und wollten nun beobachten, wie die Kontaktaufnahme zwischen den beiden Symbiosepartnern erfolgte und wann und wodurch es zu den krankhaften Unstimmigkeiten kam.

So vergingen einige Monate konzentrierter Arbeit. Es wurden Unmengen von Daten gewonnen, Tausende von Fotografien und riesige Stapel von Computerausdrucken erstellt, aber konkrete Ergebnisse ließen weiter auf sich warten. Mit dem Zeitdruck und der Gewißheit im Nacken, daß der nun bald anbrechende Sommer zu einer katastrophalen Zuspitzung der Lage führen könnte, arbeiteten Wissenschaftler und Laborkräfte bis zur Erschöpfung und versuchten, sich durch das Ausbleiben konkreter Anhaltspunkte nicht entmutigen zu lassen.

Anfang des neuen Jahres wurde die Arbeit in den Laboratorien der GENTEL durch einen erneuten Drohbrief der LAS beeinträchtigt, in dem wiederum ernste Konsequenzen angekündigt wurden, falls die GENTEL nicht endlich die Finger von gentechnologischer Forschung lassen sollte. Daran war natürlich nicht ernsthaft zu denken. Der Drohbrief landete beim Staatsschutz, wo er in dicken Ordnern mit ähnlichen Schreiben verschwand und rasch vergessen wurde. Einige Wochen lang wurden der Objekt- und Personenschutz für führende GENTEL-Mitarbeiter, unter anderem auch Uhlich, verstärkt. Übrigens wurde dieses Schreiben auch den *Guten Nachrichten* zugespielt, was Herzberg einige mißtrauische Blicke seines Redakteurs eintrug. Auf eine Veröffentlichung wurde verzichtet.

Mitte März konnte Kollek einen ersten Erfolg verbuchen, der alle Beteiligten neue Hoffnung schöpfen ließ. Schon Ende des vergangenen Jahres hatte er im Gewächshaus ein wichtiges Experiment angesetzt. Wenn tatsächlich eine Virusinfektion für die Baumerkrankung verantwortlich war, dann müßte diese Krankheit übertragbar sein. Also behandelte er bisher gesunde, junge Bäume mit einem Extrakt, den er aus erkrankten Bäumen gewonnen hatte. Und nachdem sich anfangs keine Reaktion zeigte, stand nun eindeutig fest, daß auch die bisher gesunden Bäume erkrankt waren. Sie zeigten jetzt unübersehbar dieselben Symptome, die ihnen bei den Bäumen im Wald soviel Sorgen bereiteten. In dem übertragenen Extrakt mußte irgendein krankmachendes Agens gesteckt haben, möglicherweise ein Virus. Überall wurde dieses Ergebnis mit großer Freude aufgenommen. Es zeigte, daß Henslowes Theorie mit großer Wahrscheinlichkeit zutraf. Sie befanden sich auf dem richtigen Weg.

Ende Juni überstürzten sich dann die Ereignisse. Innerhalb von nur drei Wochen wurden plötzlich alle drei Labors fündig. Eingeleitet wurde diese turbulente Zeit in Cambridge. Mittlerweile waren über achtzig Prozent des Baumgenoms entschlüsselt worden, und Henslowe hatte sich entschlossen, einen ersten Durchlauf seines Programms zu starten. Und tatsächlich erklang diesmal nicht das nervtötende Computerpiepen, sondern ein heller Glockenklang.

Bei näherer Betrachtung gab dieser Erfolg aber einige Rätsel auf. Zweifellos hatte das Programm ein in den Genen des Baumes verstecktes Virus entdeckt, aber dieses Virus war nicht vollständig und konnte in dieser Form nicht infektiös sein. Im Grunde war dies noch nichts Weltbewegendes, denn es gab ernstzunehmende, kompetente Leute, die behaupteten, daß sich in unser menschliches Genom und vielleicht in das jedes anderen Organismus im Laufe von Jahrmillionen ganze Heerscharen von Viren eingenistet und dort quasi zur Ruhe gesetzt hätten. Das mußte noch nicht ihr Virus sein.

Kurze Zeit später meldete auch Kollek aufgeregt, man habe im Gewebe erkrankter Nadeln zweifelsfrei Viruspartikel nachweisen können. Allerdings wären die elektronenmikroskopischen Bilder verwirrend. Es sähe so aus, als ob sie zwei unterschiedliche Typen gefunden hätten. Als dann auch noch Wenzels Labor meldete, man sei bei den Wurzeluntersuchungen durch Zufall auf etwas gestoßen, das nach Viren aussähe, knallten in allen Labors die Sektkorken, stieß man überall auf Henslowes guten Riecher an und klopfte sich gegenseitig anerkennend auf die Schultern.

Doch wie so oft in der Wissenschaft, warf die Lösung eines Problems zahllose neue Fragen auf. Die anfängliche Euphorie wich bald einer deutlich zurückhaltenderen Wertung. Je mehr man über die entdeckten Viren herausbekam, um so klarer zeichnete sich ab, daß diese nicht identisch waren. Welches der vier war denn nun das gesuchte Virus? Oder hatte man es etwa mit einem der seltenen, aus der Literatur bekannten Fälle zu tun, wo das Erbgut eines Virus auf mehrere unterschiedliche Partikel aufgeteilt war, die alle zusammenkommen mußten, damit ein funktionsfähiger, infektiöser Krankheitserreger entstand?

Anstatt sich endlich aufzuhellen, wurde die Sache immer mysteriöser. Schließlich kamen Uhlich, Kollek und Henslowe überein, daß jedes Labor die größten Anstrengungen unternehmen sollte, um sein Virus näher zu charakterisieren, und daß man sich Mitte August in Trondheim zu einer Klausurtagung treffen wollte, um die Ergebnisse zu diskutieren und das Knäuel zu entwirren. Insbesondere Kollek benötigte dringend klare, vermittelbare Ergebnisse, denn in immer kürzer werden Abständen sprach das Umweltministerium bei ihm vor und mahnte zur Eile. Mit dieser Klausurtagung hatte er jetzt wenigstens einen konkreten Termin, auf den er das Ministerium vertrösten konnte.

So kam es fast sechs Jahre nach dem ersten Auftreten der Riesenpilze und der Waldschäden in demselben Vortragssaal des Trondheimer Instituts, der schon Schauplatz der ersten Schadensmeldungen durch Kollek und Olson war, zu einer erneuten Zusammenkunft, die nun endlich Klarheit in die Angelegenheit bringen sollte. Als Teilnehmer hatten sich folgende Persönlichkeiten angesagt:

Prof. Dr. Mathew Henslowe, Cambridge University, Großbritannien

Dr. Thomas Hopkins, Cambridge University, Großbritannien

Dr. Gunnar Kollek, Forstwissenschaftliches Institut, Trondheim, Norwegen

Dr. Henrik Olson, Forstwissenschaftliches Institut, Trondheim, Norwegen

Dr. Kurt Wenzel, GENTEL, Deutschland

Dr. Charlotte Uhlich, GENTEL, Deutschland

Dr. Geir Finstad, Staatssekretär im Umweltministerium, Oslo, Norwegen

Wenzel überkam ein sehr merkwürdiges Gefühl, als er in den Raum trat und sich einen Platz suchte.

Alles war wie damals. Der Raum schien unverändert zu sein, sogar ein Großteil der Personen war identisch, nur waren sie alle ein paar Jahre älter geworden. Als Kollek die Anwesenden begrüßte, erschien es Wenzel, als ob der Norweger dieselben Worte benutzte wie damals.

Kollek gab bekannt, daß überraschend Umweltminister Helvinson sein Erscheinen angekündigt habe, ein deutlicher Hinweis, welche Bedeutung man ihrem Problem und diesem Treffen in Regierungskreisen zumaß. Der Minister habe aber im Moment noch andere Verpflichtungen. Durch seinen Staatssekretär Herrn Dr. Finstad ließ er ausrichten, daß man nicht auf ihn warten und lieber gleich mit der Arbeit beginnen solle. Finstad, ein großer, blonder, modisch gekleideter junger Mann, hatte sich in die erste Reihe gesetzt und nickte bei der Erwähnung seines Names.

Kurz sah Wenzel den dicken Helvinson vor sich, wie er damals im Zuschauerraum gesessen und mit hochrotem Kopf auf Uhlich geschimpft hatte. Wenzels Augen hefteten sich auf seine Vorgesetzte, die gerade mit Prof. Henslowe aus Cambridge sprach, und als spürte sie seinen Blick, drehte sie ihren Kopf und lächelte ihm zu. Sie weiß genau, was sich in mir abspielt, dachte er und lächelte zurück.

Wie im Zeitraffer rasten die Ereignisse der letzten Jahre vor seinem inneren Auge vorbei. Ihm blieb aber keine Zeit, sich diesen Erinnerungen zu überlassen, denn Kollek hatte schon angefangen, über die Ergebnisse seiner Arbeit zu sprechen.

»... darum will ich zu den von uns gefundenen Virustypen

nichts weiter sagen. Das wird nachher Prof. Henslowe übernehmen, der dazu viel kompetenter Stellung nehmen kann als ich. Ich hoffe, er kann dieses Durcheinander etwas lichten.«

Kollek sah zu Henslowe hinüber, einem sympathischen, dynamisch wirkenden Mann um die Fünfzig, der lächelnd den Kopf wiegte, als wolle er sagen: »Wir werden sehen. Danke für die Blumen.«

»Ich möchte Ihnen nur kurz mitteilen, was wir in den letzten Wochen erreicht haben, und ich muß gleich gestehen, daß wir uns noch keinen rechten Reim auf unsere Ergebnisse machen können. Aber deshalb sind wir ja hier zusammengekommen.«

Er gab Olson ein Zeichen, woraufhin dieser aufstand und sich zu einem Diaprojektor begab. Wieder hatte Wenzel dieses eigentümliche Gefühl, als ob er das alles schon einmal erlebt hatte, aber dann erschien auf der Leinwand an Stelle des befürchteten Riesenfliegenpilzes ein alter knorriger Baum, der über und über mit Flechten bewachsen war.

»Den Burschen wollte ich Ihnen auf jeden Fall einmal zeigen. Diese alten Bäume haben hier einmal den Wald gebildet, und durch sie sind wir überhaupt darauf gekommen, daß die Pilze von Herrn Dr. Wenzel... nun ja, unschuldig sind.«

Wenzel nahm Kolleks Bemerkung dankbar zur Kenntnis.

»Nun, sagen wir, sie sind nicht die Hauptschuldigen«, sagte er. »Sie reagieren nur auf die Schwäche der Bäume und geben ihnen den Rest.«

»Genau. Wie Sie ja alle wissen«, fuhr Kollek fort, »hatte unser Übertragungsversuch schon vor einigen Monaten ergeben, daß wir es tatsächlich mit einer Infektion zu tun haben, nicht etwa mit einer Schadstoffwirkung oder einem Stoffwechseldefekt.«

Er winkte Olson zu, und auf der Leinwand erschien ein junger, unübersehbar schwer angeschlagener Baum mit bräunlich verfärbten Nadeln. »Uns ist es jetzt vor wenigen Tagen der

Nachweis gelungen, daß tatsächlich die von uns isolierten Viren die gesuchten Erreger sind. Eine Behandlung dieses vorher gesunden Baumes mit einer Virussuspension erzeugte nach wenigen Wochen das Krankheitsbild, das Sie hier sehen können. Es stimmt, soweit wir das bisher sagen können, völlig mit den im Freiland auftretenden Schadsymptomen überein.«

Unter den Zuhörern entstand aufgeregtes Gemurmel, und Henslowe begann, begeistert auf die heruntergeklappte Schreibunterlage zu trommeln. Auch die anderen stimmten bald ein.

Das war der Nachweis, auf den sie gewartet hatten. Der Schuldige war gefunden, identifiziert und schließlich überführt worden. Eine wissenschaftliche Meisterleistung.

»Dr. Kollek«, es war Uhlich, die in das langsam nachlassende Getrommel ihre Frage stellte, »welches der beiden Viren, die Sie gefunden haben, wurde denn für diesen Versuch verwendet?«

»Ja, das ist genau der Punkt, der uns bisher noch Kopfzerbrechen bereitet. Wir haben beide Virustypen getestet, sowohl einzeln als auch in einem Mischpräparat, und konnten in allen drei Fällen dieselben Krankheitssymptome auslösen. Bei einem der beiden Viren hat die Ausbildung der Symptome vielleicht etwas länger gedauert, aber wir haben zu geringe Versuchszahlen, um das statistisch absichern zu können. Im Endeffekt war das Bild jedenfalls in allen Fällen gleich. Wir haben es also nicht mit einer Mischinfektion zu tun, sondern beide Viren, obwohl nachweislich verschieden, scheinen dieselbe Krankheit oder jedenfalls dieselben Symptome hervorzurufen. Genau das ist der Punkt, den wir nicht verstehen.«

Wenzel schaute zu Henslowe hinüber, um dessen Reaktion zu beobachten. Er sah, wie sich dieser nachdenklich das Kinn rieb, ein paar Sätze mit dem neben ihm sitzenden Hopkins austauschte und sich anschließend einige Notizen machte.

»Ja, das war es eigentlich, was ich Ihnen mitteilen wollte«, sagte Kollek. Er blickte fragend in die Runde, um zu sehen, wer als nächster das Wort wünschte.

»Tja, ich weiß nicht…, Prof. Henslowe, wollen Sie…?«

Henslowe winkte bescheiden ab und deutete an, daß er der GENTEL gerne den Vortritt lassen wollte. Uhlich nickte und ergriff das Wort: »Vielleicht berichtet Herr Dr. Wenzel über die Arbeit in unseren Labors. Er hat die praktische Durchführung geleitet und weiß am besten darüber Bescheid.«

Für einen Moment wurde Wenzel wieder ein Opfer seiner Erinnerungen. Er fühlte, wie er eine Gänsehaut bekam. Seine Handflächen wurden feucht, wie damals, als Kollek ihn zu einer ersten Stellungnahme aufgefordert hatte. Dann riß er sich zusammen.

»Ja!« Er mußte sich kräftig räuspern. »Entschuldigung! Sie verzeihen, wenn ich hier an meinem Platz bleibe, denn allzuviel Neues habe ich Ihnen nicht mitzuteilen. Das Virus, das wir zufällig in den Wurzeln gefunden haben, ist ja auch von Prof. Henslowes Arbeitsgruppe…«

Er unterbrach seine Rede, weil sich in diesem Augenblick die Tür öffnete und die imposante Gestalt von Helvinson in den Raum trat. Er hatte in den letzten Jahren noch an Leibesumfang hinzugewonnen. Der jetzige Umweltminister steuerte schnurstracks den freien Platz neben seinem Staatssekretär in der ersten Reihe an. Durch ein betont leises Auftreten und entsprechende Gesten signalisierte er, daß man bitte ohne große Umstände fortfahren solle.

»Ja, also, wie gesagt, über unser Virus wird Sie Prof. Henslowe informieren«, nahm Wenzel den Faden wieder auf und beobachtete dabei, wie Helvinson sich leise von dem jungen Finstad über den bisherigen Verlauf der Debatte unterrichten ließ.

Als Wenzel dann weitersprach, gewann er zusehends an Sicherheit. »Wir haben aber in unserem Labor neben den Untersuchungen über die Baum-Pilz-Symbiose noch einen weiteren und, wie sich jetzt herausstellte, durchaus sinnvollen Weg eingeschlagen. Sie kennen ja sicher alle Dr. Kolleks Hypothese, daß die Fliegen, die von uns zur Bekämpfung der damals fälschlicherweise als Hauptverursacher betrachteten Pilze ausgesetzt wurden, eine Verbreitung der Schäden beschleunigen sollen. Und Sie werden sicher verstehen, daß uns besonders daran gelegen sein mußte, diese Frage zu klären, da die *Megaselia*-Fliege in ihrer neuen Form ja in unseren Labors entstanden ist.«

Helvinson machte sich erstmals mit einem zustimmenden Grunzen bemerkbar.

»Wir haben nun gegen die von uns gefundenen Viren Antikörper hergestellt. Wie Sie wissen, ist es mit Hilfe solcher Antikörper möglich, Viren spezifisch nachzuweisen. Die Einzelheiten der Methode will ich Ihnen hier ersparen. Tatsächlich konnten wir unsere Viren auf diese Weise in fast allen der von Dr. Kollek zur Verfügung gestellten Gewebeproben erkrankter Bäume aufspüren. Aber mehr als das. Wir haben nach längerer Suche, und dieses Ergebnis gibt, ich muß sagen: leider, Dr. Kollek recht, die Viren auch in, oder besser gesagt, an den Fliegen gefunden. Es besteht somit tatsächlich eine gewisse Wahrscheinlichkeit, daß *Megaselia* als Überträger des Virus fungiert. Ein direkter Nachweis ist das natürlich nicht, aber...«

»Tzeh!« machte Helvinson und fixierte Wenzel mit starrem Blick.

»... aber wir müssen damit rechnen.«

Wenzel setzte sich, und Uhlich nickte ihm beruhigend zu. Wissenschaftlich gesehen war dieser Nachweis eine saubere Leistung, aber die Konsequenzen waren alles andere als erfreulich. Auf den Gesichtern der anwesenden Wissenschaftler zeichnete sich eine Mischung aus Respekt und Sorge ab. Wenzel hatte übrigens verschwiegen, daß die Fliegen, die er für seinen Nachweis verwendet hatte, aus jenem Vorfall auf dem GENTEL-Gelände stammten. Er hatte es vorgezogen, dieses Detail zu unterschlagen.

Nun war Henslowe an der Reihe. Wahrscheinlich um die aufkommende Beklemmung gleich im Keim zu ersticken, erhob er sich von seinem Platz, sobald Wenzel ausgeredet hatte.

»Meine Dame, meine Herren«, begann Henslowe, »wie Sie ja alle wissen, haben unsere Untersuchungen nicht nur ein, sondern gleich vier Viren ans Licht gebracht, jedenfalls schien uns das bis vor kurzem so. Dr. Kollek und Dr. Wenzel haben es mir überlassen, über diese Viren zu sprechen. Nun, ich hoffe, daß ich Ihren Erwartungen gerecht werden kann. Dr. Hopkins, der in unserem Labor die biochemischen Arbeiten leitet, und ich haben schon in Cambridge in vielen Gesprächen versucht, aus den scheinbar verwirrenden Einzelheiten dieses Falles so etwas wie eine Theorie abzuleiten, die uns die Phänomene erklären könnte. Ihre interessanten Ausführungen, Herr Dr. Kollek, haben unsere Ergebnisse bestätigt, so daß ich es nun wagen möchte, Sie mit unseren Überlegungen bekannt zu machen.«

Er drehte sich um, griff nach einem Stück Kreide und malte zwei Kreise an eine an der Wand angebrachte Tafel.

»Diese beiden Kreise sollen die beiden hier in Trondheim von Dr. Kollek in den Nadeln gefundenen Virustypen darstellen. Ich möchte sie K_1 und K_2 nennen.« Er schrieb die Bezeichnungen in die Kreise. »Dieser dritte Kreis, den ich hier bewußt unter den K_1-Virus zeichne, ist das von Dr. Wenzel in den Wurzeln erkrankter Bäume nachgewiesene Virus. Ich nenne es W.« Er schrieb ein W in den dritten Kreis und wandte sich den gespannt lauschenden Zuhörern zu.

»Unsere Analysen haben nun ergeben, daß wir es in Wirklichkeit wohl nur mit zwei Typen zu tun haben. Eines der beiden Viren, die Dr. Kolleks Gruppe gefunden hat, das Virus K_1, ist mit dem in der GENTEL entdeckten Typ W identisch. Dieses Virus K_1, identisch mit dem Typ W, wie wir nun wissen, stimmt aber auch weitgehend mit dem von uns in den Baumchromosomen nachgewiesenen Typ überein. Ich sage weitgehend, weil unser Virus nicht vollständig ist. Ihm fehlen Gene, die zur

Fortpflanzung in der Wirtszelle unbedingt erforderlich sind. Es handelt sich um ein defektes Virus. Ich nenne es deshalb C-defekt.«

Er malte unter die Viren K_1 und W einen Halbkreis und schrieb C-defekt hinein.

»Nun komme ich zu den Ergebnissen, die Sie, Dr. Kollek, uns vorgestellt haben. Sie sagten, Sie hätten die charakteristischen Baumschäden sowohl mit jedem Virus einzeln als auch mit einem Mischpräparat auslösen können, aber im Falle eines der beiden Viren hätte die Infektion eine längere Zeit benötigt. Habe ich Sie da richtig verstanden?«

Kollek nickte. »Wir konnten dieses Ergebnis aber nicht statistisch absichern.«

»Ja. Nun, ich nehme an, daß dies tatsächlich an der zu geringen Stichprobengröße lag. Wir vermuten jedenfalls, daß Virus K_1 gleich W gleich C-defekt der von uns gesuchte Krankheitserreger ist. In der Literatur ist er übrigens als sogenanntes GS-MV beschrieben und gilt als extrem selten. Bleibt dieses ominöse Virus K_2. Es ist der Wissenschaft bisher unbekannt. Welche Rolle spielt nun dieser Erreger? Wir glauben, daß K_2 in diesem verzwickten System als Helfervirus gewirkt hat.«

»Als was?« rief Helvinson.

»Als Helfervirus, Herr Minister. Ein Helfervirus ist ein Virus, das einem defekten, unvollständigen und damit nicht infektiösen Virus, in unserem Fall dem Virus C-defekt, seine krankheitserregende Wirkung zurückgibt. Es kompensiert oder, wie wir sagen, komplettiert seinen Mangel.«

»Merkwürdige Terminologie, die Sie da haben«, murmelte Helvinson. Er wirkte nervös. Wenzel musterte den Umweltminister und fand es erstaunlich, daß ein leicht erregbarer Mensch wie Helvinson es so lange in diesem Geschäft ausgehalten hatte, jetzt sogar an äußerst exponierter Stelle.

»Ja, mag sein. Aber recht zutreffend, finden Sie nicht? Wie dem auch sei, wir halten es jedenfalls für einen sehr glücklichen

Zufall, daß Dr. Kollek überhaupt auf dieses K_2-Virus gestoßen ist. Denn nachdem es einmal das unvollständige Virus C-defekt komplettiert hatte, konnte dieses sich ja ohne fremde Hilfe in den Zellen vervielfältigen und war somit zum infektiösen Erreger K_1 bzw. W geworden. Ein weiteres Helfervirus war überflüssig. Möglicherweise ist K_2 sehr selten, und das ganze Problem ist die Folge eines extrem unwahrscheinlichen Zufalls. Ich möchte jede Wette eingehen, daß das in Ihren Versuchen, Dr. Kollek, nur mit Verzögerung wirksame Virus eben jenes Helfervirus K_2 war, das das sozusagen in den Zellen schlafende defekte K_1-Virus erst zum Leben erwecken mußte. Vielleicht wäre K_2 alleine ganz harmlos.«

»Wenn Ihre Theorie stimmt, Professor«, meldete sich Uhlich zu Wort, »dann müßte die Infektion der Bäume durch das K_1-Virus doch schon sehr lange Zeit zurückliegen. Sonst wären nicht so viele Bäume erkrankt. Außerdem müßte es dann in allen infizierten Bäumen seine Fortpflanzungsfähigkeit verloren haben, sonst wäre es nicht zu einem defekten Virus geworden, und Sie hätten es im Genom der Bäume nicht nachweisen können. Die Schäden hätten viel früher auftreten müssen. Ja, wenn ich es mir recht überlege, kann das Ganze nur funktioniert haben, wenn...«

Sie blieb mitten im Satz stecken. Henslowe vollendete: »...wenn die Bäume das Virus schon von Anfang an in sich getragen haben. Ja, ich fürchte, Sie haben völlig recht. Irgendein Witzbold hat einmal gesagt, ein Virus sei nichts weiter als eine schlechte Nachricht. In diesem Fall trifft dies besonders zu. Wir wollten diese Möglichkeit zuerst auch nicht wahrhaben, aber so muß es wohl gewesen sein.«

»Soll das ein Scherz sein?« Helvinson war erregt aufgesprungen. »Sofern ich das mit meinem laienhaften Verstand richtig begreife, wollen Sie uns erzählen, daß die Bäume von Anfang an krank waren?«

»Nein, nicht krank«, korrigierte Henslowe ruhig, »aber sie

trugen das defekte Virus schon in sich. Anders sind die Phänomene nicht zu erklären. Soweit wir das sagen können, weisen offenbar alle der damals gepflanzten Bäume in ihrem Genom den defekten Virus auf, übrigens auch solche, die noch gar keine Schadsymptome zeigen. Genetisch waren die Bäume ja alle identisch, sie waren ein Klon. Und das unerkannt in den Chromosomen versteckte Virus wurde gleich mit kloniert, natürlich unabsichtlich. Für einen Ausbruch der Krankheit war allerdings erst die Infektion durch das Helfervirus erforderlich. Ohne das Helfervirus...«

»Ach, hören Sie mir doch mit Ihrem Helfervirus auf.« Helvinson winkte energisch ab. »Man hat uns damals also eine Zeitbombe verkauft, ja?«

»So könnte man es nennen.«

»Aha! Na, das ist ja phantastisch! Unglaublich geradezu!« Helvinson war völlig außer sich und schnappte nach Luft. Wenzel mußte sich trotz der ernsten Lage ein Grinsen verkneifen.

»Glauben Sie ja nicht, daß wir das auf sich beruhen lassen. Finstad, nun sagen Sie doch auch mal was!« Helvinson buffte dem sichtlich überraschten jungen Mann gegen die Schulter.

»Tja, was soll ich sagen.« Finstad suchte krampfhaft nach einer intelligenten und entschlossenen Antwort. »Das wird ein gerichtliches Nachspiel haben«, fiel ihm schließlich ein.

»Darauf können Sie Gift nehmen«, stimmte Helvinson zu. Er begann, vor dem Rednerpult, an dem Henslowe die Stellung hielt, hin und her zu laufen. »Ich begreife das immer noch nicht. Machen Sie denn keine entsprechenden Tests und Untersuchungen, bevor Sie so etwas auf die Menschheit loslassen?«

Der lange Hopkins erhob sich und ergriff das Wort. »Wenn ich Ihnen das erläutern dürfte.«

»Ich bitte darum.« Helvinson musterte den jungen Schotten mit gerunzelter Stirn.

»Man hat früher auf Grund der sehr zeitaufwendigen Analyse nur einen geringen Teil des Erbgutes aufklären können.

Außerdem haben wir es hier mit einer Verquickung ganz außergewöhnlicher Umstände zu tun. Viren in Nadelbäumen wie das GS-MV sind eine sehr seltene Erscheinung. Bisher sind nur wenige Fälle dieser Art beschrieben worden. Das Virus hatte sich außerdem in das Erbgut seines Wirtes inkorporiert und war praktisch kaum zu entdecken. Es befand sich inmitten hochrepetetiver...«

»Also, junger Mann«, unterbrach ihn Helvinson zornig, »wenn ich eines an euch Wissenschaftlern hasse, dann ist es diese Sprache, der kein Mensch folgen kann. Erst kommen Sie mir mit so einem Quatsch wie diesem Helfervirus, und jetzt mit diesen hochrepet... wie war das?«

Henslowe kam Hopkins zu Hilfe. »Im Erbgut fast aller Organismen gibt es Abschnitte, in denen identische oder sehr ähnliche Sequenzen bis zu viele hunderttausendmal wiederholt werden. Solche Abschnitte nennt man hochrepetitiv.«

»Aha, und?«

»In solch einem Abschnitt steckte der Virus«, antwortete wieder Hopkins. »Man hat solche Abschnitte früher grundsätzlich nicht übersetzt, weil man sie für Unsinn hielt, evolutionären Ballast oder zumindest für nicht sehr bedeutsam.«

»Soso... nicht sehr bedeutsam. Organismen bestehen also zu einem Teil aus Unsinn?«

»Bei Säugetieren sind bis zu vierzig Prozent des Erbgutes aus solchen repetet...« Hopkins kam wieder nicht dazu, seinen Satz zu beenden, denn Helvinson baute sich direkt vor ihm auf und betrachtete ihn mitleidig.

»Aha, wir bestehen also aus vierzig Prozent Unsinn oder... wie sagten Sie so schön, evolutionärem Ballast, ja?« Helvinson schüttelte den Kopf und zeigte ein böses Grinsen.

»Ich habe langsam das Gefühl, ich bin hier von...« Er holte tief Luft. »Ich verfüge zwar nicht über Ihr geballtes Wissen«, er sprach jetzt ganz ruhig und wandte sich an die ganze Gruppe, »aber über eine gehörige Portion gesunden Menschenverstand, das kann ich Ihnen versichern, und wenn Sie mir hier weismachen wollen, daß wir zu vierzig Prozent aus genetischem Unsinn bestehen, dann frage ich mich langsam, ob nicht vielleicht eher ihre wissenschaftlichen Theorien zu hundert Prozent Schwachsinn sind.«

Niemand wagte ihm zu widersprechen.

»Aber gut! Lassen wir es dabei. Sie werden schon wissen, worüber Sie reden.« Er lief wieder einen Moment auf und ab. Dann blieb er vor der Tafel stehen. »Das interessiert mich im Grunde auch herzlich wenig. Was mich viel mehr interessiert, ist das hier.« Er tippte auf Henslowes Zeichnung. »Es ist also ein Virus, ja? Eine Art Baumgrippe. Nun schön, damit kann ich etwas anfangen. Aber was mich jetzt interessiert, und darüber, so dachte ich jedenfalls, sollte hier in erster Linie geredet werden, ist, was denn nun geschehen soll. Unser Wald stirbt uns da draußen weg. Wir können uns hier keine endlosen Debatten über genetischen Ballast oder Helferviren leisten. Wir müssen etwas *un-ter-neh-men.*«

»Ich verstehe Ihren Unmut, Herr Minister«, sagte Kollek, der sich als Gastgeber verpflichtet fühlte, die Wogen zu glätten. »Aber wir mußten doch zunächst einmal herausfinden, was da draußen eigentlich vor sich geht. Bisher hatten wir nur Vermutungen, die sich dann als falsch herausstellten. Erst jetzt beginnen wir zu verstehen, womit wir es zu tun haben.«

»Gut!« sagte Helvinson. »Wir wissen jetzt, es ist eine Viruserkrankung. Okay. Alle Einzelheiten können Sie gleich besprechen, wenn ich weg bin. Aber ich verspreche Ihnen, Sie werden mich nicht eher los, als bis ich von Ihnen wenigstens andeutungsweise erfahren habe, welche Maßnahmen jetzt eingeleitet werden müssen. Also, bitte, ich höre.« Er blickte von einem zum anderen.

Die Antwort war Schweigen.

Alles schaute betreten in die Gegend.

Während all der Zeit, in der man telefoniert, Daten ausgetauscht, Material hin- und hergeschickt und über das gemeinsame Projekt diskutiert hatte, war niemals darüber geredet worden, was denn im Falle eines positiven Ergebnisses ihrer Anstrengungen die unausweichliche Konsequenz wäre. Alle hatten es gewußt.

»Wie?« sagte Helvinson und schaute verwirrt seinen Staatssekretär an. »Ich verstehe nicht...«

»Wir können nichts tun«, sagte Henslowe schließlich.

»Was heißt das: Sie können nichts tun?« Helvinson trat neben Henslowe und blickte ihm direkt in die Augen. Der Engländer ließ sich davon nicht beeindrucken.

»Die einzige Möglichkeit, die weitere Ausbreitung eines solchen Virus zu verhindern, ist die radikale Beseitigung jeder Pflanze, die das Virus in sich trägt. Eine Chemotherapie ist aussichtslos.«

»Sie wollen halb Skandinavien abholzen?« brüllte Helvinson.

»Es wird nichts anderes übrigbleiben. Es gibt keine Alternative, es sei denn, Sie wollen darauf warten, daß das Virus Ihnen die Arbeit abnimmt.«

»Kollek!« schrie Helvinson. »Was sagen Sie dazu?«

»Er hat recht, Herr Minister«, war Kolleks Antwort. »Ich fürchte, er hat recht.«

»Das... das ist...« Helvinson hielt die Luft an und rang um seine Fassung. Dann stieß er geräuschvoll seinen angehaltenen Atem aus. »Kommen Sie, Finstad, hier haben wir nichts mehr verloren.«

Ohne sich noch einmal umzusehen, stürzte Helvinson mit seinem Staatssekretär im Schlepptau aus dem Saal und ließ die schweigende Wissenschaftlergruppe zurück. Sie hörten noch, wie Helvinson draußen im Foyer wilde Flüche und Verwünschungen ausstieß und den Zurückgebliebenen mit gravierenden Konsequenzen drohte.

30

Wie fast jeden Tag war Plodsz einer der Letzten, der das Naturkundemuseum verließ. Er durchquerte, seine braune Aktentasche unter den Arm geklemmt, mit kleinen, schnellen Schritten die menschenleere Eingangshalle, wobei er dem riesigen Saurierskelett keinerlei Aufmerksamkeit widmete, trat durch eine der schweren alten Holztüren in das Foyer und nickte kurz dem Pförtner zu. Der junge Mann trat mit einem enormen Schlüsselbund in der Hand aus seinem Zimmer und schlurfte in Richtung Eingangstür, wo Plodsz mit gekräuselter Stirn auf ihn wartete. Dort begann er unter lautem Gebimmel, den richtigen Schlüssel zu suchen. Jeden Abend das gleiche Spiel, ein stiller Machtkampf, der wohl so lange weitergeführt würde, bis einer von beiden entnervt aufgab.

Plodsz hätte natürlich auch den hinteren Ausgang benutzen können, zu dem er selber den Schlüssel besaß, aber er hatte es sich seit vielen Jahren zur Gewohnheit gemacht, sein Museum durch den Haupteingang zu verlassen, vorbei an den Vitrinen, den Skeletten und Versteinerungen. Er empfand das als sein gutes Recht und wollte sich davon auch nicht abbringen lassen, nur weil der neue Pförtner, mit dem er noch nicht warmgeworden war, jedesmal stöhnte, wenn er ihm die Tür aufschließen mußte.

»Vielen Dank, junger Mann!« sagte Plodsz betont höflich, als der Pförtner ihm endlich die Tür aufhielt, und trat dann nach draußen, wo ihn ein warmer Spätsommerabend begrüßte. Mit einem lauten Knallen fiel die Eingangstür hinter ihm ins Schloß.

Er lief durch die kleine Grünfläche, die das Museum von der Straße trennte, und schlug dann, anders als sonst, den Weg in Richtung Friedrichstraße ein. Nach ein paar Schritten drehte er sich noch einmal um und ließ seinen Blick über die bröckelige Fassade des alten Museumsgebäudes gleiten.

»Ganz schön heruntergekommen«, murmelte er vor sich hin und fügte in Gedanken hinzu: So wie ich.

Plodsz war deprimiert, seit Tagen schon. Er war so deprimiert, daß er sich selbst einem alten Freund gegenüber schon als regelrecht depressiv eingestuft hatte.

Die *Empis*-Monographie war abgeschlossen, er hatte in der letzten Woche die Druckfahnen korrigiert, und in wenigen Wochen würde seine umfangreiche Arbeit in der museumseigenen Schriftenreihe erscheinen, über zweihundert Seiten stark und prall gefüllt mit minutiösen Abbildungen von Flügeläderungen, Genitalstrukturen und Borstenstellungen, einem komprimierten Text und einer ausufernden Literaturliste.

Er kannte das: Sobald man eine Arbeit abschloß, die einen über Jahre beschäftigt hatte, fiel man in ein tiefes, dunkles Loch, und es dauerte eine Zeit, bis man in Form einer neuen Aufgabe wieder einen Silberstreif am Horizont erkennen konnte. In diesem Fall kam erschwerend hinzu, daß Plodsz mit Riesenschritten auf seine Pensionierung zumarschierte, und er konnte sich leicht ausrechnen, daß ihm kaum noch genügend Zeit blieb, ein neues Projekt zum Abschluß zu bringen. Er hoffte zwar, daß man ihm von seiten der Museumsleitung gestatten würde, sein kleines Arbeitszimmer auch nach der Pensionierung weiter zu nutzen, und er hatte vom Direktor persönlich gewisse Andeutungen in dieser Richtung gehört, aber sicher war das keineswegs. Nicht daß es bei ihm zu Hause soviel anders ausgesehen hätte als in seinem Museum. Auch dort türmten sich schrankhohe Stapel von Insektenkästen mit seiner privaten Sammlung bis in Deckennähe, auch dort bogen sich die Regalbretter unter dicken Büchern, und auf seinem heimischen Schreibtisch wartete sein privates Binokular darauf, daß er die durch den Nachhauseweg und das Abendessen unterbrochene Arbeit wieder aufnahm. Aber es war eben nicht dasselbe, ob man in einem bedeutenden Museum arbeitete oder zu Hause, isoliert in seinen eigenen vier Wänden.

Mittlerweile hatte er eine große Kreuzung erreicht und bog in die von zahlreichen Fußgängern und hektischem Autoverkehr bevölkerte Friedrichstraße ein. Ein paar hundert Meter weiter sollte ein italienisches Restaurant liegen, in dem er mit Martin Herzberg verabredet war. Er wartete an der Ampel und überquerte dann in einem großen Pulk von gutgekleideten Menschen, die wahrscheinlich eines der in der Nähe liegenden Theater besuchen wollten, die Straße.

Keiner von denen interessiert sich dafür, was eigentlich los ist mit der Welt, dachte er grimmig. Keiner! Vergnügungssüchtiges Volk!

Normalerweise war er ein lebensfroher Mensch, dem es nie im Traum eingefallen wäre, anderen ihren Spaß zu mißgönnen, aber für ihn waren die Zeiten jetzt alles andere als normal. Die Vorgänge in Norwegen, das, was sich dort im Wald abspielte, setzte ihm schwer zu. Er selbst hatte diese Vorgänge durch sein Eingreifen an die Öffentlichkeit gebracht und damals in den GENTEL-Labors eigenhändig daran mitgearbeitet. Irgendein Dämon hatte ihm den Floh ins Ohr gesetzt, er, Plodsz, könne mit einem Schlag unter diesen Biotechnologen aufräumen.

Eigentlich hatte er gar keine Lust, Herzberg zu treffen. Wahrscheinlich brachte der Journalist auch noch diesen unerträglichen Berger mit. Wenn der über seine Arbeit und die vielen kleinen oder großen Katastrophen redete, über die die *Guten Nachrichten* berichteten, klang es, als ob es um Weingummischnuller, Computersoftware oder Lippenstift ging, eine Ware wie jede andere, die, da sie nun einmal in überreichlichem

Maße produziert wurde, auch an den Käufer gebracht werden mußte. Wahrscheinlich tat er ihm damit Unrecht, aber so wirkte der Mann.

Von Feiern hatte Herzberg am Telefon gesprochen. Als wenn es irgend etwas zu feiern gäbe. Plodsz mochte den Jungen, das war nicht das Problem. Aber alles, was mit dieser Pilzgeschichte zu tun hatte, besonders seine eigene Rolle in dieser Tragödie, war ihm neuerdings zutiefst zuwider.

Was hatte er denn erreicht mit seinen privaten Racheplänen, außer daß die permanenten Interviews und Stellungnahmen, die seit dem Erscheinen dieses Artikels in den *Guten Nachrichten* von ihm erwartet wurden, an seinen Kräften gezehrt und ihm nachts den Schlaf geraubt hatten? Und hatte er mit seinen Bemühungen auch nur einen einzigen Baum gerettet? Oder war ihm ein schwerer Schlag gegen die GENTEL gelungen? Hatte er die Erschaffung auch nur einer einzigen dieser manipulierten, perversen Kreaturen verhindert? Nichts dergleichen! Eckstein, den er nur ein Mal gesehen hatte, war gefeuert worden, das war alles, und auch dieser vermeintliche Erfolg ging wohl eher auf das Konto der geradezu absurden Vorgänge auf dem GENTEL-Gelände, über die er damals noch so gelacht hatte.

Er schlenderte lustlos an den Auslagen der exklusiven Geschäfte vorbei, beachtete kaum die vorbeieilenden Passanten und beschloß, sich in dem Restaurant nur kurz blickenzulassen, um abzusagen.

Sie hatten sich schon ein paar Mal getroffen, meistens weil Herzberg ihn persönlich über die aktuelle Situation unterrichten wollte. Von Mal zu Mal war für ihn deutlicher geworden, daß außer viel öffentlichem Tamtam nichts dabei herauskommen würde. Außerdem hatten sie sich jedesmal in hitzige Debatten über irgendwelche Umweltprobleme hineingesteigert, die seine Nerven strapazierten, weil ihn deren Masse und Ausweglosigkeit schier erdrückte. Nur die beiden Abende, an denen der Journalist seine sympathische Freundin mitgebracht hatte, waren anders verlaufen. Ihr ging es ganz ähnlich wie ihm. Sie bremste Herzberg, wenn er wieder loslegen wollte und in allen Einzelheiten seinen neuesten Fall darlegte.

Nein, für Plodsz war das Ergebnis ihrer Bemühungen ein einziges Fiasko. Natürlich hätte er das schon vorher wissen können. Er hätte nur auf seine innere Stimme und ein paar Freunde hören müssen, die es gut mit ihm meinten. Bei ihrem letzten Telefongespräch hatte Herzberg ihm von der Konferenz in Norwegen erzählt und die Presseerklärung vorgelesen, die im Anschluß an die Zusammenkunft von Kollek herausgegeben worden war. Hätte es überhaupt noch schlimmer kommen können? Die GENTEL kam mehr oder weniger unbeschadet davon, und statt dessen mußte der ganze Wald daran glauben und mit ihm vieles, was darin lebte.

Plötzlich stand er vor dem Restaurant, das Herzberg ihm genannt hatte. Er schaute kurz auf die Uhr und sah, daß er etwa zehn Minuten zu spät war. War er so langsam gelaufen? Er betrat nach einem kurzen Zögern das Restaurant, und sein eben noch gefaßter Vorsatz geriet sogleich ins Wanken, als er an einem der hinteren Tische neben Herzberg nicht Berger, sondern Christina Ploog erkannte, beide in ein angeregtes Gespräch vertieft.

Wenigstens ein Lichtblick, dachte Plodsz und näherte sich dem Tisch, ohne daß die beiden es bemerkten.

»Das ist doch Mist, was du erzählst. *Verbieten*...« Martin fuchtelte mit einer brennenden Zigarrette in der Luft herum. »Wie willst du das denn verbieten?«

»Ja, findest du es besser«, antwortete Christina aufgebracht, »wenn jeder ungestraft in seinem Keller damit rummachen kann?«

»Natürlich nicht, aber ich sage dir doch, daß alles, was man dazu braucht, sowieso frei erhältlich ist. Es ist...«

Plodsz machte sich mit einem Räuspern bemerkbar.

»Ah, da sind Sie ja, Dr. Plodsz!« Herzberg sprang auf und streckte Plodsz seine Hand entgegen.

»Ich sehe, Sie haben sich auch ohne mich nicht gelangweilt«, sagte der Ungar und schüttelte Martin die Hand. »Guten Abend, Fräulein Ploog!« Er ergriff ihre Hand und hauchte einen Kuß auf den Handrücken.

»Gut'n Abend!« Sie lächelte über seinen etwas angestaubten Charme, aber sie mochte Plodsz sehr gern. Als Herzberg ihr erzählt hatte, daß er sich heute mit dem Zoologen treffen werde und Berger verhindert war, hatte sie sich spontan entschlossen mitzukommen.

»Wir sprachen gerade über diese genetischen Modellbaukästen, die man jetzt überall kaufen kann.« Martin hatte sich wieder hingesetzt und zog an seiner Zigarette.

»Genetische Modellbaukästen?« fragte Plodsz noch im Stehen.

»Ja, Biohacker und so etwas. Noch nichts davon gehört?«

Wenn Herzberg diese Frage an einen richtete, zuckte man unwillkürlich zusammen. Er vermittelte damit stets das Gefühl, als hätte man soeben im Falle elementarster historischer Zusammenhänge erhebliche und durch nichts zu rechtfertigende Wissenslücken offenbart, etwa den Zweiten Weltkrieg ins neunzehnte Jahrhundert verlegt.

So war es immer. Plodsz hatte kaum Platz genommen, schon tischte ihm Herzberg eine taufrische Katastrophenmeldung auf. Und jedesmal klang es, als sei dies nun endgültig das Ende, die Apokalypse, der Tropfen, der das Faß zum Überlaufen brachte. Heute hatte er allerdings eine Bundesgenossin.

Er lächelte sie an, während er entgegen seinem ursprünglichen Vorsatz ebenfalls auf einem Stuhl Platz nahm.

»Sie sehen blaß aus heute, Herr Plodsz«, sagte Christina. »Geht es Ihnen nicht gut?«

»Ach, wissen Sie, in meinem Alter hat man dauernd irgendwelche Zipperlein.«

Sie musterte ihn skeptisch.

Das war wohl nicht sehr überzeugend, dachte Plodsz und versuchte, schnell das Thema zu wechseln. »Haben Sie schon bestellt?«

»Nein, nein, wir haben selbstverständlich auf Sie gewartet«, sagte Christina und reichte ihm eine Speisekarte.

»Sie sind heute natürlich Gast der *Guten Nachrichten*, Dr. Plodsz. Ach, Berger hat übrigens abgesagt, falls Sie ihn vermissen. Eigentlich wollte er ja mit dabeisein, wenn wir unseren Erfolg feiern, aber bei ihm muß man immer mit so etwas rechnen. Er läßt Sie jedenfalls herzlich grüßen. Einen Schluck Wein?« Martin ergriff eine Flasche Rotwein und schaute Plodsz fragend an.

»Ja, gerne«, antwortete dieser und schob dem Journalisten sein Glas hin.

Martin schenkte den Wein ein, hob anschließend sein Glas und sagte dann in fast feierlichem Tonfall: »Also, auf unseren Erfolg, auf Ihren Erfolg, lieber Dr. Plodsz. Endlich ist etwas in Gang gekommen. Wir haben den Burschen ganz schön Feuer unterm Hintern gemacht.«

Plodsz lächelte gequält. Ihm war wieder eingefallen, warum er noch vor wenigen Minuten lieber nach Hause gehen wollte, als dieser für ihn mehr als fragwürdigen Feier beizuwohnen. Jetzt war es für einen Rückzug zu spät. Er stieß mit Herzberg und Christina an und trank einen kleinen Schluck. Der Tropfen stellte sich als ausgesprochen herb heraus und zog ihm die Mundschleimhaut zusammen. Anschließend vertieften sich alle drei in die umfangreiche Speisekarte.

Plodsz ärgerte sich, daß man nicht erkennen konnte, welche Speisen mit natürlichen und welche mit biotechnologisch erzeugten Lebensmitteln hergestellt wurden. Auf der ersten Seite, die er anfangs überschlagen hatte, entdeckte er schließlich einen fettgedruckten Hinweis, daß alle in diesem Etablissement verwendeten Zutaten aus biologischem Anbau stammten. Aber das hieß gar nichts. Waren transgene Rinder, transgener Spargel etwa nicht biologisch?

»Keine Sorge«, sagte Martin, der gesehen hatte, daß Plodsz den Hinweis in der Karte studierte. »Ich kenne den Besitzer ganz gut. Hier bekommen Sie nichts, an dem diese Genpanscher ihre Finger hatten.«

Diesmal lächelte Plodsz ganz ohne Mühe. Er wußte, daß der Junge in Ordnung war. Er war einfach nur sehr anstrengend.

Der Ober trat an den Tisch, und alle trafen ihre Wahl.

»Haben Sie denn Ihre Monographie abschließen können, über diese Walzerfliegen...?« fragte Christina.

»Tanzfliegen«, verbesserte Plodsz nachsichtig. »Ja, hab ich. Letzte Woche sind die letzten Korrekturen in die Druckerei gegangen.«

»Na, bitte, noch ein Grund mehr, zu feiern.« Martin hob erneut sein Glas.

Bis das Essen kam, redeten sie über dies und das, biologische Lebensmittel und warum sie so unverschämt teuer waren, den viel zu trockenen Sommer, die Olympischen Spiele in Dakar und vieles mehr. Zweimal versuchte Martin seine Biohacker ins Spiel zu bringen, stieß damit aber auf wenig Gegenliebe. Christina fragte Plodsz, was denn so überholungsbedürftig gewesen sei an den alten Arbeiten über die Tanzfliegen, von denen sie im übrigen bis vor kurzem nicht gewußt hätte, daß es sie überhaupt gab. Plodsz antwortete: »Alles!«, sah sich aber ansonsten außerstande, ihr die Ergebnisse seiner Studien nahezubringen. Das sei einfach zu speziell, sie würde wahrscheinlich kein Wort verstehen, worauf sie zurückfragte, ob er ihr so wenig zutraue, was Plodsz wiederum veranlaßte, ihr die blumigsten Komplimente zu machen, und damit sowohl Christina als auch ihren Freund zum Lachen brachte.

Schließlich servierte ein Ober das Essen, und alle bestaunten die mit allerlei bunten Winzigkeiten höchst dekorativ gestalteten Kompositionen auf ihren Tellern.

Beim Essen wurde wenig gesprochen. Als Martin sich mit seiner Verdauungszigarette zufrieden zurücklehnte, brachte er Plodsz mit einer unvermittelt geäußerten Bemerkung in große Verlegenheit. »Sie machen heute wirklich einen etwas bedrückten Eindruck, Dr. Plodsz«, sagte er. »Ich habe nicht das Gefühl, daß Sie so glücklich sind, wie Sie es sein könnten, ich meine, bei dem, was wir erreicht haben.«

»So? Was haben wir denn erreicht?« Jetzt war es heraus.

Plodsz' Stimme klang schnippisch. Sollte Herzberg doch feiern, wenn ihm danach zumute war, aber bitte schön ihn damit in Ruhe lassen. Endgültig.

»Wie? Na, wir haben die ganze Sache öffentlich gemacht. Wir haben sie vor aller Augen an den Pranger gestellt. Wir haben's ihnen gegeben. Wir haben dafür gesorgt, daß endlich Bewegung in die Sache kommt.«

Plodsz winkte verächtlich ab. »Das ist doch alles völlig unbedeutend. Ich meine, was hat sich wirklich verändert?«

»Ja, um Himmels willen, was haben Sie denn erwartet? Dachten Sie etwa, die ganze Gentech-Industrie stürzt in sich zusammen? Wir haben ein bißchen an ihrem haushohen Sockel gerüttelt und ihnen einen gehörigen Schrecken eingejagt.«

»Das ist mir zu wenig.« Und mit leiserer Stimme fügte Plodsz hinzu: »Und trotzdem fühle ich mich völlig ausgelaugt, verstehen Sie? Das geht irgendwie über meine Kräfte. Mit mir ist nichts mehr los.« Er warf seiner Nachbarin einen traurigen Blick zu und senkte den Kopf.

»Ach, was reden Sie denn da!« sagte Martin erregt. »Sie waren phantastisch. Ohne Sie hätten wir das nie geschafft.«

»Nun laß ihn doch!« fuhr Christina dazwischen. »Er fühlt sich eben nicht besonders. Das kann doch mal vorkommen.«

Der kleine Zoologe legte Christina die Hand auf ihren Arm.

»Nichts für ungut, meine Liebe, vielleicht bin ich einfach zu alt für diese Art von Aufregung. Es ist mir zuviel. Ich... ich verkrafte das nicht mehr. Es ist so aussichtslos.«

Sie nickte. »Das verstehe ich sehr gut.«

»Aber Ihr junger Freund hat noch mehr Kraft als ich, und wenn er das will, dann muß er kämpfen.«

Christina tat der ansonsten so lustig aufgelegte Plodsz furchtbar leid, und sie legte tröstend ihre Hand auf die seine.

»Das ist keine Frage des Wollens, lieber Dr. Plodsz, das ist eine Frage des Überlebens.« Martin richtete sich auf und schaute zu seinem Gast hinüber, der sich nun keine große Mühe mehr gab, seine Stimmung zu verbergen. »Nehmen Sie es mir nicht übel, wenn ich Ihnen als sehr viel jüngerer Mensch einen Rat gebe, aber glauben Sie mir, ich weiß, wovon ich rede. Sie haben diese ganzen furchtbaren Probleme durch ihr Eingreifen sehr nahe an sich herangelassen. Das ist sehr ungewohnt für Sie, und insofern ist Ihre Reaktion ganz natürlich. Was glauben Sie, wie es mir am Anfang ging. Fragen Sie Tina! Es gibt nur zwei Möglichkeiten, entweder Sie mischen sich ein, dann wird es Ihnen manchmal schlechtgehen, so wie jetzt, aber Sie werden auch Kraft gewinnen. Die Alternative ist, alles von sich fernzuhalten und so zu tun, als ginge es Sie nichts an. Wollen Sie das wirklich? Ich habe Sie erlebt in den letzten Wochen und Monaten. Ich kann nicht glauben, daß Sie das alles kaltläßt, die Gentechnologie ganz bestimmt nicht. Da machen Sie sich etwas vor. Wollen Sie Ihren Frust in sich hineinfressen?«

Plodsz zuckte nur mit den Achseln. Sie saßen eine Weile schweigend beieinander, nippten nur hin und wieder an ihren Weingläsern und bestellten schließlich noch einen Kaffee.

»Bitte, glauben Sie mir, Sie müssen genau das Gegenteil tun von dem, was Sie jetzt vielleicht denken.« Martin ließ nicht locker. »Engagieren Sie sich, schließen Sie sich einer Gruppe Gleichgesinnter an, reden Sie mit Ihren Kollegen darüber, bleiben Sie am Ball! Es wird Ihnen dann letztlich viel besser gehen, als wenn Sie sich aus allem heraushalten.«

»Ja, vielleicht haben Sie recht, vielleicht haben Sie wirklich recht«, sagte Plodsz und rieb sich die Schläfen. »Aber im Augenblick…«

Er schüttelte den Kopf und spielte eine Weile mit der leeren Espressotasse herum. Schließlich schien er zu einem Entschluß gekommen zu sein, griff nach seiner Serviette und wischte sich gründlich Mund und Hände ab. »Seien Sie mir nicht böse, aber ich denke, ich werde jetzt nach Hause gehen. Ich bin schrecklich müde.«

»Sollen wir Sie begleiten?« fragte Christina und warf Martin einen besorgten Blick zu.

»Nein, nein, sehr nett von Ihnen.« Ein kleines Lachen entfuhr Plodsz, als er sich erhob. »Ist wirklich nicht nötig. Machen Sie sich keine Sorgen um mich. Es war sehr nett mit Ihnen. Vielen Dank für das gentechnologiefreie Essen. Es war ganz hervorragend.«

Martin und Christina erhoben sich von ihren Stühlen und verabschiedeten sich von Ihrem Gast.

»Scheuen Sie sich nicht, mich anzurufen, wenn Sie jemanden brauchen, mit dem Sie reden können, ja?« rief Martin Plodsz hinterher, als dieser schon auf den Weg zur Garderobe war.

»Werde ich tun. Vielen Dank noch mal. Auf Wiedersehen.«

Die beiden beobachteten, wie Plodsz in seinen Mantel schlüpfte und dann das Restaurant verließ. Von draußen winkte er ihnen noch einmal zu.

»Du hast ihm aber ganz schön zugesetzt«, sagte Christina nach einer Weile.

»Ja, aber es war ja nicht mitanzusehen, wie der sich gequält hat. Wir brauchen Leute wie ihn.«

Epilog

Henslowes auf der Tagung in Trondheim vorgetragene Analyse erwies sich in allen Einzelheiten als zutreffend. Einige der Gene der von Kollek und seinen Mitarbeitern gefundenen Viren K_1 und K_2 stimmten bis auf die einzelnen Buchstaben ihrer genetischen Bauanweisungen überein, ein starkes Argument dafür, das K_1 Teile des Erbgutes seines Helfervirus K_2 übernommen hatte.

Wie weitere Versuche ergaben, war eine Infektion der Bäume durch Virus K_2 allein ungefährlich. Es erzeugte eine harmlose Fleckung der Nadeln, die die Bäume kaum beeinträchtigte, es sei denn, das Genom der Bäume enthielt das unvollständige C-defekt-Virus.

Als später im Jahr wieder die Riesenfliegenpilze aus dem Boden schossen, gelang Wenzel in den GENTEL-Labors der Nachweis, daß der Virus K_1 auch in den Pilzfäden steckte. Damit rundete sich das Bild ab. Offenbar drangen die Viren über die Pilzhyphen in das Wurzelgewebe der Bäume ein und wurden dann über Leitungsbahnen bis in die Nadeln transportiert, wo die Fortpflanzung des Virus in deren grünen, chlorophyllhaltigen Zellen erfolgte. Die Fliegen wiederum übertrugen das Virus bei der Eiablage auf neue Pilze. Auch die alten, genetisch unveränderten Pilzfliegen hatten diese Überträgerfunktion erfüllen können, nur bei weitem nicht so effektiv wie Wenzels Neuschöpfungen.

In krassem Gegensatz zur lückenlosen Aufklärung von Ursache und Verlauf der Krankheit tat sich auf dem Felde der möglichen Gegenmaßnahmen so gut wie nichts. Henslowe und

Kollek behielten auch in diesem Punkt recht. Plodsz' schlimmste Befürchtungen wurden Realität. Man machte zwar einige zaghafte Versuche, aber alles erwies sich als unwirksam. Die Schäden breiteten sich so schnell aus, daß ohne Zeitverzug gehandelt werden mußte.

Kollek und die Forstämter der betroffenen Gebiete arbeiteten einen mehrstufigen Plan aus, wie die Abholzung und unverzügliche Wiederaufforstung ablaufen sollte. Ausgehend von den geschädigten Gebieten, wollte man sich in konzentrischen Kreisen langsam in die bisher noch gesunden Waldflächen vorarbeiten. Millionen von Bäumen mußten im Laufe der nächsten Jahre gefällt und die freigeschlagenen Gebiete anschließend wieder aufgeforstet werden. Man setzte sich auch mit zuständigen Stellen in Schweden und Finnland in Verbindung, da dort in großen Gebieten dieselbe Baumart der TRANSGENE gepflanzt worden war. Bisher waren noch keine Schäden aufgetreten, aber man zog es trotzdem vor, diese Bäume zu fällen. Irgendwann schlug vielleicht auch dort ein Helfervirus zu, und man hatte mit denselben Problemen zu kämpfen wie das Nachbarland.

Da auch die Fliegen Träger des Virus waren, entschloß man sich, auch gegen diese Organismen vorzugehen. Zwar waren die alten Baumbestände glücklicherweise resistent gegen das Virus, aber man wollte auf Nummer Sicher gehen. Die Fliegen wurden mit einem von der GENTEL entwickelten Bakterienpräparat bekämpft, übrigens Wenzels letzte größere Arbeit für die GENTEL, bevor er einige Jahre später pensioniert wurde. Auch wenn die kleinen Fliegen die in sie gesetzten Hoffnungen nicht erfüllt hatte, so fühlte er sich doch während der Arbeit an dem Bakterienpräparat hin und wieder von melancholischen Stimmungen bedrängt, die ihm unbekannt waren. Schließlich bekämpfte er damit sein eigenes Geschöpf, die von ihm selbst entwickelte *Megaselia.* Die beiden *Amanita*-Formen Wenzels ließ man wenigstens unbehelligt, da sich ansonsten für die Bäume in den noch immer versauerten Böden wieder das Problem des Symbiosepartners stellte.

Zwischen dem norwegischen Staat und der GENTEL kam es zu einem Prozeßmarathon, der sich über mehrere Jahre hinzog. Da es bis zum Ende nicht gelang, der GENTEL nachzuweisen, daß die damals von der TRANSGENE verkauften Bäume tatsächlich schon das Virus in sich trugen, kam es in dem Verfahren nie zu einem Schuldspruch. Die Prozeßparteien schlossen einen Vergleich, bei dem die GENTEL sich verpflichtete, einen nicht unbeträchtlichen Teil der Kosten für die Wiederaufforstung zu tragen. Die neuen, garantiert virusfreien und krankheitsresistenten Bäume dafür wurden von der GENTEL geliefert.

All dies wurde von der Öffentlichkeit kaum noch zur Kenntnis genommen. Im Frühjahr des auf die Klausurtagung in Trondheim folgenden Jahres kam es zu einem Zwischenfall, der in dem Maße, wie seine Konsequenzen ersichtlich wurden, alle anderen Ereignisse überschattete und insbesondere Uhlich in einem Ausmaß beanspruchen sollte, daß ihr kaum noch Zeit für andere Aufgaben blieb, von einem Privatleben ganz zu schweigen. Die LAS machte ihre erneuten Drohungen wahr und verübte einen folgenschweren Sprengstoffanschlag. Ziel war diesmal nicht die GENTEL selbst, sondern einer der gigantischen Assimilatoren, der mit den von der GENTEL entwickelten Algen arbeitete.

Der Anschlag riß ein riesiges Loch in den Assimilator. Mehrere Millionen Liter Nährlösung mit den darin befindlichen Algen ergossen sich ins umliegende Meer. Wie von den Planern vorgesehen, platzten die meisten, sobald sie mit dem Meerwasser in Kontakt kamen. Aber aus ungeklärter Ursache überlebte eine Handvoll der winzigen, mikroskopisch kleinen Algenzellen in der für sie eigentlich tödlichen Umgebung. Und diese auf Höchstleistung getrimmten Zellen begannen sich zu teilen. Aber das ist eine ganz andere Geschichte.

Nachwort

Ein Buch, das Aussagen über die Zukunft macht, muß sich an eben dieser messen lassen. Vier Jahre sind seit der Erstveröffentlichung von *Wenzels Pilz* vergangen. Das neuerliche Erscheinen gab mir die Gelegenheit zur Überarbeitung des Romans. Was das Inhaltliche angeht, schriebe ich nur zu gerne folgendes: April, April, alles kommt halb so schlimm, gentechnische Produkte werden in Zukunft mit großen roten Warnschildern gekennzeichnet, die Freisetzung transgener Organismen wurde gestoppt, weltweit ein zehnjähriges Moratorium beschlossen, und die Mittel für Sicherheitsforschung wurden erheblich aufgestockt.

Die Realität sieht leider anders aus. Natürlich hat die Zeit bei weitem nicht ausgereicht, um unsere Welt mit Schokokäfern, Ampeltulpen und *moving plants* zu bevölkern. Aber der Gentechnikzug hat Fahrt aufgenommen und rast mit stetig wachsender Geschwindigkeit auf das zu, was ich nach Jeremy Rifkin das Biotechnische Zeitalter genannt habe. Das neue deutsche Gentechnikgesetz wurde schon kurz nach Inkrafttreten entschärft und die Möglichkeit öffentlicher Einflußnahme beschnitten, weitere Vereinfachungen sind geplant. Eine erste Welle gentechnischer Produkte brandet gegen europäische Küsten, die Zahl weltweiter Freisetzungen wächst unaufhörlich, aber – wie jüngst von Fachleuten auf einer Tagung des Berliner Umweltbundesamtes beklagt – eine begleitende Sicherheitsforschung über mögliche ökologische Folgeschäden findet praktisch nicht statt. Die erste gelungene Klonierung menschlicher Embryonen sorgte für großes Aufsehen, und auf die Frage, ob sie genetische Manipulationen an ihren eigenen Kindern vornehmen ließen, wenn dadurch deren Intelligenz verbessert werden könnte, antworteten 42 % der befragten Amerikaner mit ja. Sie glauben, so etwas gibt es nur in Amerika? Einer jüngst veröffentlichten STERN-Umfrage zufolge würden 14 % der Deutschen abtreiben, wenn eine Genanalyse ergäbe, daß ihr Kind homosexuell wird, 33 % antworteten mit »weiß nicht«.

Nein, für eine Entwarnung besteht nicht der geringste Anlaß!

Dieses Buch handelt von der sogenannten Freisetzungsproblematik. Andere, den Menschen direkt betreffende Aspekte des heraufziehenden biotechnischen Zeitalters, wie die modernen Fortpflanzungstechnologien oder die Analyse des menschlichen Erbgutes, stehen eher im Mittelpunkt öffentlichen Interesses. Wenn sie in meinem Roman nur am Rande vorkommen, dann nicht, weil ich sie für weniger bedeutsam halte, sondern weil ich mich auf ein bisher vernachlässigtes Thema konzentrieren wollte, das mich als Ökologe ganz besonders beschäftigt.

Es fehlt so vieles in diesem Buch: die Tomaten, die nicht matschig werden, die Joghurtkulturen, die den Erdbeergeschmack gleich mitproduzieren, die koffeinfreien Kaffeepflanzen, die superschnellen Starterkulturen für Käse, Bier und Wein, das eintrocknungsfeste Marzipan, die Light-Bier produzierenden Hefezellen, die mit Süßstoff gesüßten Früchte. Dafür, liebe Leser, wird all dies in der einen oder anderen Form bald die Regale Ihres nächstliegenden Supermarktes füllen. Die berühmte Flavr-Savr-Tomate wird in den USA verkauft, und auch in Großbritannien sind Konserven mit gentechnisch veränderten Tomaten erhältlich. Wie sich herausstellte, ist allerdings auch diese Supertomate durchaus verderblich. Ihre bessere Haltbarkeit hat sie bitter nötig: Sie entwickelt sich zum Ladenhüter.

Unsere Politiker sind der Meinung, Sie und ich, die Konsumenten, sollten von den gentechnisch aufgepeppten Bestandteilen unserer Nahrungsmittel besser nichts erfahren. Sie trauen unserem braven Verbraucherverhalten nicht. Eine umfassende Kennzeichnungspflicht ist deshalb in der kürzlich vom Europaparlament verabschiedeten Novel-Food-Verordnung nicht vorgesehen. Kritische Stimmen werden mit Totschlagargumenten (Arbeitsplätze, Zukunftstechnologie, Standort Deutschland) als Fortschrittsfeinde stigmatisiert. Die Mär vom mündigen Verbraucher wurde endgültig zu den Akten gelegt. Wir werden in vielen Fällen keine Wahl haben, und vielleicht – das ist wohl die Hoffnung der verantwortlichen Entscheidungsträger – werden wir gar nichts merken, so, wie Wenzels Mutter die Veränderung ihres geliebten Erdbeerkuchens entgeht. Selbst die Kunden von Bioläden sollten sich nicht allzu sehr in Sicherheit wägen. Können transgenes Getreide oder andere Nutzpflanzen als Bioware verkauft werden, wenn sie nur nach den strengen Kriterien der biologisch-dynamischen Landwirtschaft angebaut werden? Und wie läßt sich verhindern, daß nicht gekennzeichnete Gentech-Produkte unbemerkt in das Sortiment gelangen? Was ist zum Beispiel mit dem bei Vegetariern so beliebten Tofu?

Im November 1996 gelangen wie jedes Jahr die ersten Lieferungen der amerikanischen Sojaernte nach Europa. Aber diesmal ist etwa jede 50. Sojabohne gentechnisch verändert (Herbizidresistenz). Eine mächtige Lobby aus Pharma- und Handelskonzernen will mit Macht durchsetzen, was die übergroße Mehrzahl der Verbraucher nicht wünscht. Die US-Amerikaner, die die Hälfte des Weltmarktes kontrollieren, haben sich geweigert, transgene und konventionelle Bohnen zu trennen. Eine Trennung sei unmöglich, hieß es lapidar, und so wurde einfach alles zusammengekippt. Es wird nicht leicht sein, diesen Bohnen auszuweichen. Die Bestandteile der Sojabohne sind Rohstoff für nicht weniger als 30 000 verschiedene

Produkte der Lebensmittelindustrie, vom Tofuburger bis zur Mayonnaise.

Die in diesem Roman auftretenden natürlichen oder genetisch manipulierten Lebewesen und erwähnten biologischen Phänomene lassen sich einer der folgenden Kategorien zuordnen:

1. Sie sind völlig frei erfunden und entstammen meiner Phantasie. So gestehe ich, daß mir noch niemand begegnet ist, der ernsthaft in Erwägung zieht, massenhaft auf Wespenjagd spezialisierte Gottesanbeterinnen in Umlauf zu bringen, wie Wenzel das vorhat.

2. Es handelt sich um konkrete Projekte, an denen intensiv geforscht wird oder die von Wissenschaftlern vorgeschlagen wurden (zum Beispiel pflanzenschutzmittelresistente Nutzpflanzen), oder um

3. biologische Tatsachen, wie alles, was über die Mykorrhiza-Symbiose zwischen Bäumen und Pilzen gesagt wird.

Seien Sie gewarnt, diese drei Kategorien sind nicht leicht auseinanderzuhalten!

Die Gentechnologie ist eine Wissenschaft, die eine wahre Entwicklungsexplosion durchmacht. Nie ist mir die Tatsache bewußter geworden als während der Arbeit an diesem Roman. Und noch etwas mußte ich erfahren: Keine Idee ist verrückt genug, als daß sie nicht schon einem Gentechniker durch den Kopf gegangen wäre. Das Schlimme ist nur: Diese Leute belassen es nicht beim bloßen Fantasieren. Sie rennen aufgeregt in ihr Labor und legen los.

Die jüngste Überraschung dieser Art bereiteten mir die Herren Kazufumi Goto und Shoji Okutso von der Universität Kagoshima. Sie halten sich gerade in Sibirien auf, um dort seit Jahrtausenden eingefrorene Mammutkadaver zu bergen. Finden sie darin guterhaltene DNS – und sie schätzen die Chancen dafür sehr optimistisch ein –, sollen die zotteligen Dickhäuter bald vermittels Elefantenleihmütter zum Leben erweckt werden. Kommt Ihnen das bekannt vor? In meinen Buch heißt der betreffende Herr Professor Litscharenko und arbeitet in St. Petersburg. Mir lief eine Gänsehaut über den Rücken, als ich diese Nachricht las.

Ähnlich ging es mir vor Jahren in einem anderen Fall. Sie werden sich vielleicht daran erinnern, daß Dr. Eckstein über die Übertragung eines Häutungsgens von der Mehlmotte auf Schafe promoviert hat, eine der weitgehendsten Verrücktheiten, die meine nachträgliche Zensur überstanden hat. Das Ganze klingt doch reichlich unwahrscheinlich, zumal ich ursprünglich vorhatte, die auf diese Weise entstandenen Neuschöpfungen Häutungsaktivwollschafe zu nennen und ihnen die Fähigkeit zu verleihen, sich wie Schmetterlingsraupen selbständig zu häuten.

Völlig abstrus, könnte man denken, und genau das dachte ich auch und machte daraus ein wissenschaftliches Grundlagenexperiment, bei dem es nur um das Prinzip ging, ein funktionierendes Insektengen auf ein Säugetier zu übertragen. Aber die Wirklichkeit ist ganz anders. In zwei Tageszeitungen las ich schon Ende 1992, daß die Australier nun nach ihrem Erfolg mit »sich selbst scherenden« Schafen solche mit mottenfester Wolle züchten wollen.

Das Scheren sei für die Schafe eine Tortur, bei der es ohne blutige Schnittwunden nicht abgehe, hieß es da, und weil mit Hautschnipseln durchsetzte Wolle als minderwertige Ware gelte, wäre es doch für alle Beteiligten, für Mensch und Tier, besser, wenn sich das anders bewerkstelligen ließe. Man habe also ein Gen für den sogenannten epidermalen Wachstumsfaktor in Bakterien eingeschleust, woraufhin diese nun große Mengen des Hormons produzierten.

Injiziert man dieses Hormon Schafen, so verlieren die Tiere im Verlauf von sechs Wochen ihre Haare. Weil die australischen Forscher aber nun nicht wollen, daß dieser kostbare Rohstoff überall in der Gegend herumliegt, sondern möglichst gesammelt und vollständig und ohne Verunreinigung der menschlichen Nutzung zugeführt wird, stülpen sie den Tieren einen perfektsitzenden Plastikmantel über, den diese dann sechs Wochen (er)tragen müssen. Er schützt die nackten Hautpartien auch vor Sonnenbrand. Befreit man die Tiere dann von ihrem künstlichen Überzug, hat sich ihre Haut mit neuem frischem Wollflaum überzogen. Die Nebenwirkungen dieses Stoffes seien unbedenklich, obwohl trächtige Schafe sich nach Behandlung nicht nur der Wolle, sondern auch gleich ihrer Foeten entledigen. Da scheint Arbeit auf die Forscher zu warten.

Ich weiß nicht, wie es Ihnen geht, mir dreht sich jedenfalls der Magen um! Aber damit nicht genug: Als ich mir die Assimilatoren ausdachte, jene riesigen Anlagen, in denen Hochleistungsalgen der Atmosphäre möglichst große Kohlendioxidmengen entziehen sollen, um dem Treibhauseffekt entgegenzuwirken, glaubte ich, mich recht weit vorgewagt zu haben.

Wiederum belehrte mich ein Zeitungsartikel eines Besseren. Aus zwanzig Millionen Jahre alten fossilen Magnolien hat man in Amerika das die Photosynthese steuernde Gen isolieren können. Vielleicht, so konnte man lesen, gelänge mit dessen Hilfe die Entwicklung von Pflanzen, die eine höhere Kohlendioxid-Umwandlungsrate zuwege bringen als das minderwertige Grünzeug, das heute aus dem Boden sprießt. In Verbindung mit großflächigen Wiederaufforstungsmaßnahmen wäre damit möglicherweise ein wirksames Gegenmittel gegen den steigenden CO_2-Gehalt der Atmosphäre gefunden.

Auch beim dritten Beispiel – Sie kennen es gut – weiß man nicht recht, ob man weinen oder lachen soll. Prof. Henslowe habe ich Ihnen als Paläogenetiker vorgestellt, der daran arbeitet, Dinosaurier wieder zum Leben zu erwecken. In den USA forscht eine *Ancient DNA Working Group* tatsächlich an einer solchen Fragestellung. Der in Berkeley, Kalifornien, arbeitende Amerikaner George Poinar sucht nach in Bernstein konservierten Stechmücken, weil er in ihnen die ebenfalls konservierten Reste der Blutmahlzeiten dieser Tiere zu finden hofft, samt einiger Zellen der gepeinigten Wirte, möglicherweise sogar von Dinosauriern. »Gefühlsmäßig halte ich die künftige Wiedererschaffung eines Sauriers für möglich«, sagte er. Michael Crichton griff diese Idee auf und schrieb seinen Thriller *Dino Park*.

Hinter diesen spektakulären Einzelfällen verbirgt sich eine kaum noch zu überschauende Vielfalt an gentechnischen Produkten, die unaufhaltsam ihrer Markteinführung entgegengehen, erbittert, aber überraschend lautlos bekämpft von einer ebenfalls großen Zahl von Gentechnikgegnern. Auf den Versuchsfeldern der Gentech-Firmen oder Institute spielt sich ein Krieg um jeden Meter Boden ab, kaum ein Versuchsfeld, das nicht schon zertrampelt oder auf andere Weise zerstört wurde. Die Öffentlichkeit erfährt davon allenfalls durch kurze Pressemitteilungen. Offenbar haben die betroffenen Forscher kein Interesse daran, dies an die große Glocke zu hängen. Die Akzeptanzprobleme der Gentechniker sind bekannt, und eine breitgeführte öffentliche Debatte könnte ihren Zielen eher schaden als nützen. Ihre mimosenhafte Empfindlichkeit gegenüber Kritik haben sie schon mehrmals unter Beweis gestellt, denn, falls Sie es noch nicht wußten: die Gentechnik ist die erste Technologie, bei der nichts, aber auch gar nichts schiefgehen kann.

Mit Sabotage und ähnlichen Problemen haben auch die Wissenschaftler zu kämpfen, die sich mit Risikoforschung beschäftigen. Wenn die Sicherheitsforscher für ihre Untersuchungen notgedrungen selbst genmanipulierte Pflanzen freisetzen, sitzen sie unvermittelt zwischen allen Stühlen. Es sind nur wenige, die sich dieser Aufgabe verschrieben haben, meist ohne große Begeisterung, eher aus der Überzeugung, daß sich dringend jemand mit diesen Fragen beschäftigen muß, wenn es sein muß, unter dem Schutz privater Wachdienste. Ich kenne keinen Ökologen, der angesichts der massiven Freisetzung transgener Pflanzen und Tiere nicht entsetzt die Hände über dem Kopf zusammenschlägt.

Dabei sind ihre Ergebnisse alarmierend genug. Ein erstes, von den Gentechnologen gebetsmühlenartig wiederholtes Dogma mußte bereits aufgegeben werden. Nein, gentechnisch veränderte Pflanzen und Tiere oder ihre neuen Gene breiten sich nicht aus, hieß es immer. Sie können sich unter Freilandbedingungen nicht durchsetzen. Untersuchungen an transgenen Raps- und Zuckerrübenpflanzen beweisen das Gegenteil. Heute steht fest: Die menschengemachten Neuschöpfungen breiten sich mindestens so aus wie ihre natürlichen Verwandten. Transgene Zuckerrüben kreuzen sich wie konventionelle Pflanzen mit Mangold, Roter Bete und wilden Rüben, Raps mit wildem Rübsen und weitverbreitetem Hederich. Die neuen Genkonstrukte einer schon 1993 in München freigesetzten virusresistenten Zuckerrübe sind noch heute im Boden nachweisbar.

Nachdem die alte Position nicht mehr haltbar ist, gilt nun – nach akrobatischer 180 Grad-Wende – ein neues Dogma: Na gut, lassen Gentechniker jetzt verlauten, transgene Organismen oder ihre Gene verbleiben in der Natur, sie persistieren, wie man sagt, aber das macht nichts.

Man reibt sich zwar verwundert die Ohren, aber wieder liegt die Beweislast auf seiten der Gentechnikgegner. Ich prophezeie die nächste Kehrtwendung: Na gut, wird es bald heißen, transgene Organismen richten den einen oder anderen unerwünschten Schaden an, Nebenwirkungen sind eben nie auszuschließen, aber das macht nichts. Fortschritt hat eben seinen Preis. Was soll überhaupt die ewige Nörgelei, wollen Sie lieber wieder im Mittelalter leben?

Da wir gerade bei Hiobsbotschaften sind: Sind Sie etwa Allergiker? Tzz, tzz, tzz, aber na gut, in Zukunft wird man Ihr Leiden heilen können, auf gentechnischem Wege natürlich.

Ein paar Spritzen in Ihr degeneriertes Rückenmark, und die Sache ist erledigt. Bis dahin allerdings... Falls Sie empfindlich auf Paranüsse reagieren, nehmen Sie sich vor Sojabohnen in acht! Eine Studie der Universität Nebraska hat ergeben, daß mit einem Paranuß-Gen ausgestattete Sojabohnen »allergische Reaktionen bis hin zu lebensbedrohlichen Symptomen« auslösen können, einer der ersten Nachweise dieser Art. Die Untersuchung ging auf eine freiwillige Initiative der Herstellerfirma zurück. Eine Verpflichtung dazu existiert nicht, weder in den USA noch in Europa, nur das strenge amerikanische Haftungsrecht, das Unternehmen für Schäden, die auf ihre Produkte zurückgeführt werden können, uneingeschränkt zur Kasse bittet und deshalb Vorsicht angeraten sein läßt.

Die Gentechnologie entwickelt sich mit rasender Geschwindigkeit, und überall auf der Welt wird kräftig freigesetzt. Bis Ende 1995 gab es über 500 Fälle allein in der EU, Tendenz stark steigend. Alle bisher gestellten Anträge auf Freisetzung wurden genehmigt, der erste bereits 1987.

Mittlerweile haben wir diese Phase der Versuchsfreisetzungen aber schon hinter uns gelassen. Das schöne Wort, das uns nun beschäftigen wird, heißt *Inverkehrbringung* und bedeutet, daß Saatgut transgener Pflanzen in den freien Handel gelangt. Die ersten Anträge sind gestellt und genehmigt. Seit Anfang Februar 1996 kann zum Beispiel der genmanipulierte Raps einer belgischen Firma ohne jede Einschränkung verkauft werden. Die EU-Kommission sprach sich gegen eine eindeutige Kennzeichnung aus und setzte sich durch (ausschlaggebend dafür war im übrigen das Abstimmungsverhalten der deutschen Delegation). Das Saatgut wird demzufolge nur als »herbizidresistent« etikettiert. Der manipulierte Raps darf zunächst nur für industrielle Zwecke verwendet werden, aber wie der Genetische Informations-Dienst, kurz GID, meldet, ist die Nutzung als Speiseöl bereits beantragt.

Das wäre nun alles nicht weiter tragisch, wenn wir Menschen unter Beweis gestellt hätten, wie souverän wir mit Situationen dieser Art umgehen können.

Was da auf uns zukommt, ist eine Umweltverschmutzung ganz besonderer Art, biologisch-organisch sozusagen, und ein Vergleich mit der Freisetzung chemischer Verbindungen, der klassischen Umweltverschmutzung also, durchaus gerechtfertigt. Ich überlasse es Ihnen, selbst zu beurteilen, wie erfolgreich wir darin sind, mit den Folgen der Anreicherung von Chemikalien in Böden, Wasser und Luft fertig zu werden oder gar zukünftige Entwicklungen vorherzusagen.

In Deutschland hat der berühmte Petunien-Versuch am Max-Planck-Institut für Züchtungsforschung in Köln schon lange im Vorfeld die Gemüter erhitzt. Der tatsächliche und völlig unerwartete Verlauf dieses ersten Freisetzungsexperiments auf deutschem Boden bietet mir eine wunderbare Schlußpointe. Mit Hilfe einer großen Zahl lachsfarben blühender Petunien sollte damals ein seltenes genetisches Ereignis eingefangen werden, der Sprung eines sogenannten Transposons, eines springenden Gens, an eine bestimmte Stelle des Genoms. Fand ein solcher Sprung statt, sollte diese Pflanze weiß blühen. Alle erwarteten also entweder ein einheitlich lachsfarbenes Petunienfeld oder einzelne weiße Tupfer darin.

Das Ergebnis sah dann völlig anders aus und überraschte alle, sowohl die Forscher wie ihre Kritiker: Das ganze Feld erblühte in einem blassen, intermediären Rosa. Hitze, Trockenheit, UV-Strahlung, kurz die Natur mit ihren vielfältigen Einflußmöglichkeiten hatte sich in Erinnerung gerufen und selbst die Regie übernommen. Kann es sein, daß man sie bei Planung des Versuchs einfach vergessen hatte?

Berlin, Oktober 1996 *Bernhard Kegel*